送你一个黎明

随侯珠 著

CNS PUBLISHING & MEDIA 中南出版传媒
湖南文艺出版社
HUNAN LITERATURE AND ART PUBLISHING HOUSE

图书在版编目（CIP）数据

送你一个黎明 / 随侯珠著. -- 长沙 : 湖南文艺出版社，2022.2

ISBN 978-7-5726-0410-2

Ⅰ. ①送… Ⅱ. ①随… Ⅲ. ①长篇小说－中国－当代 Ⅳ. ①I247.5

中国版本图书馆CIP数据核字(2021)第201673号

送你一个黎明

SONG NI YI GE LIMING

作　　者：随侯珠
出 版 人：曾赛丰
责任编辑：李　阔
策划编辑：杨　旋
封面设计：杨　平
插图绘制：陶　然　噜 噜　米 花
版式设计：杨　露
封面字体：小　圆
出版发行：湖南文艺出版社
（长沙市雨花区东二环一段508号　邮编：410014）
网　　址：www.hnwy.net
印　　刷：湖南天闻新华印务有限公司
经　　销：新华书店
开　　本：880mm×1230mm　1/32
字　　数：355千字
印　　张：12
版　　次：2022年2月第1版
印　　次：2022年2月第1次印刷
书　　号：ISBN 978-7-5726-0410-2
定　　价：42.00元

目录

Chapter 01

那个把她拒绝的男人

“茜茜，你和小费聊得怎么样？”

潇潇阿姨的微信消息进来的时候，艾茜正在停车，手机搁在空调出风口上方的可移动支架上，手机屏幕上显示着正在运行的高德地图，提示她A大碧月潭教学楼位于她停车地点的右边。

艾茜踩住刹车，不紧不慢地停好车，从支架框里拿起手机；随之手指微微一屈，滑动屏幕，点着消息进入了微信主页，看到文字，大脑一滞。

有点麻烦啊。

潇潇阿姨说的小费应该就是上个月她见的那位相亲对象，姓费，大名费聿利，微信名字Ranger。人是潇潇阿姨托了两层关系才安排上的优质相亲对象，不仅长得有模有样，其他条件也十分优秀。

重点是比她小二十四个月。

整整差了两岁……

艾茜找出费聿利的微信，两人最后一次聊天是在见面之后的当天晚上。

对方：不好意思，为了不浪费你的时间，我直接说了。

她：哦，你说。

对方：我觉得你并不适合我。

她：哦，好的。

对方：嗯。

然后，就……没然后了。

相亲攻略上说，相亲男以不合适为理由拒绝女方，原因就是没看上女方。但是，像这位小费先生这般坚决果断，手起刀落，像是解决麻烦一样解决掉她，说明他对她真的是毫无兴趣。

相亲这事本就是互相选择，只是为什么从头到尾感觉像是这位小费先生单方面挑选她……艾茜有些不得其解。

咚咚！

艾茜叩了两下屏幕，准备将两人的聊天内容截图下来，发给潇潇阿姨作为回复。操作图片发送时，她身子往后一靠，盯着手机屏幕半晌，最终收回了截图。

“潇潇阿姨，我觉得对方不太适合我欸。”

她换成文字输入，以万分诚恳的态度回复潇潇阿姨。

很快，潇潇阿姨回复过来一个遗憾的表情，紧接着——

“为什么呀，茜茜？”

“是小费真人长得不好看吗？”作为中年颜控代表，潇潇阿姨的第一关注点居然是对方有没有“照骗”她。

不不……说话要讲事实，那位费聿利长得真不错，真人比照片年轻，也帅得更“具体”。

“没有不好看，主要是我觉得我们年纪相差两岁，不太合适。”

“相差两岁有什么？你看小费长得多好看，以后你们的孩子生出来也好看……”明明才只是见了一次面，潇潇阿姨已经联想到结婚生子。可能照片更有说服力，潇潇阿姨又发来一张费聿利射击时的训练照。

艾茜愤愤，就是这张照片……才导致了她一系列丢人行为！

不得不承认的是，照片里的费聿利相当迷人，英挺，俊秀，明明在烈日下打靶训练，身上佩戴着厚实的设备，依旧给人一种清清爽爽的男性气息。

“男人年纪轻，身体好。”

“现在已经不流行大叔了，小姐姐和小狼狗才是潮流。”

“是不是？”

痛苦了片刻，艾茜握着手机想了又想，干脆输入：潇潇阿姨，他是水瓶座。

半会儿——

潇潇阿姨：……好吧。

艾茜：笑脸.JPG

哈哈，为什么水瓶座这个理由如此好用，原是大学时她交往过一个渣男，潇潇阿姨分析原因，认为一定是因为对方是水瓶座。

艾茜握着手机，输入：爱你么么哒!

潇潇阿姨：么么哒!

艾茜拉下遮阳板里的化妆镜，打算下车之前补一下妆。瞧着车载化妆镜里的脸蛋，艾茜较真了一下，摸着良心评价起自己五官样貌来：眉眼精神，鼻子高挺直翘，脸蛋白皙秀气，整个模样怎么看也算有两分俊俏。

这样的她，怎么就见光死了呢!

时间差不多了，艾茜解开安全带。下车时，随手“啪”的一声关上车门，结果不知道是不是用力过猛，整个车子抖了抖。

艾茜忍不住跟着抖了下肩膀……

她今天驾驶的车是基金会名下的一辆老宝来，由于使用年份过长，车况已经到了一言难尽的地步，尤其里面的内饰，简直是七零八落：比如方向盘皮层已经出现明显的脱落，驾驶座座椅凹陷，只要人坐下便自动下沉好几厘米。更别说车里的空调差不多失去了制冷这个功能，这一路过来吹拂出来的冷风简直可以用“气若游丝”来形容……

不管了，艾茜提上公文包，朝着A大碧月潭旁的教学楼走去。踏入教学楼大堂前，她从包里拿出可验证个人身份的学生证，挂在身前。

她胸前这枚学生证可是非一般学生证，上面常规地印着学员的证件照和个人姓名，重点在最上面那一排醒目的烫金小字——

A大卓越高端系列总裁研修班学员。

这世上，做人做事，有人正大光明，有人别有用心。不知道是不是居心不良导致内心忐忑，大姨妈突然报到了。上了三楼，艾茜便感觉肚子隐隐作痛，在找到教室之前先找洗手间。

为了对得起高昂的学费，这种针对高净值社会人士进修需求的教学楼内外环境都十分优秀，不仅坐落在A大风景最好的湖畔旁，里面的装修更是高端又现代。除了有直达三楼的扶梯，连洗手间都高级得令人感动——每个马桶居然都配置了智能马桶盖。

唯一美中不足的是，隔音不是很理想。

隔着单间，艾茜能清楚地听到隔壁厕友打电话的声音。听声音，对方应该是一个年纪不大的女孩，可能是对今天的研修班有些失望，诉说过程中一会儿是嘤嘤嘤，一会儿是脏话，网络用语用得十分麻溜。

艾茜不想偷听，无奈女孩讲得十分带劲，声量一起一伏，内容更是令人哭笑不得。

“……好心疼我的报名费啊。刚刚我大致看了一圈，根本没什么年轻总裁，全都是中老年董事长。”

艾茜：“……”

“报名的时候不是告诉我是总裁研修班吗，我看就是一个老年大学书法培训班！”

艾茜：“……”

“大夏天的，我放着我的剧不看番不追，跑过来念这个高端总裁班容易吗！结果……三次元就这样伤害我……呜呜呜……什么？年下CP（组合）？对不起，呜呜……我真心嗑不下啊。”

艾茜：“……”

艾茜憋住咳嗽的冲动，解决好大姨妈这个临时麻烦，从容地走出了厕所。里面的女孩好像也听到了外面的动静，及时挂上了电话：“好了，不跟你说了，我要出去跟外面的董事长们交流财富人生了！”

有点意思。

洗手间外，艾茜慢条斯理地洗着手，余光扫到里面女孩拿着手机出来，礼貌地通过盥洗台的镜子，打量对方两眼：

背带裙，卡通短袖，发型也是极其年轻可爱，齐耳短发，刘海平顺……

艾茜觉得女孩不像过来上总裁班的，反而像是过来上……暑假班的。

"嗨。"艾茜转过身，愉快地轻挑一下眉毛，主动朝女孩打了声招呼。

女孩忽地抬起头，乌黑的眼瞳一闪，面上的神色跟着一愣，腼腆地笑了笑，小声地发出一个单音节："嗨……"

语气没有刚刚在厕所里那般直接奔放，反而小心翼翼且羞涩。

"我叫艾茜，很高兴认识你。"

"……"

"今天也是过来上这个坑人的总裁培训班的。"

"……"

"……刚刚我打电话，你都听到了啊。"一块儿从洗手间出来，女孩把手机放回挂在身前的黑色小方包里，不好意思地问她。

艾茜点头："嗯，都听到了。刚刚我在你隔壁。"

女孩面一红："你别误会。"

艾茜："很生动。"

女孩："……呃……哈哈，嘿嘿。"

艾茜莞尔一笑，用略低的温柔声线发问一句："真的那么惨不忍睹吗？"

"——何止啊！"女孩像是被撩了一下，激昂的话语乍然冒出，像是一只猫儿情绪突然激动，面朝她说，"都是大腹便便的大叔，没有一个让人有YY（想象）的欲望！"

"嗯？YY？"

"就是那啥……"

噢噢，艾茜品了品女孩的话，露出可惜的神情，顿了顿，望向女孩说："好吧。不过呢，刚好可以专心听课了。"

"……有道理！"

艾茜交到了总裁研修班的第一个朋友。女孩叫周媛媛，身份不详年纪未知，家里并没有什么企业工厂需要继承，暂时也不知道为什么来总裁班上课，唯独可以判断出也是一位“别有居心”的学员。

“你呢，为什么报名这个总裁班啊？”周媛媛小声问她。

凭借洗手间的缘分，两人顺理成章地成了同桌，一块儿坐在教室正中间倒数第二排座位。坐好之后，艾茜拿出笔记本，待网络连接成功，歪过头说：“跟你一样，我也有着不可告人的目的。”

周媛媛：“……”

“姐姐，你不会就是网上说的那种女……”周媛媛用更小的声音问她，倒也直言不讳。

“什么？”

周媛媛没声了。

艾茜恍然明白了，微微一笑：“应该不是你认为的那种女生……”

周媛媛尴尬了：“哈哈，我就随便问问。”

艾茜：“没事，之前在厕所的时候我对你也有过一样的猜测。”

周媛媛：“怎么可能！我……”

从之前认识到现在成为同桌，周媛媛和艾茜俩人已经熟悉了不少。现在时间是上午十点，班级同学差不多也都到齐了，除了她和周媛媛，还有好几个年轻女孩，零星分布在教室各个角落。

总的来看，还是男多女少。

男人们的年纪也没有周媛媛说的这般夸张，只是看起来都比较商务和成熟。

“唉，我是过来找灵感的，结果现实让我幻灭。”周媛媛忧伤道。

寻找灵感？艾茜实在猜不出周媛媛的身份……刚好电脑里邮件进来，先查阅起来。“感觉这些现实中的总裁跟我爸也没太大区别啊……”周媛媛又说起小话。

艾茜听着好笑，手臂忽地被揪住——

艾茜不解地看着周媛媛，周媛媛不停眨动眼皮……艾茜忽然有些理解周媛媛在对她传达什么信号。如果前一秒周媛媛还在幻灭，这一秒周媛媛应该是看到什么重燃了希望。

果真，周媛媛挨靠她，开口道：“你看靠门最后坐着的两个男人，刚刚过来的，好年轻啊！尤其左边那一个，穿白色Polo衫的——”

艾茜转过头，眯了眯眼，往左边方向望过去。片刻后，她转回了头。

“怎么样？”周媛媛扯着她的衬衫，寻求认同感。

“……”

“很帅对不对？”

“……”

嗯……很帅，艾茜试图平静地点了一下头。

必须承认，周媛媛有一双发现帅哥的眼睛，眼睛扫到的穿白色Polo衫的男人的确很帅气，模样年轻又健康，即使头戴黑色鸭舌帽遮住了大半的额头，依旧可以从侧脸轮廓窥探出对方有着一张帅气至极的脸。

一直以来艾茜对男人的欣赏水平平无奇，但是看人记人，有着过目不忘的能力。

艾茜真想长叹一声，什么狗屎缘分，居然在这里遇上费聿利。他不是射击运动员吗，跑来上什么总裁班啊?

还是……她看错了?

她的确有轻微近视，两只眼睛加起来百来度，平时基本不戴眼镜，今天因为过来上课就配了一副眼镜带来。为了确定对方到底是不是费聿利，她从公文包里拿出眼镜，戴上，再次朝九点钟的方向看过去——

不比刚刚只能依稀看到半张侧脸，待她戴上眼镜第二次看向他时，对方的脸不仅清晰了，还全面了。因为费聿利也歪过头，朝她这边看过来。

仿佛有默契般，她和他面朝面、眼对眼地对望起来。

对……就是那个把她拒绝的男人。

对……就是那个被他拒绝的女人。

费聿利这人是看人犀利了点，挑剔了些，倒也不是什么忘性大的男人。就在两人刚刚的对视过程中，他同样准确无误地认出了艾茜。

艾茜默默转回头，噎下一口气。

这不尴不尬的碰面方式……艾茜的老脸有些烧。好在，她有着强大的自我缓解能力，低头，眨两下眼睛，淡定聊。

保持这种状态，艾茜结束了上午的课程。

中午，食堂。

总裁班的食堂是自助餐形式。周媛媛四处溜达取食的时候，艾茜已经发出十几张名片，同时也收到了他人回敬的名片。

周媛媛朝她挥手，示意往她那边坐。正热闹着。

……的确热闹。

周媛媛那一桌，除了周媛媛还有费聿利和他的同伴。在艾茜和班级其他同学互发名片时，他们三人拼桌了。

艾茜朝他们走过去。

“艾茜，他们都是我们的同学……跟我们拼个桌。”周媛媛一副藏不住兴奋的神色，介绍起来。

“你们好，我叫艾茜。”艾茜微笑，坐下。

“……刚刚艾小姐在忙什么？”费聿利旁的年轻男人，好奇地问她。

“对不起，差点忘了。”艾茜拿出两张名片，一张给费聿利，一张递给说话的男士。

周媛媛抗议：“哎，我怎么没有？”

艾茜笑眯眯：“我们不是已经很熟了吗？”

“……呃，是的！”

“对，名片是给我们陌生人的。”悠扬的声音突然响起，费聿利说话了，看了眼名片的介绍。

“大家都是同学……不算陌生人。”艾茜说，回费聿利。

“艾小姐真会说话。”费聿利眨了一下眼睛，顿了顿，遗憾表示，“不好意思，我和三土没有个人名片。”

“没事，敢问两位怎么称呼？”艾茜面上带笑。

“……我才不叫三土！你好艾小姐，我叫王垚，三个土的垚……”王垚不领情费聿利以顺带的方式介绍自己，有范地伸出了手。

噢，是三土没错啊。

艾茜回握对方："你好。"

就在这时，费聿利也自我介绍："费聿利，费是消费的费；聿是法律的律去掉双人旁的聿；利，商人重利的利。"

这番名字介绍，同他和她第一次见面时的台词一模一样。

"好名字，听名字就有商务精英范儿。"艾茜夸道。

费聿利忽地一笑，回道："艾茜……爱钱，艾小姐的名字一样很商务啊。"

"是啊，以后有机会合作。"艾茜点头。

她和费聿利这一来一回，纯粹玩笑般的对话，让周媛媛和王垚听乐了，王垚开口："艾总，费总，你们都不用谦虚，周总和我手上也有一些项目，有机会一起发财。"

噗！周媛媛差点喷饭了，控制了一下表情，也介绍起自己。

"其实我不是什么总，我是一个……网络写手，这次报名这个班，是专门过来找灵感的。"

"这么油腻的班能给你什么灵感啊？"王垚问。

周媛媛解释："我写的是总裁耽美文。"

王垚疑惑了，总裁他知道，耽美是什么东西？？

不过，在周媛媛十分坦诚地交代后，王垚也交底了，顺便介绍费聿利："我和费二……费总，未来世界五百强企业CEO，这次报名这个总裁进修班，都是家里安排的。"

呃……周媛媛理解了："你们都是富二代啊。"

王垚谦虚了："……勉强算吧。"

周媛媛："……"

"对了。大家加一加微信吧。"

当代年轻人社交方式不是互发名片，而是相互扫一扫。饭后，王垚终于提议加一下彼此微信。

“好啊。”周嫒嫒愉快地扫完王垚的，又扫费聿利的。

然后，王垚也扫了艾茜的。

“艾茜，你不加一下费……”

在周嫒嫒的友善提醒之下，费聿利抬起头，眼皮往上一抬，瞧着她……

的确，他们三人都相互加了微信，除了艾茜和费聿利。但问题是——

她和费聿利上个月就加上微信了！现在两人的微信聊天框里，还躺着他单方面拒绝她的内容……难不成，现在还要假装再加一遍？

那也，太尴尬了吧！

“你把他号推给我吧。”艾茜温温柔柔地接住周嫒嫒的提醒，同时，接住费聿利投来的目光。

费聿利收回注视，转走眸光的意味不明。

“对的呀，我们现在拉个群，直接添加就好。”周嫒嫒仿佛突然想到了绝妙的点子。

艾茜轻轻一笑……之前怎么没发现周嫒嫒这般聪明呢！

傍晚，艾茜回到刚搬入的出租屋，在白鹤四路1352号的百合花苑小区。

百合花苑已有二十年房龄，分两期建造，中间隔着一条河。整个小区有五千多户居民，远看是一片密密麻麻的大型社区，近景则是房子老旧，楼道狭窄。艾茜租住在这里，就是贪图上班方便，小区跟她工作的黎明基金会只隔一条老街的距离。

今天总裁研修班学习结束回来，艾茜先将车子开回基金会，再步行回到百合花苑，途中，在隔壁的生鲜超市买了一瓶沙拉酱带回家。

一个人的晚餐很好解决，一份牛排蔬菜沙拉简单健康又美味，关键是——没时间运动也能保持身材。不过吃饭时，艾茜是不刷朋友圈的，怕影响吃沙拉的好心情。

入夜了，艾茜捧着白色保温杯，倚靠在阳台围栏上，一边抿着白开水，一边观赏着头顶即将消散的余光天色。

一天的疲倦和烦郁一点点消散。

百合花苑的这个房子是一个两室一厅，虽然户型老，但格局不错，客厅连着餐厅主卧连着阳台。朝南的阳台有十来平方，足够为她提供一个夜晚的惬意空间。

一个人，喝着凉白开，孤独地看看夜色，即使夜空无边又壮阔，心里难免落寞。因为无聊，艾茜开始细数自己谈过的男朋友们——

一，二，三，四……

算了，不数了，越数心越凉，没一个靠谱的。况且，都已经“入土为安”了，她又何必将他们挖坟刨出来鞭尸一番呢！不道德。

大概是她找男朋友眼光不靠谱，远在北京的潇潇阿姨才操心地要给她安排相亲……

结果，也不行啊。

对小自己两岁的费聿利，不管见面前还是见面后，她都没抱什么想法。但是平心而论，她对费聿利印象不差，原本她还琢磨两人相亲不成，也是可以做个朋友什么的……

结果两人第一次见面结束的当晚……他就把她给否决了。

费聿利是一个什么属性的男人，她现在都没办法评断。微信聊天里，他话少但礼貌；见面时，他能言善道，行为举止间透着年轻男孩阳光又傲娇的气质。

总的来说，还真有两分小狼狗味道……外表酷到不行，实则二到可爱。会不会咬人？因人而异，小狼狗自己眼里，他自己肯定高贵又厉害……

今天，她微信添加了不少好友，趁着晚上空闲，艾茜斜斜地倚在露台围栏上将新加的同学一一分类。分类时，将费聿利从一面之缘的相亲组移到了相亲相爱的同学组。

除了新同学，一天上课下来，她还多了两个群。一个是总裁班联络大群，群名：A大卓越高端系列第七届总裁研修班；另一个就是她、周媛媛、王垚，以及费聿利中午吃饭时建立的小群。

这个群名更拉风了。名字是王垚取的，叫作……王者孤独之未来百亿总裁私下联络群，简称——孤独王者群。

头顶星光闪烁，群里有人冒泡。

艾茜回房之前，孤独王者群弹出一条消息，“三土一草”的王垚丢出一句话：周媛媛你牛啊，微博居然有十万粉丝！

一时没人理会王垚。

周媛媛没上来说话，费聿利也没接王垚的话茬。王垚显然不想放过周媛媛，又发来一个链接，是周媛媛在网上所写的小说链接。

小说书名《孤独的不二总裁》。

“点击量这是有……三千多万啊！”

“原来是大大大大……大神啊。”

“小的有眼不识泰山，现在正式拜见周大神！”

王垚不停地发来群消息。

周媛媛终于被王垚激出来，冒出一句话——

“绿总，麻烦您有点商业道德，不要随意扒人马甲！”

王垚：“绿总，你叫谁？此处应@Ranger”

Ranger是费聿利。

一分钟之后，费聿利被王垚@出来，发上来一串省略号。

“艾总呢，正在做什么呢？@艾茜”王垚继续@了她。

艾茜突然有些头疼，感觉自己加入了什么弱智组织。

“好无聊啊。有人打王者吗？”周媛媛上群里问。已经接受自己被扒马甲的这件事。

王垚很快回应，答应的同时，加上了费聿利：“可以啊，我也好久没玩这个小学生游戏了，今天就陪周大神练练手。@Ranger要上吗？”

“好。”过了一会儿，费聿利回复过来，一如既往简短惜字。

有些人哪，千万别看他回复简洁说话精炼以为他是性情高冷，其实他哪……就是手懒。

孤独王者群，什么未来百亿总裁群，根本就是王者荣耀游戏群……因为群消息太多，艾茜打算关掉该群的群消息提醒，就在这时，里面又有人@她。

这个人，居然是费聿利。

“艾总会玩吗？”费聿利@她，像是在诚恳地邀请她。

艾茜想，如果她和费聿利像周媛媛、王垚一样是今天才认识，费聿利这样提问无疑是友好的邀请。但，他对她甩出的那句“我觉得你并不适合我”的单方面拒绝还在俩人的聊天框里……

“好的啊。”她答应了。去年她为了陪家中危宇航小朋友玩游戏，特意下载王者荣耀玩了几局，后面这游戏成了她空余时间的一个消遣。

没想到艾茜真的会出现，还答应加入游戏局。其他三人都有些震惊，尤其艾茜顶着今天刚换上的微信头像。为了做好慈善形象，艾茜的头像是端坐在办公桌前的工作照，对比一般年轻人的头像，仿佛隔了三代人。

费聿利：……头像可真商务！

艾茜的王者账号不是用微信注册的，而是一个多年不用的QQ号，她有一部专门用来娱乐的华为手机，索性完全分开了工作和娱乐。平时工作社交就用现在用的手机，但只要一个人有空闲时间，就用手上这部手机打打游戏、刷刷直播。

作为一家扶贫基金会的副秘书长，艾茜觉得自己还是很年轻化的。

王者说上就上，艾茜连上游戏之后，添加了群里的每一位。然而不知为何，孤独王者群成员安静了。

“艾艾，你居然是王者！”周媛媛第一个发出感叹。

艾茜：“对啊，不过也是前几天刚升的。”

周媛媛：“求带啊！”

艾茜：“……好的，媛媛。”

万万没想到，孤独王者群四人里艾茜段位是最高的，其他三人，王垚钻石，费聿利和周媛媛都只是铂金。

周媛媛：“从现在开始，我宣布，艾艾就是我的王者女神！”

艾茜翘翘嘴角：“从现在开始，我也宣布，媛媛就是我的小可爱。”

王垚：为什么现在女孩子之间的相处会这般恶臭肉麻！令人作呕！

费聿利：他那天的判断果然没错……

十几分钟之后——

周媛媛：感谢各位，躺赢啊！

王垚：艾总优秀！

费聿利：……

这世上或许存在一定的误解，但实力总能让人闭嘴。时间差不多了，艾茜退出游戏，退出时交代一句："你们继续玩吧，我要忙了。"

艾茜最引以为傲的就是自制力，游戏说结束就结束。放下手机，她回到卧室，打开电脑进入工作模式，开启工作之前，大脑自动评价了一番前面游戏里几个人的水平。费聿利虽然只是铂金段位，但各方面输出都强过钻石的王垚，至于同样是铂金的周媛媛……算了，她就不评论了。

"艾艾，再来一局吧！"周媛媛在群里请求她再来一局。

艾茜瞧了眼微信消息，拿起手机直接往群里发了一条语音："不行呢，我今天的工作还没有忙完。"最温软的语气，透着最坚决的拒绝。

"你的工作具体是什么啊？"周媛媛也发来语音。为了游戏，甚至放下话，"有什么我们能帮上忙的地方吗？"

帮忙？

艾茜乍然一乐。一会儿之后，她直接在群里感谢起来："好啊，谢谢你们。"

接着，不等王垚和费聿利出场，艾茜送上最近黎明扶贫基金会正在进行的公益项目的链接。

"最近我们基金会正在准备一个关注社区空巢老人的公益项目，但是目前这个项目的经费还没有筹齐。"艾茜输入道。

"……"

"……"

群里安静了。

周媛媛也消失了。

王垚和费聿利更是没有再出现……

艾茜忍不住哂笑，随即双手往后扣住后脑勺，揉了揉颈部神经，然后解开盘了一天的老气盘发，一头浓密柔顺的长发如瀑布倾泻下来。

艾茜又伸了一个懒腰，然后拿着手机瞧了一眼微信消息……真好，孤独王者群终于孤独了，安静了。

是的，安静了。

此时此刻，安静了的孤独王者群其他三位成员的心理活动分别是——

周嫒嫒：没想到艾艾就是一个拉款的资本家！

王垚：完蛋，居然被神秘人士潜伏了。

A市北江区江景公寓里，刚刚打完一场小学生游戏的费聿利，正惬意地躺在客厅的贵妃榻上，右手撑着脑袋，左脚搁在右腿上。

一副闲适的模样。

看着四人群最后消息，费聿利忍不住呵呵一笑：有人可终于暴露目标了呀！

再次点开艾茜的头像，费聿利研究起这张如同成功传销人士的工作形象“照骗”……还好上次见面他就及时拒绝了她。

不然，老底可能都要被这个慈善经理人挖干净了……

Chapter 02

还 不 是 朋 友

七点半，艾茜准时起床，一边听晨间新闻唤醒大脑细胞，一边给自己做营养早餐。

早餐十分简单，就一个三明治，夹着有机的青瓜西红柿搭配椰子油煎的鸡蛋，方便解决又不需要收拾。昨夜，艾茜熬夜加了一下班，整理出总裁班同学的资料库。

现在这份资料表已经放在她手机工作备忘录里。

这次A大总裁进修班一共有四十六位同学，从事领域以高新科技行业为主，占比百分之五十六，剩下就是零售、服务以及文化传媒等第三产业。通过昨天的简单交流，她拿到二十张名片，再经一系列筛选，有了大致的分析：

赵总，名片上的职务是瑞达金融科技有限公司总经理……然而，金融科技感觉很厉害，事实上这位赵总有可能今天还在总裁班上课，明天就卷课本跑路了。

田总，搞房地产的叔叔，名片上写着是安达建筑有限公司董事长。搞房地产一定很有钱对不对？不对，基本上他们都是欠着银行高额贷款睡不着。这位田总年事已高，估计每天看着翻滚的利率都会心跳加速血压飙升。

王总，爱力家具外贸有限公司……保留客户。

陈总，天鹤文化传媒广告工作室……算了，就是一个个体户。

最后，艾茜在到手的二十张名片里重点选出了两张名片，分别是同美堂生物科技的杨总，以及，班上看起来最朴实无华的吴老板。

吴老板，吴总，某饮料公司的负责人，身材矮小，样貌黑瘦，手上只经营一家名为康永旺的食品公司，注册资本一百万，公司主要生产一款补脑的功能饮料……别看吴总样貌平凡，康永旺只是一家位于县级市的食品公司，但往往这样的食品公司利润率非常可观。

而且，食品公司一向最在意的就是社会影响力。

如果她没有记错，康永旺生产的补脑饮料今年还赞助了某一线卫视的综艺节目。

有钱上电视，肯定有钱做公益。

今天是小暑，A市迎来最高温度，大清早艾茜就坐在A大总裁班教室里，感受着中央空调飘出来的丝丝凉风。

王者群四人中，她最先来上课。毕竟，她需要早起守株待兔……不，是金主。

比起目标明确的她，周媛媛还算是抱着寻找灵感的想法而来，王垚和费聿利，他们两个更像凑数而来。

今日的课程题目为“企业全价值链的经营管理沙盘”，讲课老师是A大客座教授，国内著名的经济学家。总裁班一年学制，每月培训两天。除去昨天，今天是这个月最后一天培训了。

艾茜算了算，总裁班一年学费十六万，如果将昂贵的学费折算成课时费，一节课差不多可以给山区小朋友送上一年的营养早餐。结果，有人交着如此昂贵的学费，只是过来吹空调睡大觉……

昨天四人打了一局王者，今天王垚和费聿利来到教室之后，便坐到了她和周媛媛的前面，一上课，都自发进入睡觉模式……

睡觉也罢了，还睡得格外香。

讲台正前方，身穿免烫蓝色衬衫的授课老师开始分析今年的经济形势，侃侃而谈贸易战对民营企业的冲击……艾茜听得受益匪浅，不停地敲打键盘记笔记。

前面的一位“大型生物”醒了，两手搁在桌面，将原本伏在桌面的上半身忽地撑起来。

接着，他身子往后一靠，吱呀一声——

艾茜眼疾手快地拿住放在边缘的保温杯，往里面移一移，不让保温杯有被打翻的可能。她心里生气，然而醒来的费聿利往后转身，回头望她，眼睛一眨一闪，带着三分真诚。

艾茜客气地回视一眼。

“有点吵。”费聿利说。

艾茜：“……”

费聿利又道：“你打字的声音，有些重。”

“不好意思，打扰了。”艾茜干脆道歉，随后微微一笑，陈述理由，“但我也是为了替你们遮盖打呼声。”

费聿利：“……”

“毕竟大家都在听课，你们的打呼声也有些重。”艾茜补充一句，笑容可人。

正在看小说的周媛媛扑哧一声，将可爱的脑袋往里缩了缩。

不再说什么，费聿利轻轻一笑，点了点头，转回了身。坐正，他将手放在王垚肩膀上，像是对待孩子那样怜爱地抚了抚，然后，宠爱地开腔说：“还睡……有人说你呼噜声太重了。”

王垚睁开眼，一脸迷茫。

艾茜：“……”

此时，艾茜突然明白为什么王垚会叫费聿利费二了。昨天她还想费聿利是不是在家中排行第二，原来不是……是她眼拙，费聿利是凭实力二。

一个班，人和人的智商都是分等级的，像费聿利和王垚这样的，差不多都属于幼儿园水平。好在，两个幼儿园小朋友也有个伴。同样作为家中有矿有产业要继承的富二代，王垚和费聿利出身差不多，待业情况和以后就业方式也差不多。

但是，两人也有些不太一样。

作为从小含着金汤匙出生的富二代，王垚属于那种不会让家人多操心但也不让家人多骄傲的公子哥，心思简单，性情也很率直，相由心生，长得也是一副浅薄无知活泼闹腾的肤浅模样；这次来总裁班，也真的是抱有学习的想法……只是老师讲得太催眠，加上昨晚游戏玩太晚，只好先睡为敬了。

但是，费聿利呢，他不一样。首先在长相上，他具有欺骗性，至少长得不太肤浅；其次，他来总裁班，比起王垚还有学习的想法，他就现实多了，他连想法都没有。

一堂管理课结束，又到了中午饭点。

私下建了小群，在环境里就是一个小团体。什么是小团体，就是上课坐在一起，下课聊在一起，吃饭吃在一起的好朋友。窗明几净的食堂角落，周媛媛望着远处同他人言笑晏晏的艾茜，对旁边的王垚说："因为我没钱捐助，艾艾就抛弃我了吗？"

王垚抬头，必须承认艾茜眼光很好，一天时间就看出周媛媛是一个穷鬼。

周媛媛话音落下，对面的费聿利也转过头，往艾茜坐的那桌瞧了一眼。他倒不觉得艾茜是抛弃了周媛媛，他认为艾茜来这个总裁班本就目的明确。

的确，利用中午吃饭时间，艾茜跟康永旺的吴老板阐明了黎明基金会正在展开的公益项目，吴老板对她的公益推广方案也非常满意，爽快地答应为空巢老人略尽绵薄之力。

"吴总，我替百合社区的老人们谢谢您。"艾茜感激说。

"不客气，做一些社会公益一直是我的兴趣和追求。"

"你们觉得艾茜现在像在干什么？"王垚抛出一个问题，发问好友费聿利，和新伙伴周媛媛。

周媛媛："还能做什么，拉款呗。"

"像在化缘。"周媛媛忍住没说的话，被费聿利用更毒舌的方式说了出来。

周媛媛和王垚差点互喷起嘴里的饭菜。

艾茜过来时，三人都已经吃好了。午休时间长，三人坐在靠窗的餐桌，因为没有太多共同语言场面相对和谐，一个托下巴，一个剔牙，一个喝着茶。

“报告艾秘书长！”周媛媛突然朝艾茜举起手来。

艾茜微笑：“讲！”

周媛媛抿抿嘴巴，看向优雅喝茶的费聿利，打起了小报告：“有人刚刚说你……”

艾茜笑得更加亲切：“说我什么？”

费聿利吹了吹杯中茶叶，不紧不慢地抿了一口之后，再跟着抬起头，目光也落在艾茜脸上。

周媛媛说：“……说你在化缘。”说完，连忙急着解释，“不是我说，是……”

“我知道，乖……”艾茜哪那么容易计较，将手放在周媛媛肩膀，温柔地撸了一把，朝费聿利说，“费施主，要不要也乐善好施一下呢？”

费聿利笑了，慢慢悠悠，他做作地端着茶杯，抬起清隽似水的眼睛瞧着艾茜说：“好啊，今天晚上我就有两个亿，艾秘书长……你要不要啊？”

噗！王垚再次喷了。费二够给力啊！

周媛媛却惊呆了，这般讲话的费聿利完全是她笔下的霸道总裁啊！

被调戏的艾茜只是呵呵一笑，伸手一指后面的白墙，对费聿利说：“您还是捐给它吧。”

周媛媛这才反应过来，费聿利说的两个亿是什么，艾茜说的捐给墙是什么意思……原来刚刚大家都上车了，她还在吃糖……

流氓啊！

总裁班下一期培训内容是产业园考察和班会联谊。园区在外地，考察结束之后，如果要继续参加联谊的同学可以报名留宿一晚。住宿酒店是A大安排好的，五星山间酒店。

艾茜是费聿利他们这一组选出来的组长，要在傍晚放学之前统计人数收齐费用，同时将留宿的同学身份证全部打印收齐。

费聿利、王垚和周媛媛都报名了当晚的联谊活动，她自然也要参加……

A大复印室里，艾茜打印费聿利身份证的时候，突生好奇，索性大大方方地瞧起费聿利身份证上的照片。心口忽地一动，仿佛有微风拨动烦闷盛夏里的珠帘叮当作响。

费聿利的身份证照片应该是高中毕业时拍的，照片上的样子青葱又内敛，神情意气风发，眉宇之间更有着藏不住的骄傲。

“这是……被我帅到了吗？”身后多了一个人。

艾茜惊吓，倏然转回头，身子差点对上费聿利的胸膛。脚步快速往后一退，稳了稳站姿。

费聿利也有些无语，朝她开口：“王垚让我过来问你，晚上要不要聚一聚，他订位。”

“AA吗？”艾茜咳嗽了一下。

费聿利更无语了：“如果不是AA，就不去了？”心里吐槽着，有些要强的女人吃饭买单就喜欢与人AA，尤其跟男人。

“不是……”艾茜摇头，一脸真挚的穷样，“如果是AA，我就不去了。”

费聿利：“……”抠死吧！

“你见过总裁聚会，买单付钱还要各自A吗？”顿了下，费聿利反问她。

嗯，艾茜放心了。这是两天总裁课下来，她从费聿利嘴里听到的最有霸总气质的话了。

“像今晚这样的聚会，自然是组长你请客。”费聿利又加了一句，十分理所当然。

艾茜：“……”

“是不是？艾组长？”

“好啊，只要客随主便。”

算了。

事实上，有王总王垚在的场子就没有别人买单的机会。

作为一个典型好逸恶劳的富二代，王垚虽没有给家人争光，但也不是那种让家人操碎心的败家子，除了，做人稍微冤大头一点。

冤大头……就是在请客上比较争强好胜的人。

与王垚相反，费聿利不喜欢贪图别人的好处，也不喜欢他人贪图他的好处。费聿利对自己的朋友圈也卡得严，向来是严进宽出。王垚能这样长久成为他的伙伴，只说明了一件事：王垚在交友方面真的一点也不挑嘴。

真相……确实如此。

晚上王垚安排的聚餐是……扎啤烧烤局。从总裁班教室出来时王垚说要订位，周媛媛还在想王垚会订会所呢还是星级餐厅，结果是一家路边烧烤摊。

“这个烧烤摊是这条夜市最火爆的一家，必须提前打电话，老板才会帮忙留位的……”王垚解释说，同时，一边用纸巾擦拭着塑料桌上的油腻污渍，一边招呼老板过来点单。

“真的……我说真的啊。”王垚见周媛媛一脸不信，较真地强调一番。

艾茜点了下头，表示相信。

周媛媛也缓缓点了下头……尽量理解。

“如果不是这里的老客，老板根本不会给这样的待遇。”王垚又说，语气炫耀。

周媛媛还是不太相信，“嗯嗯”了两声。骗鬼吧……明明她视线以内的桌子都空着。

比起周媛媛，艾茜就捧场多了，目光环顾一圈这条夜市街，落在夜宵摊亮起的广告招牌灯上，说：“我们的王总很会选地方啊。”

费聿利：“……”呵。

“位置上，这家烧烤摊是整条街最好的，说明老板经营有方收入可观；看招牌，老旧说明使用多年，一定是这条街经营最久的。一家有资历位置又好的夜宵摊……生意一定是极好的。”艾茜说完想法。

周媛媛跪了。

艾茜最后补充：“只不过现在时间还早，难免人少了点……真正好的夜宵摊大多到了深夜才会人声鼎沸。”

王垚忍不住激动：“……艾总厉害啊。”

艾茜谦虚摇头，回敬：“还是王总厉害，能在众多夜市中发现这样亲民又有特色的夜宵摊，平时一定非常热爱生活。”

一时之间，不仅周媛媛惊呆了，连当事人王垚都沉默了……

怎么回事，有点羞耻?

忽地，费聿利大笑出声，一股名为“快乐”的气息从肺腔顺着气流往上涌，呛得他整个面部表情都快要失控，乐了好一会儿，费聿利伸出手弹了一下眼角冒出的泪花。

这个夜宵摊是不是这条街生意最好的他不知道，但是他知道——

眼前这个女人一定是这条街最会拍马屁的人! 也是最会说反话的人, 表面说王垚热爱生活, 实则说请客地方太价廉物美! 连“亲民”这种词都出来了。

对此，艾茜嫣然一笑，看向费聿利说：“物以类聚人以群分，费总能跟王总做朋友，一定也是像王总这样的性情中人吧！”

费聿利眼睛撇开，懒得搭理。

老板端着一盘烤串上来。一般来说, 艾茜不会吃烧烤这样的垃圾食品, 但是今天心情不错, 可以勉为其难一下。这家夜宵摊虽然粗糙了一点, 烤的东西倒是十分精细, 烤串也很入味。想一想, 她有多久没有这样吃着烧烤喝扎啤了?

五年前她被危城打发到英国开始? 好端端的研究这个做什么，不如看看这远近嘈嘈杂杂的喧闹夜市，感受此时此刻纷纷扰扰的烟火人间，吃点烤肉，喝口……话说这扎啤真的不够上头呢。

艾茜侧过头，面朝望过来的老板亲切一笑，用费聿利、王垚、周媛媛都没有听到过的乖巧口气，礼貌地询问老板说：“老板……有江小白吗？”

“有啊”

“那先来五瓶吧！”

“……”

“……”

真没想到，艾茜是这样的人!

四人里，只有周媛媛没有喝酒，雪碧一样能让她上头，就着烤大虾半瓶灌下去，打个气嗝，也能美得心满意足。这次花了大钱加入总裁班寻找灵感，周媛媛原本以为要失望而归，但是！没有！她现在宣布——艾茜已经成为她心中最佳霸总!

“艾艾，我要表白你，表白你——”周媛媛整个人几乎要窝进艾茜怀里，看得王垚和费聿利神情微妙：这周媛媛不会是一个百合吧?

艾茜单手握着江小白，歪斜着脑袋，也十分宠溺地看着周媛媛，自然无比地从桌上抽了两张纸巾，像是男朋友递向女朋友般：“快擦擦嘴巴，怎么吃成小猫咪了？”

周媛媛脸一红。

艾茜补充一句：“有点可爱。”

王垚：“……”

费聿利：“……”呵。

这简直是撩妹现场教学啊！如果之前周媛媛对艾茜只是喜欢，现在已经进化成了迷恋，看艾茜的眼神，全是小星星……

艾茜偶尔也回望周媛媛一眼。

“费二，你最喜欢的羊排上来了，咋不吃呢？”王垚问左边的费聿利，按照以往，费二这个退役运动员完全是狂热的蛋白质热爱者。

费聿利身子往后靠，回答王垚：“没什么，就是吃不下了。”

王垚：“好好的怎么吃不下？”是肚子不舒服吗?

费聿利转了下头，实诚道：“不是，是恶心。”

“哦。”

“对了，艾艾，你的基金会还招人吗?”周媛媛又抛出一个可爱问题，女孩子真是可爱生物，对着自己喜欢的不管是食物还是人，连样子都会变得可爱。

艾茜想了想，回答：“招呢。”

“太好了！”周媛媛差点欢呼。

周媛媛今年研二在读，再过一年就要面临就业问题，虽然她在网上已经是一个小有名气的小说写手，但毕竟写文只是业余爱好，不能成为一份正经的职业。

现在全职作者也不少，不过周媛媛还是想出来工作，毕竟她要从现实生活里汲取灵感和养分！就像刚刚的艾艾就可以成为她写霸总的素材。

“可以招我进去吗？”周媛媛接着问，语气有点严肃。好紧张。

艾茜撩了一下眼皮，温柔地瞧着周媛媛，接着温柔地拒绝：“不可以。”

周媛媛：“……啊。”好失望。

艾茜笑了，解释说：“我的基金会比较穷，怕是养不起你。”

周媛媛摇头，表示：“不用，我不贵，你随便打发点工资就好。”

艾茜：“好……”

看着周媛媛这般开心样，费聿利感到有些好笑，这傻子是听不出来艾秘书长只是在敷衍她吗？

“如果是我呢？”费聿利突然开口，望向艾茜。

有人故意要找一下存在感，艾茜自然会满足他。毕竟做人偶尔也要善良一些，成人之美也是一种精神扶贫。

“我说……如果我来黎明基金会上班，艾秘书长会打发多少工资给我？”费聿利问得更具体，嘴角笑意也更挑衅。

看着费聿利这张有些欠揍的脸，艾茜不仅没有将费聿利的提议当作玩笑，反而认真地想了想……不过一时没有给出答案。

“费二你就别开玩笑了，你过去不是给艾秘书长添乱吗？”王垚打击费聿利说。

“不不不……”艾茜轻轻将手一抬，打断了王垚的话，抿了抿唇，拿捏出秘书长的腔调说，“费总有这个心我真的很意外，也很感动。”

费聿利眼睛一翻，感觉不妙。

果然，艾茜已经客客气气地为他倒上一小杯酒，适时地抛出了橄榄枝：“话说最近我们黎明基金会还真的有一个岗位空缺，我觉得蛮适合费公子的。”

没想到艾秘书长这般畅快，不止周媛媛，王垚也好奇了，两只脑袋同时一伸，异口同声问：“什么岗位？”

艾茜：“一个经理岗位。”

王垚惊叹：“哇，那还挺大的。”

周媛媛也是一样的反应：“是啊，那费公子还挺厉害的。”

费聿利已经不想说什么，他知道艾茜完全把王垚和周媛媛这两只带进了沟里，果然，艾茜眉眼一弯，道：“没错，就是我们黎明基金会的专项扶贫经理。”

什么经理？扶贫经理？

“专项扶贫经理。”艾茜重复强调了一遍岗位名字，就事论事，“这个岗位很特殊，很重要……一般人没办法胜任，所以至今招不到人。”

“呵……”这声呵，是费聿利发出来的。

周媛媛和王垚都陷入了思考。

“我知道了！”

周媛媛仍是迷迷糊糊的傻样，王垚看了看费聿利的脸，肯定道：“一定是这个扶贫经理需要靠脸拉款，是不是？”

费聿利冷笑，瞪了眼王垚，不会说话就别说话。

当然……不是。艾茜摇摇头，她不做那种靠脸的生意，更不会让员工靠脸上位。

“那费二凭什么胜任这个扶贫经理呢？”王垚急了。

“没什么……主要是这个岗位需要带资进组。”艾茜陈述最终理由，唇角上扬，浅浅一笑。

费聿利：“……”呵。

王垚：“……噢。那这个扶贫岗位的确很适合我们费公子。”

适合什么啊！周媛媛欢乐拍桌，耿直补充：“艾艾的意思是，费公子人傻钱多呢！”

费聿利给了周媛媛一个“自己体会”的眼神——你不说话没人当你是哑巴。

过来得早，烧烤局结束还不到晚上八点。夜幕低垂，站在路边等代驾过来的时候，艾茜心情变得敞亮又自在，仿佛这条夜市街远远近近的城市灯火都亮到了她眼里，心里。

她旁边站着费聿利，跟她一起等代驾。

之前过来的时候，他们开了两辆车，费聿利和王垚一辆，开的是王垚的宝马×6，她和周媛媛一辆，开的是她的老宝来。

现在王垚的宝马已经由代驾开走了，她叫的代驾还没有到。至于为什么回去是王垚和周媛媛一起，她和费聿利一道，是因为王垚住的小区跟周媛媛读研的大学更近。

她和费聿利不顺路，但在同一个方向。

总之麻烦……不仅从费聿利这里抠不到钱，还要费油将他送回去。

现实总能让人变得冷漠。代驾过来，费聿利跟着一块儿上了车，艾茜话就少了。

然而，坐在这辆难以形容的老旧轿车里费聿利觉得自己需要说话转移注意力。请问他坐的真的是轿车，而不是轿子？刚刚过减速带，这车抖得他心脏都快跳出来了。前面的代驾兄弟也是非常不容易，从上车到现在，像是担心会把车开散架，连油门都不敢多踩一下。

“完了，麻烦了。”前面开车的小哥突然冒出一句话，车子已经停靠到了路边。

艾茜抬起眼皮……怎么了？

怎么了！抛锚了！什么破车！

第一时间就感受到车子出了什么状况，费聿利闭了闭眼，身子往后一靠，差点飙起脏话——去他的艾茜的老年车！

艾茜：“……”

环城路上方是纵横交错的高架桥，高架桥上是拥堵蜿蜒的车流。艾茜坐在高架桥下的绿化带边，眯了眯眼，不知道为什么，觉得这个仰望角度看高架上的车流格外好看。川流不息的车流仿佛汇聚成一条条明亮闪烁的灯带，给漆黑的夜空打上了数个漂亮的结。

老宝来故障抛瞄，被迫停在路边。代驾小哥已经撤单骑上共享单车溜了，艾茜从车里下来，安静地蹲坐在路边的绿化带边，反思自己最近是不是人品不太好？

不对，她一个搞慈善的怎么会人品不好呢！

……一定是费聿利连累了她。

对了，费聿利人呢……逃逸了？

不远处，费聿利面无表情，平静地望了眼蹲坐的艾茜，转过身，开始认命地给这起事故收尾。他先从这辆老宝来的后备厢找出了三角警示牌，放在距离故障宝来三十米处的行车道中间，然后一边打着保险公司电话叫人过来拖车，一边挥手示意后面的车子往里车道走。

费聿利身上有一个优点，就是明明心情糟糕到了极点，仍能有条不紊地处理事情。后面的车流打着一道道刺眼的车灯朝他驶来，费聿利像是交警站岗般站在宝来车后面，站在汇聚的车辆大灯里，直到一辆接一辆地从费聿利身边绕过去……

艾茜心情莫名极好。

“费总……麻烦了！”艾茜朝费聿利喊了一声。

费聿利回过头，完全不屑艾茜对他的谄媚讨好。

半小时之后，老宝来被拖走，费聿利带着艾茜上了一辆叫来的专车。

……艾茜可能醉了。

就在处理好事情后，他看到艾茜居然坐在绿化带上睡着了，原本盘着的头发全部落了下来，垂着脑袋一动不动。他上前拍她脑袋。她醒得倒是很快，晃了晃头，仰起脸看他：“嗨，费……费聿利……”

从小到大，费聿利最讨厌的，就是结巴人士把他姓氏叫两遍。但是，看着艾茜一头柔顺的头发披散下来，他第一反应是，原来艾茜的头发那么长……那么柔顺，那么好看。

记得王教练的老婆赵青阿姨把艾秘书长介绍给他时，就强调艾茜长得漂亮，气质出众，他本没有任何感觉。要拒绝时，赵青阿姨秀出了艾茜的照片，奇怪，看到照片，他对艾茜真有两分眼缘。这也是他答应见面的原因……

不过，艾茜不是他喜欢的类型，即使长成天仙在他眼里也只有两分端庄秀美……然而，在刚刚上车的时候，他心跳怎么会突然加快?

专车后座上，费聿利努力想忘掉刚刚上专车的那一幕：脚步不稳的艾茜差点靠到了他怀里，他礼貌地伸手扶她，她居然稳住了，微微歪过头，冲他挤眼一笑：“不用扶我，我现在还能跑呢。”

微醺的女人说着俏皮话，加上一头柔顺秀美的长发落在肩上，拥有着强烈的个人风情。所以，男人都是视觉动物，费聿利承认这一点。只要女人足够美，就算不是他喜欢的类型也难免出现片刻心动的情况。

当然这样的心动，只是身体在荷尔蒙的作用之下产生的，也就只能维持三秒。

三秒早已过去，费聿利对艾茜恢复原先的毫无想法。为了清除艾茜酒精上头的迷糊，他特意与她说话。

“艾秘书长，允许我好奇一下。”费聿利找了一个问题。

“好奇什么呀？”艾茜回他，声音略低，但吐字清晰。

费聿利无奈地摇了摇头，接着问：“今天你在吴总那里拉了多少善款？”

“没有。”艾茜回答。

“没有？”费聿利不太信，她中午吃饭那开心的样子，没有几十万根本装不出来。

艾茜歪过头，瞧着费聿利慢悠悠道：“做公益的方式很多，不是只有捐钱。”

“吴总捐了什么？”费聿利被逗了一下，嘴角不自地觉弯了弯。

“十万的核桃饮料。”艾茜朝他比了一个手势。

“十万瓶？”

“价值十万。”

“……”

费聿利打来的专车先到了艾茜住的百合花苑，到达的时候，他落下车窗看了眼小区大门挂着的“百合”二字，嘴角又是一抽。

“谢谢费总，下个月见。”艾茜打开车门下了车。

费聿利没有多想，直接给司机加了钱，让司机停在小区外等他，跟着下车。不管如何作为男人他也要把艾茜送到她住的楼栋下面。

“费总真可……爱，居然还下车送我一程，多谢多谢。”艾茜回过身，撩撩被风吹乱的秀发，感激地说。

费聿利：“……”说她好像醉了吧，她又能思路清醒地回答他每一个问题，说她没有醉呢，说话又有些飘飘然。

其实刚刚艾茜想说的是“费总真客气”，结果舌头打飘她就机智地改成了“费总真可爱”。夜风拂面，小区路灯照射下的树影摇晃着，头顶上空还有一个明晃晃的大圆脸……艾茜仰头再次确定了一眼，哦不是，是大圆月。

“艾秘书长……”费聿利再次出声，结果被一道手机铃声打断。

华为手机系统自带的响铃，费聿利和艾茜用的是同款手机，一时都觉得是对方手机在响。不过显然即使两个人都喝了酒，费聿利还是更为清醒。

“你的。”费聿利说。

“噢……”艾茜从包包里拿出手机，真的是她的手机在响。她干干一笑，接听之前，握着手机先看了眼来电显示，上面显示的大名是——危城。

危城……是谁?

百合花苑是一个有着五千住户的大型社区，艾茜租的房子楼栋位于中间，导致不管从哪个门进来都要走好长一段路。

费聿利有些后悔下车送某人了，不是这段路太长，而是他这般好心好意陪她回家，费尽心思找话题聊天，艾茜对他的态度是敷衍至极地点头了事，现在又接听电话……没关系，他不介意，不在意。

但是，他那么大一个人走在她后面，她真当他是影子啊!

讲电话的时候能不能考虑他一个外人在场，声音能不能正常一点，开口就是一句危哥哥……叫给谁听呢!

“好的，放心吧，我在这里生活得很好，工作也很顺利。”艾茜说。

“嗯，总裁班进去了，赵老师把一切安排得很好。”

安排得很好?

“嗯，没有人知道我是走后门进去的。”艾茜继续说，声音带点笑。

费聿利：“……”

“好的，那我挂了。”艾茜浑然不觉地踩着费聿利的影子，边走边说。然后……终于要挂了——那边人突然加了一句话，内容应该是：你人在哪儿，是不是一个人，跟谁在一起?

“我现在和朋友在一起，没有一个人。”

费聿利走在后面，停下了脚步。

朋友?

“好的，你也注意身体。”终于，艾茜挂了电话。

“你刚刚说什么？”声音不再是从手机里飘出来，而是从后面冷幽幽地飘过来。

这样不经意冒出的一句话，莫名有些吓人。主要大晚上的……艾茜出于本能地转过身，右手握着手机，一头雾水，不懂费聿利现在唱的又是哪一出。

“费总……原来艾秘书长对朋友的称呼都是这般客套。”费聿利明白地说出来。

艾茜终于明白费聿利唱哪一出了，原来他说的是之前她对危城说的那句“朋友”啊。喝了酒即使没办法让人保持清醒，至少能让人更真诚。艾茜老实地告诉费聿利：“不好意思，主要是为了让我家人放心。

什么?

艾茜：“你知道的，一个人在外打拼都会让家人担心，今天担心我一个人生活好不好，明天担心我工作，即使我生活工作都安排得很好，他们又开始担心我有没有朋友相伴。”

呵，他们会有这个担心，难道不是觉得她……算了，他不毒舌了，一个人在外确实不容易。

费聿利难得配合地点了下头。

艾茜笑了，有一种解释清楚的释然感，眼睛一眨：“所以我才撒了谎，故意说我和朋友在一起。”

“你放心，我们还不是朋友。”艾茜一脸保证，语气诚恳，又坚定。

嗯，放心了。不止放心，他还庆幸了。

费聿利点了点头，用极其冷淡且若无其事的口吻回应了一个字：“嗯。”

既然不是朋友，那就懒得说了。

Chapter 03

我 还 以 为 你 会 喜 欢

星期一，早上九点，艾茜踩着点准时出现在黎明公益基金会。

作为基金会名义上的副秘书长，实则会里的一把手负责人，艾茜在上任以来的一个多月时间，对自己要求都十分严格，例如上班从不会迟到一分钟。

但也不会早到一分钟。

她来了，她的助理果粒橙眼睛斜瞥她一眼，继续埋头自己做事。对此，艾茜毫不在意，微微一笑，每次都语气愉快地朝果粒橙道早：“早上好，郭助理。”

果粒橙不情不愿地回她一声：“早……”

果粒橙，大名郭丽呈，黎明基金会郭会长郭郝仁的独生女，大学毕业就被郭会长安排到了会里工作，现在给她做着助理工作。郭丽呈做事能力还行，工作态度也很好，为了更好地投入工作每天强身健体早起跑步一大圈，跑完就第一时间来到会里上班。

作为秘书长，对郭丽呈这点她真是看在眼里肯定在心里。

但是，她必须指出郭丽呈一个缺点，果粒橙工作能力还是工作态度都可以，但是工作情绪不太好，尤其是对她个人情绪很重。

不过呢，艾茜也理解果粒橙。郭会长现在挂着会长的头衔，但已经退到了二线。退下的原因，还是被自己挤了下去……作为亲生女儿，郭丽呈原本是会里的专项经理，现在也变成了为她打杂的助理……情绪能好吗？

不过，对于助理工作情绪上的问题，艾茜理解归理解，也要正确地引导。

“郭助理，你现在给我煮杯咖啡送进来。”艾茜吩咐说。

郭丽呈：“……”

艾茜：“多谢。”

正确的引导就是让对方早点适应，助理就应该要做助理的事情，比如为她煮咖啡，为她打印文件，以及为她叫外卖……

“对了，郭助理——”秘书长办公室里，艾茜接过郭丽呈递上的咖啡，想到一件事，叫住了即将转头离开的郭丽呈。

郭丽呈面无表情地转过脸，眼睛睁得大大的，看起来像是在瞪她。

艾茜弯唇一笑：“再给我拿点糖。”

“……”面对艾茜这般奴役自己，郭丽呈恨不得摔门就走，但是不能……为了黎明基金会，她必须留在会里，她忍气吞声当艾茜的助理。她必须要强大，强大到有一天把艾茜送走！

然而……一时半会儿她走不了啊。

艾茜悠悠地靠在原来郭会长的大班椅，右手放在原来郭会长的老棕色办公桌上，办公桌很陈旧了，大班椅更是又老又破。只要她轻轻往后一靠，立马发出“娇弱”的咯吱声。

想到昨晚的老爷车，等郭丽呈拿糖进来，艾茜抬了下手，对郭丽呈说：“对了——”

郭丽呈对艾茜的厌恶投射到艾茜今天穿的深蓝色衬衫，颜色又深又冷酷，对于艾茜的反复要求，郭丽呈维持着冷漠地问：“是要再加点奶吗？”

“……”

“郭助理，你很懂我……不过今天差了点。”艾茜粲然一笑，停顿片刻，说起了正事，“昨天我不是跑完业务回来，开着你爸……我们会里的车嘛，那辆车的情况你也很清楚……路上抛锚了。幸好当时我和费总在一起，他善良地为我叫来了人拖车……不过……”

不过什么——

艾茜干干一笑，摸了摸下巴：“昨天为了业务我喝了酒，人不太清醒，也就不知道车子被拖到哪儿了。”

郭丽呈：“……”

“你现在替我打个电话给费总，问问他？”艾茜眨着清亮且真挚的眼，“你问他把我车子拖到哪儿了……好吗？”

“……”

五分钟之后，郭丽呈从艾茜这里拿到了一个手机号码，坐在自己外面的办公桌，用会里的座机将电话拨了过去。

第一次，那边挂了。郭丽呈又打了一次。

第二次，那边又挂了。郭丽呈耐着性子，再打了一次。

终于，那边接听了。

郭丽呈握着听筒，清了清嗓子，习惯把开场白送上：“费总您好，我们这里是黎明公益基金会，请问……”

电话，又被挂了。

干净又利落，连一个字都不让郭助理多说。

郭丽呈已经处于“快要被气死”的爆炸情绪……如果前面她觉得艾茜只是差遣她做事，连续打了N个电话之后，她明白了！艾茜就是故意让她打这个电话。

所谓的费总，根本不是什么人好心善，一定是艾茜跟他还发生了什么不愉快，不然为什么每次她说到黎明基金会，对方连一秒时间都不给她多说就挂上电话！

郭丽呈抬起头盯着艾茜的办公室，眼神锐利。会里另外两个同事看到郭丽呈这样，心里纷纷叹气，然后心如明镜地猜到了小郭和秘书长发生了什么，无疑是今天的小郭又被艾秘书长气炸了！艾秘书长如果他们之前不了解，经过一个多月的相处，已经非常明白艾茜的属性，这厮就是一只披着羊皮的狼！

郭丽呈呢，原是郭会长的独生女，入职之后，不管工作能力和服务态度都是会里最积极的。实事求是地说，在艾茜没来之前，郭丽呈是会里的“神花”。

什么是神花，就是女神加会花。

然而，神花这样的空头衔，被艾秘书长入职当天拉来一单解燃眉之急的善款给打败了。比起神花郭丽呈，艾茜像是拯救黎明基金会危难时刻的女战士！

说起来，艾秘书长也只比郭丽呈大一岁，然而不管是与人周旋的手段，还是管理运营基金会的能力，都远远高于郭丽呈。用段位来形容，如果郭丽呈是黄金，艾秘书长就是玩着青铜号的王者。

黄金又怎么斗得过王者呢？

何况，艾秘书长还狡猾地用青铜号玩，每次她和郭丽呈发生什么不愉快，就用一种困惑又无奈的眼神瞅着郭丽呈，自责不安地说："小郭，虽然我职务高于你，但你在会里已经五年了，是老人，我不过才来一个月，是小萌新……"

老人……小萌新……

不怕人不要命，最怕人不要脸！郭丽呈积压在胸膛的老血要被艾茜刺激得喷薄而出。

之后，基本上郭丽呈能忍就忍，实在忍不了，她就保持沉默吃干脆饼干，在咔嚓咔嚓的咬饼声里获得情绪上的平复。

连续吃了两块饼干，郭丽呈用自己的手机号，给这位费总发了一个消息，解释她是艾秘书长的助理，想问问昨晚车子的情况。

费总没有回复她，但是等她用手机号拨过去，对方接听了。

"您好，费总……"

"天轮汽修厂，环城东路4562号。"没有任何客套和周旋，对方直接报了修理厂名字。声音清朗里透着一丝漫不经心的应付。

但是，声音真的好听！听多了中老年客户带着口音的普通话，对方的普通话太标准了！

郭丽呈赶紧拿笔记下来，只是对方刚刚报得太快，完全没有反应过来，写路牌号的时候，想确认一下有没有出错。不过，有时候人的气场隔着电波都能感受到，郭丽呈莫名有些发怯。

"是环城东路4562号的天轮汽修厂吗？"郭丽呈还是确认了一遍。

就在这时手机那边传来了另一道男人的声音："七对，胡了！"

"啧！"是刚刚男人的声音。

郭丽呈提了提心，再次出声："是环城东路……"

没等她说话，对方打断了她，声音悠悠："请问你是复读机吗？"

郭丽呈："……"

在她完全没声时，电话里的费总笑起来，像是想到一个笑话，自顾自地说："你们秘书长可真抠，居然找了一台复读机当助理，骗子都比她有诚意，好歹真人打电话。"

郭丽呈："……"又羞又怒。

"费总……"

"原来不是复读机啊……对不起啊！"随着麻将碰撞的啪啦啪啦声响，对方再次开口说话，语气明白，声线清晰，"维修费我已经支付了，费用你让你艾秘书长直接给我。不要走公账，我不接受公对私。"

"至于发票，你让她自己到修理厂开。"

"我的钱，你让她今天就转过来，一共三万六千六。

"就现在，微信转账！

"我等着。"

郭丽呈"……"

然后，对方就挂了手机，一如既往地干脆利落。

五分钟之后，当郭丽呈将电话内容一字不差地转述给艾茜，坐在办公桌前的艾茜杏眼圆睁，整个人差点跳了起来："什么，三万六千六！？"

郭丽呈面无表情："对方是这样说的。"

艾茜稳住了，双手按在办公桌面，一脸看不出态度的沉思模样。

郭丽呈："所以这个钱要转吗？"

艾茜"嘁"了一声，抬眉朝向郭丽呈，直言直语道："转屁，那车我不要了！"

"……"

的确，没办法要了，车都不如修车钱贵。

郭丽呈恢复了一丝工作姿态，强调说："可是，那是我们会里唯一的公用车了。"

艾茜：“……”

“如果车子不要，你是不是要自己填补车的损失？”郭丽呈又道，十分直白。

艾茜：“……”

“我们是非盈利的公益基金会，没办法为秘书长你的个人行为买单。”

呵呵，小绵羊会咬人了啊。片刻，艾茜嘴角上扬，眼底笑意盎然……瞅得郭丽呈心底发毛。

“的确，郭助理提醒得对，我不应该意气用事……”艾茜开口道。

“……”

艾茜笑了笑，继续说：“不过你也知道那辆宝来情况，就算换个壳也不会花掉三万六千六……费总一定是故意跟我们基金会开玩笑，他那个人就是那么调皮！”

咬牙切齿说出调皮两字，艾茜语气一松：“既然这样，小郭……”

郭丽呈：“……”突然预感很不好。

艾茜抿唇，话锋一转，直接说了：“感情就是要多多联系才能维持，费总也算是我们的目标客户。今天你就麻烦一下，直接到费总那里了解了解情况，顺便替我们的黎明基金会把车要回来吧！”

说完，艾茜扯起一个标准的领导微笑将郭丽呈送出去：“郭助理辛苦了。”

郭丽呈：“……”她恨！

昨天费聿利心情不好，今天费聿利手气也不好。自从遇上艾茜，费聿利觉得自己整个人都有点霉，不过呢，与人斗其乐无穷，跟艾秘书长斗，又穷又乐。

艾茜不知道的是，昨天费聿利夜里回来，汽修厂的老赵就给他打了电话，问他要怎么捯饬那辆都快要报废的老宝来，他想都没有想，直接对老赵说：“赵叔你不知道啊，这辆宝来对我意义非凡，就算换壳换发动机，也要替我修理好。”

“还有……车子我急用，你们辛苦点，尽快搞好。”

有费聿利这两句话，修理厂的老赵立马就让底下的人大刀阔斧地维修起这辆老年车。最后结果可以说除了壳没有换，其他都换了。

不过座椅，仍替艾茜留着。

从亲身感受来说，费聿利觉得老宝来的座椅还蛮舒服的，一坐下去就凹陷三厘米，软塌效果比最好的头层牛皮都赞一些。

瞧，他多为她着想！

艾茜：真是倒了八辈子血霉遇到费聿利这老狗！

不过……艾茜还是赚了。修理单上三万六千六只是维修费上的零头，如果按照原价是三十三万六千六，原因是老赵替老宝来换上了一个保时捷的发动机。大清早看到单子上的保时捷发动机，费聿利也陷入沉思，不过老赵直接甩了一句话："这发动机我留着也没用，送你费公子了。"

既然这样，就让艾茜捡个便宜吧。

某好友的别墅家里，费聿利这边挂上手机，几位牌友就纷纷起势打趣他："费公子最近不行啊！"

"是啊，穷得都需要女人送钱了呢。"

费聿利摇头轻笑，完全无所谓地回应道："别说，最近还真有点穷！"

这天赢钱的是一位姓莫的男人，十分爽快地开口："哎呀直说啊，费公子有难八方点赞……八方支援，有困难就跟我们哥儿几个说，我们几个多少都能支援一点。"

"谢谢兄弟啊，不过放心，我费某人是一身傲骨从不低头，就算就着白开水吃馒头也不会跟你们开口要钱……不过，如果你们真的钱多得花不了，我最近倒是认识了一个扶贫基金会的秘书长，那边正需要善款做慈善项目……"

他们反省，不应该话多。

"有事没事多做公益。"费聿利一边扯话一边盯着牌面，两秒之后，接着悠悠道，"我觉得你们几个呢，也正需要做点公益洗涤灵魂，要不我就把那家公益基金会的联系方式给你们，大家都意思意思？"

"……"

"嘻嘻！"

嘻嘻笑出来的是王垚，作为艾茜的朋友，他惭愧啊！他怎么就没有费二这样用心周到呢，打个麻将都为艾茜拉个款。就像费二说的，艾茜那边需要钱，刚好这些兄弟也需要积德行善，让他们给艾茜捐点钱，两全之策啊！

所以，为了配合费聿利，王垚很快接下了费聿利的话茬，诚恳万分地开口：“费二说得对啊，拥有一份社会责任心是我们当代青年应有的态度。所以我提议——”

王垚笑容满满：“提议，今天我们所有人赢来的钱都捐给黎明公益基金会！”

片刻的沉默——

费聿利：“……”王三土有病啊！

其他两位：“……”

尤其是赢了钱的那一位：“……”他和王三土俩人今天必须死一个！

有时候运气这东西真的让人无可奈何又必须认命，在王垚提议今天赢来的钱都捐给艾茜的基金会之后，费聿利就开始赢钱，而且一次比一次赢得多。

简直是哗啦啦地来钱。

等费聿利又接到那位自称是艾秘书长助理女孩的电话，他又来了一个清一色杠上花，翻了好几番，但那又如何，今天赢来的钱还不都要进艾秘书长的口袋？

所以现在到底是他运气好，还是艾茜运气好？费聿利真是又好笑又好气，接听郭丽呈电话的时候，差点轻笑起来，然而一个年轻男人如果声音本就好听，再用似笑非笑的声线说着话……会有那么几分的撩人。

“好啊，那你让她过来找我。”费聿利左手握着手机，将手机听筒贴着左耳。

可是……

郭丽呈小心翼翼道：“可以是我来找您吗？”

费聿利不予商量，直接拒绝：“不行，没诚意。”

“没诚意？”秘书长办公室艾茜仰面靠在大班椅上，咯吱咯吱地转了转椅子，仿佛底下坐着的大班椅不像是一把椅子，更像玩具。

“是啊，费总是这样说的。”郭丽呈直面艾茜，语气一如既往的臭。

艾茜思忖起来。

“费总的意思是，需要秘书长你亲自去一趟。”郭丽呈硬气补充。

艾茜无奈摇了摇头，思忖之后，抬起左手，对郭丽呈说：“不需要。”

不需要？

“是的。”艾茜稍微起身，转头，右手轻轻搁在桌面，手指敲了两下，懒洋洋地回应气势如虹的郭丽呈。

“费总不是说没诚意吗？的确，空手过去是没有诚意，既然这样你就在路上买个水果篮带过去。手上有点东西，心意就有了。”

郭丽呈：“……”

艾茜自顾自地说着，不忘叮嘱一句：“水果要选应季的。”

“……为什么？”难道那位费总只吃应季水果？

艾茜一副孺子难教的表情，眼神深刻又清亮地瞧着郭丽呈说：“应季的便宜啊。”

郭丽呈心如死灰，已经不想说什么了。现在的应季水果就是西瓜……难道她要抱着一个西瓜去找那位费总吗？

艾茜对郭丽呈鼓励一笑：“为了我们基金会，客气一点。”

郭丽呈：“……”

艾茜这个女魔头，有事是我们基金会，没事就我是你的秘书长。两副嘴脸转换自如……

“我至少要知道费总人在哪儿吧。”郭丽呈幽怨地提醒艾茜。

“等会儿啊，我已经在群里问了。”艾茜低头拿着手机回答郭丽呈。

王者小群冒出一条艾茜发的消息。耍了心思，艾茜没有找费聿利，而是找了王垚，问他费聿利是不是跟他在一起。

王垚在回消息这件事上是一个实在人，基本见消息就回，即使人在打牌，双手不方便，也会发条语音过去：“对啊，我们在一起搓麻将呢，有事吗？”

艾茜也回了王垚语音：“没事呢，就是想过来感激一下。”

王垚：“……”艾茜这是已经知道他们要把今天的赢来的钱捐给她了吗？

王垚看向费聿利，费聿利甩给王垚一个“你问老子，老子也不会告诉你一个字"的眼神，然后，继续目光悠悠地盯着麻将牌，丢了一张三万出去。

王垚在群里发了好友的别墅地址，不忘告知艾茜："这里比较偏，记得要开车来。"

"谢谢三土。"

一声三土，关系瞬间亲近了不少，导致群里周媛媛嫉妒得冒泡了，发上来一句话："艾艾居然找三土他们，也不来找我。"

艾茜回周媛媛："因为要想你。"

周媛媛又害羞了。

同样艾茜回复消息时嘴角多了宠溺笑容，导致办公桌前的郭丽呈看得全身不适，头皮发麻。

"好了，我把地址发给你了。"艾茜抬起头，同样也笑着对郭丽呈说，"地方有点远，你记得打个车过去，费用我给你报。"

郭丽呈："……喔。"

"水果的发票就不用开了，费总他们都是我个人朋友，水果的钱我私人出。"

郭丽呈："……嗯。"反应了一下，她干吗突然认可艾茜，一篮水果才多少钱，口气大得像是出了一个亿……

每到星期一，艾茜都是格外头疼，因为要处理一堆的麻烦事，解决了那三万六千六的维修费，还要琢磨饮料的分配方案。

免费送空巢老人？

艾茜拿起桌上的核桃饮品，看了看营养成分表，虽说是补脑饮料，里面真正的钙含量并没有多少……饮料她要花人力物力送到他们手里，是很有心意。事实上这些饮料，最后要么被老人丢弃，要么将老人喝出毛病来。

艾茜叫来了外面的肘子和范思哲。肘子大名李洲子，长得高大威风，原是登山救援队的队长，来基金会半年了，是黎明基金会的会草。范思哲，人如其名长得比较精致温柔，也是黎明基金会的二号会草。范思哲不是外号，身份证上的大名就是范思哲。

面对一高一矮的李洲子和范思哲，艾茜踩着三厘米的低跟凉鞋，拉下了办公桌对面的百叶窗，跟肘子范思哲开起来一场价值十万的核桃会议。

小范说："老年人不适合喝高糖饮料，那么我就把它送给小学生吧。希望小学里的小学生，每个都需要补充能量。"

李洲子说："老年人不适合这些垃圾饮品，小学生就适合了？"

小范："你居然说我们客户捐的是垃圾饮品！"

李洲子："……"

艾茜坐在陈旧的皮质沙发上打起圆场："既然小学生和老年人都不合适，年轻人呢？"

小范和李洲子不说话了。

艾茜眨了下眼，不知道自己哪儿错了，她觉得像她这种需要独自在异乡打拼的空巢青年，更需要关怀啊。与其以年轻人的名义把核桃饮料送给社区的空巢老人，不如以老人的名义把核桃送给空巢青年，让每一位空巢青年感受到被关怀的温暖。

小范将茶几上的核桃饮料递给她："秘书长，要喝吗？"

艾茜："谢谢，我不喝。"

李洲子：女人都是口是心非的生物，艾秘书长也是。

艾茜再次往前倾了倾身，总结说："我的意思是我们搞个活动，把核桃饮料转换成RMB，让这十万价值的核桃饮料价值最大化。"

范思哲：每次这样说话的秘书长，简直比她的名字还资本主义。

李洲子：真是可爱又聪明的茜茜。

会里的李洲子暗恋秘书长已经三十五天了，这是作为秘书长艾茜完全不知道的事情，毕竟进入黎明基金会工作，认识李洲子和小范以来，艾茜一直认为李洲子和小范是一对好朋友……

说干就干，艾茜让小范写活动策划案，然后发到黎明公益基金会的大学生义工群，组织他们以老人的名义为空巢青年送温暖。

什么是空巢青年？

艾茜在某个小群做了一个小问答。三土和周媛媛一个住家里，一个住学校，都不算空巢青年。唯独费聿利独住江景公寓。

“费二公子是。”王三土@费聿利说。

“那这周我们基金会将为费公子上来一份温暖。”

啊，没想到还有这样的好事。三土发来一个遗憾表情，问她：“那我现在搬出去住还来得及吗？”

周嫒嫒也发来一样的问题：“我现在把室友们赶走来得及吗？”

艾茜：“……”

一直没有冒泡的空巢青年费聿利上线了，问她：“艾秘书长到底什么时候过来？”

呃……

郭丽呈还没有到吗？

艾茜握着手机面露一丝迷惑，沉默片刻，语音过去：“费总少安勿躁，应该很快就到了。”

应该？！

三分钟之后，别墅大门传来了门铃声，一向最懒的费聿利起身开门，本以为会看到艾茜那张充满金钱气质的脸，没想到看到的是一个大西瓜。

哦，不好意思，原谅他在门口站着的女孩和她怀里的一篮子水果中，率先注意到的是水果篮子里的花皮西瓜。

——在吗？

艾茜手机微信里，危城发来消息：今天下午三点我落地A市机场，晚上一起吃个饭吧。

危城来了？

明明昨晚电话里他人还在日本谈判，今天就回国了？不飞回北京，直接飞到A市吗？

危城解释了艾茜的疑惑，告诉她说：我约了A市一个朋友见面，刚好你也在A市，过来看看你。

她学着费聿利，发了一串省略号过去。

——忙着相亲，不想见我？危城开着玩笑说。

危城总是这样不打招呼，直接表明目的，让她没办法招架。因为李洲子和小范都已经离开办公室，艾茜瘫痪般地歪坐着，一双笔直又纤细的长腿懒懒地交叠着搁在茶几上。那姿态，真应了一句话，女人都有两副样子：一副外人看到的样子，一副没人看时候的样子。

果然潇潇阿姨把她相亲的事情告诉了危城，艾茜叹气两声，在她和危城的聊天框里输入：哪有，就算忙着见相亲对象，也要推掉他们来见你啊。

——毕竟，您是我们黎明基金会的金主。

危城没有说话了，应该是不想跟她耍嘴皮子掐架，像以前，只要她一耍嘴皮子，危城就保持沉默，看着她。

看得她不想再说话。

不是被他温柔沉默的男人气质迷倒，而是掐架这件事本就是一来一往更有趣。不然就是她一个人张牙舞爪的表演。

多没劲，她又没有过多的表现欲。

几分钟之后，危城给她发来了一个位于酒店里的粤菜餐厅地址。

艾茜回：收到。

在郭丽呈来找费聿利之前，费聿利在麻将桌上提议，将赢来的钱捐给基金会前先请大家吃个饭，地方就选在A市最贵但口味排名第二的粤菜餐厅。

今天最大赢家就是费聿利，他要请客，其他人自然没话说。

事实上，费聿利就是不想将钱顺顺利利地送到艾茜手里，就在他订好了荔园位子时，他收到了艾秘书长让郭丽呈送来的一个西瓜、两串葡萄、六个水蜜桃、以及几颗青李子，全是新鲜又便宜的应季水果。

因为对方好不容易跑一趟，他请客也不能落下，总要客气询问一下，结果女孩也是一个愣头青，真的答应了：“好。”

费聿利无奈，对郭丽呈说：“小郭啊，你们艾秘书长的心意我收到了，这样吧，晚上我刚好要请客，要不你联系你们秘书长，让她也过来蹭个饭？我好当面感谢感谢她送我的水果。”

说到那一篮子水果，费聿利余光往桌子的水果篮瞥过去两眼，嘴角忍不

折一片晚霞
陆定昊

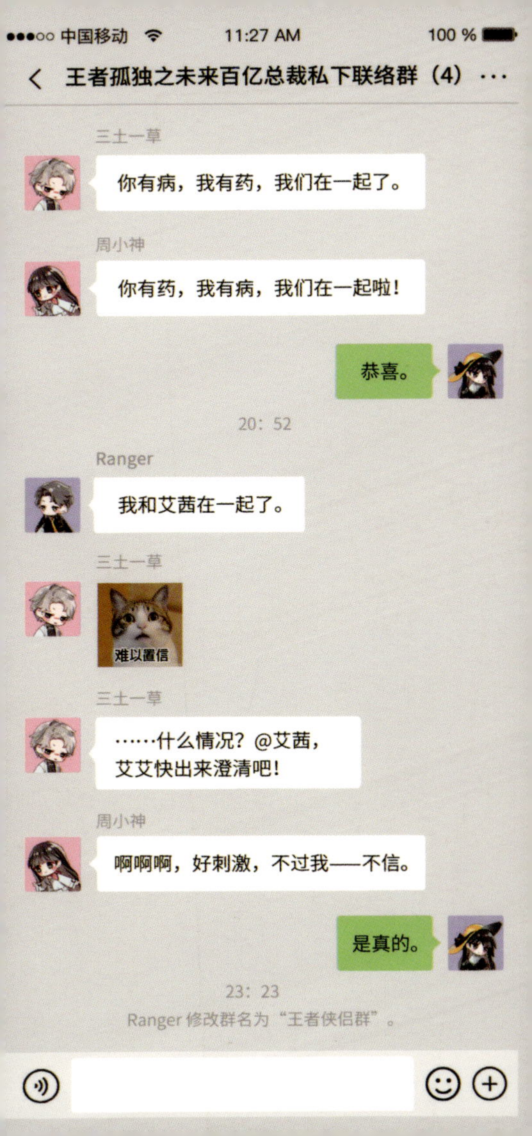
●●●○○ 中国移动 11:27 AM 100 %
王者孤独之未来百亿总裁私下联络群（4）
三土一草
你有病，我有药，我们在一起了。
周小神
你有药，我有病，我们在一起啦！
恭喜。
20：52
Ranger
我和艾茜在一起了。
三土一草
难以置信
三土一草
……什么情况？@艾茜，
艾艾快出来澄清吧！
周小神
啊啊啊，好刺激，不过我——不信。
是真的。
23：23
Ranger 修改群名为“王者侠侣群”。

扫码即可收听
“欠费CP”互撩语音

傲娇
继承者
费渥利
Feiyuli

御姐
CEO
艾茜
Aiqian

住抽了两下。有句话怎么说，水果本无辜，错的是送水果的人。所谓送水果的人费聿利指的自然不是这位郭助理，而是差遣助理的某人。

因为费聿利的交代，郭丽呈来到别墅外面给艾茜打电话，把费聿利原话转述过去，没想到艾茜直接答应了：“今晚我也在荔园吃饭，你先跟他们去，吃饭的时候我过来找你。”

“哦。”

“对了……”挂上电话前，艾茜想到什么，又说。

郭丽呈停下来：“还有什么？”

艾茜：“少说话，多吃菜。”

“……”

“荔园很贵，多吃一口赚一口。”

“……”

郭丽呈真是谢谢她诶!

艾茜还是要去机场接一下危城，三点十五分时赶到A城国际机场B区，手上拿着两瓶自动售卖机买来的三块钱矿泉水，等在3号出口。

不是所有的总裁都喝依云，像危城这样管理着两家上市公司的男人，基本是别人递他什么喝什么，同样很忙，忙到喝水的时间都没有。

所以，她虽然爱钱，但不希望成为像危城这样的有钱人。

忘了交代她和危城的关系，十六岁时她住进他家，记事起她就叫他危哥哥。

她妈和潇潇阿姨是同乡的闺蜜，那个年代的闺蜜是真闺蜜，她妈和潇潇阿姨更是好得比亲姐妹还亲。她六岁时妈妈因病去世，嫁到北京的潇潇阿姨连夜赶回了鹿城，从此她每个生日即使潇潇阿姨不带危城回来，礼物也会寄到她手里。

礼物通常是两份，一份来自潇潇阿姨，一份来自危城。

有时候艾茜不得不感慨，就是女人的福气，这也是潇潇阿姨对她说过的话，每每话到这里，潇潇阿姨就看着她感叹：“茜茜，你跟你妈妈不一样，你是有福气的女孩。”

是啊，她有福气!

一个人一生能遇上一个贵人就可以算是有福；更别说她失去一个家后，

又有了一个家。

她是十六岁从鹿城来到北京。十六岁那年，她家里工厂爆炸，得知事情到了没办法解决的时候，她爸连夜跑路，临走前给北京的潇潇阿姨打了一通电话，将刚上高二的她甩锅般甩给了他们。

她爸走了，还是学生的她依旧要早起上学，受害者的工人和工人家属得到老板跑路的消息，快速赶到她就读的中学，然后将她拦在了校门口，逼问艾纯良到底躲到了哪儿。

她不知道，真的不知道。他们不信，因为她是艾纯良的独生女，其中一人气急败坏甩了她一巴掌，声嘶力竭道："小狐狸精，我劝你不要像你爸爸那样不要脸！"

她无力辩解，捂着脸说不出任何的话，然后她被他们一群人拉扯、推搡，咒骂……耳朵轰隆隆的，心里的害怕和恐惧让她看不清挤在她面前那些愤怒的脸，她只知道，她要完蛋了！她要被打死了！不过她已经一无所有，她也不想活了，有艾纯良那样的爸爸，根本不配活在这个世上……

往事回忆起来，艾茜最骄傲的地方，那样的场面她居然没有哭，仿佛心底明明白白地清楚一件事：她不用哭，因为没有人相信她的眼泪是委屈的，她不能哭，也没有人愿意承认她也是受害者，没有人……

她闭上眼睛，没有了任何反抗，然后等她再次睁开眼，一道孤俊的身影拨开人群朝她冲过来……

那个人，就是连夜跟着潇潇阿姨从北京赶过来的危城。

"危城。"艾茜朝着迎面走来的男人，露出愉快的笑意。

危城走到她面前，同样眉目舒朗浅笑地看着她，一本正经地说："瘦了。"

艾茜一乐："如此看来，我最近瘦身成效非常不错。"

危城面露无奈。

艾茜将手中的两瓶水，一瓶递给危城，一瓶给了他身后的助理。

危城握着水，转身对助理小严说："你带行李跟着老李他们到酒店，办理入住。明天安排不变。"

“好的，危总。”

小严哥大步流星地走了，临走前，不忘对她挤挤眼。艾茜望着离去的小严哥，觉得小严哥似乎比上次见面时瘦了点，难不成她上次的打击真起了作用？

小严，身高一米八一，体重一百八十斤，北大经济学院毕业，体型不像助理更像保安。每次她与小严哥这样开玩笑，小严哥就回她：“可惜啊，我只领一份工资。”

她和小严哥熟，倒不是因为小严哥是危城的助理，而是她和小严哥本就是校友。

不远处，两位衣装正式的职业人等着小严哥，一个帮他拿行李，一个领着他走向地下停车场。艾茜瞧了眼留在原地两手空空的危城，心情复杂。

“怎么了？”危城问她。

艾茜扁了一下嘴，实诚道：“有人接机，居然还要我来。”

危城回她：“你和他们能一样吗？”

是……不一样。

他们有专车来接他，而她要带着他坐地铁……

车被拖走维修了，白鹤是老城区，打车真不如坐地铁方便。

艾茜带危城下到国际机场地铁站，入站之前，将危城手机支付宝的A市地铁二维码找出来，好在，危城不是什么西装楚楚的霸总，走在地铁人流里也没有特别的突兀。

说起来，危城不像霸总还有一个原因，就是他的穿衣风格一点也不商务，比如眼前的他一身极简的白色亚麻衬衫和棕色裤子，完全就是休闲的正式穿搭。

“现在这个时候地铁不挤，比打车时间快，还舒服。”她对危城说。

危城点头，跟着她排队。这就是危城，一点也不挑剔。

想到现在小严哥已经坐上了舒适的商务车上了机场高架，艾茜还是有点烦恼：“早知道我跟着你走。”

这些年危城对她说话，已经越来越习惯用玩笑的口吻，不痛不痒，不轻不重。

不比以前，他总是那般正经又温柔。人是会变的，危城变了，她也在变。

忘了说一件事，她名字里的茜有两个读音，家人基本叫她茜茜（xīxī），但是对外，她自称艾茜（qiàn）。原因无他，艾茜（qiàn）比艾茜（xī）听起来要干脆利落。

地铁抵达南洋广场站，走出C出口，对面就是A市最有历史底蕴的五星级酒店，南洋酒店。这里距离她的黎明基金会也近，只有两条街的距离，危城会选在南洋酒店的荔园吃饭，原因也是在这里。两人步行穿过人行道，危城走在她的外面，之前郭丽呈说费聿利也要来荔园吃饭，凑巧在同一个地方，她就答应了费聿利的邀约。

既然撞在了一个地方，等郭丽呈吃饱喝足，她再到费聿利那边将郭丽呈领回来，面子上大家都过得去。

艾茜想得周到，面上自然笑意盈盈，一路同危城聊到南洋酒店大门，正要从酒店大堂穿过到后堂，乘坐电梯到二楼的荔园。

就在这时，身后有人叫她："秘书长……"郭丽呈的声音。

"艾秘书长很准时啊。"又来一道男声，是费聿利。

真巧，到达时间都一样……艾茜转过头，王垚也一脸惊喜地对她说："没想到艾总比我和费二还快。"

对啊，因为地铁又快又准时啊。艾茜朝他们点了点头。

旁边，危城没有说话，毕竟也是有身价有身份的男人，该有的存在感不会少。

但是——不是每位霸道总裁都会在财经杂志露脸，像费聿利王垚他们这些从不看商业新闻的人，更不会认识危城。这个看起来三十多的男人，更像是艾茜带来的……家属！

过分啊！

过来蹭吃就算了，居然还带家属！这是……不吃回那三万六千块不甘心吗？

看到艾茜身边还站着一个人，不只费聿利一个人这样想，包括王垚和今天其他两位哥们都有着跟费聿利一样的想法。

连郭丽呈也这样……艾茜让她多吃一口赚一口就罢了，没想到还带了人过来。

“上去吧。”电梯门开了，费聿利自若地伸了伸手，十分有东道主姿态。

危城也说话了，问身旁的艾茜：“茜茜，他们都是你朋友吗？”

不比羞愧的郭丽呈，艾茜面上没有任何尴尬，反而愉快地回答危城说：“是的。”

费聿利抬了抬下巴，朝向危城，伸出手：“你好，我叫费聿利，欢迎。”

危城：“……”顿了下，礼貌回应，“谢谢，A市很漂亮。”

危城理解费聿利刚刚话里的欢迎，应该是欢迎他来A市。

但，好像不对……

艾茜恍然明白两人出现了什么误会，打算说点什么解除这个误会，费聿利再次对危城说：“等会儿随便点，不用客气。”

“……”终于，危城也察觉到了不对劲，低头，看了眼她。

艾茜：“……”

“对了！”艾茜扬起最虚假的笑容，嘴角漾着梨涡对危城说，“费聿利一直很仰慕你，所以想请你吃个饭，刚好今天你过来，我就想……”

艾茜说得真心真意，但是，没有人领会到她的好意。

她话音落下，费聿利沉默了。

王垚沉默了。

郭丽呈也沉默了。

只有危城给她面子，瞧着她：“下次记得提前告诉我。”话里有提醒意思，倒也没什么埋怨。然后，他看向费聿利，客气说，“感谢费先生了。”

费聿利：“……”

等下！什么叫作费聿利一直很仰慕你，所以想请你吃个饭……他仰慕啥？

费聿利没说话了，慢慢悠悠，嘴角噙着一丝认可的笑意，看起来真如艾茜说的那样，他很仰慕眼前这位男人。事实上，此时此刻费聿利心里独白：他费聿利这辈子还没有仰慕过一个人，更不会因为仰慕他人请人吃饭……今天这一顿，他会好好记在艾秘书长的头上！

“这边请。”费聿利朝危城说，场面上的客气和礼节做得十分到位。

危城也很客气：“有劳了。”

艾茜更是得体又自若，拍了下目瞪口呆的郭丽呈，一块儿进了包厢。

只是，危城好不容易来A市一趟，她为什么要带着他跟费聿利他们一起吃？

艾茜点菜的时候脑海浮现了一张愤怒的脸。

“艾茜，你这个贱人，你给我滚出危家！”

是谁，这脸，这话，从身份关系来讲对方应该是她名义上的嫂子，危城法定上的妻子，柳静灵。

很多时候事情就是这样的巧合。

在柳静灵赶她走的上个月，她已经决定来A市进入黎明基金会工作，结果柳静灵这样一闹，明明是自己要离开的，却感觉像是被赶了出去。

回到北京工作，她就不常住在危家了，只是潇潇阿姨一直留着她的房间，找着理由让她回去住两天；这也是为什么，柳静灵能在她房间里找到那本她自己都忘了的日记本，一本十九岁写的日记。

柳静灵找她对峙的时候，艾茜觉得自己脸皮厚实做人磊落，不怕被人诋毁或误会，但是那天面对柳静灵的戟指怒目，她十分无奈。不管不顾她如何解释，柳静灵就是不信她说的话。

或者说，日记本上的内容只是一个借口而已。

柳静灵一直是心思过于敏感，同危城结婚的第一年，就陷入危城会出轨的怀疑里；一个跟自己猜测较劲的人，心态总容易崩溃，一会儿胆战心惊，一会儿又愤懑自怜。即使伪装得小心翼翼地不让危城有任何察觉。只是有些猜忌一旦有了就很难遮掩，近两年，不管是对她、对婚姻、对危城，柳静灵都到了杯弓蛇影的地步。

更别说，前两个月柳静灵真找到了所谓的证据确凿……

想到柳静灵找她对质的样子，艾茜还是有点头皮发麻，这也是为什么，她不想独自与危城吃饭，因为危城还不知道……

“是不是谈男朋友了就不理危哥哥了？”危城上次在电话里这样问她，

虽然话里带着玩笑成分，但也察觉到了她在疏远他。

可是，她要怎么说？

当年她写的日记，的确是真的，不用检验字迹，里面的每一句都是她亲手所写。柳静灵对她的质疑，确实也有迹可循。少女时期她切实对危城有过心动，甚至在日记里写下豪言壮语：早晚危城会变成我的男朋友。

多心酸，多年前写下的话，不仅没有兑现，还成了罪证……

这件事上她倒不是心虚，只是这世上向来人言可畏，尤其在柳静灵眼里，就算她是一只猫，真怀疑上了，也会觉得她和危城有什么。

在进包厢之后，终于有人认出了危城，不过也不是认出来，而是用极其不确定的语气问危城："请问……你……是危城吗？"

危城一愣，表情有些奇怪。奇怪的原因是，都请他吃饭了，居然还不知道他是谁？

下一秒，也就明白了。

艾茜一如既往地从容，只是没想到王垚是第一个认出危城的。

对，刚刚问危城的人，不是别人，就是最没心没肺的王垚。

王垚也想不到自己如此慧眼识珠。他在上总裁进修班之前，为了给自己定个小目标，翻阅起国内青年企业家排行榜，其中前五十就有个名叫危城的企业家，名字特别又好记，外加长得周正又温文尔雅，就记住了。

王垚原本心里想，早晚他要把对方挤下来，结果……对方就来到了他面前。

"危总，你好，我是你的迷弟，真的很高兴能见到本人。"王垚伸出手激动地说。

突如其来的热情，总是令人难以置信。

王垚不管不顾，继续说："自我介绍一下，目前我还是商界新人，你可能没听过我的名字，我叫王垚，三土垚的垚，你叫我三土就好了……"

跟王垚不一样，不管危城如何了不得，费聿利都是态度不变，得知危城身份，甚至比前面更平静，也更冷静。就算危城是所谓的大人物，今天这顿还不是他请客？

费聿利笑了笑，看向艾茜："艾秘书长结缘真广，没想到跟危总都是朋友。"

结缘两个字，艾茜听得别扭，因为费聿利说过她是……慈善化缘人。不得不说，费聿利的毒舌能力十分优秀，面对费聿利的奚落，艾茜也笑了笑，回敬说：“可不是吗？我不也是结缘认识了费二公子您吗？”

费二两个字，艾茜重点咬了咬字。

幼稚！费聿利轻轻地哂笑一下，一副毫不在意的样子。

“艾艾，你和危总到底怎么认识的啊？”挨着她坐过来的王垚臭不要脸地叫她艾艾，无疑故意拉近她和他的关系。对于王垚这点心机，费聿利嗤之以鼻，艾茜也是有点好笑，不过她要怎么介绍她和危城的关系？

艾茜不想如实交代。危城大概也明白她，完全将解释权给了她。

就在这时，沉默不语的郭丽呈突然抬起头，告诉所有人道：“危总是我们黎明公益基金会的理事。”

噢！原来如此……

郭助理这样一说，不管是王垚还是其他人，都明白艾茜为什么会认识危城。理事和秘书长的关系，可以理解为理事是秘书长的幕后领导，也就是说危城是艾茜的幕后领导。

也就是说，危城是艾茜的……金主之一。

“原来是志同道合让我和危总坐在了一起！”王垚惊喜万分，丢了一句意味不明的话，又震惊了在桌的好几位，连艾茜也惊讶了，王垚和危城哪儿来的志同道合？一个是每天打游戏睡觉聊天扯屁，一个每天工作开会出差，到底哪儿来的志同道合？

大家都在等王垚说出一个所以然，只有费聿利冷眼旁观王垚即将蹦出的彩虹屁。

王垚说出理由了：“危总是黎明基金会的理事，有着社会公益之心，虽然现在我当不了黎明公益的理事，但我也有慈善之心，就在今天打麻将的时候，我就提议大家把赢来的钱捐给艾艾……艾艾管理的黎明公益基金会。”

哦……原来这就是所谓的志同道合啊。

简直志同道合得令人无力反驳……

“呵，王垚你真是优秀啊。”费聿利终于忍不住“奉承”起王垚的彩虹屁。

王垚笑了笑："还好还好。"

"别谦虚！"费聿利又说，"毕竟你这样有心。"

王垚：感觉不对。

费聿利没再说什么，只是喝了一口服务员刚为他倒上的普洱，好一会儿，才想起什么，对艾茜说："喔，对了——"

虽不知道费聿利要说什么，但是熟悉费聿利的哥们基本猜到费聿利要说的话一定不是什么好话。果然，费聿利放下茶杯，轻斜着身子，不咸不淡地道："既然王垚这样有心，艾秘书长不如将他收编吧。"

王垚和艾茜："……"

"职务嘛，就像艾秘书长上次说的，可以是那个需要带资进组的扶贫专项经理，一方面满足王垚的公益梦，另一方面王垚也符合要求。"

王垚和艾茜："……"

费聿利又补上两句："反正王垚最近也是歇业在家，每天混吃等死无所事事……你们黎明公益就当做善事，收了他。"

王垚："……"

气氛往往需要人来带。

费聿利这番唇齿之戏，不仅没有惹得场面尴尬，反而活跃了气氛。王垚也是习惯了费聿利的毒舌，朝着费聿利说："费二，你是嫉妒我和艾艾关系好吧？"

王垚这句话，真的惹得另外两位兄弟露出八卦神色，这是还有别的情况吗？

费聿利发出一声轻哼，这道拿捏极好的轻哼，让人听不出他是承认王垚的话，还是否认。

王垚咧嘴，开腔解除误会："刚刚费二说的那个扶贫经理岗位，原本是艾艾为费二专设的。费二一定是自己胜任不了，就借着这个机会推辞给我！"

噢，真是这样吗？

费聿利更是笑了，不用解释，因为没有人会信王垚这个话。

夜里华灯璀璨通明，南洋酒店庄严辉煌。

饭宴结束差不多是夜里八点半，大家一块儿出来，安排回去的方案。费聿利已经坐王垚车回去了，危城站着等安排，旁边站着郭丽呈。

因为这里距离她家只有两条街的距离，艾茜提议走路回去，郭丽呈望了望身后的危城，觉得艾茜平时做人风生水起厉害到不行，关键时候却掉链子。怎么说危总都是黎明基金会理事，怎么能跟她们一起走路回去？

"我去叫车吧，距离还是有点远的。"郭丽呈十分礼貌地开口说。

远？平时郭丽呈可都是绕着五千多户的百合花苑跑两圈再上班的人，今晚怎么嫌远了。

郭丽呈斜了下眼，朝艾茜说："艾秘书长，你让危总跟我们一起走路不太好吧。"

说完，郭丽呈有点尴尬，不知道自己是不是自作多情，万一危城并不是想送她们呢？刚刚艾茜要给危总叫车，危总已经拒绝并表态说："我先送你们回去。"

"我没事，走路坐车都可以。"危城从艾茜后面走上前，十分好商量地说。

郭丽呈又低下头，眨了眨眼睛，同时心里一燥，像是注入暖烘烘的空调外风，又热又燥。这才是老板该有的样子啊，哪像艾茜……

"啊——嚏！"迎着夏天的凉风，艾茜打了一个喷嚏。

广场对面放着一排共享电车，立在温润剔透的酒店绿化带射灯圈，艾茜指了指对面，笑盈盈地对危城和郭丽呈提议说："打车麻烦，走路费劲，既然这样，我们骑车回去吧。"

郭丽呈："……"艾茜这是疯了吧！居然让危总骑共享电车？！

城市的夜风徐徐吹来，吹得危城的棉麻衬衫衣角微微拂动，顺着郭丽的不可思议的眼神，危城朝着艾茜温柔一笑："好啊。说起来也好久没跟你一起骑车了。"

郭丽呈心里的那点燥热已经被刚刚的风吹散了，留在她心里更多是一份不太好问出口的疑惑：艾茜和危总，他们到底什么关系？

"你说艾艾和危总到底什么关系？"宝马×6上，王垚一边握着方向盘，一边问话副驾驶座上闭眼假寐的费聿利。

"还艾艾呢？有完没完。"副驾驶座上，费聿利懒懒扯话。

车子开在主干道上，外面是成片的高楼大厦，华亮剔透的灯光一掠一掠地映在男人年轻又俊秀的脸，高挺的鼻梁上方，流淌一点殷红。王垚是一个直男，纯正的直男，但是直男也会欣赏除自己以外的男人。必须承认，他和费聿利这样长期玩在一起，都还会被费聿利的帅气闪瞎眼。真是人比人气死人……这张脸怎么就不长在他身上呢？

费聿利知道王垚一向嫉妒自己，但也想不到王垚嫉妒得如此直白肤浅。

王垚：“你说艾艾和危总是不是那种关系？”

那种关系？哪种关系？

费聿利抬起眸子，凉凉说：“王垚，小心舌头变长。”

王垚吐了吐舌头：“我也是瞎猜，两人看着关系匪浅，但也不像是兄妹亲戚什么的。”

费聿利没说话。

王垚追问：“费二，你说呢？”

“不是。”费聿利告诉王垚。

王垚：“那么确定？”

不是那么确定，是很确定。

“为什么你觉得不是？”王垚较真道。

费聿利有些烦了，转过头说：“艾茜和那位危总什么关系跟你有关系吗？”

王垚被怼得无话可说，过了一会儿，又用很轻的声音开口：“有关系的。”

费聿利藏了藏话里的火药味，告诉王垚：“如果是那种关系，今晚艾茜就不会一起吃饭。”

噢噢噢，王垚明白过来了，点点头说：“对……是的，没错！”

不过，两人到底什么关系？

市中心的老小区生活便利，入住率高，唯一不好的地方就是车位紧张，夜里九点，小区道路两边已经挤挤挨挨地停满了车子。居住环境上，老小区绿化再好也比不上新小区。一路进来，危城都在环顾周边环境，随后问她：“为什么不住我给你安排的房子？”

艾茜就猜到危城会提起这个话题，回话：“方便啊，对面就是我上班的地。”

危城不认同：“帝豪距离基金会也不远，阿严算过路程，即使走路上班也不用十五分钟。”

艾茜眨眼，理直气壮道：“但还是这里方便啊。”

危城无奈，不再争辩：“你自己喜欢就好。”

艾茜点头，脚步稳当。

“那位费先生就是我妈安排介绍给你的对象吧？”走到楼栋下发，危城再次出声。

艾茜一愣，危城怎么知道的？

“我妈给我看过照片。”

喔！艾茜磊落一笑：“不过，我们黄了。”

十五的月亮十六圆，今天的月亮比昨天还要圆、还要透，仿佛能穿过树影透过人心。可是，透过人心又如何，透亮皎洁的背后同样存在昏暗的底色。

艾茜心底有一片暗影，危城也是。不过成年人聊天就是痛快，不是成年人更直率，而是成年人更懂得遮掩，以及，知道什么该说什么不该说。

“你喜欢他吗？”

艾茜打开房屋防盗门时，危城又抛出一句话。这句话，每次艾茜谈新男朋友，危城都会问她一句，像是一种形式。之前艾茜都是回答：“喜欢啊，不然为什么要在一起？”但是刚刚危城问她的时候她差点摔倒，左脚被门槛绊了一下。

“不喜欢。”艾茜端正身子。

“我还以为你会喜欢。”危城刻意地看着她，“感觉是你会喜欢的类型。”

啊？艾茜尴尬了。

宝马×6上，王垚犹豫一番，说：“费二，我们天天这样腻在一起，你觉得有问题吗？”

费聿利：“什么问题？”

“就是你不想找个女朋友吗？”

“随缘。”

“喔。”王垚沉默了下，“但是我不想随缘了。”

“所以呢？你要找女朋友了？”

王垚：“对，我有目标了。”

费聿利礼貌搭腔：“说说吧，哪个姑娘那么倒霉。”

王垚有点不好意思，但是兄弟面前也没什么不好意思，直接说了：“……是艾艾。”

爱啥？爱爱？再说一遍?!

“艾艾！我说艾艾！艾茜，艾秘书长！”王垚连续说了四遍，斩钉截铁。

费聿利听清楚了，但也沉默了。

“你——”半晌，费聿利开口，只是话到嘴边停了下来。

“我怎么？”王垚问，也在意好友的看法。

“……有病！”

对王垚要追艾茜这件事，费聿利唯一的想法也只有这个两字，追谁不好追艾茜，追一头母猪说不准还能赶它上树……追艾茜，王垚是想上天啊。

王垚：“……”

面对费聿利的不留情面，王垚下意识反抗：“想上天又咋样，做人不能有点野心吗？”

“你又不是没谈过女朋友，哪次结束不是扒了一层皮？”费聿利友情提醒一句。

王垚：“……”

“当然换成艾茜的话，也不是一层皮的事了，估计被吃得骨头都不剩！”费聿利又来了一句提醒，态度那个冷冷淡淡，仿佛往三土心里吹冷风。

三土被吹得从头凉到脚。

不过……

费聿利的话虽不太好听，但还真的是为好友考虑，只是王垚并不想领情。甚至，敏感地从费聿利话里话外确定了两个事情：一是费聿利不想他追求艾茜；二是费二不仅不想他追艾茜，更不想他谈女朋友……王垚顿时陷入一种可怕的设想里。

费聿利和王垚各有各的琢磨，后半程的车厢就有点安静了，王垚没有多话，费聿利也没有废话，直到×6无声无息地快开到费聿利住的江景公寓大门的对面。

王垚将车停靠在路边。

“我车没停在车位，你直接开进去吧。”费聿利对王垚说，意思是让王垚直接送他到地下停车库。天热，他不想多走一步路。

不行，不能再惯着了。王垚慢半拍说：“算了，你自己走吧。”

费聿利转过头：“王三土，你有意思没意思？”他前面说了他，就要小心眼了是吧！

“没意思没意思！”王垚也将脑袋摇得拨浪鼓般，不给费聿利一点遐想的空间。

他是直男啊！纯正的钢铁直男啊！不说性取向方面他很正直，客观因素方面，他也没办法像费聿利这般随心所欲……何况，从小到大他都只是当费聿利是兄弟。

让王垚下个地下室都忸怩成这样，费聿利看了也很窝火，皱眉说：“王三土，你到底开不开！”

王垚摇头：“不开。”

费聿利咬牙：“你有种。”

王垚：“对，我有种……我当然有种了！我可是纯爷们儿！”

费聿利：“……”

费聿利不理会间歇性抽风的王垚，退了一步，耐着性子说：“行，你就把车再往前开一点，我自己走。”

有时候，费聿利也有点轴……不，不是轴，是强迫症。

但是，王垚仍是拒绝，看了眼费聿利说：“不，你现在就下车。”

费聿利：“……”

“以后我都不会再惯着你了！”王垚说，样子又冷又酷。

费聿利：“……”呵，神经！

“王三土，我说你今天到底……”费聿利转过头，还没有飚出的脏话到嘴边停了下来。因为他对上了王垚望过来的眼神，复杂又怜悯，纠结又难堪。

“费二，如果你对我有什么想法，我劝你去医院看看吧。”王垚开口说。

什么想法？费聿利心里无端升起可能会被恶心的预感。

王垚：“虽然我不知道那种病是后天还是天生，不过如果可以治疗，还是争取先治一治。”

费聿利面色一紧，瞪着王垚：“王三土，你到底要说什么？”

王垚深吸一口气，直言了：“好，那我说了啊，我拒绝的。”

费聿利不只是面色发紧，声音都紧绷了：“你要拒绝什么？”

王垚硬着脖子，终于用一口气将话说完：“你是不是gay？是不是想要跟我搞基，耽美啊？我说我——拒绝啊！”

“啪嗒！”费聿利二话不说解开安全带，不用王垚再送他一米，直接下车了。

王垚惊呆了：“费二……”

“有病。”费聿利又骂了一句王垚。

王垚惊呆又迷惑：“难道你阻止我谈男朋友……女朋友，不是因为爱上我吗？”

费聿利已经打开车门，面色难看到像是肠道不适，动作快得更像是要赶紧下车吐一吐。

“啪！”车门都关上了，王垚还坐在驾驶座不死心地追问：“你到底是不是啊！你要老实跟我说啊，不然我会多想，这很难受啊！晚上睡不着觉的啊！”

费聿利撇头看向车窗，一个字都不想多说……原来王垚不只有病，他还病得——恶心！

Chapter 04

还 需 考 虑 一 下

夜里，危城离去，艾茜揉了揉额头，整理了一下明天工作上的文件，等确认都整理好了才洗澡休息。躺在床上，不知道为什么，脑海里是危城上车的画面。

深夜，小严哥过来接危城，车子停在出租屋的楼栋下方。她没有下楼，站在露台目送下楼的危城上车。上车之际，危城突然转身，抬起头，像是知道她在目送他，他寻找着她的视线与她对望。浓得像是黑雾般化不开的夜色，浅浅如同流水淌下来的光线，危城站在浅黄色路灯光圈下，微微仰着面，朝她温柔一笑。

他张了下嘴，对她道了一声："晚安。"

闭眼。

一睡到天明。

第二天醒来，王者群里有红包可以抢，艾茜一边关掉手机闹铃，一边进去点开红包。

好手气……六毛六!

"阿嚏！阿嚏——"走进黎明基金会，艾茜猛地打了两个喷嚏，不知道自己是感冒了，还是被惦记上了。

一整天，艾茜跟会里的人商讨基金会的第一个社区公益活动——如何关爱空巢老人。活动方案已经出了两个，由于经费紧张，哪个都没办法做到尽善尽美。现在多了一车的核桃饮料，为整个活动增加了物资福利。按照前面的思路，核桃饮料不给老年人，转手给同样参加活动的空巢青年。

没错，就是一场空巢青年和空巢老人一起游戏的公益活动。

“截至现在，网上报名参加活动的空巢青年已经有四百二十六人。”小范统计完数据说。

李洲子双手抱胸：“现场能来一半就很好了，就怕只有数字零头。”

艾茜做了大致的数据分析，根据大家在报名页面填写的工作和年薪情况，只要年薪超过二十万的空巢青年，她就将他们列入目标群体。何为目标群体，就是有能力做公益的人。做公益是一件很具体的事情，做公益也需要具体的条件，要么出钱，要么出力。

至于公益广告，也需要精准投放。

这是艾茜的个人观点，她刚陈述完，郭丽呈就出声反驳她：“公益是不以善小而不为，而不是像商业一样操作。如果这样，我们干脆改名黎明有限责任公司算了。”

艾茜眼皮一抬，微笑：“不以善小而不为，那不是公益，是公德心。还有，如果黎明真是一家有限责任公司，早破产了。”

郭丽呈抿了抿嘴巴。

艾茜握着笔转了两圈，目光在会议桌转了一圈，对上低头喝奶茶的小范，开着玩笑说：“如果名头说改就改，范思哲同学还想换个名呢。对吧，小范？”

小范差点吐出刚顺着吸管吸到嘴里的珍珠奶茶，摸了摸后脑勺说：“秘书长，我已经打算换名了。”

“噢，换什么？”艾茜好奇了一下。

小范：“范哲哲。”

……喔。

范哲哲：“不好听吗？”

“好听，好听。”艾茜干笑一声，“比原来的名字更符合你的气质了。”

的确，小范长得精致可爱，的确很适合叠字的名儿。

会议桌旁的其他人，全都配合一笑，恭喜小范摆脱范思哲，只有李洲子将手放在小范的肩膀上，拍了拍说：“多大的人了，还卖萌。”

艾茜托着腮，歪着脑袋瞧了眼李洲子和范……哲哲，不知道自己是不是也中了周媛媛的毒，每次看到李洲子和小范的小互动，脸上就会露出会心一笑。

李洲子就坐在艾茜的旁边，今天居然穿了衬衫，与小范互动结束，靠着椅背转向她，嘴角往上一扯：“艾秘书长，既然方案确定了，今天的会议可以到此为止吗？等会儿我还要走访两个困难户，怕他们久等了。”

“噢。那就结束吧。”艾茜坐直身子，结束了下午的会议。

她起身，李洲子突然朝她倾了一下身，伸出长手绕过她，顿了顿——就在艾茜不知道李洲子要做什么的时候，他从她的右边拿走了一支笔，帅气又言简意赅地留下一句：“先借我了，谢了。”

艾茜：“……”李洲子最近走的是霸总路线吗？

昨天的六毛六是一个意外，晚上王垚又在群里发了一个六十六块的红包。结果，艾茜又是抢了最小那个，最大的赢家仍是费聿利。

不过艾茜不管抢多少，都会在群里冒泡礼貌地感激一下王垚，不像费聿利，抢最多半个字都不见回的。

呵呵，那是有人化缘习惯了，有职业精神。

“艾艾，你在哪儿？”王垚在群里问。

这个时间，她能在哪儿？晚上超过十点艾茜一般都已经躺在床上，不过今晚又是加班又是消夜，手腕上表已经显示十点一刻，她还在南洋广场等车。

“在外面。”艾茜回。

“外面哪儿？”王垚又追问。

艾茜眨了眨眼，站在南洋广场的公交站台，拿着手机发了一个定位：“在这里，等车。”

就在这时，王垚说：“那你等下我们，我们来接你，五分钟到。”

……五分钟？我们？

没错，王垚和费聿利在一起，不过今天开车的人不是王垚，而是费聿利。当一辆酷帅的大G停在艾茜前面，艾茜惊讶地“哇”了一声。

王总这是又换车了吗？这败家子……真让人喜欢呐！

只是驾驶室车窗落下，坐在驾驶座的人不是王垚，是费聿利……

“大晚上，你们在外面做什么？”上了车，艾茜开问。

“接单啊。”艾茜上车的时候，王垚也下了副驾驶位，挤在后座，同女神一起。

“接单？”艾茜乐了，“没想到费总还开专车啊。”

“对啊。”驾驶座的费聿利开口说，“所以等会儿记得付费，再给个五星好评。”

语气不冷不热，倒十分顺耳。

“没问题。”艾茜爽快答应，环视了大G车的内部空间说，“这车很费油吧，费总能赚到钱吗？”

费聿利没回答她。

“俗气。”王垚插话说，“费总是为了赚钱开专车吗，他是为了体验生活。”

艾茜摇摇头，愉快地道：“好吧，那劳烦费总送我回百合花苑吧。”

费聿利冷淡迎合：“好。”

从南洋广场到百合花苑就五分钟车程，一脚油门的事。车子停在门口，艾茜摸索着放在膝上的包包，心里暗叫一声麻烦了！今天上班她一直觉得有些不对劲，这下终于想起忘了什么——她忘了带房屋钥匙了！

艾茜一时没下车，王垚乐得开心，前面费聿利倒也很有耐心地将车停在路边，等她下车。

“劳烦费总再开五十米，停在前面的快捷酒店吧。”艾茜开口，觍着一张讨好的脸。

“快捷酒店？”王垚问。

“……钥匙忘了。”艾茜丧了丧脸，一时之间，也不知道是先下车，还是等等再下车。

第一次，费聿利从艾茜口吻里听出来一丝自我埋怨。

“那怎么办？”费聿利开口，“不如先找个宽敞的地儿，把你放下。”

艾茜：“也可以，前面直走就是白鹤桥，费总就把我放在那吧，我可以在桥洞睡一晚。”

费聿利：“行，听你的。”正要踩下油门——

“不行！”王垚开口，“艾艾，我来安排！”

呃？艾茜看向王垚，安排啥？

其实刚刚她和费聿利的对话，就是相互挤对过个嘴瘾，显然费聿利会送她到前面的连锁酒店，等到了快捷酒店，她直接下车就好了。

结果，王垚要安排她？……安排她睡哪条大街吗？

如果王垚知道艾茜这样想自己，真要伤心了，他对艾茜和费聿利说：“今晚就到费二家打通宵游戏吧。”

“如何？”

“是不是很棒？”

“好了，就这样，我们直接去费二家。”

“费二，开车吧。”

费聿利：“……”他真是谢谢王三土啊！

到费二那里通宵打游戏，王垚提出来的主意自然是利他自己，既可以玩游戏，又可以与艾茜在一起，可以说是两全其美了。

这两天，王垚也真是费尽心思。除了线上群里发红包，还有线下计划，比如——

就在前面，他带着费聿利来南洋广场放风，然后在王者群里问艾茜在哪儿，就是想要邀请住在附近的艾茜出来吃夜宵，巧的是艾茜也在南洋广场等车。

高架桥上的白炽路灯一盏盏往后倒退，费聿利开着车顺着城市高架桥最右侧车道变了道，往另一个方向驶去。开了半小时的车，大G车停在某江景公寓的地下停车场，费聿利单手把着方向盘，一溜儿地将这辆大越野倒车入库。

今晚王垚提出通宵打游戏，艾茜本不会答应，不住快捷酒店也可以选择去洗浴中心，现在城市生活这般便捷，她到哪儿不能将就一晚，为什么要到费聿利家打游戏？只是不知道是不是太久没跟朋友聚会，当王垚提议通宵打游戏，她居然觉得还不错……

后面就这样，直接来到了费聿利的家。

“姐姐你的操作很是666啊！”

今天周媛媛要拼文码字，没办法跟他们一起奋战到天亮，王垚叫了另外的朋友，除了那天一起吃饭的莫爷和周子舜，还有一个女孩。夸艾茜操作好的女声，就是这个女孩发出来的。女孩声音又甜又脆，像是咬上一口红富士大苹果。

“对了，姐姐你是哪儿的人啊？跟费二王垚他们怎么认识的？”女孩又问。

王垚：“我说希希，你这是故意盘问吧！”

希希？

艾茜看了眼女孩的游戏ID“希望跟你在一起”，觉得王垚刚刚发的音应该是希希两字。潇潇阿姨他们也叫她茜茜（xīxī），她刚听到王垚叫希希，愣了一下。

“要你管啊！”女孩回王垚。

“我不管，我也管不着。”王垚回，一边双脚盘在沙发上操作着手机，一边对退出游戏的费聿利说，“费二，你到冰箱给我和艾艾拿点喝的呗，我们渴了。”

费聿利立在客厅的灯下，抛来一个冷淡的眼神——自己不会拿吗？

艾茜已经好商量地接下王垚的话：“谢谢，我只要水就好。”

费聿利：“……”

就在这时，游戏那端的女孩突然出声，不可思议地问道：“……你们三人是在一起吗？”声音听起来有点卡，不知道是网速不好，还是说话有点歇气。

“对啊，我们都在费二这里呢。”王垚大大咧咧地回道。

“给，水。”费聿利还是折身到客厅冰箱，拿了两瓶水过来，一瓶随便地丢给了王垚，一瓶递给了艾茜。

艾茜靠在沙发，客气一笑：“多谢。”

游戏结束，艾茜是这一局游戏的MVP，作为一个胜利者她和王垚击掌庆祝，放下手机的时候眉眼间闪烁着得意的笑意。这样的艾茜，倒不像什么秘书长，就像一位刚工作的年轻女孩。

“嘿嘿，你知道刚刚那位希希是谁吗？”王垚一边拧瓶盖喝水，一边对艾茜说，神神秘秘的。

艾茜也配合地歪了下头，八卦地问王垚：“谁呀？”

从前面几局游戏下来，艾茜能感受到女孩挺在意费聿利的，即使猜不到女孩的身份，大概也能联想到女孩跟费聿利有点关系，但是没猜到女孩和费聿利的关系是这样的——

“费二跟那位希希相过亲。”王垚咧着大门牙告诉她。

噗！艾茜正在喝水，差点喷了出来——

费聿利相亲走的是广撒网的形式吗?

连续打了好几局游戏，艾茜腿有些麻，站起来走动走动。来到落地窗前，望了望连万家灯火都渐渐暗下来的A城夜色，回头说：“费总很受欢迎嘛。”

呵。费聿利也没有任何见不得人的别扭，慢条斯理地在沙发上坐下来，跟她对视了一下，开口说：“是啊，所以每天要给我介绍的人真的很多。”

艾茜没声音了。

费聿利说完，也觉得自己这话说得似乎有点欠扁，仿佛提醒什么……费聿利再次望向艾茜，打算说点什么圆一圆前面的话。

艾茜已经翻阅起落地窗前书桌上的一本书。费聿利住的是酒店式公寓，屋里的装修布局就是酒店风。桌上放的书是费聿利前不久路过书店顺手买的，一本心理学书籍。

“王三土，王三土！”突然传来两道声音，惊得艾茜差点嘴巴一张，她循着声音转了转视线，声音好像是从另一边的阳台传来的。

只是大晚上……这个屋除了他们没有其他人了啊?

“三土，刚刚有人叫你，你听到了吗？”艾茜放下书。

王垚抬头，摇摇头：“没有！”

艾茜又看向费聿利：“费二，你呢？”

费聿利抬头望她：“什么声音？刚刚有声吗？”

“王三土！王三土！”又传来了两道声音。

“我知道了，艾艾你一定是想我了，有幻觉了……”王垚一脸证据确凿地说。

艾茜干笑一声，一会儿之后，她抿抿嘴角，反应过来了！

刚刚的声音……应该是鹦鹉发出来的。

这不，艾茜低了下头，便看到电视柜的左边放着一袋进口鸟粮，花花绿绿的牛皮纸上画着几只鹦鹉，上面还有大写的英文Birdseed，还有书上洒落着几颗瓜子仁……应该不是费聿利边看书边嗑瓜子，而是边看书边喂鸟。

跟着费聿利来到次卧，艾茜终于见着了刚刚叫唤王三土的“机灵鬼”，一只通体雪白脑袋顶着黄色头冠的美冠鹦鹉。费聿利住的酒店式公寓有两个房间，主卧他自己住，另一间次卧就给……鸟住。

作为一只尊贵的鸟自然要配上尊贵的姓名，这只“机灵鬼”小名英俊，姓就随了主人，大名费英俊。王垚介绍起英俊的情况更像英俊的主人，他告诉艾茜说，这只美冠鹦鹉费二已经养了六年了，同费二感情深厚。费聿利也十分宝贝它，六年来喂养得精心又周到。

当然，费英俊也很聪明，学话极快，鸟仗人势的本领强大到难以置信。

艾茜观赏起费英俊，费英俊也稳稳地立在鸟架上任她打量，倨傲又神气。作为一个俗人，不管看到什么新鲜事物她都先问问价格：“这只鹦鹉值多少钱？”

费聿利站在艾茜左边，随手喂了英俊一颗瓜子仁，不想回答艾茜这个俗气问题。

代言人王垚又激动了：“你猜？”

艾茜不猜。

猜便宜了主人心里不舒服，猜贵了显得自己溜须拍马，何况她真不太懂鹦鹉市场行情，不过看着次卧架子上的这只鹦鹉，羽毛雪亮，头冠漂亮，比有一年危叔叔带她在某叔叔家里看到的那只鹦鹉还要精神、好看两分。那只鹦鹉貌似也是美冠品种，市场价值十几万。

“我猜……这应该是别人送的吧。”艾茜说。

王垚惊了："……你这都知道！"

费聿利仍是立在艾茜的旁边，不惊讶也不反驳，的确这鹦鹉是别人送的。

艾茜猜测说："养了六年，六年前费公子要训练又要上学，哪有时间养鹦鹉玩乐，所以猜是亲人送的礼物。"

艾茜分析得很对。

费聿利看了眼艾茜，顺着艾茜望过去的方向，看到了自己放在次卧墙角的射击装备，以及一张放在斗柜上的训练照片。那张照片，艾茜看过电子版本。是在她和费聿利相亲见面之前，赵青阿姨发给她的。赵青阿姨是费聿利原先在省队时的教练的老婆。

她和费聿利能安排上相亲，关系也是绕得不能再绕了。有时候长辈的关系网强大得像是一张巨型蜘蛛网，可以将两个完全无关的人，联系在一起。

手机时间显示一点三十分，已经是凌晨了，但距离第二天上班时间还有好几个小时。也不知道费英俊要不要睡觉，艾茜不再打扰，离开了费英俊的次卧。

费聿利跟在后面，随手给费英俊关上了门。

嘎的一声，关门声极轻。

"等会儿你要怎么睡？"伴随着关门声，传来了费聿利的问话。

艾茜反应了一下，不知道费聿利是问她，还是问王垚。

不对，他就是问她。因为王垚不在……人呢？

对面的洗手间亮了起来——

艾茜抬起头，瞧了眼费聿利年轻的脸，居然在费聿利脸上看到了两分温柔。

气氛在某一刻安静到了极致。

艾茜打算说点什么，缓和一下这奇怪的气氛。

靠墙的费聿利突然往前一倾，毫无预兆地靠近了她，以一种亲昵到极致的姿势低下头，手虚虚地放在她后腰上方，轻轻地出声问她："艾茜……你要不要睡我……"

睡什么？

"睡我……的房间？"

刻意停顿一番，费聿利终于将一句似是而非的问话表达完整。

呵！看着艾茜两侧耳朵都微微泛红，他直了直身，再次开口："不过我想你应该不需要。"

"……"

艾茜翻白眼，不想同费聿利废话，她点点头，转身回到了客厅沙发……

一大早，换锁的小哥已经在防盗门旁等她了，换上新锁芯，艾茜进屋洗漱换衣化妆，到黎明基金会上班，已经是九点三十分。

迟到了半小时。

夹着包打着哈欠从外面进来，郭丽呈就一直盯着她，她回头朝郭丽呈一瞅，郭丽呈已高冷开口："咖啡放在办公桌上了。"

"劳烦了。"艾茜捂着嘴，又打了一个哈欠。

来到办公室，端起郭丽呈放在桌上的咖啡，灌了两口。

咖啡都已经凉了。

整个上午，艾茜打了十多个哈欠，实在顶不住，靠着老旧的大班椅眯了眯眼。

昨晚发生什么了？不只郭丽呈有这个疑惑，外勤回来的李洲子瞧到艾茜靠在办公椅上睡觉，更关心艾茜昨晚发生了什么。

艾茜睁开眼，李洲子立在她办公桌前。

"有事？"艾茜撑了撑手。

"如果累了就回去睡。"李洲子开口道，一脸的严肃。

"……"

李洲子这是在命令她吗？

"不要这样躺着。"李洲子再次开口，表情都变得严肃。

"伤肩颈。"他顿了下，补充道。

艾茜无语，最近这些人怎么都喜欢断句式地说话。

关心完毕，李洲子转身离开艾茜办公室，心里活动丰富得如同捅了蜜蜂窝，嗡嗡嗡又甜如蜜。

然而，正常人都很难从这般冷硬的语气里听出关心，艾茜只觉得李洲子在监督她……难道李洲子和郭丽呈联盟了？艾茜眨了下眼睛，一时理不出头绪，拿起李洲子拍在她桌上的报告，太阳穴直抽了两下。

这一个个的，都想造反吗！

然而，看了眼李洲子整理的外勤记录报告，做得越来越好了……这也是让艾茜头疼又无奈的地方。员工对她态度不好，但是工作态度很好。作为秘书长是不是有一点点的失败?

艾茜不知道的是，一个男人做事越来越用心，态度却越来越高冷，还有一个解释是他在引起她的兴趣。如果让李洲子去演校园里的闷骚男神，可以本色出演。只不过，艾茜拿的是职场本子，不怕李洲子喜欢她，只怕李洲子和郭丽呈联盟，将她给踹下秘书长的位子……

江景公寓，费聿利醒来已经十点，隐隐约约听到一道呼噜声。昨夜，最晚睡着的人应该是他，躺在床上没有一点睡意。他也没想什么事情，情绪也没有受到任何影响，就觉得心里好像有点……奇怪。

有那么一刻，费聿利想知道艾茜对他有什么想法。所以，昨晚他会那样做。

想到艾茜昨晚的反应，费聿利嘴角忽地一抽，一道轻笑从唇齿间溢出来。这道莫名其妙的笑，直接把躺在旁边的王垚吓醒了。

王垚翻了个身，两人看到彼此放大的脸……王垚这孙子居然爬到他床上来睡回笼觉。费聿利朝王垚屁股踢了一脚，王垚连忙闭上眼，故意嘟囔两句：“妈……还早呢，你让我再睡一会儿。”

费聿利嫌弃至极：“你倒叫两声爸爸呐……”

王垚笑嘻嘻坐起身，摸到手机，打开了微信看起来。

“艾茜呢？”费聿利问王垚，人已经站在移门衣柜旁。

“早上班了。”王垚靠在床头回答费聿利，回笼觉醒来第一件事就是拿出手机给艾茜发消息，接着玩游戏，“你以为艾艾跟你似的，睡到这个点啊?早上七点就醒了，也不让我送她，打了个车就走了。”

费聿利顿了顿，随后挤对：“也没有很积极啊。”

王垚：“来日方长嘛。”

费聿利没再说什么，昨天他没有换睡衣直接躺床上，大清早起来自然是脱掉身上的Polo衫，都是大男人，他直接背朝王垚，撩起上衣，露出了线条分明的后背。

王垚用余光瞥了一眼，“啧啧”了两声，如果他有费二这样的身材，大清早一定先摆个帅气造型，再开始美好的一天。

确实，费聿利脱衣画面有点养眼。

年轻男性的身体发育得恰到好处，脊背硬挺，每一块肌肉仿佛按照比例匀称地填充在身体里，不管是线条还是身形，看起来都是蓬勃有力。

王垚嫉妒地别过眼，觉得再好的身材再好的脸长在费聿利这里，都是浪费，不找对象也就算了，还不当模特也不自恋。

的确，不像王垚肱二头肌都要六连拍，费聿利对自己的肉体没有任何自恋。即使他知道自己……很完美。比起身材，让他更满意的，是比王垚高出很多的智商。

然而，不知道是不是受到艾茜的感染，打算一直没心没肺混吃混喝娶妻生子，把人生寄托在下一代的王垚突然认真地来了一句：“费二，我想上进了。”

费聿利找出了一件新的Polo衫换上，连商标都没有剪，伸手往后随意一扯，商标直接扯了下来。“王垚，我觉得你一直挺上进的。”费聿利开口，瞧了眼王垚。

王垚难以置信：“……没有吧。”

费聿利：“在语言上。”

王垚：“……我说真的！费二！”

“我等会儿就回家上班了。”王垚从床上坐起来，看着费聿利说，“就在刚刚，我从我爸爸那里要来了市场经理的职位，我要上进了！我真的要奋斗了。不为自己想，也要为我爸妈想一想，他们白手起家也不容易，拼出的事业不能毁在我手里！”

“至于你……”王垚也被费聿利前面轻飘飘的语气刺中，一边穿着裤子一边走到了门口，“咔咔”两声扣上皮带，丢下一句话，“……随便！”

“反正你家有你哥。”

王垚摔门走了。

费聿利莫名其妙地眨了眨眼，从床上捡起手机，看了看今天的关于射击的新闻。至于王垚……当他大清早抽个风。

不过，王垚站在电梯里也有点后悔，但又觉得畅快。刚刚他之所以抽风，也是有原因。昨夜费二进屋睡觉，凌晨三点他和艾茜聊了聊人生。令王垚想不到的是，艾茜除了拉款厉害，还有做灵魂导师的能力，听了艾茜几句话，王垚觉得自己快要枯竭的心灵像是得到了泉水的灌溉，一下子就有了活力。

事实上，艾茜没有对王垚灌鸡汤，只是简单地讲述了这几年她见过的几个家族企业破产之后的凄惨故事。

中午，王垚到自家公司报到，艾茜叫了一份减脂餐吃着，顺便将做好的999关爱空巢老人公益活动邀请页面发到了王者群里。

王垚坐在办公室，想到今早对费二发火的事，怪不好意思，借着艾茜发来的公益活动网页，没话找话地@费聿利："那个打麻将赢来的钱，你给艾艾了吗？"

嘿！看到这条消息，艾茜连草也不吃了，冒泡问王垚："什么钱呀？"

王垚答复："上次打麻将，不是提议赢来的钱捐出来嘛。"

"噢，真的吗？还以为你们开玩笑呢。"艾茜装傻。

王垚："不开玩笑，不开玩笑，做公益岂能开玩笑？"

艾茜："谢谢三土。"

就在这时，费聿利上来了，丢来一句话："赢钱的人是我。"

"……哦。"

安静了一会儿的群里，多了一个账户，是艾茜发来的黎明公益的账户。

王垚回公司上班了，费聿利找了一辆奥迪A4开专车，把着方向盘等在路边，等了半天还没有等到下单的客人，打算直接取消订单。后车门被打开了，一道抱歉的女声紧接着从后面传来："对不起，让您久等了。"

费聿利转过头——

他是跟黎明基金会有着前世今生的渊源吗？

呃……郭丽呈也没想到，她会坐上费聿利的车。

“费总……您……”郭丽呈更是一脸震惊，完全说不出话来。她肯定是坐错车了！

“去哪儿？”费聿利问话。

郭丽呈：我的天，现在的富二代都那么努力了吗？

“是尾号6780的用户吗？”费聿利淡淡地反问郭丽呈。

郭丽呈“嗯”了一声。

费聿利看了眼目的地，一脚踩上了油门。

郭丽呈要去的地方是城北的一家名为康安的老年福利机构，也是下星期999关爱空巢老人的活动地点。至于她为什么会在外面，今天难得她与大学同学聚个会，结果饭还没有吃完，就被艾茜差遣了……

手机突然嘀嘀作响，艾茜来电。

郭丽呈接听：“我已经出发了，大概一个小时到康安福利会。”

“你不用去了。”艾茜说，“李洲子打电话来说他就在福利会，让他确认就行了。”

郭丽呈莫名恼火，硬邦邦道：“我已经坐上车了。”

“坐上车了啊……你让司机直接送你回黎明基金会吧。”艾茜建议说。

郭丽呈：“……”

“你告诉你家秘书长，我不接受改单。”费聿利对后座的郭丽呈说。

“司机不改单。”郭丽呈轻轻对艾茜说，不好意思告诉艾茜接单司机是费聿利。

“什么！”不知道司机是费聿利，艾茜坐在秘书长办公室，连蔬菜沙拉都不吃了，对郭丽呈说，“你开外放，我对司机说。”

“……喔。”郭丽呈打开手机外放，费聿利也将车停在了路边。

等会儿，艾茜如果知道对方是费总会怎样？郭丽呈想。

估计能把她吓一跳。费聿利想。

“嗨，司机小哥哥……”一道温柔又甜腻的声音从郭丽呈的手机扬声器里飘出来，是费聿利从没有在艾茜那儿听过的软妹发音。

郭丽呈安静了。

费聿利憋着没有说话。

他不喜欢女孩扯细着嗓音说话，然而，艾茜说得很自然，仿佛真是一位性格温柔的可爱妹子，难为情地请求他改单。

“我现在有急事，麻烦您改个单将我助理送回来可以吗？”艾茜请求说。

费聿利忍不住，失笑出声。

……如此欠扁的笑声有些熟悉。

费聿利开口：“艾秘书长，你再叫一声小哥哥，我就勉为其难地为你改个单。”

艾茜：“……”

安静片刻，等扬声器再传出声音，声线已经恢复正常样子：“好的，费聿利小哥哥，麻烦你改个单，送我的助理回基金会！”

“嘟嘟嘟……”

艾茜已经挂了电话。

秘书长的面子还是要给的。

费聿利送郭丽呈回黎明基金会，服务到位到将车开进去停在基金会门口，一步路都没有让郭助理多走。停好车，他伸手解安全带。

郭丽呈连忙拒绝：“费总，不用送了。”

费聿利半条长腿已经迈到车外，回道：“都送到门口了，再送两步也不累。”

郭丽呈反应了一下，改成邀请：“那您进会里坐坐，我给你泡个茶。”

呵，艾茜这位呆头鹅助理终于开窍了……

这不，仿佛猜到费聿利要进来坐一坐，艾茜已经亲自准备好茶水，泡了一杯龙井放在老旧沙发前的玻璃茶几上。

龙井是刚冲泡的，茶杯里漂着的叶片鲜绿可爱，但是这杯子，太旧，仿佛是八十年代留下来的老物件儿，底座还补了漆。

费聿利有点下不了嘴。

艾茜以为费聿利是嫌弃茶，显摆说：“这是今年最正宗的明前龙井。”

艾茜说的不假，因为茶是从一个茶叶老板那儿化缘来的。

费聿利抬起头："有一次性水杯吗？"

当然……没有啊。就是一次性杯子用完了，才给找出了这个老干部杯子……想了想，艾茜指向鱼缸旁边舀水玩的一次性杯子："还有最后一个。"一次性是一次性，不过是用过的。

费聿利看了眼那个杯身写着"黎明公益基金会"的纸杯，杯口的边缘都泛黄了……他真的心疼黎明基金会啊。

就这样的环境，这样的条件，还要做慈善……

艾茜知道费聿利对她家的基金会有所怀疑，事实她刚来黎明基金会的反应跟费聿利差不多。这些年NPO非营利组织发展得越来越好，黎明基金会是很早成立的一家民间慈善基金会，经历了差不多五十年时间的发展，时间会带来发展也会带来改变。

黎明基金会原是本市商人顾黎明投资成立的基金会，注册资本五百万，只是成立不久顾先生就死于疾病，之后郭会长揽下了会长一职。基金会成立之际，也有几位理事，都是顾黎明先生的好友和生意伙伴，随着顾先生去世，这些理事逐渐退出了基金会。原本基金会就是非营利机构，捐款基本来自理事会成员，如果理事不再供血，基金会的经营就会越来越困难。

之前艾茜说基金会穷，不是谦虚，也不是卖惨，是事实。

"费总大驾光临，是打算捐点什么呢？"艾茜坐了下来，十分自然地打开一个话题。

"我就是过来看看……没有钱捐款。"费聿利更是坦然地一笑，环视了一圈，"看看艾秘书长工作的地方。"

"顺便——"费聿利话音在嘴上一转，停顿两秒。

艾茜果然眉头一挑："顺便什么？"

"顺便跟艾秘书长讨回改单的损失费啊。"费聿利说。

"……"

费聿利磊落一笑，笑得温暖又真诚，仿佛是贵公子上门要债，姿态拿捏又平易近人。

艾茜"呵"的一声哂笑，懒得跟费聿利说笑，回到了自己的办公桌前。

费聿利起身来到靠窗的鱼缸前。这里除了放着一个鱼缸，还有两盆绿植，已经被太阳晒得蔫蔫的。

费聿利提了提耷拉着的叶片，充满兴致。

艾茜瞥了费聿利一眼，不知他什么时候走。

“对了，艾秘书长——”费聿利在窗台前转过身。

艾茜直言：“我今天工作很多，没办法招待费总，如果费总要走，就不用打招呼了。”

费聿利完全没有要走的意思，反而要说正事的样子，主动发问：“如果我要应聘你们基金会的工作岗位，需要提交简历吗？”

什么？

要来这里上班？艾茜抬头看过去，直了直背。

午后阳光从百叶窗射到费聿利颀长的身上，斑驳的光影落在他眉宇之间，在光线笼罩之下，不管费聿利说话的神情还是说出来的话，仿佛都是经过深思熟虑，不是一时戏言。

艾茜思忖了半秒，轻轻扯动嘴角：“需要。”

费聿利拿出手机，他搜到黎明基金会的招聘信息，确实正在招聘一个业务专项经理。

“业务专项经理这个岗位，需要什么条件？”费聿利接着问。

艾茜：“本科学历，专业不限，但要有两年从事相关工作的经验。”

“本科学历我有，不过相关工作经验没有。”费聿利如实回答。

艾茜端着面试官的口气：“说说自己的特长优势吧，如果优势很突出，酌情考虑。”

费聿利说：“善良。”

善良……亏他说得出。

艾茜笑了笑：“还有吗？”

费聿利：“友好。”

艾茜再问：“还有吗？”

费聿利：“亲切。”

“……”

艾茜同意地“嗯”了一声，继续问：“还有吗？”

费聿利：“做事还算周到心细。”

微微吸了一口气，艾茜朝费聿利说起了大实话：“其实基金会业务经理这个岗位就像银行业务经理，看重的是人脉资源，费公子可以介绍一下你的父母情况吗？”

费聿利：“可以……”顿了下，“我爸爸叫费海逸，海逸集团的董事长。”

艾茜眨了眨眼，端坐在大班椅里，右手拿着笔，拿乔一会儿，嘴角蓦地扬起，真挚一笑，开口道：“恭喜你，被录用了！”

费聿利忽地笑了，笑得有些撩人，琢磨一番，开口说：“不好意思，我还需要考虑。”

艾茜：“……”

费聿利走出艾茜办公室，离开之前，又到外面的公共办公区参观一番。不只公共办公区，还有会议室、档案室、茶水间……

黎明基金会虽然又破又旧，但是外面有一个可以停车的空地，办公楼外还有一条自然河，一座很老的人行桥连接对岸的老公园。

让人没想到的是，第二天一早，艾茜就看到了过来上班的费聿利。

“艾秘书长，”费聿利微笑打完招呼，问艾茜，“第一次起早上班，还没吃早饭，请问基金会有早饭提供吗？”

艾茜笑容凝固在脸上，费聿利不会是离家出走穷到吃早饭的钱都没有才来上班吧？！

Chapter 05

潜 规 则 他?

百合花苑是A市最老最大的生活社区，这里生活着许多悠闲的本地人，还有外来的各式各样忙里忙外的打工人。

每天要搭地铁的人，需要穿过黎明基金会后面的人行桥，走到对面的公园地铁站才能乘坐。因为如此，每天艾茜来到办公室，站在窗户边就可以看到桥上人浪如潮水般汹涌的生活画卷。

这座黎明基金会捐建的人行桥，现在仍能为大家提供便利，是很好的公益投资。因为路过的上班族，带旺了桥对岸的一排早餐店。早餐店大多是外地人经营的，一条街汇聚了全国各地经典早餐：广州的茶点，河北的驴肉火烧，广西的米粉……

突然想起，她抽屉里还有一沓免费早餐券，是一家包子铺老板为了感谢黎明基金会在他老婆生病住院期间提供过捐款，特意送来的。

艾茜抽了几张给费聿利，并为他指了指路：“你走过这座桥，到对面左拐走五十米，招牌是老文包子铺。一张券可以免费领取两个包子和一杯豆浆。”

“如果不够，你就用两张。”

费聿利瞥了眼早餐券：“打劫来的？”

艾茜："我们黎明基金会是一家正规的慈善机构。"

"嗯，正规……庙小也是庙。"费聿利回道，拿上艾茜给的早餐券，去了对岸的包子铺。

卖包子的老板是一个白白胖胖的大叔，看到费聿利拿出早餐券十分惊喜，像是看到了自家亲兄弟，热情地与他聊起天："小兄弟，你是黎明基金会新来的人吗？"

"嗯。"费聿利点头。

老板："正式还是义工？"

"嗯。"费聿利又点了下头。

老板："正式的吧？"

费聿利："嗯……"包子还给不给了？

老板继续问："难道只是暑假做义工？"

费聿利："嗯。"

老板："你是大学生啊？"

费聿利："嗯。"如果还不给的话，他走了啊。

老板："你有女朋友了吗？"

费聿利："嗯……"

老板："……"

终于得到了两个包子一杯豆浆，费聿利准备走了，老板笑了两声，送客："好人慢走。"

费聿利："……"

费聿利不太习惯过度热情招呼，他相信艾茜这方面跟他差不多，才那般好心地把早餐券都给了他，几乎可以供他包月了。

第一天上班，还是要好好表现一下。黎明基金会现在正式员工就五人，秘书长艾茜，助理郭丽呈，外勤经理李洲子和活动专员范哲哲，以及唯一的客服小杜同学。艾茜的用人准则就是，能用义工就不招员工，所以黎明基金会到现在，加上实习人员费聿利，也就六人。

李洲子外勤回来给大家带星巴克，没想到今天多了一位实习经理，分的时候，自然是外面办公室的人先分，等轮到秘书长办公室的艾茜，就没了。

费聿利拿着原本李洲子给艾茜买的星冰乐，打了一个招呼：“谢了，兄弟。”

李洲子原是会里最帅的男人，因为眼前这人的出现，隐隐感觉自己一号会草的位子不保。

“你好，我叫李洲子，是基金会的外勤经理，外勤工作都是我负责……目前业务这一块，也是我负责。”李洲子朝费聿利自我介绍。

费聿利站了起来：“那后面业务这一块李经理就不用负责了，交给我就好。”

……什么？李洲子愣了。

“我是艾秘书长新招来的业务经理，我姓费。”

所以，他们要叫他费经理。

李洲子点头：“……好的，小费。”李洲子一直是会里大哥一般的存在，小范和小杜都是听他的话，每天紧紧跟随着李洲子的步伐，他自然对费聿利也是大哥口吻。

“好好干，有什么不懂的问我就好。”李洲子又说，拍了两下费聿利的肩膀。

肩膀很硬，李洲子拍了两下，感受到费聿利体格不错，做一些劳力活应该是没太大问题……希望不是一个空架子。

呵呵。费聿利终于忍不住咧嘴一笑，尽管面上礼貌，心里已经极其不爽，不满小费这个称号，更不满李洲子一副大哥的态度，只是初来乍到，要保持新人的谦让。

“那就麻烦李经理把业务这一块全部交接出来吧。”费聿利开口道。

李洲子：“……”

女人有女人的经营方式，男人也有男人的相处方式。距离下班还有一个多小时，李洲子想以老人身份欢迎新人费聿利成为黎明公益基金会的一员。

欢迎的方式就是提议大伙下班后到南洋广场聚一聚，他请客。

费聿利没有问题，反正不是他请客。不过一天做事相处下来，他觉得李洲子这人，可能有点轴？洲子，肘子，轴子……名字倒取得很贴切。

李洲子这样一说，还在埋头做事的范哲哲和小杜都很高兴，一口一个谢谢肘子哥。

原来李洲子真有一个肘子的外号啊。费聿利微微一笑，点出重点："吃什么？"

李洲子："火锅怎么样？"

范哲哲："火锅好啊，人多热闹。"

费聿利却摇了下头："好像有点热。"

"……"李洲子改口，"那就川菜。"

费聿利一脸抱歉："最近我口腔溃疡。"

李洲子咬了下后槽牙："日本料理。"贵就贵点，最重要艾茜貌似也喜欢吃日料。

费聿利露出迷茫神情："南洋广场有好的日料店吗？"

李洲子："那就本地菜，本地菜总可以了吧！"

费聿利："本地菜，还不如各回各家吃。"

"……"李洲子烦了，"行，那你来定！"

费聿利拿起一支笔，俊逸的面容也多了一丝为难之色，随即他嘴角上扬："要不还是火锅吧，的确人多热闹，只要店里冷气足，也不会太热。"

李洲子："……"

会里其他人："……"本以为来了一个颜值代表，结果来了一个事儿精。

费聿利靠回转椅后背，身子往后压了压，歪了下头，目光朝着秘书长办公室的方向望了望……然后，拿出桌上的手表看了眼时间：五点十六分。

"对了，我们是五点下班，还是五点半？"费聿利问大伙。

小范道："是六点。"

"……喔。"居然是六点，费聿利悠长地叹了一口气，转而一想，难怪艾茜需要相亲找对象……六点下班都没时间安排约会了。

秘书长办公室门推开，艾茜换了一双鞋子走出来，早上穿着平底鞋过来，这会儿是一双浅灰的细跟单鞋。纯白的丝质衬衫领子上多了一条经典的方格子丝巾。

臭美。这是费聿利第一感觉。

“秘书长，晚上我们聚会，一起吗？”李洲子问出来的艾茜。

“聚会？”艾茜笑盈盈地问。

呵，装！费聿利轻轻地哼了一声。

李洲子：“不是有新人来了吗？欢迎欢迎。”

噢！这样啊。艾茜笑得更愉悦了，瞧着费聿利说：“是费经理要请客吗？”

李洲子：“……”

费聿利也是：“……”

李洲子正要说不是费聿利请客，是他请客，话到嘴边又觉得这样的解释很掉面。然后艾茜已经露出遗憾模样，眨了眨眼说：“真是机会难得，不过今天晚上我已经约了人了。”

李洲子：“……”

费聿利：听听，这是什么口气，什么机会难得？他又不是她艾抠抠！

“艾秘书长有约会啊，没事没事，机会也不是很难得——”费聿利放下把玩的笔，望着李洲子说，“李经理以后还有请客的机会，大不了下次单独请。”

果然，费公子怎么会好心主动请刚刚相识的同事吃饭？

“好的，你们吃得开心点。”艾茜不再多耍嘴皮子，神采奕奕地走出了黎明基金会，正大光明地提早半小时下班。

“对了，我约的是天禧的老板，跟他洽谈设立家族慈善基金账户的公事，不算私人约会。”艾茜在门口停下来，回过头交代一番。

呵，女人！

很多时候，在说话招人恨这件事上，费聿利和艾茜有着不相上下的优秀天赋。

南洋广场某家连锁火锅店里，四个大男人，挤挤挨挨地围着一张四人方桌。在李洲子的带领下，小范小杜一边涮肉一边探讨黎明公益基金会日后的发展方向，只有费聿利不参与讨论，他就是过来蹭吃蹭喝的，对黎明基金会发展问题没有太大兴趣。

中间他停下来两次，招手叫服务员，一次是加汤，一次加了一盘现切羊肉。

做人这件事，有时候越过分，反而越被让着。

“小费，你为什么来黎明公益基金会上班？”李洲子问费聿利。他即使不太喜欢这位，也不好太冷落对方，免得对方格格不入只顾着……吃东西。

“我啊……看到你们的招聘信息就来了。”费聿利抬头说。

哦……原来也是一个随意的主呢。

“……秘书长为什么把你招进来？”李洲子又问，右手握筷在火锅边缘敲了一下。即使黎明公益基金会给的工资少得可怜，每天干的活又多又杂，各方面福利还不咋地，艾茜在招人的时候同样挑剔得过分。

费聿利笑了，右边唇角多了一个浅浅的窝。涮了一片羊肉，放在李洲子碗里，费聿利收了收笑意，对在座的三位说：“怎么说呢，主要还是艾秘书长足够的……求贤若渴吧。”

小杜小范低头喝杯中的啤酒。一个基金会，有秘书长一个厚脸皮就算了，现在又来了一个奇厚无比的，还真是要人命喔!

费聿利吃饱喝足了，想到这家火锅店的花生米不错，又招来服务员，开口说：“等会儿给我打包一份花生米带走。”

他要打包一份回去，喂在家里等着他的费英俊。

李洲子憋着一口气，朝向服务员：“买单。”

费聿利指了指桌上的二维码，建议说：“可以直接扫这里。”

李洲子瞧着费聿利，一言不发，费聿利已经拿起桌上的啤酒，客气地敬了一下李洲子：“今天谢谢肘子哥了，我敬你。”

李洲子硬生生收住话：“不客气。”

费聿利又说：“今天吃得很高兴。”

李洲子：我不高兴。

费聿利又道：“今天咱们就算熟了，以后好好共事。”

李洲子：不好意思，我不想好好地……

费聿利一笑：“我要先走了——”顿了顿，补上一句，“下次我请。”

不管如何，某人终于说了一句人话了。小杜和小范忙不迭点了下头，记住这话了。

费聿利走了，乘坐电梯到南洋广场的地下停车场，找到王垚刚停好的车，打开车门，坐上了副驾驶座。

驾驶座上王垚一身灰色西装，理了头发，看着比往日无所事事的样子顺眼了不少。但这说话口吻，就招人烦了。

“你也不能再这样了。”

“哪样，跟你这样，捯饬得像个销售代表一样？”

“什么销售代表，我现在是市场经理。”王垚拉了拉自己的西装领子，展示了一番，“我一堂姐在英国伦敦一家什么H……Huntsman店里给我定制来的，真正的大牌，对比起来，那些GA、Gucci、杰尼亚都亲民了……”

费聿利回王垚道：“眼拙啊，穿得跟一个卖保险的似的。”

王垚：“……”他就知道，费二嫉妒他！

“费二，不是我说你，你也要找点事做，等后面我忙了，你都找不到人陪玩。”王垚语重心长地感叹一句，珍惜现在他还有时间能随叫随到吧。

费聿利嗤笑出声。

“你以为今天就你上班？我刚跟同事们聚会结束……”费聿利开口说，不等王垚反应，补上一句，“同事们为了欢迎我，下班特意组的局。”

王垚显然一惊：“你也上班了啊！”

费聿利将打包的花生米丢给王垚：“聚会打包带出来的。”

花生米还要打包啊……

王垚打开环保外卖袋，虽然对花生米嫌弃至极，还是往嘴里送了几颗：“你找到什么工作了？”不知道哪家倒霉的公司，招了费聿利。

哪家老板那么倒霉……王垚咂着嘴，好奇问话。

费聿利一时没说话，主要感觉这事不好说。

第一次，王垚见费聿利这样不干不脆，也有一些好奇了，是什么工作令费二这样地难以启齿？

停车场的电子广告屏闪过某连锁火锅店广告，王垚闻了闻车里多出来的味，开玩笑道：“你该不会在火锅店当服务生了吧！”

“……”

王垚转过头："太屈才了吧……"

费聿利面上神色多了三分严肃和正经，仿佛即将要说的事不是昨晚心血来潮的决定，而是处心积虑的蓄谋，他开口："我进了黎明公益。"

"什么……"

"黎明公益。"

"费聿利，你再说一遍！"

"黎明公益。"费聿利转头对着王垚，"好了吧？"

王垚："……"

费聿利："昨天刚面试上。"

王垚："……"

"好了，开车吧。"

语言的表述方式很重要，如果费聿利以玩笑的方式说自己进了黎明公益，王垚不会觉得怎么样，最多觉得费聿利无聊了找点事做。但是，费聿利说得这样刻意……事情就不对了……

王垚把花生米甩还给费聿利，用他最能表达生气的口气说："带着你的花生米给我滚下车！"

友谊的小船说翻就翻……

第二天，费聿利在王者群里发红包，费聿利发红包，老天下红雨啊。

而且一发，十个。

艾茜连续点开红包，分别一百一十二，六十三，一百九十六，八十二……

每个金额都不小。

费聿利昨天是喝大了吗？

艾茜点得十分起劲，大脑精神了，手脚麻利了，心情更是像窗户外头射进来的明亮晨光，美好到不行。

"艾艾你终于出现了。"周媛媛也冒泡了。

难道费聿利发红包是为了将她炸出来？艾茜点完最后一个红包，七块六。果然，运气这东西是有额度的。

不过，艾茜已经很满意了。

“我的红包倒挺适合你领的。”费聿利也出现了。

这是什么话？连续抢了十个红包，艾茜感觉看费聿利都顺眼了，捧着手机输入：“昨晚费经理是遇上什么好事了吗？”

费经理……

周媛媛发问：“艾艾为什么叫费经理啊？”

艾茜：“说个好消息。费总纡尊降贵来黎明基金会应聘，凭着过硬的业务能力，正式成了黎明基金会的业务经理。”

“居然不是扶贫专项经理？”

“后面岗位也是可以调动的。”艾茜在群里补充。

费聿利回了一个无语的表情。

准备出门上班，艾茜从冰箱里取出自制的三明治，一盒牛奶，将它们放进手袋里装着，在门口换上单鞋，很有效率地出门了。走出小区时，她打了一个喷嚏，感觉昨天可能有些着凉了。

秘书长办公室里，艾茜在办公桌上放了四大杯：一杯牛奶，一杯冲泡的板蓝根，一杯郭丽呈提前为她煮好的咖啡，还有一杯清水，等会儿喝完板蓝根清口。

用途不一样，就用不同的杯子装着，都是她平时收集而来的杯子。

费聿利进来，余光往她办公桌扫了一眼：“秘书长的早饭派头真比一般人大。”

艾茜抽了一张纸巾擦了嘴，感觉费聿利目光里透着腐败两字，于是开始介绍杯子里装着的液体。

“这是板蓝根，感冒喝的，如果费经理也想喝，我可以给你一包。”

“这是咖啡，茶水间有咖啡机和咖啡豆，只要是黎明的员工都有无限畅饮的福利。

“这是清水，费经理渴了也可以自己倒。”

“还有……这是牛奶，我自己买的。如果费经理想喝，还剩下半杯，可以献给你。”艾茜介绍完毕，作势递给费聿利。不管样子还是神色，都十分的谄媚。

费聿利顿时被恶心得不行，抬了抬眼皮儿，不知道她什么时候能恢复正常，十个红包就让她变成这样，如果等下他说出他为黎明公益拉来一笔善款，是不是都要叫他爸爸了？

果然，当费聿利说自己拉来十万善款，艾茜眼睛都亮了。

“费经理……你坐，坐下说！”艾茜屁股都从大班椅抬起来。

费聿利发了一道半哼半呵声，立在艾茜办公桌三十厘米开外，用公事公办的口吻说，“钱是德茂捐的，数额不大，也没有其他要求。后面我也会好好跟德茂维持关系，再突破突破。”

艾茜：“……”

她宣布，从现在开始，费聿利正式成为黎明公益的业务经理！

“对了，德茂的老板是？”

“哦，他是我二叔。”

“……”

为了坐稳黎明业务经理的位子，直接从自己家人下手，不得不说好狠一个男人。

事实，是这样子的——

昨晚家族群里几位叔叔哥哥姐姐都在操心费聿利的未来，得知他已经报了总裁班，每一位都提议他来自家公司上班，给出的职位和薪酬也一个比一个高。

比如二叔给了特助岗位，年薪二十万；小姑给了公关经理岗位，年薪四十万；然后他一个开会所的堂哥说话了：“顶级按摩技师，年薪百万。”

费聿利都送了他们一串省略号。

“诸位别操心了，我费海逸没这个儿子。”他父亲上来说。

快一年他和他爸没讲话了，看着费海逸丢来的话，可以想象费海逸的神情。

“多谢二叔和小姑关心，我已经找到工作了。”费聿利回话。

紧接着，他甩出黎明公益的电子名片，上面写着大大的黎明公益，以及他业务经理的头衔。

“如果各位有捐款需求，请联系我。”

从小到大，二叔都是最疼他的人，即使不知道他所在的黎明公益是不是靠谱，还是以支持的名义给他打来了十万块。

“这钱你直接留着花，对外就说二叔支持你的新工作。”

这十万，可以说是二叔给他个人的……救助金。

费聿利大大方方地收下了这钱，不过没进自己口袋。他还想安排艾茜和他二叔见个面，给他二叔颁个什么慈善证书。

“没问题啊！”艾茜双目放光地看向费聿利，问，“你二叔喜欢什么颜色的锦旗？我们黎明都可以提供。”

费聿利嘴角一撇，直接说：“你老家被单的颜色。”

在恶心人这件事上，费聿利和艾茜同样有着不相上下的优秀能力。

艾茜反应了一下，点了点头：“……噢，深红色啊，可以的！”

这下，反而费聿利被自己恶心到了……艾茜这种人怎么会有前男友？！还有六个？

今早王者群聊到了前任话题，王垚三个，费聿利一个，只有周媛媛不仅没有现任，连半个前任都没有……

轮到艾茜了，周媛媛好奇问了问：艾艾你有前任吗？

——有，六个。

王垚：六个……

周媛媛：666……

某人倒是很谦虚，对惊叹不已的小伙伴说：前任这事不讲数量，要论质量，都已经入土为安了，不值一提。

费聿利觉得艾茜那些前男友如果听到她这个话，就算入土为安也要诈尸醒来掐死她……

艾茜有时候也觉得自己乌鸦嘴，策划关爱空巢老人活动的时候，她对李洲子他们说：“希望到时候不要刮台风。”

结果，活动当天台风真来了，虽然不经过A市，但也受到了一定的影响。

老年福利会这些公益活动基本时间定了就很难更改。艾茜虽然遗憾于下雨影响活动效果，还是坚持把活动流程走完，因为受到下雨影响，饮料只送出了一半。

剩下的一半怎么办？

李洲子："直接送给其他福利院吧。"

郭丽呈："或者下次可以再补一场活动，放在其他地方。"

艾茜眼珠子从左转到右，又从右转到左，还在决定。

费聿利开口："做个网页链接，直接以公益名义售卖，得到的款项再做他用。"

艾茜抬眸看向他，黑白分明的眼眸透着犹疑，似乎还在考虑，思忖一会儿："我觉得费经理这个提议可行呢。"

要尽快卖出核桃饮料，晚上黎明公益的小伙伴都加班制作转发页面，页面需要放个活动视频，艾茜亲自上阵剪辑。

原来某人不只是会发号施令，技能多到什么杂事都可以高效率完成……费聿利帮艾茜完成了最后的网页制作，时间已经是夜里九点。其他员工都走了，李洲子也因为家里有事不得不走。

费聿利原本也走了，忘记了一个快递，又折了回来。

外面下着雨，夜色沉沉，一盏昏暗的走廊灯在弥漫扩散而来的雨气里散发着柔弱的光线。艾茜坐在大班椅上伸了一个懒腰，走出办公室，见费聿利还坐在办公桌前。

"你不是走了吗？"艾茜问。

费聿利回答她："是走了。"

"那你是谁？"艾茜又问，语气无波无澜像是一句随意问话。

也只有他和艾茜可以交流出这样无聊的对话，费聿利抬头："你猜啊？"

艾茜放松放松脖子，回答："我猜你是费小二的弟弟，费小三。"

"我不是费三，我是费六，六位前任的六。"费聿利站起来，拿上忘记带走的快递，走出了黎明公益的办公室。

艾茜：“……”

不是她敏感，刚刚她和费聿利的对话，莫名像是情人打情骂俏。

夜雨越下越大，费聿利立在长廊，手持雨伞。艾茜跟着出来的时候，瞧了眼费聿利的背影，莫名地觉得他多了一份清俊之感。

“这几天在黎明工作怎么样？”艾茜站在旁边，以领导口吻关心问道。

“还好。”费聿利丢她两个字。

“还能适应吗？”艾茜又问。

“行吧。”又是两个字。

“有感到困难的地方吗？”

“没有。”还是两个字。

“……那十万款项什么时候到？”艾茜换了问题。

费聿利突然转过头，目光笔直且认真地看着她。

艾茜弯了弯嘴角：“不急……只是随便问问。”

费聿利仍是不说话，目光仿佛仍在她脸上研究什么。

艾茜微微挑了下眉，感觉鼻子有点痒。

终于，费聿利开口说：“是不是工作时候越正经，私下越不正经？”

什么？

回答费聿利的是一个响亮的喷嚏，难道费聿利以为刚刚她与他搭讪是调戏他吗？艾茜摸了摸鼻子，摇头说：“看人吧，像我就工作和私下都很正经。”

呵呵……费聿利觉得艾茜对自我的认知一点也不准确。

“那你觉得我呢？”费聿利问。

“你呀——”艾茜回应费聿利注视的目光，站姿笔挺，“什么将军带什么兵，费经理自然跟我一样，我们都是正正经经做事的正直人。”

费聿利笑了，仿佛她说了一个笑话，不太认同她的话，直接跨下台阶，留下一句话：“那艾秘书长真是看错人了。”

“……”

艾茜撇了下嘴，跟着费聿利下了台阶。刚刚费聿利那两句话，莫名像是对她进行灵魂拷问，难道，费聿利怕她会……潜规则他？

第二天，拿着一份用券换来的免费早餐，费聿利站在黎明人行天桥呼了一口气，在川流不息的人群里感受生活的气息……

艾茜靠着黎明公益秘书长办公室的窗户，看着费聿利站在黎明桥上拿着早餐一副想要跳桥的样子，晨曦落在费聿利年轻俊挺的身上，仿佛出手挽留住一个朝气蓬勃的生命……

费聿利不为所动。

艾茜正在心里打赌费聿利到底要不要往下跳，费聿利转身到桥上田大叔那里买了一大袋李子。

艾茜转身回到了办公桌。

没一会儿，费聿利提着一大袋李子进来了。刚好今天要开晨会，费聿利在会议桌上分了分李子，像小朋友分果果似的，每人桌前各放一把。

先进会议室的是小范和小杜，看到桌上放着李子都很高兴，觉得这是开晨会的福利，结果听到艾茜说是费经理请的客，面色不约而同地变得有点微妙。

这每人一把李子不会就是费经理吃火锅那天说的“下次我请”吧……如果这样，这请得也太令人……心酸了吧。

“李子是我早上买的，十块四斤。”费聿利对小杜和小范说，口气那个大方。

小杜和小范：“噢。”

“谢谢费经理啊。”小杜嘴甜地开口。

小范也跟了一句：“谢谢啊。”

人际场上给点小恩小惠最容易收拢人心，的确有些道理。

会议桌最左的一端，艾茜拿起一颗李子摸了又摸，就是没有下嘴，费聿利手里拿着一支笔问：“不喜欢吃酸的？”

艾茜摇头：“洗洗再吃。”

“已经洗过了。”费聿利说。

艾茜一笑，对会议桌旁的小杜和小范说：“不干不净吃了没病，田老板的李子一向不打农药，你们放心吃。”

就在这时，李洲子和郭丽呈也进来了，李洲子绅士地帮郭丽呈推门。高冷，但也贴心。

艾茜扬起嘴角："好了，人都到了。我们开会。"

最近，小杜和小范走近了，李洲子和郭丽呈时不时结伴，招呼郭丽呈和李洲子进来的时候，艾茜暗暗转了下眸子，难道李洲子放弃小范这个好基友了？

"桌上怎么有李子啊？"郭丽呈坐下时，低低地问一嘴。

"费经理买的。"艾茜回答。

郭丽呈坐在费聿利对面，拘谨地道谢："谢谢费经理。"

"不客气。"

"在老田那儿买的？"李洲子问。

艾茜："应该是。"

老田……

看来他们都认识那位卖李子的大叔啊，难道也在大叔那里买过李子？

"老田是我们的VIP客户。"范哲哲开口说，"每年都定期在我们这里捐款。"

费聿利："……"

有一种人看着不太像有钱人其实家里有N栋楼，说的就是田大叔……

"田大叔就是闲着无聊才卖点瓜果蔬菜给我们这些年轻人。"小杜继续说，"上次我在他那里买了一把青菜回去烧面，他还鼓励我来着——加油，年轻人！"

费聿利："……"难怪，他可以那样容易地买到十块四斤的李子，不是大叔没原则，而是大叔看他可怜半卖半送给他啊。

"黎明的扶贫目标要改一改啊。"费聿利望着艾茜，"当代青年才是扶贫对象。"

李洲子："麻烦费经理不要开玩笑。"

费聿利一愣，望着李洲子，扯起一丝笑。

"公益扶贫是很严肃的事，不适合开玩笑。"李洲子说。

"喔，谢谢李经理提醒。不过你理解错我的意思了，扶贫的方式多样，你误会了我话里的扶贫两字。我现在具体跟你解释一下。艾秘书长曾说过，当代青年除了物质脱贫还要精神脱贫，脱单脱贫。”冠冕堂皇地说了一番，费聿利看向艾茜，语气笃定地问她：“是不是，艾秘书长？”

她可以用胶带把费聿利的嘴巴先封住，等会议结束之后再撕开吗?

今天的会议内容是如何提高补脑饮料在朋友圈里的转发率，作为黎明公益的正式一员，不管是艾茜还是其他人，都要带头在朋友圈转发补脑饮料的公益购买的链接。

包括费聿利。

作为秘书长，艾茜先发了朋友圈，随后，郭丽呈李洲子小范小杜都发了朋友圈，形式不一。费聿利一刷朋友圈一大片卖饮料的，感觉自己像是加入了某个神秘传销组织。

“费经理，你也要发一发吧。”李洲子对他说。

费聿利觉得李洲子这人有点针对他，但他还逮不着证据……

“我肯定会发。”费聿利拿着手机，对所有人说，“我就是有点担心——”

“担心什么？”李洲子看费聿利的眼神冷漠里透着一丝嫌弃。

“担心我一转发，饮料就脱销了。”费聿利说出答案，舌头在口腔里微微一打转，样子真是欠揍。

“那我们……很期待。”艾茜微笑地看向费聿利。

费聿利回视艾茜：“你知道的，我朋友圈里需要补脑的智障青年有点多。”

艾茜：“……”挤对起朋友来，还真不手软。

“这几千瓶，都不够给王垚一个人补。”费聿利又说，朝艾茜丢了一个只有她和他两人懂的笑容。

这正大光明的互动，一下子刺激了李洲子的男性危机感。

十分明显，费聿利在故意透露一件事，他和艾茜之间存在着他们所有人都不知道的私交。

半小时后，费聿利发了半年来第一条朋友圈，转发购买链接同时还配上文字：需要补脑的人士都过来看一看。

费公子是混不下去改行做微商了吗？

王垚点赞评论费聿利这条朋友圈，留下一串挥手再见的小表情：扶贫经理你好，扶贫经理再见。

王垚和费聿利从小玩到大，两人的共同朋友很多，大伙看到费聿利这条朋友圈，都让王垚解释逍遥在外的费公子怎么就变成扶贫经理了呢。

王垚成了费聿利的代言人，一一回复他们说：改行做公益啦！

众人恍然。

后面也不知道谁第一个带头，好像是周子舜最先替费聿利转发链接，文字内容是——支持费公子。紧接着，费聿利的朋友圈是清一色的链接转发，文字内容全都是“支持费公子”。

秘书长办公室，艾茜也刷到了费聿利的朋友圈，默默地点了赞。有人居然那么会发朋友圈……不做微商可惜了。

下午，费聿利靠在办公椅上翻阅自己的朋友圈，看到一个不太熟悉的头像给他点赞，这个不太熟悉的头像还给他发来一句问话：最近好吗？

这是谁？

快要下班之际，对方又发来一句：我快要结婚了，可以恭喜我一下吗？

费聿利回了两字：恭喜。

女孩发了一个嫌弃的可爱表情。

费聿利用一秒时间想起这个头像好像是他的前女友，然后又用三秒时间，模糊记起了前女友的昔日样貌……

是他记性不好吗？不，是那段恋爱实在太短暂了。

当时他人还在省队，从入冬到隆冬，恋爱维持了差不多三个月时间，然而跟女孩也就见过几面。女孩是学民乐的音乐系学生，比他大一岁，是在A城读大学的朋友介绍给他的。性格乖巧，长相虽然不是特别漂亮出众，但也差强人意吧。朋友介绍给他的原因，就是女孩当时参加一个高校校花评选比赛，获得了第二名的优秀成绩……

当然，校花评选水分也很大，女孩当时对他的解释是，照片被室友恶作剧放到网上，那张照片还是她最丑的照片……都第二了还说是最丑的照片，显然对第一名不太服气。费聿利觉得女孩谦虚是好事，过度的谦虚就是骄傲了。

事实确实如此。原本，他觉得对方是温柔可爱的小家碧玉，结果对方是骄傲且敏感的小公主。当时运动员不允许谈恋爱，两人恋情就保持在打打电话的水平上，只要他一天忘记打电话，女孩一个室友就给他发女孩写在社交账号上的心情。

如同世界末日。

不过这段恋爱虽然谈得不怎么样，倒也有令他心动的时刻。

那是两人第一次亲吻。

女孩绕了半个城跑到省射击队等他，在寒冷的冬天等了三个多小时，他出来的时候她像是一只伫立在寒风里的寒号鸟，扑棱着僵硬的翅膀就撞入他怀里。

那天他牵着她的手，带她逛了一圈省队操场外围，然后，他吻了她。

再然后，就分手了。

分手原因很简单，一次女孩开着玩笑问他，射击和她谁重要。

他回答：射击。

然后，女孩就跟他闹别扭了。

再然后，女孩打电话过来跟他分手。

他答应了。

两人分手之后，女孩就拉黑了他，从分手到现在都已经过了三年多了。没想到，女孩又将他从黑名单里放了出来。

Chapter 06

不是居心不良

晚上，王垚请孤独王者群里的小伙伴吃夜宵，地方仍选在四人第一次聚会的老宁烧烤摊。

“你们说，前女友突然把我从黑名单里放出来，时不时联系我，是为什么呢？”烧烤的时候，王垚抛出一个灵魂问题，问起对面的两个女性。

艾茜和周媛媛抬起头，看向王垚，神色都有点诧异。

费聿利也侧了下头，望了眼王垚。

“跟你重新发展一下呗。”周媛媛用纸巾抹了抹嘴巴，“野火烧不尽，春风吹又生，只要你愿意，随时给你再生一片绿色草原。”

王垚：“多日不见，周大神嘴巴越发利落了啊。”

“那是当然，跟艾艾学的。”周媛媛模样娇俏地往艾茜肩上靠了靠，小女生神情十足。

“艾艾你觉得呢？”王垚又问。

艾茜弯了一下嘴，从另一个角度分析问题：“也有可能是你前女友换工作了，比如从事销售行业什么的。”

王垚：“……”

“费二，你觉得呢？”

费聿利想也不想：“可能要结婚了，请你过去参加婚礼吧，凑个前任桌。”

呸！你家前女友才要结婚了！王垚拿起一把烤肠，眨巴眨巴眼睛，心生感慨道：“我觉得她还是爱我的……”

周媛媛：“果然，男人都是大猪蹄子！”

王垚没想到自己随口一句话会遭到周媛媛攻击，一番唇枪舌剑，不得不举手投降：“饶了我吧，我真没想着死灰复燃啊。”

他还怕麻烦呢。作为最佳前任，前女友不止一次找他借钱，拉黑的原因就是有一次王垚找她追债了。从此，王垚再也找不到她人了。

过了两年，她又给他解禁了，说什么想了几年最爱的人还是他。

这话王垚是不信的：“那你能不能把钱还我再爱我？爱就应该清清白白，毫无利益纠葛。”

然后，又被拉黑了。

这就是今天王垚和前女友发生的一切，王垚也不想说自己前女友不好，就是跟艾茜周媛媛她们聊个话题。相对女人，男人分手并不喜欢说前任渣，会显得自己品味不好，反而习惯把帽子戴在自己头上，什么是当初不懂得珍惜，错过的都不是爱情……

王垚以过来人的身份讲述了一堆感情鸡汤，周媛媛对他刷新了认识：“曾经沧海难为水啊。”

王垚谦虚一笑。

周媛媛敬了王垚一杯酒：“我祝王总早日红袖添香淑女相伴，最重要……感谢王总今天请吃饭，也祝王总及时行乐，享受人生当前好时光。”

周媛媛这番笑语嫣然又作古正经的祝福语，把王垚听得一愣又一愣，看着周媛媛愣愣地点了点头，慢半拍道：“谢谢……媛媛啊。”

周媛媛被王垚念出来的“媛媛”两字弄得头皮发麻，咳嗽一声说：“还是叫我周大神吧。”

“周小神。”

“也可以。”

周媛媛和王垚这一来一往的对话，惹得艾茜弯唇笑了笑，今晚的烧烤她吃得很少，基本是坐在旁边喝着豆奶。费聿利也没有太好的胃口，不比王垚有个牛胃，他脾胃一直很娇弱，何况对面坐着一个只喝豆奶的人。

“你们说男人留着前任联系方式不厚道，难道你们女的从不留着吗？”费聿利开口说，有意识瞧了眼艾茜。

周媛媛摆手：“我不知道，因为我没前任。”

艾茜抬起眼眸，费聿利神色暧昧地一笑，摆明这个问题就是让她回答。艾茜抿着豆奶，像是喝着五十度的白酒，悠悠地放下玻璃杯，回答说：“会联系。”

啊。周媛媛看向艾茜，没想到艾艾是这样的人。

艾茜一笑：“如果他们愿意贡献爱心的话。”

嘿。周媛媛点点脑袋。艾艾就是这样的人。

然而——

艾茜双手一摊，遗憾表示：“不过分手之后，他们都把我拉黑了。”

噗。王垚喷出了水，捂了捂嘴巴，抽了一张纸巾，忙不迭地擦了擦自己的下巴。没想到艾艾如此磊落坦诚。

费聿利失笑一声，无关痛痒地开玩笑：“估计怕你找他们拉款吧。”

艾茜认同这话：“我也觉得是。”

其实，前几年的艾茜对于男友的要求极低，满足一时的陪伴就好，不在意两人有没有爱情，条件合不合适……然而，如果要长久发展一段关系，很多因素还是要考虑。

一位大师说过一句什么话来着：很多人一辈子都遇不见梦想的真爱，大多只会因为害怕孤独地死去而选择随便找个人相互饲养。

所以不要觉得自己没有遇上爱情，遇不上爱情才是正常的。

烧烤聚会快要结束时，周媛媛感慨自己二十五岁了还没有遇上爱情，艾茜用上面的话来安慰周媛媛。

艾茜不太会安慰人，她一安慰，周媛媛更悲伤了，差点号啕大哭：“我们这些年轻人怎么就那么难呢，工作工作不好找，爱情爱情也没有！”

今天晚上，除了艾茜其他三人都喝了酒。烧烤局结束，艾茜开费聿利的车送他们回去，四人刚好挤一辆车。费聿利坐副驾驶座，王垚和周嫒嫒坐在后座。

周嫒嫒垂着脑袋：“其实我最近挺丧的……”

王垚拍拍周嫒嫒脑袋：“好了，丧就找我们出来聚聚，没什么过不去的。”

周嫒嫒又说：“这个星期我一直在面试，现实真的太打击我了……”

王垚也问：“怎么打击你了？”

周嫒嫒忧伤叹气：“理想饱满现实骨感，我一个年入五十万的大神，在现实里只能找一份月入五千的工作，个人价值感怎么平衡？”

王垚指着前面的费聿利：“你前面刚好有一个，身家亿万的青年才俊放着家业不继承，不也上着月入五千的班吗？”

就在这时，副驾驶座的费聿利回答了周嫒嫒的疑惑，冷冷幽幽的一句话恰如其分从前面飘到后座——

“主要感谢艾秘书长点拨了我，让我思想境界提升了一个层次，不再追求金钱名利这些迷失人心的身外之物，选择投身慈善公益实现更高的自我价值。”

后座的王垚忍住心里泛起的不适感。

“真的吗？”周嫒嫒问开车的艾茜。

前面刚好红灯亮了，艾茜稳稳地踩住刹车。她不是费聿利，不能以这样的话欺骗和绑架周嫒嫒。事实在NGO工作和在企业上班并没有太大的区别，都要好好做事，完成项目，唯一可能会好一点的地方，就是幸福指数。谋生的同时，多了一份帮助他人带来的幸福感。

一分钟红灯时间，艾茜尽量客观地把来基金会上班的利弊讲述给周嫒嫒听，周嫒嫒听完弱弱地发问：“那个，艾艾……你们招畜牧专业的吗？”

这下轮到艾茜安静了。

“招啊。”王垚替艾茜回答，“黎明刚招了一只大型畜生，你可以去应聘饲养工作。”

费聿利哼了一声：“王总倒是可以过来啊，畜牧师带着畜生上岗，还可以拿双份薪资。”

不好意思，黎明公益不是猫猫狗狗回收站，艾茜对周嫒嫒说：“黎明公益目前招的客服和业务经理都不限学历和专业。”

费聿利：什么意思？敢情他这个业务经理和客服一样没有技术含量？

周媛媛“嗯”了一声，她也不是开玩笑，就在前面吃烧烤的时候她就考虑好了，在车里只是找个话说出自己意图，她真的想去黎明公益上班。

“那我就应聘客服吧。”周媛媛说。

艾茜笑了：“不用，如果你真想来，黎明还有一个更合适的岗位给你。”

“什么？”难道跟费总一样担任业务经理？

“我的助理。”艾茜丢出答案。

周媛媛：“我——可以吗？”

“当然可以。”绿灯了，艾茜踩上油门，等车穿过十字路口对周媛媛说，“我原来的助理郭丽呈下周就要做回专项经理，我正要重新招助理。如果你愿意过来帮我，我也很高兴。”

“艾艾，我愿意！”原本还垂头丧气的周媛媛已经彻底好了。

艾茜敲了一下方向盘：“那么，叫秘书长吧。”

周媛媛：“Yes，秘书长！”

呵，恭喜某人又圈了一只羊。

艾茜先送王垚，再送周媛媛，最后将车停在费聿利的小区门口，示意费聿利下车。至于车子，她要开走。不能让她等会儿还要打车回去。

“谢谢了。”费聿利道谢，一时没急着解安全带。

“不客气。”

“你真让周媛媛做你助理？”费聿利问她，望过来的时候，眼眸一闪。

艾茜回视费聿利，眼眸也跟着一闪：“难道你想跟周媛媛换一换？”

费聿利转而随意一笑：“如果你觉得合适，我没问题。”目光一直落在她身上。

男女目光一旦触碰时间达到三秒以上，心理感受就会变化。别说她和费聿利还待在封闭的车厢里。

艾茜出声提醒：“你可以下车了。”

“晚安。”费聿利说。

艾茜没有回应……

费聿利终于不紧不慢地移开视线，解开安全带，打开车门下了车。艾茜等着费聿利关上车门，结果车门还没有合上，一道轻柔的声音顺着突如其来的夜风掠进了车厢。

“费聿利……”

艾茜望了望左前方，只见自保安亭走来一个苗条清秀的女孩，看到下车的人是费聿利，脚步一顿。女孩应该是特意等在小区门口，看到费聿利下车的时候，又折回了保安亭，与保安简短交流了两句，从保安那里取回了一个精美的礼盒袋，再次走向费聿利。

艾茜觉得自己现在应该立马掉个车头，结果车门被人扒拉着……费聿利不仅没有关上车门，还靠着车身而站。

艾茜给了费聿利一个眼神，费聿利却浑然不觉，右手继续搭着车门，对走到他面前的女孩说：“其实真不用麻烦，你寄给我就好。”

“不麻烦啊，你给我地址的时候我都吓了一跳，距离我和未婚夫的房子不到两公里。”女孩体面地解释，“我想反正也近，就亲自给你送来了。”

费聿利再次出声：“恭喜。”

女孩温柔地摇摇头，然后把手里的喜饼盒递到了费聿利手里，正式邀请说：“婚礼是十月六号，我和晋阳特意选在假期，希望你也能来。”

费聿利接过女孩手里的礼盒袋，点了下头：“谢谢，我尽量过来。”

女孩右手拿着一个宝格丽女款经典手袋，突然落空的左手握住右手，然后双手一块儿握着宝格丽手袋，放置在自己身前。

“好吧。”明显对费聿利的“尽量”不太满意，女孩撇了撇嘴巴说，“没事了，那我先走了。”

费聿利“嗯”了一声：“那不送了。”

女孩微笑，望了望费聿利，又看了眼车内的艾茜，面容一怔，朝她挥了下手。

礼貌上，艾茜也朝女孩点了点头：“再见。”

女孩离开不久，艾茜示意费聿利赶紧关上车门。他不仅没有替她关上车门，还坐回副驾驶座说：“再送我到地下室吧。”

艾茜：“……”

费聿利：“既然刚刚都扮演了我女友，那就直接把我送回家吧。”

刚刚她扮演他哪门子女友了？

“我扮演的是代驾女司机。”艾茜辩解。

费聿利却耍赖地瞧着她：“可惜，我前女友不那么认为。”

“那跟我有关系吗？”艾茜反问。

“没关系，只是送佛送到西，麻烦了。”

艾茜没想到，有生之年她还能遇上跟自己一样厚颜无耻的人。

人都是有征服欲的，即使是脸皮与脸皮的较量。然而，脸皮再厚也不能拦着路阻碍其他车辆通行，艾茜狠狠踩下油门，将费聿利送回了地下停车场。

“有意思吗？”艾茜问。

“你停旁边那个，我租了两个车位。”费聿利告诉她。

艾茜：“费经理，可以下车了吗？”

费聿利憋不住地笑了，望着她说：“等下，你跟我上楼一趟吧。”

艾茜不想说话，今晚两人气氛已经很不对了，别说跟着费聿利上楼了。

费聿利的理由却很正当：“下月有一个儿童福利院活动，我有玩具要捐，你跟我去取。”

如此理由，她如果拒绝，反而显得奇怪了。

“所以前女友邀请参加婚礼，指的是你自己吗？”电梯里，艾茜故意提起费聿利回答王垚的话。

“参加婚礼是真的，凑不凑前任桌不知道……”费聿转过头，看向她，“也有可能是我一人独领风骚。”

艾茜弯了弯唇，没想到费聿利还能交到那般细腻的女朋友。虽然她同刚刚那女孩只是一面之缘，不过能感受出来，那是一个情感细腻的女孩。

只不过，细腻的女孩不太适合费聿利……

费聿利住的公寓艾茜已经来过一次，因为还有费英俊在，两人一鸟也不算孤男寡女共处一室。费聿利的确像他在车里说的那样，一到公寓就给她找玩具。没想到……他这里还真有不少乐高和高级模型玩具。艾茜任由费聿利整理，自己到吧台前的高脚凳上坐下来。

过了一会儿，费聿利朝她走过来，停在距离她大概一米的地方。今晚的费聿利如他一贯模样，随意到不能再随意，却也有着让人不能忽略的逼人气势。

艾茜握着手机，歪过头："整理好了？"

费聿利"嗯"了一声。

艾茜作势起身，生怕费聿利大步上前，将她抵在吧台。不过，费聿利没有往前，反而往后退了一步，身姿随便地轻靠在墙上，唯一不变的是目光，十分明亮地望着她。

今晚的费聿利还是不太一样，艾茜觉得费聿利是有意在作妖，但又逮不到他故意作妖的证据，直至他的视线落在她手机上转了转，停顿片刻，他用有些认真的语气问她："艾茜，如果说我喜欢上了你，你信吗？"

果然，是作妖了。

艾茜漾着笑点了下头，轻轻落落道："信啊。"有人喜欢是好事，她干吗不信？只是——

"费聿利，你最好不要喜欢我。"艾茜又郑重其事地告知眼前人。

"我不会潜规则下属。"

"有点姿色的，也不行。

"包括你。"

艾茜几乎一句一顿地把话说明白，她从不是遮掩的人，也不太在意费聿利是不是逗她，行事作风上，她一直遵循兵来将挡水来土掩。

"虽然我不喜欢搞个人崇拜，不过员工真的控制不了对我的爱，那希望费经理可以化爱为动力，多做业绩。"

呵。费聿利笑笑，一时没说话。

艾茜也努力保持着微笑。

费聿利点了点头，目光有所变化，像是钩子，也像是凿子，他似乎一定要从她这里凿出一点什么："是我误会了，我以为我们可能有一样的感觉。"

不再斜靠墙面，费聿利从她旁边拿起车钥匙，提上一袋子乐高玩具，走在了前面："走吧，我送你下去。"

不得不承认，费聿利最后一招还是有杀伤力。什么他误会了以为他和她有一样的感觉……这种直白的表述方式真让人难以招架。艾茜怀疑，前面的话费聿利有几分真，又有几分假?

男女之事，最怕真假难辨，投入太多心思琢磨，最后自陷泥潭，发现一切只是对方挖的温柔陷阱。艾茜已经没有太大兴趣跟人玩男女游戏，那是小女生才喜欢的把戏。

夜里艾茜回来差不多已是十一点半，费聿利拿错钥匙，她只能开他的大G到黎明公益，然后再走回百合花苑。

第二天，费聿利开着奥迪上班，下车的时候看到李洲子和范哲哲正围着停在黎明公益中间停车位的大G车，研究个不停。

"费经理，这里有一辆大G欸。"范哲哲朝他招手，示意他也过来看。

呵，他又不瞎。费聿利将车钥匙放进牛仔裤袋，走过来问："有什么问题吗？"

范哲哲："大清早就停在这里了，不是客户的，也不是我们的，你说是谁的？"

"是……"

费聿利"我的"两字还没有说出来，李洲子已经接了范哲哲的话："可能是附近的人，临时停在这里吧。"

"这车还是高配欸，真好看。"范哲哲说。

"你喜欢啊？"

"你不喜欢啊？"范哲哲反问费聿利，"每个男人的梦想。"

"渣男开大G，你的梦想就是当渣男吗？"郭丽呈跑完步来上班，刚好听到范哲哲的话，接茬说，神色嫌弃至极。

费聿利低声自问："我……渣男？"

"费经理早。"郭丽呈朝费聿利打招呼。

费聿利忽地展颜一笑，指着大G车大大方方地对范哲哲说："这车，我的。"

费聿利这一笑，郭丽呈脸色跟着一红。可能范哲哲和李洲子还不知道费聿利的身份，但她知道……的确，范哲哲和李洲子不清楚费聿利是谁，但是这重要吗？重点是费经理为什么要开两辆车来上班？

不可以吗！他炫富，他招摇，他显摆啊！

当费聿利说出他开两辆车来上班的目的，李洲子已经冷漠地回到了公益基金会做事，留下范哲哲还在原地纠结费聿利为什么开两辆车到公益基金会，是怎么做到把大G车先停在黎明公益基金会，又开了奥迪过来上班的。

“这个很简单。”费聿利拍着范哲哲的肩膀说，“我先把大G开来，停好，再打车回家……”

范哲哲：“……”

“明天，我再把我的小牛电瓶车骑来。”费聿利突然想到，告诉范哲哲说。

范哲哲：“……”

费聿利在犯病，当范哲哲意识到费聿利故意逗自己，跑上前挨着费聿利说：“费经理把车子借我开开呗。”

费聿利也很爽快：“哪辆？”

范哲哲：“当然是G……”

费聿利：“没问题，等我给你拿车钥匙。”车钥匙还在某人那里呢。

昨晚费聿利之所以开那个口，不是冲动而为，跟前女友李莉给他送结婚请帖礼盒也没有任何关系。只是单纯地提前通知艾茜一声。像是打个招呼，如果后面他对她有其他的示好行为，不用过于惊讶。

他没有居心不良，也没有脑子进水，只是眼瞎了……

下午周媛媛来黎明公益报到，刚好赶上大伙开会商量下期儿童福利院活动。

李洲子：“其实上期空巢青年和空巢老人结合的方式挺好的，只是天气影响了活动效果，这几天的核桃饮料义卖也很成功。”

基本上，费聿利很少在开会时发表自己的想法。他只喜欢单独跟艾秘书长说想法。

“李经理的意思是再搞一次类似活动?”艾茜握着笔问,微微蹙着眉,样子很有年轻秘书长的威严。一旦女人面容有了威严,很难用漂亮来形容她的长相。事实上对一个能力优秀的女人来说,用漂亮夸她,本身也是不够尊重的。

李洲子暗恋艾茜,喜欢的就是艾茜那份与众不同的气质。

“其实李经理的提议不错。”艾茜赞同地说,“同个主题活动做三期效果最佳,我也建议这次活动把空巢青年这个群体安排上。”

至于怎么安排效果最好?艾茜目光含着一丝笑意,看向跃跃欲试的周媛媛:“媛媛,你说说想法。”

得到艾茜的点名,周媛媛从笔记本前抬起脑袋,扬起一个初来乍到的紧张笑脸,开口说:“我有个想法,不知道可不可行。”

艾茜冲周媛媛鼓励地眨了下眼,周媛媛再次面朝大伙:“我想到的是cosplay(角色扮演),让过来参加活动的青年扮演角色照顾福利院儿童。”

“怎么扮演?”

周媛媛:“扮演孩子们的临时父母,以这样的方式陪他们玩……”

“不行。”郭丽呈否决了周媛媛的提议。

艾茜觉得郭丽呈这句“不行”,得了自己的真传……很有秘书长的气势。

郭丽呈大概也发现自己态度强势,说出反对理由:“我们黎明公益本来就是小基金会,如果再搞一些不三不四的活动,别人会认为我们是不三不四的非法机构。”

“什么算是不三不四的活动?”周媛媛问。

郭丽呈:“拉皮条难道不是不三不四吗?”

艾茜为什么要郭丽呈做一段时间助理,就是觉得她说话做事不太考虑他人,以为她做了助理可以改改这个毛病。事实上郭丽呈已经“温和”了好一段时间,今天怎么这样明显地针对周媛媛这个新人?

费聿利微微靠着会议椅,顿了下,将手从会议桌扬起,望向艾茜说:“我倒是觉得周助理的提议挺好,毕竟像黎明这样的小公益会,还不另辟蹊径,会直接没了生存空间。”

“非营利组织比营利组织更难经营。”费聿利望向郭丽呈强调道。

郭丽呈：“……”

艾茜心里忍不住呵呵笑了一声，费经理还真是喜欢引用她的话，那他记不记得，她曾说的——其他话呢？

“如果要扮演临时父母，我们黎明要不要也组几对？”费聿利又说，转了下笔。

不等众人同意，费聿利目光打转一圈，开始安排：“我提议，周媛媛和小杜看起来最显小，是一对，郭经理和李经理在黎明基金会最有资历，是一对……”

这是什么CP组合大乱炖，周媛媛和小杜互看一眼，郭丽呈和李洲子也互看一眼。

被落单的范哲哲急了：“我呢？”

“艾秘书长和我，你自己选一个。”

范哲哲：“……”他可以不选吗？

“算了，从颜值上来说，我和艾秘书长更像一对，我和秘书长一对，哲哲到时候随机匹配吧。”

众人：“……”

“这样的安排，大家有意见吗？”费聿利转了下头，问大伙。

众人：有。他们觉得费聿利应该这样问——有没意见的人吗？

费聿利点头：“那就这样吧，也不是什么大事。”

艾茜终于开口：“的确没什么事，今天会议就这样。关于临时父母的组合方式，费经理只是跟大家开个玩笑，我们是工作人员，不需要参与活动。”

“散会。”

艾茜结束了会议，坐回了会议椅，她面前放着两份计划书，分别是李洲子和郭丽呈交上来的。她翻阅的时候，发现费聿利坐在会议桌前没有离开，像是坐在自家客厅餐椅那般舒适。他往后压了压肩颈，然后转头看向艾茜说：“好像上班真的比较损伤肩颈。”

艾茜回话：“正式合同还没有签，如果感到累，随时都可以离开——”说到这儿，抬了下头，眸光穿过三米会议桌，落在费聿利的俊脸上，“我不留人。”

“我在艾秘书长这里已经没价值了吗？”费聿利微笑。

“那倒不是，费经理身上的人脉关系还是有很大价值的。”

话那么直接，费聿利也不恼，瞧着她感慨：“难怪都说女人现实。”

艾茜回敬：“但也没有男人虚伪，不是吗？”

目光交汇的瞬间，费聿利面上有片刻的凝重，不过很快收了收，移开视线。他站了起来，拿起一支笔往外走。路过艾茜的旁边时，停下脚步，微微倾了倾身，开口说：“我希望秘书长不要因为昨晚的事情受到影响。”

费聿利：“有什么问题可以私下交流，不要在工作上对我有不一样的态度。”

“免得大家误会什么——”

费！聿！利！

艾茜撑了一下额头，收住从胸腔里冒起的小脾气……她有点后悔，招了费聿利。

下午，费聿利过来跟艾茜请假。

“我今天去见二叔，请个假。”见二叔，自然是为了把那十万块的发票亲自给二叔送过去，顺便发展一下二叔周围的其他客户。因为今天他去见二叔，除了送发票之外，还要陪二叔打球。二叔的球友，可不止一个。

费聿利一心为黎明公益拉赞助，艾茜当然批准费聿利请假，别说是一天，恨不得连续给他一个星期的假期。

“我下午也要见客户，跟客户约在了美容院。”艾茜也随口一说。

费聿利一下子反应过来艾茜约的是什么类型客户：“厉害，都发展到太太群了。”

艾茜坦然接受，具有说服力地说：“经过一段时间的工作发现，我觉得相比男性，女性更富有同情心，富裕的全职太太也更具有做慈善的潜力。”所以比起总裁和董事长，他们在家的全职太太才是她的最佳选择对象。

费聿利：“……真是心疼那些愚昧无知的全职太太啊。”

然而没想到，下午球场休息时刻，费聿利刷到自家老妈顾女士发在朋友圈的一组照片，照片里她和一个神采奕奕的女人愉快地玩自拍。

除了照片，顾女士还配上文字说明——同一位优秀女孩的下午时光。

费聿利握着手机，留了一个赞。

艾茜今天见的顾女士不是她这边联系上的客户，而是对方主动打电话约她见面，问她能不能牵线搭桥为部分退役运动员做点好事，然后主动报了自己的姓名、联系方式，以及约她见面的时间地点。不用查什么，艾茜就知道约她见面的顾女士和费聿利的关系。

顾女士约她在自家美容院见面，请她做了面部护理，然后再一块儿喝下午茶。

在顾女士愿意主动表明自己身份之前，艾茜假装什么都不知道，也没有在费聿利那边过多提及，倒是没藏多久，顾女士笑容可亲地问她：“艾秘书长应该知道我是谁了吧。”

艾茜如实点了下头说：“费经理很优秀。”她的口吻像是班主任在家长面前夸学生，不管是好生差生，一律用优秀定义。

顾女士失笑：“他呀……就是浑小子一个。”

艾茜轻轻一笑，不认可也不反驳。看来妈妈总是最了解儿子的人。

“费二已经离家半年了，这半年来偶尔会跟我联系，但是跟他爸爸……两人吵架之后一句话都没有再说了。”顾女士温和地陈述事情经过，身上有着经岁月沉淀后的淡定和沉稳，静静地凝望艾茜一眼，再次开口，“这次费二愿意去黎明公益上班，第一次主动跟我们汇报情况，我想他是不是热爱慈善公益呢？”

艾茜又是轻轻一笑，看来妈妈也未必十分了解儿子。不过费聿利来黎明公益也就一周时间，她不好表露太多她对费聿利的看法。

“费……经理可能需要一个适应过程吧。”艾茜无关轻重地提及。

“艾小姐是北方人？”顾女士呷了一口茶，问她。

艾茜：“不算，我只是在北京待了十年。”

“难怪了。”顾女士笑着说，“费二的外公家就在北京。”

所以，费聿利和危城都是南北结合的孩子？

与此同时，顾女士解释为什么称自己儿子费二，言语之间都是对儿子满满的爱意："我有两个儿子，聿利是老二。"

艾茜点点头。

顾女士望着她："艾秘书长聪明又能干，长得还这样好看，应该是家里的长女吧。"

艾茜一愣，摇头说："我家里就一个。"

顾女士有些无端遗憾起来："一个人总会有些孤单，不管孩子还是家长。"

艾茜笑了，有点理解不了这句话。

"我大儿子比聿利大十岁，虽不是我亲生的，但是跟费二感情很好，跟我关系也很好。他原来的妈妈去世得早，算是我一手带大的他，现在接管了家里一半的生意，很优秀。"顾女士又说。

"当时我也是出于私心，劝聿利从省队退役，其实现在想想挺后悔的，射击是他的爱好，在射击方面聿利也很有天赋。如果他没有退役，现在都为国争光拿金牌了。"

"但是作为妈妈，我支持儿子兴趣的同时，也不希望他太辛苦，更希望他能一切都好，在追逐梦想的时候，也能承担一个儿子的责任。费二就是不满意我和他爸给他安排的职务，离开了家。"

"对了，艾秘书长你可能不知道，聿利退役的时候有严重的耳鸣，如果不是耳鸣严重，不太适合上场比赛，他也不会听家人的话选择退役。"顾女士又讲了一件事。

艾茜一怔，开口问："现在好多了吧？"

"他退役后就完成正常的大学本科课程，也治疗了耳鸣，现在算是正常了。"顾女士保养得宜的手相互交叠，温柔地望着她，手腕戴着一只水头极好的翡翠镯子。不管翡翠还是双手、眼神，都给人极其温柔的感觉。

"大概就是出于这个原因，我想为因伤退役的运动员做点事，这事麻烦艾秘书长不要告诉费聿利，不然他又觉得我这个妈妈操心太多。"

艾茜："费经理现在在黎明做事，如果顾女士您真的委托我们黎明策划这个关爱退役运动员的慈善活动，费经理肯定还是会知道。"

"那就先保密一下。"顾女士冲她眨了眨眼睛，"保密一天是一天。"

艾茜：“……”

顾女士千叮咛万嘱咐地让她保密，转眼自己却发了九宫格朋友圈。对此艾茜的想法是——大概每个母亲对儿子的感情都是矛盾的，既想儿子知道又不想儿子知道。或许这就是女人的共性，我爱你但我不说，我要让你自己感受！

呵，女人！

下午茶结束，顾女士还要邀请艾茜到家里吃晚饭，艾茜以工作忙为由拒绝了。见完顾女士之后，她到修理厂提车，为期一个月，老宝来终于修好了，不知道为什么，她觉得这辆老爷车动力变得十分强劲，堪比她原先开的奔驰轿跑……

原本她觉得三万六千六的修理费很贵，但是有这样强悍的动力输出，三万六千六简直是良心价了……天轮修理厂，神仙修理厂啊！

艾茜心里对费聿利充满感激，坐在宝来车上突然想到相亲时费聿利对她说的话，关于他自己为什么退役。他说，我天性不喜欢争强好胜，不太适合当运动员。从头到尾并没有提及自己耳鸣的事情。费聿利应该也没骗她，顾女士说的亦是真话，只是每个人都有一定的隐瞒。费聿利是这样，顾女士也是。

如同她，藏起来的面孔都有好几副……

白天在外面做美容喝下午茶，基金会的工作就要留在晚上加班完成，艾茜空着肚子回到基金会，将车停在外面的车位，她从副驾驶拿了路上买的三明治和酸奶。

此时，天已经暗了，然而，黎明基金会却亮着灯。每年七月到九月，A市都会饱受台风袭击，刚刚车里本地电台主持人就在播报夜里台风情况。不知道是不是心理暗示，她坐在车里看着外面的树影晃动，感觉胸腔情绪翻涌，莫名有一种风雨欲来的紧张感。

像是有心电感应，放在副驾驶的包包里传来手机振动的声响。

艾茜从包包里拿出手机，查阅信息，只有一条信息进来。不是微信，是手机短信，危城发来的。

——茜茜，我离婚了。

这是危城的习惯，真正重要的事情都以短信的形式通知她，而不是通过社交软件。作为一个80年代末出生的男人，危城从骨子里透着传统严谨的特性，但也对任何事物充满怀疑。

艾茜握着手机，长时间都不知道回复什么。她就这样坐着，想着这些年危城和柳静灵的过往种种……

很长时间，她坐在车里没有下车，直到一道颀长的身影从基金会大门走出来。

穿过摇曳晦暗的廊灯，男人不疾不徐地走向宝来车，微微倾过身，伸手叩响玻璃窗。艾茜转头对上费聿利投来的目光，心口突然就一松。

这是今天费聿利第二次回黎明公益，第一次回来开走奥迪车，还给修理厂的老赵，回来时，艾茜还没有回来。第二次回来，名义是回来加班，其实是特意等艾茜。

傍晚晚霞浅浅淡淡地涂抹在天际。基金会的人陆陆续续走了，留他一个人躺靠在椅子上刷艾茜的朋友圈，百无聊赖又觉得趣味十足。

艾茜朋友圈跟他一样设置了半年可见，除了年初时发了一条新年祝福，这半年来的朋友圈都是转发的公益内容。费聿利研究了一下艾茜的新年祝福，一共是四张照片，一张食物，一张对联，一张网上下载的小猪图，最后一张是八人聚会留影，四男四女，像是情侣结对出游，每个人都笑得喜气洋洋辞旧迎新的样子，背后是某个旅游城市的经典建筑。

过年不跟家里人一起，却跟朋友聚会？除非一块儿玩的人里有重要的人，比如男朋友……费聿利莫名感觉呼吸不太顺畅，看了看合影里的年轻男人，都是衬衫西装配置的精英样子。

这类男人，费聿利见多了，大多都是金玉其外败絮其中。不像他，金玉其外钻石其中。

年初照片里，艾茜身穿着驼色大衣，头戴浅色贝雷帽，搭配着黑色高跟靴子，春节的彩灯聚在镜头前面显得她秀气的面庞有些不清晰，但也能看出她笑容浅浅神采奕奕的样子，那样的她，仿佛跟年初的他隔着一个时空的距离。

半年之后，他和她就遇上了。

外面传来车子驶入的声音，费聿利起身往外，怀揣着了然于胸的心思，站在长廊看着艾茜停下老宝来，看着她在车里拿出手机，看着她迟迟不下车……

费聿利不是一个有耐心的人，但他真的站了好一会儿，才上前叩艾茜的车窗。车窗落下，他看到一张略微茫然的脸，是他从未在艾茜这里看到过的样子。

他看过她惆怅、愤怒、讥嘲，甚至漠然沉默的样子，唯独没在她脸上看过一丝迷茫，工作上艾茜总是按照计划勇往直前，生活上亦是安排妥当井井有条，甚至在感情上也处理得从容不迫进退有度。

到底是什么事，能令艾茜措手不及？费聿利抬起清澄的眸子，直勾勾地对着车里的人，强势地将艾茜拉入了他的眼底，此时的现实里。

“嗨……”艾茜作声，费聿利没回。

“几点了？”艾茜又问，解下驾驶座安全带。她倒不是特意问费聿利时间，而是奇怪都下班时间了，他怎么还在黎明基金会？她可不信，费聿利是会自觉留下加班的人。

费聿利似乎也能听出她的言外之意，直接说：“我家里断网，回来打把游戏。”

艾茜相信了，下车的时候说：“我会当作不知道。”她的意思是，下不为例。

声音意外动听，低低的温柔藏匿其中，从费聿利耳朵进来缓缓地在心里绕了一圈，他感觉原先不太顺畅的呼吸……顺了。

“车子修好了？”费聿利问。

艾茜点头，顿了下，肯定地说：“天轮修理厂不错，三万六千六勉强值得。”

费聿利已经习惯了艾茜这副领导口气，看着她说：“你以为真的是三万六千六吗？”

艾茜愣了下：“难道只要六千六？”

“六千六？”费聿利摇头，“你驾驶证考几年了，宝来开出来难道你没感受到有什么不一样吗？”

“有什么不一样？还是又破又旧，除了动力好点。”

“你知道动力好在哪儿吗？”

“不是换了发动机吗？”

“那你猜换了什么发动机？”

艾茜不太懂车，假装猜了猜：“涡轮发动机？”

费聿利轻轻笑了，开口道：“看来老赵真没跟你说啊，他给你这宝来车上了一个保时捷发动机。”

老赵这是有病？！不，有病的不是老赵，是将她车拖走的费聿利！

“谢谢啊。”艾茜不是不识时务的人，感激地拍了一下费聿利的手臂说，“大恩不言谢。”

省了三十万，就一句大恩不言谢？不过从艾茜这里听到一声谢也是不容易。

“等会儿让我体验一下老牛发力的感觉。”

老牛发力……这个形容还挺贴切的。出于他的面子才有这个保时捷发动机，艾茜自然要答应费聿利的要求。不过，她要先回复两封邮件，她回来的目的就是完成未完成的工作。

十几分钟后，她从办公室出来，发现费聿利懒懒散散地靠在椅背，拿着手机玩游戏。

换她等他了，等他游戏结束。

城市的夜晚大同小异，一样车来车往人潮涌动，费聿利驾驶着上着保时捷芯的老宝来，带着她开上了绕城高速，然后超过一辆又一辆比宝来好几个档次的车子……果然是老牛发力，非同凡响。

最后上了山路，来到A市郊外的金盏水库，费聿利将宝来停靠在路边。风挡玻璃上方星星闪烁，月色清辉，略带凉意的夜风掠过山丘拂进车内。

费聿利不是故意将车开到山上，只是从绕城高速下来，没有目的地驾驶了一段路，就来到了这里。此时此刻，夜色安静，山丘静寂，无边无际的月色里，好像很适合坐靠在车里聊一聊人生。即使，人生无趣，乏善可陈。

“艾茜，我想知道一些你的事。”费聿利打开话题。

艾茜转过头，淡淡道：“什么事？”

“你可以对我说的事。”费聿利说。

艾茜有些为难了，抿唇笑了笑，这是她习惯的逃避神色。

“不过，你也可以选择不说。”费聿利语气有些变化，尤其说完后的轻轻一顿，结合望过来的眼神，仿佛让车里的气氛跟着凝固。

艾茜大脑思绪轻微停滞，一时没能理解费聿利前后两句话为何矛盾，他的眼神里那不同以往的讯号代表着什么，然后下一秒他用行动告诉她，一切都不矛盾。

因为他已经俯身过来——吻住了她。

一时间，外面的风猎猎地拍打着车窗，哐哐作响。艾茜心跳停了半秒，但是，她没有阻止费聿利。有些事情，令人迷茫的不是不知道，而是心底知道却要假装不知道。除了假装不知道，还要假装到欺骗自己。

去年年底她到H市参加大学同学婚礼，借口参加同学婚礼没有回北京过春节。她不回来的原因，就是在过年前一个星期危城也像费聿利这样突然倾身过来吻她。

不比费聿利吻向她的唇，危城只是吻了她的脸颊，那天他酒意微醺，眼神缱绻，克制又明确地将她抱入怀里，然后仿佛将心底掩藏的秘密偷偷地告诉她，靠在她耳边轻轻地开口：“茜茜，我爱你……”

毫无疑问，那天的危城是醉了。

然而即使以醉了为理由，艾茜也没办法将危城那个吻理解成哥哥对妹妹表达爱意，事实上那天危城也没有喝多少。他和她一直以兄妹处着，但他和她不是亲兄妹……

费聿利收回了自己的唇，身子半转过来，定定地瞧着她。夜色里月色下，男人的眸光清隽似水。

“费聿利，你这是仗着自己长得帅就为所欲为吗？”艾茜安静了好一会儿，开口问面前人。

“那倒不是，如果真要仗着什么……”费聿利面容被窗外的月光照着，看起来三分冷意三分温柔，还有一分她读不懂的情愫，“——就仗着今天为黎明又拉了两笔捐助金吧。”

艾茜努力保持冷静：“我不接受权色交易。”

“权色交易……你权我色？”费聿利克制地问她。

艾茜下意识吸气。结果，费聿利又吻向她，直接名正言顺地坐实了“色”的定位和定义。

“哐哐哐——”

涌来的夜风又开始拍打车窗玻璃……公路两边树影重重，摇曳晃动。

树欲静而风不止。

Chapter 07
低调“处理”

广播说今晚台风利特登陆A市，明明风雨欲来，此时此刻，仍是月明风清。如果不是车玻璃被穿过山间的风吹得阵阵作响，艾茜感受不到一丝台风过境的迹象。

艾茜下意识琢磨一个问题，老赵怎么不将车玻璃换新呢?

“想什么？”费聿利问她，不知道是不是车厢逼仄的关系，费聿利声音听起来有些低醇，仿佛情人之间夜里搂着说小话。

“在想刚刚你要流氓的程度，够不够报警让警察来抓你。”一句话，艾茜断成两句话来说，只是不小心又给自己挖了一个坑。

费聿利轻轻地附在她耳边笑了笑，明明白白地告诉她：“那肯定还是不够的，除非——”

艾茜脑袋一撇，费聿利再次落下来的脸停留在近处。

“费聿利，够了。”

费聿利这才稍稍起了身，借着月色将目光缠在她脸庞，面对她的愤怒，费聿利神色没有一丝慌乱和紧张，反而有着楚留香那般的卓然风采。

“为什么生气？”费聿利又问她，并没有就此善罢甘休。

艾茜不想说话，今晚她脑子完全乱哄哄一片仿佛没有了思绪，尤其在收到危城发来的那条短信之后，心底里她也急需要找到一个突破口，或一记安神药，让她不再犹豫纠结……

艾茜面上的迷茫逐渐消散，直至神色清明地望着他："费聿利，你喜欢我？"

费聿利用难得认真的语气告诉她："我不是随便的人。"

艾茜莫名觉得有些好笑，然后费聿利也笑了。

"好了，等会儿报警的话，我会跟警察说你不是随便的流氓。"艾茜这样说。

费聿利有些乐不可支，回她说："如果原因是秘书长引诱我，能不能轻判几年？"

"那就是另一个事了，如果按照你这样说，这里就涉及腐败问题，我的罪大于你。"

费聿利面色愉快得不行，情不自禁地伸出手摸了摸她柔软的乌发，开口说："既然这样，那我们不如沆瀣一气，暗通款曲？"

沆瀣一气？暗通款曲？如果她没理解错，这是形容狼狈为奸的吧。

"明明都可以好好做人，为什么要做狼当狈？"

艾茜挺喜欢跟费聿利斗嘴，只是今晚的斗嘴不同以往，如果这样的斗嘴都不算是打情骂俏，那只能说是借着斗嘴的名义耍流氓。

车子返程，停在百合花苑她住的楼栋底下，头顶苍穹除了乌云厚些，看起来仍是冷清又和平。今夜台风真会来吗？

手机振动，是潇潇阿姨来电。艾茜拿出手机，对着闪烁的来电，突然没有勇气接听。她也不知道自己害怕什么，危城离婚跟她有什么关系，她在紧张什么？

可是，她就是不敢接听潇潇阿姨的电话……

原来她还是如此缺乏安全感，尤其在爱她的人和她爱的人身上体现得淋漓尽致。

费聿利瞧了艾茜一眼，沉默不作声。今晚的艾茜是有点不一样，心里藏着秘密，眼底透着情绪，像是一个做错了事情的孩子，即使装作毫不在意，举止之间早袒露了她的心虚和紧张。这样的艾茜，比以往给他的感觉都真实，也让他更想接近，更想触碰……

艾茜握着振动的手机，心底仿佛被挖出了一个巨大的窟窿，无尽的吸力可以将她吞噬。好一会儿，手机终于消停了。

潇潇阿姨挂了电话。

心底那个巨大的窟窿仍是空空荡荡像是无穷无尽的深渊。

“等会儿我把车子停回基金会。”安静之后，费聿利若无其事地开口，顿了下，叮嘱副驾驶座上的人，“早点休息。”

“谢谢。”艾茜解开安全带，下了车。

艾茜上楼之后回拨了潇潇阿姨的电话，潇潇阿姨一时也没有接她的电话。厨房灶台上的烧水壶烧着水，直到咕噜噜快要煮开的时候，潇潇阿姨接听了她的电话。

“茜茜。”手机接听，潇潇阿姨叫她名字，语气带着少见的生分。艾茜的心像是被一只手忽地一揪。

“危城离婚了，我刚刚才知道。”潇潇阿姨换了一种悲凉的口气，“作为母亲，儿子离婚，我可能是最后收到通知的人……”

艾茜知道潇潇阿姨就是故意在问她，知不知道危城离婚的事。

“……我也是傍晚的时候收到了危城哥哥的短信。”艾茜选择实话实说，想了一会儿，她再次说，“潇潇阿姨，宇航那边可以争取。”

“你想危城争取？”潇潇阿姨问。

这个话就容易令人曲解了。

艾茜：“我当然不希望宇航离开危家。”

潇潇阿姨一时没有出声，半晌道：“茜茜，阿姨一直当你是亲女儿，阿姨也不跟你绕弯子，就问你一句话，危城离婚跟你有没有关系？”

潇潇阿姨这般强硬，艾茜眼泪差点被逼了出来，随即回答说：“没有。”

“好，阿姨信你。”

咕噜噜，水壶开了，开关自动弹起。手机又振动起来，艾茜手猛地一缩，手机掉落在了地上。

现在手机都耐摔，掉在地上仍振个不停。艾茜看了眼屏幕，显示费聿利的名字，捡起手机滑动接听。

“喂。”

“喂……”

她和他同时说话，又同时不说话。

“什么事？”艾茜问。

“你绑头发的头绳落在车里了，我给你送过来。你住几楼？”

真是幼稚的试探，哪个女人会只有一根绑头发的橡皮圈，但是艾茜还是开口说：“三楼。”

打电话的时候，费聿利就站在楼道下方，手里拿着停车的时候从副驾驶座捡到的黑色头绳，他将皮筋绕在手指把玩着，想着明天这个皮筋是否能将艾茜的乌发盘起。

真是神奇，一个小小的头绳就可以盘起长长的乌发。

是啊，就是这般神奇。就像一颗心有了一个缺口，就由狂风入侵了……

艾茜给费聿利开了门，费聿利立在她面前，过道的廊灯照得他面目分明，英挺非凡，心底突然升起一个不算预感的预感：今夜大概不用再辗转反侧因为愧疚睡不着觉了。

艾茜从费聿利手里接过黑色橡皮圈，拿在自己手里，低声问：“你只为了送这个？”

“当然——不是。”费聿利同样声线低低地回她，然后低下了头，眸光强烈地注视着她。

有些事发生是顺其自然，只是再顺其自然的事儿，也需要那么点事在人为。

今晚就如此。

台风利特是下半夜登陆A市，台风雨一向嚣张至极，到深夜直接噼里啪啦地砸在玻璃窗上。整座城市寒气入侵，房间里的艾茜却像在温泉里泡着，全身毛孔热气腾腾地张开，很热很热……

费聿利眼底的情意像是一汪泉水，她从里面看到一个明晃晃的人影，那是她自己。只是艾茜也不知道，那汪泉水是真的存在，还是只存在于今天夜里的镜花水月。

她手脚一下子禁锢，一下子舒展，整个人快要喘不过气来的时候，费聿利的手顺着她的后背抚上来，嘴巴落在她耳边说："是不是都不锻炼啊……"

艾茜没有回答费聿利，人再次落入费聿利的怀里。

后半夜，他抱着她入睡。

整宿，艾茜眼睛闭着，心上却仿佛亮起一盏灯，将她那一丁点的心思照得清晰明白。

外面狂风骤雨，屋里无声无息，艾茜半弓着身体一动不动的时候，手被费聿利一拉，也不知道费聿利搞了什么小动作，也懒得管他，直到第二天才看到，昨晚他用她的黑色橡皮圈在她无名指绕了两圈。

"早啊。"

起身时，费聿利在她身后道早。

身体微微一怔，背对着费聿利，她若无其事地下了床。室内有些沉闷，即使没有拉开卧室窗帘，仍能感受到后半夜的雨下到现在还没有停歇……不过，现在听声音应该是小了不少。

滴滴答答的雨水汇聚在屋檐、树梢、窗台，滑落而下。

艾茜套了一身灰色长衣长裤的居家睡衣，一边拉开衣橱找今天上班穿的衣服，一边琢磨着她和费聿利日后的关系。

"我叫个早餐。"费聿利靠在床头拿起手机，准备叫早餐，浏览着菜单问她，"粥和豆浆你要什么？"

"豆浆。"

"包子还是生煎？"

"都不要，冰箱里还有全麦面包。"

"好吧……随你。"费聿利给自己点了粥、包子、生煎及两份现磨豆浆。

"对了，今天我要跑个业务，上午就不去会里了。"费聿利朝洗手间里洗漱的艾茜说话。

突然想到以后请假都可以像现在这样方便，不由得眉头一抬，差点轻笑出声。

洗手间里洗漱好的艾茜走出来，坐在了他面前。

“不用了。”艾茜开口说。

什么不用了？

“都不用请假了？”费聿利轻佻地问。

“对。”艾茜点头。

这也太霸道了，难道一夜之后他想上班就上班，不想上班就不想上班？她想当昏君也要问他要不要当佞臣啊。

“不用这样吧……”费聿利嘴角夹着一丝笑，眼底更多了无奈的宠溺。

直到艾茜毫不留情地开口：“因为从今天开始，你不用来黎明基金会上班了。”

“……”

“你被解雇了。”

费聿利冷不丁地抬起头，抬起的目光细腻又锋利，仿佛要穿透艾茜的灵魂，将她钉在耻辱柱上动弹不得。

对视着费聿利这般厉害的神情，艾茜也是理直气壮，如同外面的台风雨，嚣张且可恶。

事实上，费聿利已经很久没用这样的眼神看人了，基本上他也不会这样盯人，只有在比赛时才会这样全神贯注地盯住靶心。过了半会儿，费聿利漫不经心地将身子往后一靠，对艾茜的话置若罔闻。

艾茜无端有些心虚了。

“随你，领导让走，员工想留也留不下。”费聿利不以为意地开口，抬头撇了下唇角，做了一个设问句，“已经被吃干抹净了，还留着做什么，留着被穿小鞋啊?”

对这番嘲弄，艾茜没有回击。

费聿利却希望艾茜回敬他两句。

艾茜的确做不到完全的心安理得。在洗手间洗漱时她就一直在想她和费聿利两人的关系，面对镜子看着里面熟悉又陌生的自己，第一次对自己这般深恶痛绝。

面对人性，欲望和目的像是埋在沙子里的蛏子，需要撒一把食盐才能将它们刺激出来。有时候它们潜藏得太深，自己潜意识都没有察觉。

而昨天，费聿利是一个捕食者。

“不过——像我这样的情况离职，有遣散费吗？”费聿利身体往前一倾，认真地问她。

“你还在试用期，按理说是没有遣散费，不过我可以自掏腰包支付给你一月工资。”

呵，一个月？他一个月工资五千……所以说昨晚，他价值五千？

“不错，比一般会所里的少爷贵。”费聿利这样开口说。

艾茜：“……”

“秘书长遣散我的理由是什么呢？赶人也要有赶人的借口吧。”费聿利又出声问她，眼皮微微撩着，浅棕色的瞳仁里全是她的故作姿态，似乎要将她任何细微表情都拆解研究个遍。

艾茜有些慌，却没办法表现出来。

费聿利仍不客气地看着她，根本不想放过她。这样的直视，她可以清晰地看到他每一根都在愤怒的睫毛。还有，费聿利的双眼皮褶子很浅，不仔细看像是单眼皮，事实上他的眼睛更偏向帅气的丹凤眼，有着微微上扬的弧度……都说男人长着这样的眼睛，脾气不太好。不像危城的眼尾稍稍下垂，年轻的时候看起来温暖阳光，现在更是温和儒雅。

对于危城离婚这件事，艾茜本觉得跟自己毫不相关。危城都没有与任何人商量，她也没有发表意见的权利。然而，有一种牵连，是你觉得没有关系但他人都觉得与你有关。

所以，昨晚她才这般不讲章法……或者说，昨夜她和他在车内时气氛已经微醺，推波助澜了关系的变化。

艾茜选择实话实说，把想法全部坦然地讲出来：“我前面说了，我不潜规则下属，昨晚我们发生了那样的关系，要么你走，要么我走，但是我觉得还是你走比较好，我想费公子也不缺这一份工作。辞退你，损失的是黎明基金会，不是你。”

费聿利勾了下唇，轻轻笑了一下，面色有些难看。良久，他开口说：“如果我执意不走呢？”

“一定要留在基金会，成为艾秘书长的左膀右臂，以及榻上客呢？”费聿利又道。

艾茜：“……”

“呵，想得美！”费聿利身子往后一靠，收起了前面乍然而出的戾气和情绪，再次说话之前已经是若无其事的模样，“既然艾秘书长觉得不吃亏，我无所谓。”

费聿利走了，留下这句话。临走前转过头望了望她，像是想起什么似的叮嘱说：“安全起见，艾秘书长记得吃药。”

艾茜对费聿利的所有反应了然于心，不计较，也不回应。

费聿利说的什么药，她自然清楚。费聿利离开之后，她收拾了一下费聿利留下来的早餐。在男女感情上，她从来不是小白兔，好在她和费聿利两个人，谁也不是善男信女。

今天上班，艾茜迟到了半小时，神色如常地走进黎明基金会时，费聿利已经坐在了办公桌前，他没有出去见客户，而是拿着手机打游戏。

像是从家里过来上班那样，没有任何不一样。

艾茜熟视无睹，从他办公桌旁路过。

“早啊。”费聿利突然出声，对她道早。

男人的语气不咸不淡，同清早醒来时那声早，有着完全不同的态度。艾茜稍微停留了下脚步，与费聿利简短地目光碰撞了一下，也回了一声“早”。

如果能一直保持这样的若无其事，费聿利倒不用离职了。艾茜觉得早上可能是自己想太多了，可能比起她，费聿利更想把昨晚当作一个意外。

艾茜来到窗台边给金鱼喂食，也给快萎蔫的两盆绿植施舍了一些水，等她坐在办公室收发邮件，听到外面费聿利跟小杜、小范的说话声。

好像费聿利讲了一个笑话，小范和小杜都笑了。

“对了，今晚我请大家喝酒。”费聿利邀请基金会所有人。

喝酒？小范和小杜终于等到了费经理请客，十分雀跃地答应下来，并问，“费经理请我们喝什么酒？”意思是在什么地方喝酒？总不能只喝酒吧。

“喝什么酒……喝喜酒啊。”费聿利回他们，显然也是一句戏言。

结果，还真有人信了。

郭丽呈第一个问：“费经理有喜事？”

“是啊，有喜事。”费聿利回郭丽呈。

周媛媛乐了，插话：“难不成费经理和三土喜结连理了？”

大家已经知道他们的秘书长跟周媛媛和费聿利在A大上总裁班的事，对周媛媛这番熟稔的口吻也没有任何奇怪，就是不知道三土是谁。

应该是一个女孩吧？

“那我们是不是还要送礼？”李洲子问费聿利。

费聿利坐在椅子上转向李洲子，爽利地回话：“礼金是心意，反正今晚我请黎明基金会每个人去蓝鲸喝酒，欢迎你们都带上家属，没有就算了。”

李洲子：“……”

论嘴上功夫，艾茜都只能跟费聿利打个平手，别说李洲子，半晌之后：“谢谢费经理。”

不过蓝鲸是什么地方？

李洲子不知道，但是范哲哲知道，A市鼎鼎有名的酒吧夜店，人均消费没有个五位数根本出不来。范哲哲再次问了问费聿利：“费经理，你说的蓝鲸是香荔中心的蓝鲸酒吧吗？”而不是什么兰金小饭馆？

费聿利十分确定地回复了范哲哲……

范哲哲激动。

可惜黎明基金会的员工都是单身，没有一个能带家属过来……就在这时，周媛媛举起手说：“我带人过来！”

“你有家属？”

“不是家属，是朋友。”周嫒嫒笑逐颜开，“三土刚刚在群里说，他也过来。”

没错，就在费聿利说要请客时，周嫒嫒就把今晚费聿利要请黎明小伙伴到蓝鲸喝酒的消息放到群里，然后三土就炸了：难得啊！我也去！

外面这番讪牙闲嗑的办公室对话，艾茜当作没听到……只是，外面的聊天她可以不听，王者群里的对话她没办法做到视而不见。尤其王垚还@了她：费二请客真是老天下红雨啊！@艾茜，艾艾是不是给费二发奖金了？

艾茜犹豫了一下，输入：没有。费聿利要请客跟她没有任何关系！

——是啊，艾秘书长给我发奖金了。费聿利出现在了群里回答王垚。

王垚：啊，到底发了还是没发？

艾茜：……

费聿利又说：五千块，不过还没有到手。

艾茜：……

王垚发来一个“了不起”的表情，同样周嫒嫒也发来恭喜的表情，费二能从艾艾这里得到五千块奖金是非常不容易呢。

是啊，不容易——早知道，我也来黎明基金会上班了。

王垚说，每个字都透着对费聿利的羡慕，然后在群里发了一张高大上的办公室照片。

照片里，王垚交叠着两条腿搁在办公桌上，即使只看到两条腿和一双定制的牛津鞋，依旧能窥探到两分优哉自得的好心情。

王垚又不要脸地@了艾茜：羡慕费二和周小神挤一个公共办公区，独立办公室的孤独，大概只有艾艾能理解我吧……

艾茜回了一个微笑表情。

王垚接着问：晚上蓝鲸，艾艾也来对吧？

艾茜想找个理由拒绝，结果周嫒嫒已经替她应下了：肯定来啊，艾艾给费经理发了奖金，必须要喝回本啊。

艾茜：……低调低调。

外面，费聿利冷嗤一声，看到艾茜打出来的低调两字，心态忽地有些不稳，就像是被无良传销女老板骗走了两个亿！某人越想低调处理，他越想高调维权！

香荔中心是A市有名的奢侈中心，这里除了有销售世界级品牌的商场，还有数家米其林餐厅、高档私人会所，以及位于香荔B座顶楼的蓝鲸酒吧。不过蓝鲸酒吧有名，不只是因为位于香荔中心，还因为蓝鲸酒吧外面有一个偌大的网红无边游泳池。

因为无边泳池的存在，蓝鲸酒吧成为许多网红最喜爱的打卡地方之一。

下班之后，黎明基金会一帮人一块儿出发去蓝鲸酒吧，她和费聿利的车各载三人，周媛媛、李洲子和范哲哲坐她的车，小杜和郭丽呈坐费聿利的车。范哲哲倒是想坐费聿利的大G，不过上车之前被李洲子带上了老宝来。有人的地方就有江湖，一个结构再简单的基金会，也存在着复杂的人际关系。

除了人际关系复杂，还有着不为人知的秘密……

去蓝鲸酒吧时间还早，费聿利先请大伙吃晚饭——海鲜自助餐。从今早到现在除了群里的交流，费聿利没有跟她讲过一句话。艾茜取餐时遇上费聿利，费聿利不动声色地等在她后面，直到她离开，上前拿起她放下的取餐夹。

一帮人说话，如果不是特别留心，根本不会发现她和费聿利的微妙变化。

“艾姐姐，你吃那么少吗？”小杜问她，原因是见她只取了几个寿司和扇贝大虾，比起其他人满满当当的一餐盘食物，艾茜的确是取餐量最少的一个。

“艾秘书长胃口不在于此吧。”费聿利冷不丁道。

艾茜微笑解释：“我晚饭一向吃得少。”

“保持身材不容易呢。”郭丽呈接话。

艾茜：“的确，比发胖要困难一些。”

郭丽呈手握着精致饭勺，突然觉得餐盘里的海鲜烩饭一口也吃不下去了……

其实这段时间郭丽呈对艾茜改观了很多，毕竟艾茜的业务能力真是强，很多行为虽然令人不齿但也光明磊落不做作……只是，如果说昨夜费聿利留宿艾茜住所是一个秘密，那么郭丽呈是第一个知道这个秘密的人。

原因是昨晚郭丽呈绕着小区夜跑，亲眼看到费聿利走进了艾茜所住的楼栋……她也不知道自己出于什么心理，确定费聿利没有再下来，心里感觉又酸又胀。以及，一丝若有若无的失望之情。

她对艾茜失望，也对费聿利失望。从女性角度，如果要客观公正地评价艾茜，艾茜属于那种长得漂亮，也活得漂亮的女孩，她承认艾茜优秀的同时，也觉得艾茜非常的“绿茶”……“绿茶”是她和大学室友们说起艾茜时，她们对艾茜的形容。

女人有时候就是这样的善妒生物，如果你比我漂亮，那我要比你聪明，如果你聪明又漂亮，那我可以比你可爱，如果对方聪明漂亮还能故作可爱，那……她一定是“绿茶”。郭丽呈觉得自己大学室友的话有一定道理，后面室友又与她讨论了原生家庭对孩子的影响：“丽呈，你从小生活在幸福的家庭，不懂得那些家庭不幸靠自己的女孩为了成功有多拼！”

在郭丽呈目睹了费聿利上艾茜的住处前，郭丽呈并不承认艾茜是室友所认为的坏女人。但是，她看到了。事情发展真的如室友的猜测：“你们秘书长和费公子肯定有一腿。”

郭丽呈抬起头，不经意看了眼艾茜，转向费聿利，结果费聿利准确地揪住了她的打量，问她：“我脸上粘上饭了吗？”郭丽呈脸倏地一红，面对着费聿利摇摇头。

感情之事如果存在生存法则，羊吃草，狼吃羊。如果她是羊，费聿利和艾茜则都是狼人。

服务员过来收拾了一轮餐盘，艾茜礼貌地往后微微一靠，待服务员离开，扬起抱歉的笑容对大伙说：“我今天感觉不太舒服，等会儿酒吧就不去了。”

没想到艾艾这就走了，最遗憾的莫过于周媛媛，三土都还没有赶过来呢。

艾茜给了周媛媛一个安抚的眼神，提醒她晚上不要玩太晚，交代结束，起身拿起包包，最后看向费聿利，感谢道：“今天谢谢费经理请客，明天记得准时来上班。”

费聿利：“……”呵，这就是女人！早上赶他走，现在又让他明天准时上班……还能不能再口是心非一点？！

深夜，艾茜准备入睡，放到床头柜的手机突然振动，是王者群来的消息。一闪而过的聊天内容提到某人，艾茜打开手机微信，是王垚愤怒地@费聿利说：费二你真够意思啊！今天周小神说你请客，哥哥我觉得机会难得特意推了饭局赶过来，结果你直接走人了！

——艾艾提早走就算了，你作为请客的人也提早走，还要我留下来买单！

——你没有凉心啊！

良心的良，王垚手误打成了凉，倒也十分应景。

——你简直是厚颜无耻！

厚颜无耻四个字，被王垚拆分成一个一个字输入到聊天框里，像是朝费聿利无耻的灵魂投掷石子，严刑逼问费聿利有没有一点良心。

群里周媛媛也站队了王垚：好怕今天回不来，幸好三土总英勇救场。

三土都变成三土总了……艾茜基本可以猜出费聿利做了什么天理难容的事情。

是的，艾茜离开之后，费聿利也懒得敷衍应付其他人，好在王垚过来了，刚好可以代替他招呼黎明的同事。他瞧着郭丽呈跟三土还挺搭，说不定两人可以发展发展。

搭个头啊！

吐槽归吐槽，王垚一直纵容费聿利是有历史原因的。上初中的时候王垚还没有任何发育迹象，虽然是有钱家庭的孩子，但长得弱小黑瘦如同孤儿模样，有一次他被高年级同学拦路打劫，是费聿利出手救了他。

费二这人的确招恨，也有招人爱的地方。模样好是一方面，如果见过费聿利在射击赛场上的样子，即使是同性也会由衷地觉得这哥们儿真帅。性格上费聿利傲娇归傲娇，但不会跟人耍阴招，真需要他出手相助的时候也不会含糊。

终于在王垚连番炮轰下，费聿利出现了，十分不要脸地回复一句：谢了。

王垚：不用谢，把钱还给我就好。

费聿利：文清收你钱了？

王垚：我和薛文清又不熟。

这话怎么听起来有些醋意？不过从费聿利和王垚的对话得知，文清应该就是蓝鲸酒吧的老板。

费聿利一副老赖态度：行吧，等我发了奖金还你。

王垚：五千奖金都不够你还的！

费聿利：那我再接再厉，争取让秘书长再发五千给我。

这句话后面，@了艾茜。

有一种秘密藏着你我心知肚明的意图……面对费聿利直接@她的行径，艾茜没办法做到视而不见，不如大大方方不要脸。

——那你加油吧！

她回费聿利，然后，关机睡觉。不要脸这件事，遇强则强，只要过了心理适应期，也能做到驾轻就熟。

第二天一早，艾茜来到办公室，屁股都还没坐下，就从郭丽呈这里得到一个消息：周媛媛提出的临时父母活动方案遭到了福利院领导反对，只能改成常规活动了。

“什么常规活动？”

郭丽呈立在办公桌前抬了抬头，面无表情地说：“大概就是组织社会人士为正常的孩子上上课，以及为一些不正常孩子捐助需要的生活物资吧。”

艾茜略微疑惑地眨了下眼，郭丽呈说话间有着一种无力的平静，不像以往充满敌意。她也是第一次搞福利院儿童活动，因为没有太多经验，也不好干预太多，直接同意了郭丽呈更改的活动方案，就在这时，费聿利也从外面进来，手里拿着一份文件。

费聿利进来，郭丽呈面上有片刻的尴尬。艾茜坐在办公椅上对郭丽呈说：“你等会儿陪我去一趟黎明福利院。”

“好啊。”费聿利出声答应下来。

艾茜：“……”

郭丽呈沉默了一会儿说：“我下午还有其他事，让费经理陪你吧。”

“我也不喜欢去那个地方。”郭丽呈加了一句，话里透着小女生的脾性。

“噢。”艾茜同意了，望向费聿利客气道，“麻烦费经理跟我跑一趟了。”

费聿利点点头，唇角上扬道：“很乐意为秘书长效劳。”

艾茜微笑，口吻似命令般道：“好，那你准备一下。”

郭丽呈连忙低着头离开了办公室，内心有着逃离感。

出发去福利院的路上，艾茜开车，费聿利坐副驾驶，外面的阳光不燥不热，车内某电台的燕窝广告已经循环播了好几遍……

“你做公益以来，见过最可怜的人是什么样子的？”一直没说话的费聿利伸了伸屈着的长腿，问她。这是那晚后，费聿利第一次用最正常的态度跟她交流。

“没有希望的人。”她回答费聿利。

“没希望？不够坚强罢了。”费聿利轻飘飘回话，眼睛落在前方车流上，仿佛对A市的道路交通非常不满意。还有艾茜的车技，一停一顿，不管是人还是车都有问题。

老宝来外壳搭着保时捷发动机，能没问题吗?

“有时候我觉得他们应该放弃生活。”艾茜凉凉地接下费聿利的话，趁着前方红灯转了一下头，继续说，“但他们还是努力活着……这世上可怜的人无非两种：活着没有希望的人，只希望活着的人。”

费聿利没吭声了，不去反驳艾茜的话。的确，这世上可怜的人多了，他不能做到感同身受，也最好不要叨叨。

在他很小的时候，费海逸给某省的山区捐了一所希望小学，冠名海逸小学，当时他也是刚上小学的年纪，跟着费海逸又坐飞机又坐大巴地去了那所希望小学。那是他第一次近距离接触贫困山区的孩子，费海逸带他去的目的就是让他感受贫困，然而当时他觉得自己和那些贫困孩子并没有太大区别，甚至内心还羡慕他们暑假不用做作业。他们像是大森林里的鸟那般自由快乐，不像他被关在大笼子里，时刻被以爱的名义监督。

“他们的父母都外出工作，孩子一年都见不到爸妈。”费海逸对他说，试图让他意识到他作为费海逸的儿子是多么幸运。可惜，他听到费海逸这句话，更羡慕他们了。

艾茜开车的时候特别全神贯注，跟她平时舒展大方的样子完全不同。费聿利余光收回时，觉得两人保持这样的关系也挺好。

半个小时后，车停在黎明儿童福利院对面的路边，费聿利跟着艾茜下了车。

艾茜下车的时候，习惯性看了眼门牌核对一番，确定无误，才领着费聿利往前走。她也是第一次来黎明儿童福利院。

黎明儿童福利院原是黎明基金会二十年前捐助的一家小型儿童福利院，后面才被正式收编成社会福利院。这几年黎明福利院陆陆续续得到其他社会机构的捐助，去年还翻新维修了一次。她来到大门往里望了一眼，第一感觉环境不错，白墙红瓦，草坪上立着卡通模型，像幼儿园一样给人一种充满童趣和爱的感觉。

进来之后，带她和费聿利参观的是一位工作多年的老阿姨。老阿姨面容紧绷，可能是被忙碌的工作折磨得提不起劲儿，整个人不温不火，口吻平淡。

“这里没多少正常孩子了，只要智力正常、没有太大缺陷的都被接走了，留下的都是一些……没有自理能力的。”阿姨这样说。

没有自理能力，也就是郭丽呈说的不正常的孩子。

“……他们都不能说是孩子，就像小动物。”对她和费聿利，老阿姨也没有太多遮掩。

“领导让我带你们看看……不过你们真要看吗？”走到最里面一栋白色大楼前，阿姨向艾茜确认。

艾茜点头：“麻烦了。”

费聿利问：“有什么看不得吗？”

“没什么看不得……之前也有不少记者过来采访，呼吁义工关爱这些孩子，只是每次都播不出来，都被剪掉了。”

艾茜沉默，大概能想到画面被剪原因，何为毫无希望，就是连社会新闻都刻意避开。因为这栋楼里待着的孩子基本是被遗弃的，遗弃自然有原因，大多还是先天原因。

有一种不公平，是出生起点的不公平，有一种先天倒霉，他们的名词是：唐氏综合征、先天脑瘫、脊柱侧弯、肛门闭锁、天生双性……

从这栋楼再次出来的时候，艾茜胸口像是被什么堵住，呼吸都有些不太顺畅。她看旁边的费聿利，他面色看着也不太好。

楼外新粉刷了墙，里面设备却依旧简陋，连窗户都是90年代的狭窄样式，周围的树茂盛高大，导致整栋楼在艳阳高照的中午都严重的光照不足。

一栋楼，只有两个工作人员，都是上了年纪的老阿姨。这些孩子，没有一个健全的，他们看到她和费聿利的时候不会说话，只会呼呼乱叫，他们吵闹却没有目的，看过来的眼神像是某种变异的小动物……

突然，窗户哐哐哐作响，原来几个孩子挤在窗台拍打窗户，像是冲她和费聿利大喊大叫，又不知道他们在表达什么。

“他们在跟我们道别呢。”费聿利突然飘出这样一句话，语气平淡却透着一丝难得的温柔。

艾茜原本沉重的心情，忽地就轻松了许多。

从福利院出来，艾茜接到一个电话，是柳静灵打过来的。柳静灵问她周末有没有时间，约她出来见个面。艾茜下意识回避柳静灵的邀约，正要琢磨理由，突然想到这个星期要到总裁班培训，还要开班级联谊会，连理由都不需要找了。

“这周见不成，就下次吧。”柳静灵说，告诉她一个消息，“我和宇航都在A市，A市的教育不错，我也打算在这里重新生活。”

自从日记本的事之后她和柳静灵基本没通过话，艾茜也不知道柳静灵现在对她是什么态度，从语气来看，似乎要跟她冰释前嫌?

“茜茜，一直以来是我误会你了。”

噢……还真是。

“危城这些年心里的人根本不是你，另有其人……我和你一样，都是得不到爱的可怜人。”柳静灵仿佛自言自语地告诉她“事实”，语气是隔着电波都能听出从婚姻里解脱出来的倦怠。

艾茜却迷茫了。

什么是她和她一样，都是得不到爱的可怜人？难不成柳静灵跟她示好的原因是，觉得她也很可怜？艾茜挂上电话前答应了下次邀约：“行吧，等我们都有时间再碰面。”

“对了，这个周末要上课。”费聿利也提起总裁班，出声问她，“不知道联谊会有什么活动？”

“不管什么活动——”艾茜望了眼旁边的人一眼，“费经理的工作都是拉款。”

费聿利呵呵笑了一声，不再说话。

周末的班级活动主要是参观工业园区，结束之后入住景区酒店，夜里举办以慈善为主题的联欢会。班级多了一个人，是新来的同学。

人出现在面前的时候，真让艾茜有些猝不及防。眼前这个笑容温暖面如春风的女人，是年少时期她在鹿城外国语中学读书时的同班同学。

大巴车旁，阮邵敏拉着她的手说：“艾茜，没想到我们又变成同学……”

王垚费聿利和周媛媛走过来，面对他们的打量，阮邵敏已经大大方方地伸出手：“你们好，我叫阮邵敏，原本上期就应该跟你们一块儿学习，因为我在英国的项目没有顺利结束，昨天才飞回来。”

说完阮邵敏轻轻一笑，目光落在王垚和费聿利身上一会儿，脸上笑容比艾茜化缘还亲切：“没想到我们班同学颜值都那么高，真的令人惊喜喔！”

周媛媛：天哪，比艾艾还会说话。

王垚：又来一个拉客，啊不，拉款的？

费聿利：……

阮邵敏的样子变化不大，依旧是长发飘飘大大方方的样子，连衣着风格都没有太大变化，整体气质看起来非常好，比艾茜还是……稍逊一点。此话，来自艾茜的真实客观评价。

不过，艾茜对阮邵敏最深的印象是阮邵敏随身携带巧克力，每天都会拿出几颗巧克力糖分享给周围的同学。阮邵敏每次分巧克力时，就会拍一下她肩膀，问她要不要巧克力糖。

那段糟糕时间里，唯一将糖递给她，还要跟她做朋友的人，就是阮邵敏。她不知道阮邵敏为什么要这样做，可能是善良，也可能是同情心泛滥，当然也可能真的……喜欢当时的她。可惜，阮邵敏和她还是没成为朋友，不然这次见面，两人不至于这样客气。

至于为什么没成为朋友，原因是差点成了情敌。当时她交往着一个隔壁班的男生，这个男生也算是她第一任男朋友，是她的初恋。只不过两人没有好好恋过就分了，一方面是早恋在中学校园不被允许，另一方面艾老板跑路给她带来严重的心理伤害。现在回忆起来，那个男孩应该算是她所有前男友里最真诚最帅气的一个，当然也有可能是时间滤镜的关系。

两人在一起的方式，就是男孩对她一顿认真的表白，让她做他女朋友，她犹豫了三分钟答应了。原因就是这位隔壁班男生真的不错，长得不错学习又好，篮球打得也可以。

那天表白后，她和他走在校园的操场上，快走完一圈时男孩转过头对她说："以后作业有不懂的地方，发短信给我。"然后，就大步地往前走了，留下她一个人在操场上确认一个事实——她是找了一个作业帮吗?

只是没多久，这段恋情就以她去了北京而结束。上了大学，两人的联系越来越少，最后就只剩下听说，听说分手之后他和阮邵敏在一起了，阮邵敏跟她做朋友就是为了接近魏远江……高考之后，魏远江也来了北京，而阮邵敏则留在了南方。

有时候缘分就是这样深浅难定，没有缘分的人就算在同一个城市也不会重逢，或许她和魏远江的缘分，还没有跟阮邵敏深……

Chapter 08

茜茜公主

大巴车里，阮邵敏站在最前面介绍起自己，主要是毕业学校、现在就职的公司，以及最近完成的跨国项目……这一次能有幸来总裁班学习，也是公司上层给她的培训机会。

科教书般的自我介绍，介绍完毕，一下子得到了众人的肯定。

班上搞文化传媒的陈总是一位特别喜欢跟女性聊情感话题的中年男人，尤其与优秀又漂亮的女人，在阮邵敏介绍之后，坐在最前面的陈总就十分关心地发问了阮邵敏：“阮小姐那么优秀年轻，不知道结婚了没？”

大巴车上也不止陈总一个人关心阮邵敏有没有结婚。

新人报到，第一印象很重要。阮邵敏弯唇一笑，幽默回答：“我有幸跟各位优秀人士共同坐上这辆大巴车，一定是放弃了爱情才能跟你们一样优秀……我单身多年了，如果各位前辈身边有优秀的男青年，可以介绍给我。如果成了，等我们这期学习结束，各位同学还可以在我们婚礼上再次聚一聚……”

“好！”陈总带头鼓起了掌。

从气氛来看，阮邵敏的回答显然是优秀的。

周媛媛和艾茜坐在大巴车中间，等阮邵敏落座，周媛媛瞧了眼从头到尾戴着眼罩睡觉的艾艾，大大的眼睛充满着小小的疑惑。

阮邵敏是艾艾的同班同学，为什么艾艾对这位阮邵敏好像完全不热情的样子?

在这两小时车程里，艾茜和费聿利一前一后地坐在大巴车靠窗的座位，一个睡觉，一个拿着手机刷着网页。王垚也不知道费二看什么那么专注，从上车看到了现在。不像他那么无聊，只能跟周小神在王者群玩掷骰子。

刚玩了几局，他和周小神的微信通知栏同时进来一条提醒——来自A大卓越CEO总裁联络群的阮邵敏请求添加好友。

自然，费聿利和艾茜的微信，也有阮邵敏的好友请求。

艾茜是下车之后通过了阮邵敏的好友请求，费聿利则看都没看阮邵敏的请求……

中午参观完某现代工厂在食堂吃饭时，阮邵敏端着餐盘主动坐到艾茜的旁边，费聿利的对面。

“不打扰吧？”阮邵敏礼貌地询问。

“不打扰……”王垚回话。

阮邵敏坐过来，艾茜稍微往边上一侧。对阮邵敏，她实在没办法做到像是认识新同学那样自然。落在王垚和周媛媛眼里，他们感到有些奇怪，仿佛她不喜欢阮邵敏。

其实，艾茜对阮邵敏没有任何意见，一定要说心有隔阂的话，只因为鹿城外国语中学留给她那段糟糕回忆，令她没办法做到像阮邵敏那样拿出见到老同学的热情。

阮邵敏坐下，主动找话题与王垚聊起来。新人加入一个群体，基本会寻找心思最简单态度最好的人下手。显然，他们四人里，王垚就是那个心思简单态度又好的人。

“王垚，虽然你名字简单，不过我感觉好多人可能都不认识。原先我也不知道你名字念‘yáo’，两土的圭念的是‘guī’”阮邵敏这样说。

王垚笑嘿嘿地道：“垚是山高的意思。”

周媛媛搭话：“垚原来是山高的意思？我还以为是土墩的意思呢。毕竟一堆土……”

王垚送给周媛媛一个微妙眼神：“一堆土不就是山吗？”

周媛媛乐得快要喷饭：“一堆土明明就是很土的意思。”

王垚不跟周媛媛争辩，朝着阮部敏一笑，对旁边的费聿利说：“费二，你今天怎么不讲话？”

今天从上车到中午吃饭，费聿利就没态度，就这样跟着大伙上车下车，该参观参观，该休息休息，也有些奇怪呢。

王垚点名费聿利，原本想着费聿利说话带一下气氛，不然就他和周小神在扯皮。结果费二不说话还好，一说话气氛更尴尬了。他抬起头，看着艾茜悠悠道：“秘书长都还没有发话，不是吗？”

艾茜抬起头：“食不言，寝不语。”

气氛，更微妙了。

就在这时，阮部敏微笑着望向费聿利道：“费同学，我对你有个不情之请，不知道你能不能答应我？”

什么？费聿利抬起略带清冷的眸子。费聿利不是温柔的长相，尤其是眼眸形态略微锋利，不笑就会给人清冷不好相处的感觉，尤其这样直直地瞧着不太熟悉的人。

阮部敏却毫不在意，笑容和煦：“通过一下我的好友请求呗。”

费聿利：“……”

阮部敏遗憾地眨了下眼：“这桌所有人都通过了我的好友请求，只有你没有呢。”

呵！艾茜突然乐了一下……幸好她下车的时候添加了阮部敏，不然现在没准也要被阮部敏点名了……

被点名之后，费聿利只是眼睛一抬，直接回绝阮部敏的不情之请：“不好意思，我微信不加不太熟的人。”

阮部敏：“……”

费聿利一句直接到不能再直接的话，像是故意打翻桌上的酱油瓶，周媛媛和王垚这种肉体凡胎顿时屏了屏呼吸，暗戳戳看起好戏。

从头到尾，艾茜吃着餐盘里的海鲜意面，仿佛事情跟她毫无关系，也没有一点要出面化解一番的意思。主要她觉得阮邵敏有能力化干戈为玉帛。

“的确，我和费同学还不熟。”阮邵敏毫无尴尬，望了望窗外的阳光，再次说，“不过今天天气那么热，我想我们很快会熟起来的。”

周媛媛：“……”

王垚：“……”

高手！高手！这是高手！

如果这是厚脸皮大赛，王垚和周媛媛一定会反手就给阮邵敏一个赞……这位阮邵敏的功力和艾艾比起来有过之无不及啊。

“呵呵。”费聿利回以阮邵敏似笑非笑的轻笑声，仿佛被逗了一下，又仿佛不屑一顾。按照现在的情况，费二是不会添加阮邵敏的微信，结果总是出乎意料，费聿利拿起放在桌上的手机，打开微信二维码，推到了阮邵敏面前：“自己加一下。”

“我已经申请加好友了。”阮邵敏微笑强调。

“我知道。”费聿利点了下头，“前面看到，觉得不熟，就删了。”

这下，就算阮邵敏心理再强大，面上也有了一些窘态，试图扬了扬嘴角，仿佛想让自己笑容更自然大方。扫了费聿利的微信，她将手机递还给费聿利说：“当面提醒，别忘了通过。”

费聿利接回手机，表情很是寡淡。

莫名地，周媛媛被今天的费聿利酷到，只有王垚习以为常地翻了个白眼，一般的性别优势在费聿利这里都没有太大效果。

除非，美若天仙。

王垚错了，就算天仙下凡，如果对方身上带着一股讨人厌的味道，他费聿利也不会给情面。不比王垚以女孩颜值差异区别对待，费聿利则要公平许多，再好看的女孩，也就那样。

下午，结束绿色产业园参观，直接出发去山间酒店，没有特别要求。酒店安排是两人一间，费聿利和王垚一间，周媛媛和艾茜一间，阮邵敏是新同学，以她自己意愿成了艾茜这边的小组成员。因为房间都是原先安排好的，阮邵敏只能单独一间。

单独一间的学员需要补差价。刚好三组有一个阿姨也是单独一间，艾茜询问阮邵敏愿不愿意和阿姨一间。

阮邵敏面有难色："每个组都是单独行动，我跟三组的人住是不是不太好？"

艾茜："那你选择单独一间？"

阮邵敏仍很为难："我是公司安排过来培训的，不知道差价费用能不能报销。这样，我先问问公司财务人员，再回答你。"

有时候做人礼貌和好说话是两回事，阮邵敏就是典型礼貌但不好说话的人。

"要不这样，你和周媛媛一间，我补房费差价，单独一间。"艾茜又给阮邵敏提供一个选择。

阮邵敏仍没有答应，只是笑盈盈地望着她："茜茜公主，难道你不明白我的想法吗？"

茜茜公主，是艾茜在鹿城中学的外号。当时有部有名的老电影就叫作《茜茜公主》，艾茜也因为这部电影多了个外号，只是家里工厂爆炸，她的外号从褒义变成了贬义。

"什么想法？"艾茜问阮邵敏。

"我想跟你住啊。"阮邵敏十分坦然，"老同学难得见面，要好好聊一聊不是吗？"

艾茜："……"

一旁玩着消消乐的周媛媛顿时委屈地抬起脑袋：那她呢！

难不成，她要补房费差价一个人住？明明她和艾艾比较熟，老同学能熟过新朋友吗？

"你们房间加个床，我们三个人挤一挤，晚上一起聊聊天不好吗？"阮邵敏提出一个折中的建议，同时看向周媛媛，征求意见。

周嫒嫒不擅长拒绝别人，尤其对方还是艾艾的同学，还这样理所当然。

“可以。”艾茜无所谓地扯了下嘴，“只要你不介意。”

对她而言，同一个人和两个人住，并没有太大差异。

晚上，是A大第七届总裁班联谊会暨黎明慈善之夜。

原本周嫒嫒和费聿利都是参与者，因为现在也是黎明的一员，跟艾茜一样成了组织者。

“没想到艾茜你现在搞这个。”班会结束，阮部敏难以置信又佩服地看着她，似乎感到十分惊讶。

艾茜不喜欢阮部敏用这样的眼神看自己，仿佛她是失足少女从良了。

“我也没想到你会从事销售行业。”艾茜不咸不淡地回阮部敏。她原本好奇阮部敏怎么也变得这样厚颜无耻，原来是做了保健品销售。

“那你觉得我会做什么呢？”阮部敏反问她。

艾茜随意说了个答案：“演员。”

阮部敏：“……”

周嫒嫒：“……”艾艾不愧是艾艾！

不过，艾艾和阮部敏是交锋上了吗？周嫒嫒暗暗地瞧了眼两人，觉得房间气氛不对，担心自己会不会被卷入两个优秀女人的唇枪舌剑里。

就在这时，酒店房间门铃响起——

周嫒嫒麻利地起来开门，确认来人是三土，热情洋溢地打开了厚重的酒店房门。

结果，因为她个头矮，王垚直接无视了她。

他立在门外，手里拿着一副牌，彬彬有礼地询问里面的艾茜和阮部敏：“长夜漫漫，两位美人要一起玩牌吗？”

周嫒嫒数了数美人数量，抬头瞪向王垚：“你说清楚，我们这里谁不是美人？”

听到周嫒嫒质问，王垚这才恍然地看向周嫒嫒说：“噢，对不起，刚刚没看到你。”

臭三土！周媛媛跳起来打王垚脑袋。

王垚左手按住了周媛媛的头，右手搂住周媛媛的肩膀，以这个亲昵又暴力的动作将周媛媛拖到了外面长廊一角。周媛媛从王垚怀里挣扎出来，王垚眨眼，对着周媛媛使了一个眼色。

干吗！

当然有事了……

王垚凑在周媛媛的耳边，偷偷摸摸地说："跟你说个秘密……关于费二和艾艾的。"

周媛媛顿时呆若木鸡，抬头看向王垚，真诚的双眼透着直白的好奇。

快说！

艾艾和费聿利有什么秘密?

老实说，周媛媛早已经感应到艾艾和费公子不同寻常的磁场电流，从两人微妙的交流里嗅出不一样的气味……总而言之一句话，她早就怀疑他们俩了，就是没有证据！

看着周媛媛一脸雀跃的八卦模样，王垚突然觉得周小神还挺可爱，就像小朋友不经逗。不过他要告诉周小神的事情，谈不上秘密，的确是关于艾艾和费二两人的……私事。

前面他和费聿利在酒店房间，他没心没肺地问费二和艾艾处得如何了，然后对费二挖墙脚的可恶行为进行了道德的批判和鞭挞。

对此，费聿利只是不屑一顾地哼了哼："如果你说的墙脚是连续发一个星期的红包，你现在就把数额算出来给我，我一次性把红包钱转给你。"

费聿利说得这般大方，王垚却想脱掉脚下的一次性拖鞋，朝费聿利甩过去。这是人说的话吗？他要的是那点红包钱吗？他要的是他的态度！只要费二好好跟他道歉，说自己动了心，是迫不得已情难自禁，他就原谅费二拿自己做了垫脚石！

"看来你真的没意识到自己的行为有多损害我们的兄弟情。"王垚失望地摇摇头。

费聿利只是懒洋洋地坐靠在酒店房间单人沙发上，从裤袋里拿出一包烟，抖出一根，然后从单人沙发前的圆形茶几上拿起酒店配备的火柴，点上的时候，抬起俊逸的脸，慢慢悠悠地扯出一句话："小王，你这话说得——不太对。"

小王……

王垚气到嘴角抽搐：臭不要脸的……说谁小王呢！

费聿利只是神情高深莫测地摇摇头。

这下好了，费聿利这一番先抑后扬的表演，惹得王垚嘴皮子更加抽搐了。

费聿利开腔了，弹了弹烟灰："如果按照你这样的强盗逻辑……小偷逻辑，你记住了！不是大哥我抢你女人，而是你抢了大哥的女人。"

"明白吗？"费聿利端视王垚，俨乎其然地提醒。

王垚深吸一口气："……"演！演！麻烦继续演！

"行，好的呐！等会儿我就亲自问艾艾，你们是不是在一起了！"王垚回费聿利说。

费聿利无所畏惧，没有继续演戏，收敛了眼底情绪，看向王垚说："你之前不是好奇我为什么对艾茜感觉不一样吗？"

"是的，为什么呢？难不成艾艾是你的理想型？"王垚可不信这样的话，当兄弟那么多年，他的理想型一直是御姐，结果遇到的都是骗他钱的欲姐。至于费二的理想型？大概就是他自己吧，足够自恋！

费聿利不置可否："你可能不太清楚，我和艾茜远远早于你就认识了。"

"对，你是比我早一步走进教室。"王垚回怼。

"呵。"费聿利无奈一笑，留了足够的悬念，然后用淡然的口气倒出一个事实，"在进总裁班之前，我和艾茜就认识了。"

王垚一副完全没想到的样子，怎么可能？总裁班第一天上课不管艾艾还是费二，明明都像是第一次见面的样子，怎么就提前认识了呢？如果认识，两人为什么惺惺作态地递名片加微信以及自我介绍？不应该愉快地打个招呼：嗨，小老弟，你怎么也在这儿？

费聿利："还记得我之前跟你说我省队教练老婆介绍给我的相亲对象吗？"

王垚："难不成就是艾艾？"

"是的，那个人就是艾茜。"

什么缘分？

“缘分就是这样，是你的就是你的……但不是你的，惦记也没用。”费聿利总结说。

“费聿利！你！”王垚真的脱了一次性拖鞋丢过去。

费聿利躲开了，不以为意地弹了弹身上的灰。

“你和艾艾相过亲，怎么没成呢？她没看上你吗？”反应了一会儿，王垚问到关键点。

对此，费聿利的回应只有四个字——“好事多磨。”

“所以，你说艾艾和费公子之前就认识了？两人还相过亲？”周媛媛张着嘴，不太相信地问王垚。

王垚学着费聿利当时的模样，拍了拍周媛媛的肩膀说：“小周啊，这事我告诉你，就是相信你，你心里知道就好，不要多问啊。”

周媛媛斜了王垚一眼：“知道了。”

王垚一副看破不说破的样子：“只要艾艾没跟咱们提，咱们就装作不知道。”

周媛媛点点头，答应下来：“……喔。”

“你不懂，现在的男女感情，复杂着呢！”王垚将手按在周媛媛肩膀上说。

哼！周媛媛很想提醒王垚一句：只要不端着，感情这事压根就不复杂。

酒店靠近游泳池有一个日式的茶座室，靠坐在榻榻米上刚好可以看到泛着光的游泳池水面，一圈射灯的映照之下，绿植葱葱，波光粼粼。

月色如同迷雾扩散在无边无际的苍茫山丘之间。

王垚提议打牌，费聿利同意了，本想王垚能将艾茜叫出来，四个人刚好可以组个局。结果王垚厉害呢，只钓来了周媛媛。

三个人斗地主吗？

周媛媛：“艾艾说她打完电话再过来。”

一个电话打了半小时还没结束？费聿利从日式茶座站起来：“我出去抽根烟。”

“费二居然会抽烟？”周媛媛问王垚。

这两天又抽上了而已……

“感情让人失去意志力呢。”王垚补上一句。

周媛媛托着下巴，突然忧伤地叹了一口气：“想找一个为我失去意志力的男朋友。”

王垚笑了，“这很简单，给他下药。”

好嘞！周媛媛端起桌上的茶，嘿嘿一笑，递给了王垚说：“大郎，喝药。”

王垚：“……”

艾茜的电话是危城打来的……

周媛媛走了，房间里还留着阮邵敏。艾茜来到露台，拉上有着隔音作用的双层玻璃拉门。

夜色弥漫的山间悬挂着一轮明晃晃的月亮，电话接通，危城像是没事人一样，问她：“最近怎么样？”

这个问题，应该是她问他不是吗？

“你呢？”艾茜不答反问。她从潇潇阿姨那里得知，危城离婚前就安排好一周工作，离婚后直接去了岛上度假……一时之间谁也联系不上他，唯一能联系上危城的小严哥也跟着危城离开了北京。

“茜茜，我记得你以前说过，如果有一天事情多得难分轻重，欲望多得难以选择，那就什么都不想，找一个不知名的岛待几天，夜里看星星白天听浪潮，然后就会明确方向，什么才是生命中最重要的事情。”危城的声音低厚温柔，仿佛夜风撩拨着树叶，在艾茜耳边沙沙作响。她是说过这个话，有一次危城忙到晕头转向，她以玩笑的方式给了他这个建议。

没想到，危城会照做。

“我在这个岛上待了一个星期了……”危城的话一顿，“茜茜，你是我第一个拨出电话的人。”

艾茜：“……”

“今晚你那边有星星吗？”危城在电话里问她。

艾茜抬了下头，漫天繁星瞬间落进她眼里，眨了眨眼，回答危城说：“很多。”

“那真是难得，印象里A市空气并不太好，跟北京没太大区别。”

“我不在A市，今天也出来玩了。”艾茜又说。

“喔……跟谁？”

艾茜想了想：“你见过的……”

“费聿利？”

艾茜握着手机，安静了两秒。

“挺好的，只要你……开心。”

艾茜抿着唇，轻轻一笑说：“嗯，我很开心。”

“嗯，我知道了。”危城的口吻有着满满的失落，“我知道我决定得太晚，这个电话也迟了。”

“对不起，危城。”艾茜说。

“不用道歉，如果这事你都要对我道歉，我更应该感到抱歉。”危城挂上了电话。

艾茜回到房间，阮邵敏已经不在房间。房间里一直开着冷气，艾茜一时觉得待在露台吹风更舒服。再次来到了露台，百无聊赖地倚靠着栏杆，看看夜空，也看看底下的游泳池。

她的房间露台正对着底下泳池，无意间又恰好瞧见底下费聿利和阮邵敏一块儿坐在泳池旁边的藤制座椅上。两人指间闪烁着一点火光，面朝着面。从姿态来看，应该都在抽烟。

“我和艾茜除了是中学同学，还有一个联系点。”阮邵敏歪着头看向费聿利，噙着俏皮又令人回味的笑容。

“……什么？”费聿利在桌上的烟灰缸弹了弹烟头，上半身往前，随意一问。

“我和她拥有过同一个男朋友。”阮邵敏回答说。

费聿利笑了，脸上笑容也是那般令人回味，半晌从嘴里拉扯出一个

“喔”音，啧啧地笑了笑说：“那你们真是挺有缘的。”

“是啊，有缘的。”阮邵敏点点头，而后望着费聿利，优雅地吐了一个烟圈，继续开口说，“但我没想到会在这个班又遇上艾茜。”

费聿利有些好笑，不轻不重地回：“可能她也没想到会遇见你吧。”

她，自然指的是艾茜。

“艾茜中学的时候学习并不好，不爱学习。”阮邵敏抿唇一笑，说出了原因，像是回顾以往岁月，客观地点评说，“当然，她很聪明。只不过当时漂亮的女孩子容易分散注意力……”

至于如何分散注意力，阮邵敏没有说，青春期女孩子分散注意力原因无非那么几种。阮邵敏说话的方式如同画画里的勾勒，她也没有具体往里面填充内容，但简短几句话，已经把艾茜上学时期的模样大致勾勒出来了。

里面色彩如何，听者自己想象。

原谅费聿利对女孩子的想象力贫乏，对阮邵敏似是而非的讲话方式也不太买账，云淡风轻地问道：“因为曾是情敌，才这样吗？”

“那倒不是，当时我们学校的人，即使不知道艾茜，也知道茜茜公主。”阮邵敏不恼费聿利言语里的讥嘲，如实说。

“茜茜公主，艾茜的代号。”

某人居然还有这种中二的代号，费聿利忍不住一笑：“听起来不错，应该是漂亮女生专属的外号吧。”

阮邵敏“嗯”了一声，补充一句：“也不只是漂亮。”

“艾纯良，艾茜爸爸的名字……”阮邵敏终于抛出了重点，“如果费公子关注早年的私企老板，应该听过这个名字。”

费聿利：“不好意思，我不关注。”

阮邵敏不再藏着掖着说：“艾纯良曾经是我们那边很有名的老板，开打火机厂起家，不过当时经商跟现在不一样，只要胆大什么钱都能捞得到。艾茜的爸爸应该还是我们那边最先搞房地产的人，集资圈地炒房，什么赚钱做什么，风生水起……”

“只可惜，一时风光吧，很快艾茜家的工厂就因为设备简陋发生了火灾，爆炸了，当时死了一个工人，事情闹得很大。

“爆炸事故之后，大家才知道艾茜爸爸早已经没钱运作房地产，所以非法集资了不少钱，当时我们学校很多同学的家长都被艾茜爸爸骗了钱。

“其中包括我的昔日男朋友，魏远江他们家。

“之后，艾纯良就跑路了。”

费聿利沉默了好一会儿，问：“艾茜跟着走了？”

“没有。”阮邵敏摇摇头，“艾茜是过了一阵子才离开的，不过是退学。好像被亲戚带到北京读书了吧。”

“她去了北京，跟我们所有人全没了联系。”

“后来的事情我也不知道了。”阮邵敏耸耸肩，熄灭手中的烟说，“艾茜像是人间蒸发一样，不管同学还是老师都联系不上她。直到前两年我才听到一点关于她的传闻，说她高考失利，好在聪明，跟她父亲一样做起了偏门生意……”

“这样啊！”

整个讲述的过程里，费聿利话很少，像是一个旁观者听人讲述他人与自己毫无关系的过去，可是，如果真是毫无关系的他人，他连听的兴趣都没有。

“你和艾茜这次的见面很有意义。”费聿利再次开口说。

嗯？阮邵敏挑着眉，一副愿闻其详的样子。

“可以解除你对她的那些不实的听说和误会。”费聿利往后仰了仰，任由山风吹拨他刘海，露出一张俊逸光明的全脸。

轮到费聿利说了。

“艾茜没有高考失利，本科是北京大学，硕士是英国牛津大学。

“不过你说得对，她真的很聪明，中学不如阮小姐，仅仅两年的努力，不仅考上了国内屈指可数的名校，现在各方面应该也都超过了阮小姐。”

“至于她父亲——”费聿利伸手搭在桌面上方，直言不讳道，“摊上这样的父亲已经足够倒霉了，更倒霉的是还有你这样的同学。”

“还有，就在刚刚你跟我说艾纯良这个名字的时候，我找鹿城的一个叔叔问了问。”费聿利握着手机，低头看了眼叔叔的回复，原话转告给阮邵敏听，“他告诉我，工厂爆炸出事之后艾老板的确消失了，却不是卷款跑路，留下的地皮和固定资产法院拍卖足够偿还债务,根本也不存在艾老板欠款的说法。”

阮邵敏:“……”

“今晚阮小姐将以讹传讹的谣言道给我这个外人听,我真的怀疑你的目的是什么,难不成是为了接近我,没话找话?”

也只有帅到过分的人,这样讲话才不会可笑,而是令人羞愧。

阮邵敏:“……”

“扑哧!”阮邵敏也不是一般人,面对费聿利这番不留情面的质疑丝毫不难堪,反而柔情似水地笑了笑,好一会儿,眸光闪烁地瞧着费聿利:“你喜欢艾茜啊?”

“不,我不喜欢她。”费聿利又点了根烟,语速快得好像压根儿不需要琢磨,仿佛在说不喜欢某道菜般自然。

阮邵敏有些拿捏不准费聿利的态度,目光更是一动不动地研究着费聿利。

“我对她的感情,比喜欢还多一点。”费聿利补上一句,态度磊落而爽利。

阮邵敏:“……”

“我爱……戴她。”费聿利具体道。他对艾茜的感情,是比喜欢多一点的爱戴之情。

吐了一个烟圈,灭掉了手中的烟:“就像员工爱戴自己的领导。”

不得不说跟费聿利兜圈子是一件很累的事情——因为费聿利也很擅长兜圈子。

“准确地说,她是我敬爱的领导。”费聿利继续一本正经地说着大实话。

“没错,我是他的领导。”艾茜出现在了游泳池旁边,人站在费聿利的躺椅后面,若无其事地问阮邵敏,“聊得那么畅快,你们聊些什么?”

所谓出其不意攻其不备,大多都有提前准备。

十分钟前,艾茜倚靠在围栏上看着阮邵敏和费聿利面对面聊天,正要转身回房间,手机微信进来费聿利发来的消息:要下来坐坐吗?听听你这位老同学对你的背后言论。

伴随着清缓悠扬的酒店背景音乐,阮邵敏不尴不尬地抬起头:“我们在聊你。”

“我想也是。”艾茜自若地在阮邵敏和费聿利中间坐了下来，客气地回阮邵敏说，“很荣幸成为你们的话题。”

费聿利摇了一下头，风吹得他衬衫沙沙作响。之前在酒店房间里，王垚还与他讨论说阮邵敏和艾茜有点像。哪门子像？除了脸皮都厚……

“别急着荣幸……有时候老同学不一定记着你的好。”费聿利一副事不关己高高挂起的样子靠着躺椅，转过脸，朝着艾茜说。

比起阮邵敏背后挑拨离间，费聿利喜欢当面说。

对于费聿利如此清爽的一句话，艾茜神色不露任何异样，只是回应说：“噢——是吗？”

拉长的噢音，仿佛在揣摩他话里透露的信息。

“心理学上有一种现象叫作‘无意识特征转移’，如果一个人喜欢说人好话，别人就会把这些好话同样联系到讲述人身上。反之，如果一个人喜欢在背后说人坏话，这些不好的负面的评价也会被人映射到她自己身上。”艾茜十分轻松地讲起一段话，仿佛只是随口冒出来的感慨。

费聿利：“呵。”

阮邵敏：“……”

“我相信邵敏一定说了我不少好话。”艾茜漾着愉快笑意，望向阮邵敏，“对不对？”

费聿利笑了，嘲弄里透着一丝自己都难以察觉的宠溺，他就喜欢某人这样厚颜无耻还不自知的样子。

阮邵敏也笑了，但也只是笑。

“好了，我回房了。”阮邵敏拢了拢嘴角笑意，“今天参观了一天也蛮累人的。”

艾茜一笑，故意吓唬：“啊，就走了啊，不怕等下我们在背后谈论你吗？”

“你们……随意！”阮邵敏说，然后，尴尬离场。

阮邵敏走了，艾茜继续靠着躺椅，连气都懒得哼一声，仿佛安静地享受夜里吹风的惬意。

“你们女人都那么虚伪吗？”一声讥嘲的声线灌入耳里。

艾茜收起木然的表情，笑了笑，回道："不知道呢，这个问题好比我们女人也不知道你们男人是不是都花心一样。"

"花心这个词其他女人或许可以用它质疑男人，但秘书长不太合适。"费聿利说。

"哈哈！"艾茜跟着笑了一下，"费经理似乎对我有些意见？"

呵，他有个屁的意见！

"无所谓。你们看我不顺眼，难受的又不是我。"艾茜靠着躺椅说。

真够幼稚，小学生吗？可是，这样的艾茜倒让他有一种真实的感觉。故作世俗的皮相之下，也藏着幼稚计较的心思。

"所以，阮部敏说我什么了？"艾茜发问，声音也有些温软下来。

"没什么。"费聿利回。

艾茜："看来真不是好话。"

"那又如何？好歹你有一样优秀品质是她没有的。"

"什么？"

"自知之明。"

"哈哈！"艾茜微微吸了一口气，"谢谢费经理肯定。"

"不客气。"

"……你怎么会跟阮部敏交往过同一个男朋友？"隔着一次呼吸时间，费聿利再次开口。

艾茜反应了一下，撇过头："我也不知道……"顿了下，"可能是小地方，好看的男孩子太少，导致拥有过共同男朋友的概率就大了。"

这个答案，还真令人挑不出问题来。

"不知道秘书长对男朋友有什么要求？"费聿利又道。如同上次问她岗位招聘要求。

艾茜沉默了一下，回答说："不气人的。"

显然这句话是针对他的，费聿利气噎。

艾茜却笑了，附加补充一句："如果长得特别帅的，可以酌情考虑。"

"肤浅。"

“肤浅不好吗？”艾茜眨巴眼睛，“每天工作那么累，谁有心思谈所谓的深刻感情，更不会被自以为是的深刻感动。”

费聿利觉得自己要被艾茜带到沟里，他和她这一来一往的对答，即使每句话都不算好听，却让他有种两人逐渐靠近的错觉。

“如果是我呢？”费聿利问。前面所有的铺垫，都为了说出这句话。

艾茜心一动，夜里的风仿佛静止了，如同费聿利定格在她脸上的目光。

“如果是我呢，能不能让秘书长酌情考虑一下？”费聿利再次发问，声音和语气都像极了上次临时来黎明基金会面试那般。

他和她是同一种人，对感情随性也不浪漫；对人慵懒也不可爱，不会深入地爱一个人，也不会对感情有着过高的期待。

“你确定？”艾茜淡淡一句。

“难道做秘书长男朋友很难吗？”费聿利反问她。

“不难……”艾茜实话实说，“但容易下岗。”

费聿利笑了一下，同样淡淡回她：“可以，我也没打算长期上岗。”

“好……啊。”艾茜答应了。

一声好啊，确立了两人关系。费聿利觉得有点好笑，又有点难以置信，如果好笑和难以置信之外还有其他情绪，那就是今晚的月色和夜风都不错。

费聿利起来了，立在艾茜面前，盯了她几秒。艾茜抬头：“我还想待一会儿，你先上去吧。”

“好。”费聿利点点头，然后以男朋友口气留下一声：“晚安。”

“晚安。”艾茜回。

临时起意，他多了一个女朋友……

然而，决定今晚两人关系升级的不是相互明确心意，而是明确态度。因为他和艾茜不是心意相通而在一起，而是态度一致走在了一起。

只是待费聿利回到酒店房间，站在露台看着游泳池旁躺靠着的艾茜，原本明确的内心轻微的动摇了。似乎不算太满意……但是，还是想在一起。

——还不上来睡？

费聿利洗了澡，穿着睡袍又来到露台，见艾茜还躺在底下观星望月，发了一条消息过去。即使刚执证上岗，他还是要拿出男朋友的态度。

半会儿之后，艾茜回复过来：好的，男朋友。

费聿利：……呵。

微信聊天框提醒对方还在输入——

艾茜回过来：怎么办，躺着太舒服，不想起来。

费聿利：……女人，你的名字叫戏多。

艾茜又发来一条：要你的抱抱才能起来。

费聿利：……进入角色倒是极快呢。

她这是要他再下去一趟？女人……你的名字不是戏多，是过分。

“我洗澡了。”费聿利回道。

艾茜回复一个伤心的表情。

“你可以躺到第二天，我再下来抱你起来。”费聿利这样输入。他本觉得肉麻，要删除。看到艾茜这个伤心的小男孩表情，心情愉快了两分。这个感觉就像是夜风撩拨了他的头发，他不嫌发型被破坏，还觉得此时此刻情境恰好。

艾茜已利索起身。

费聿利和艾茜两人，他可以站在露台看到她，而她需要走过去几米，抬头才能与他对视。隔着一盏盏晦暗不清的景观灯，艾茜走了几米，停下脚步抬头往上一看，果然在露台上看到一道颀长的身影。夜里看人总是不太分明，暗淡的光线更显得人影寂寥。

费聿利这样居高临下地望着她，让她心底充盈着一种无可名状的淡淡情绪，她想仔细感受一番，它却轻飘飘地从她心底腾起，逐渐消散到了空中……

不管费聿利能不能看到，艾茜冲他展颜一笑。她知道今晚费聿利是临时起意，不过呢，缘深情浅也好，缘浅情深也罢，两人一起能走一段是天时地利人和。

今晚，她和他的关系确立得刚刚好。

Chapter 09

你 有 病，我 有 药

——你有病，我有药，我们在一起了。

王垚在王者群发了一张他和周小神两人举杯庆祝的照片。紧接着，周嫒嫒也发来一张她和王垚的自拍照，和一句类似的话——你有药，我有病，我们在一起啦！

很显然，这两人如果不是在公布恋情，就是联手恶作剧。费聿利躺在床上握着手机看群消息，觉得后者可能性更大。

艾茜冒泡：恭喜。

——嘿嘿。

——嘻嘻。

不需要任何提醒，王垚发来红包庆祝自己和周嫒嫒确立了关系。

今晚怎么回事？他和艾茜在一起了，王垚和周嫒嫒也在一起了？跟风恋爱吗？

不，王垚和周嫒嫒压根儿不知道艾茜和费聿利也在一起了，甚至两人决定在王者群公布恋情的时候，内心都有些雀跃。

王垚哼着歌回来，脸上的潮红表明王同学喝了酒。费聿利枕靠在床头，握着手机问："你和周小神怎么回事？"

"嘿嘿。"王垚乐了，来到费聿利床边，一脸甜蜜地说，"就是在一起了呗。"

费聿利："……"

王垚知道费聿利无语什么，太突然了。其实他也觉得今晚他和周小神进展神速，艾艾和费二得知消息肯定都会感到突然……只不过今晚他和周小神都像中了邪似的，忽地发现对方不错，就决定在一起了。

当然事情发展到这一步还是有一个铺垫的过程。

前不久三人在茶室打牌，费聿利等不到艾艾就离开到外面抽烟了，然后就剩下他和周媛媛两个人。两个人喝茶多无聊，他和周媛媛就去了底下的一个小酒吧喝起了酒。一边喝酒一边畅聊，他看周小神越看越耐看，周小神看他也觉得越来越有味道，他心尖猛地一颤，问周小神："你觉得我怎么样？"

"挺好的呀。"

"跟费二比呢？"

"虽然费二长得帅，但是他没有你有趣。"

王垚顿时觉得周小神怎么如此率真可爱，慧眼识珠，一直以来，他都没有将周小神当作女性看，因为长得真的太小只了，他可以当她是小朋友，是妹妹，却很难产生追求的冲动。可是，这几天他看周媛媛越看越顺眼，她就像一只在他眼前活蹦乱跳的小熊，他时不时想摸摸她的脑袋，挠挠她的熊爪子，终于他忍不住问"小熊"："你喜不喜欢我呀？"

"小熊"点头说喜欢。

那好，他不再喜欢性感女神，牵着"小熊"上街的感觉也很好。"小熊"眉眼弯弯，里面闪烁着一个他……

"我恋爱了！恋爱了！"半夜，喝醉的周媛媛回到房间抱着艾茜撒娇。

"喔，这样啊。"艾茜摸着周媛媛的脑袋，不知道明天清醒之后媛媛是欢喜还是惆怅。

"是三土。"周媛媛仰着头，悄悄地跟她说名字。

“噢，是三土啊。”艾茜每个字都透着笑意。

“臭三土，他现在是我男朋友了！”周媛媛又说，像是跟她分享内心最为甜蜜的秘密。

艾茜真的被周媛媛可爱到了……

她突然很羡慕，因为她的初恋没有周媛媛这份甜蜜。她和魏远江虽然成为过名义上的男女朋友，但实际上没有在一起过。后面谈男朋友，也只是为了让自己看起来不那么形单影只。

周媛媛和王垚确定恋爱关系，艾茜为周媛媛担心，费聿利也等着王垚后悔，结果第二天返程的大巴车上，两人自觉又甜蜜地坐在了一块儿。

一会儿拉个小手，一会儿又相视一笑，即使玩手机刷到好笑段子也要相互分享。

费聿利冷眼旁观，回过头看向靠窗睡觉的艾茜，心情突然从不屑一顾到怀疑人生。如果他没有记错的话……昨天他和艾茜也确定了关系。

结果，他还像单身狗一样，吃王垚的狗粮?

“别睡了。”费聿利拍了一下艾茜的肩膀，叫醒昨夜因为被周媛媛折腾没睡几个小时只能上车补觉的艾茜。

艾茜痛苦地摘下眼罩，微微抬了下眼皮，睁着迷惑的眼睛问费聿利，仿佛礼貌客气地询问他——有何贵干?

费聿利更气了，握着一瓶矿泉水拧开瓶盖，递过去道：“喝吗？”

“不喝。”

费聿利：“……”

艾茜戴回眼罩，继续靠着窗户睡大觉。

就在这时，费聿利的手机响了一下，加了他微信的阮邵敏给他发来一张照片。

照片里的人跟他旁边的人区别有些大，不过费聿利第一眼就认出了旧照里这位套着蓝白校服的女孩是谁，是他的秘书长女朋友。

照片里的女孩五官跟艾茜区别不大，主要是气质千差万别，照片里的女孩眼神透着讥嘲，仿佛对这整个世界都感到不满，现在的艾茜不说真人，连照片也是亲切动人，一副仁爱真诚的慈善大使模样。

费聿利回了一个问号给阮邵敏。

阮邵敏回复：我在前男友电脑里拷贝来的照片。

费聿利没有搭理了。

阮邵敏：他一直忘不了艾茜。

费聿利有点想笑，看了眼旁边睡成木头的艾茜，如果那位前男友知道某人现在从事“化缘”行业，别说忘不了，见面都要当做不认识了。

——昨天他知道我和艾茜在一个班学习，就问我她的联系方式……你说，我是给还是不给?

阮邵敏抛出问题，仿佛真的心里犯难寻求费聿利的意见。

费聿利冷不丁地嗤笑一声，没有回复阮邵敏。

阮邵敏发来一个问号：?

很抱歉，回应阮邵敏是一条系统提醒：费聿利开启了朋友验证，你还不是他（她）朋友。请先发送朋友验证请求，对方验证通过后……

阮邵敏坐在大巴车最前面，旁边的陈总还在同她交流大公司的销售管理经验，阮邵敏噙着温柔的笑意回应对方。不得不承认，费聿利跟魏远江的不同，她拿下魏远江用了半个学期，但是她拿不下费聿利……

不同的是，当年她接近魏远江是真的喜欢他，对费聿利只是为了完成任务。

阮邵敏把微信截图发给了一个女人，那个女人收到之后，回复她：没关系，你只需要把艾茜的真实情况透露给他知道就好。

阮邵敏回复：好的。

——这两天他和艾茜还亲近吗?

——不算亲近。

——没有交往吧?

——应该没有吧。

——我知道了。

费聿利手机安静了，艾茜的手机却一声响。艾茜醒来，拉下眼罩，拿起手机看了眼，是阮邵敏发来的。

——魏远江问我你的微信号，可以给吗?

——说是有关于你父亲的事情找你。

艾茜觉得不太可能，心口有个地方却下意识缩了缩，她回阮邵敏一个谢谢，麻烦她将自己的微信推给魏远江。没想到时隔多年……她和魏远江会在阮邵敏的推送下互加微信。

很快，魏远江发来好友申请，艾茜点了通过。加了微信，没有任何寒暄，魏远江直接说起正事：艾茜，我是魏远江，现在在鹿城田桥公安经济调查科做事，前几天我在看一起五年前的国际非法传销案件的卷宗，看到卷宗名单上有你父亲的名字,不知道你和你父亲有没有联系上。

艾茜握着手机，完全没有了困意。

十年过去了，没想到她会以这样的方式得到艾纯良的消息，可惜艾纯良还是找不到，如果找到了，警察早通知她了。

费聿利姿势懒散地靠着，视线斜斜一扫，便扫到艾茜微信聊天里魏远江的名字。

两人你来我往，聊个不停。

感受到了某人不太高兴的情绪，艾茜抬起眸子回望过来。

“跟谁聊呢？”费聿利随意地一问。

“一个老同学。”艾茜回道，放下了手机，抬起头的时候，撞见费聿利浅棕色的眸子，朝他伸出了手，“水。”费聿利嫌弃地将水递了过去。

周媛媛和王垚又在朋友圈官宣了一次，肉麻得要命。周媛媛的官宣配图是两杯乌龙奶茶：刚开始我们是三分甜，期待以后五分甜，七分甜……

紧跟着周媛媛，王垚也发了朋友圈：不管以后几分甜，你都是我的十分甜女孩。

呵呵！费聿利刷到周媛媛和王垚的朋友圈，恶心得他连威士忌都喝不下了。不得不承认的是，王垚和周媛媛这恋爱谈得比他和艾茜真诚。

晚上，艾茜也发了朋友圈，转发了某公益慈善的新闻——“大爱无疆。”

瞧瞧，这就是心中有大爱的女人。

费聿利点了一个赞。然后，转发了同艾茜一样的公益文章。

零点三十四分的时候，艾茜回给他一个赞。

现在恋爱都讲究仪式感，这两个赞，姑且就当作他和艾茜成为正式男女朋友的仪式吧。

不过，昨晚艾茜怎么那么晚睡?

昨晚艾茜的确睡得晚，不是因为父亲的事情，只是单纯失眠。最后实在睡不着，深夜出门到小区外面的药店买助睡眠的褪黑素。

第二天，艾茜飞北京参加一个高大上的会议，会议名字叫“第七届国际贫困与可持续发展研讨会”。黎明公益这样的小型慈善基金会本没有资格参加这样的会议，不过最近黎明连续做了几个公益项目，社会反响不错，就被组织看上了，给她发来了邀请函。

会议持续五天，等艾茜飞回A市已经是周五晚上，如果算上这个周末，她已经一个星期没有出现在黎明公益基金会。不知道某人有没有每天按时打卡上班。

这个星期她和费聿利就联系了一次，费聿利问她什么时候回来，她说了具体时间。然后，就再无联系。艾茜说不上来她和费聿利这种情况算不算交往，尤其对比朋友圈周媛媛和王垚的甜腻模式，她和费聿利仿佛刚交往就有一种游走在分手边缘的节奏。

这也是为什么她和他一样心照不宣，选择秘而不宣的恋爱方式。

夜里回来洗好头，艾茜立在洗手间吹头发，突然电吹风停了。随之“啪”的一声，整个屋子都黑了。她这才想起下飞机时她收到的社区电网消息，今晚十一点百合花苑片区停电两小时。

最近她的记忆力好像不太行。

艾茜自嘲一笑，打开手机电筒功能，继续披着半干的头发，立在盥洗台跟前刷牙洗脸，隐隐约约听到门外传来两道敲门声。

幻觉?

过了一会儿，手机微信进来一条简短的消息：开门。

费聿利发来的。

漆黑看不到五指的楼梯，从小窗透来一点月色。艾茜拿着手机打开门的时候，门外的费聿利也握着发出亮光的手机。不算刺眼的手机亮光照在彼此的脸上，有那么一瞬间的晃眼。

艾茜平静地明知故问："怎么来了？"

费聿利也平静地回答她："过来看女朋友。"

艾茜应了一声："噢。"

然后，费聿利越过她，走了进来。

艾茜转了一个身，站在屋里的费聿利也转过身来，无声的对视，仿佛有了一股令人安定的力量，晦暗的屋里看不见他和她的神色，好比两人之间的那点心照不宣，不用刻意说明或交代。男女之间的情人关系，有时候说透了反而没了意思。

艾茜倒不是非要与费聿利掰扯得那么清楚，只不过在感情上，她和费聿利都属于同一种人，对对方都没有信心。可是，她必须承认，她也被费聿利吸引了。她知道，他在有意无意地吸引她。

"你在北京的阿姨是你妈妈的闺蜜？"费聿利靠在卧室外面的阳台围栏，说话的口吻像是和朋友聊天，没有伪装的亲昵。

艾茜对费聿利说了她和潇潇阿姨的关系。她这次回北京，除了参加研讨会，就是回去看潇潇阿姨。

"你和你父亲再也没有联系上?"费聿利再问。

艾茜点了下头，任由风吹着她的头发。她不喜欢聊自己的身世，不是虚荣或者刻意遮掩，只是每次聊到消失的艾纯良，心情多少受影响，变得沉重。只不过今晚倒是奇怪了，她有了倾诉欲，主动对费聿利讲起昔日事，她所经历的跌宕起伏、人情冷暖都只是故事的组成部分。而她自己，已经从故事的主角变成了讲故事的人。

她怜悯故事里的那个艾茜，也感激故事里为她带来温暖的潇潇阿姨和……危城。

那天中午，她和潇潇阿姨在家包了饺子，潇潇阿姨看着她面前玲珑小巧的饺子问：“阿姨记得你不会包饺子啊。”

“外面读书时学的。”

“当时危城一定要让你到外面留学，我不懂为什么，后来才发现这个决定对你是最好的。”潇潇阿姨感慨陈年旧事。她默默听着，五年前她不理解危城的决定，但是现在她已经感受到危城的“良苦用心”。

潇潇阿姨也承认自己儿子当年的用心，甚至用了亲子关系作比方：“以前的危城对你不像一个哥哥，更像……爸爸。”

“茜茜，阿姨很抱歉，不是对你感到抱歉，而是对我的儿子感到抱歉。如果当初我早点发现他对你的感情，也不会逼他娶了柳静灵。危城也没有告诉我，当年是柳静灵算计了他。”

危城和柳静灵的故事，如果不追究细节和始末原委，就是一本非常狗血的破镜重圆的言情小说，可直到男女主角破镜重圆也没有过上如小说番外般的幸福生活。

艾茜有时候觉得柳静灵太患得患失，不能做到当初的决绝，直到潇潇阿姨用算计定义了柳静灵怀有身孕却不告诉危城这件事。

但是，孩子总是无辜的，危宇航是那般爽利机智以及讨人喜欢。连她这个不喜欢孩子的人，每次见到危宇航都很开心，尤其是危宇航眯着弯弯的眉眼叫她姑姑时。

“一开始我也不喜欢柳静灵，觉得静灵太过感情用事，又心思细腻到难以琢磨。但是她给我生了一个危宇航这样的孙子，我心里感谢她。当年我让危城把柳静灵娶了，也是不希望宇航跟妈妈分开。

“这次危城和柳静灵选择分开，宇航暂时跟妈妈，后面还是会回来……

“前阵子是潇潇阿姨误会你了……我知道危城离婚跟你没有关系，只是宇航是无辜的，他还是一个孩子，如果以后你和危城在一起，他怎么接受……

“你是他最喜欢的姑姑。”

听着潇潇阿姨一席话，艾茜低着头把面前包好的饺子来来回回地数了又数，只是一直数不对，到底是二十五个，还是二十六个……

“我和危城不会在一起的。

“潇潇阿姨，我有男朋友了，是你之前给我介绍的费聿利。

“缘分吧，我和他真的交往了。”

原谅她，将费聿利拿出来当挡箭牌，她这样说，潇潇阿姨神色又变得复杂，良久才替她高兴地说：“好好处，但也别让他欺负了去。毕竟——”

“男人都是大猪蹄子。”

“想什么？”不知不觉，费聿利同她靠近几分，借着稀薄的月光，目光在她脸上打量。

艾茜抬着脸：“在想……一句话。”

“什么话？”

“男人都是大猪蹄子。”

费聿利呵呵地笑了，双手已经抱住她的腰身，低下头，试图吻住她。在两人距离三四厘米时，他停了下来。她感受到他喷洒出来的热气。

“那你们女人是什么？”费聿利反问她。

“仙女。”艾茜眼睛有光地说。

费聿利否定她的话：“如果你们女人是仙女，那我们男人都成了牛郎？”

这是什么说法？

牛郎配仙女啊。

“所以，如果你说我们男人都是大猪蹄子，你们女人就是——”费聿利又低下头，这一次，他停下来的距离和她只有一两厘米。

呼吸已经开始打架，还差一点，他和她就要吻到。

“就是什么？”艾茜抬着下颚问。

“米线。”费聿利回答她。

艾茜哧地笑了：“你喜欢吃猪脚米线啊。”

“嗯……”费聿利心诚嘴实地做出肯定回答，同时点了下头，微小的幅度刚好让他吻住她。

起风了，她和他要进屋了。

一个再不温柔的男人，也有温柔的一面。

一个再温柔的男人，也有粗粝的地方。

这两句话，用来形容费聿利和危城最合适不过。

不过……她和费聿利如果没有成为情人，她应该也发现不了费聿利的温柔。

不知道是不是停电让周围变得安静，还是漆黑的房间让一切变得真实。事后，艾茜和费聿利两人袒露心扉地聊了许久，直到屋里灯亮了，还没有结束。

原先黑暗遮掩了两人的面孔，当全屋灯光亮起的那一刻，什么都变得清清楚楚。不管是神色，还是心思，甚至藏在眼里那点呼之欲出的渴望……

“茜茜。”费聿利叫她名字，静静地望着她。眼神温柔，透着年轻男性的荷尔蒙气息。跟往日不一样，费聿利叫她茜茜（xīxī），而不是茜茜（qiànqiàn）；“茜”这个字，xī的发音比qiàn更温柔。

总裁班刚认识的时候，周媛媛问过她名字发音问题，她是这样回答，爱她的人叫她茜茜（xīxī），尊敬她的人叫她茜茜（qiànqiàn）。一直以来，费聿利都叫她艾茜（qiàn），她倒不会自作多情地认为费聿利尊敬她，只是艾茜（qiàn）比艾茜（xī）听起来更有距离感。

费聿利这样叫她，艾茜莫名觉得自己的肋骨像是被温柔地抚摸了一把，然而费聿利的手却放在她的脖子上，来回抚摸着。脖子是身体最敏感脆弱的部位，如果不是今晚夜色太过温柔，艾茜绝对不会这样纵容费聿利。

之前是谁告诉她一句话，相爱的人就是相互纵容。艾茜觉得自己很危险，她还没有爱上费聿利就开始纵容他，如果真的深切地爱上他，岂不要允许他为所欲为……

这样一想，艾茜“扑哧”一声，笑了。

“笑什么？”费聿利问她。

“没什么。”

“笑我吗？”费聿利又问。

“不是。”艾茜否认，眼眸微微垂着，“笑我自己。”

费聿利嗤笑一声。

轮到艾茜问了：“那你又笑什么？”

“笑你。”费聿利倒不卖关子。

深夜，费聿利抱着弓着腰的艾茜入睡，直到天亮，怀里的人……不见了。

艾茜在厨房做早餐，一个丰富的三明治切成两人份，此外，还有鸡蛋、牛奶和麦片，费聿利穿着昨日的白色T恤衫，抱胸倚靠在厨房看着秘书长化身小厨娘，笑得心满意足。

"谢谢茜茜。"费聿利感谢她为他做早饭，可是言语里除了感谢，也有揶揄。

艾茜低头看了眼，发现费聿利只穿了上衣，裤子还没有套上，忍不住目光一躲，嫌弃地说："暴露狂。"

费聿利同样低了下头，看了看自己笔直修长健壮的大长腿，如果他这样都担上了暴露狂的称号，他可以说每个男人都是艾茜眼里的暴露狂。

何况，即使暴，他也暴得优雅，暴得有腔调。

愉快的早饭结束，就要开始上班了。今天是星期六按理说不用上班，然而黎明公益采用单双休制。这个星期刚好单休。

"等会儿你先去黎明。"艾茜开口说，并没有因为眼前美色而荒于工作。

一句话，让两人之间的恋爱错觉消失殆尽，费聿利冷哼两声，头也不回地走出了艾茜的出租屋，走出小区，迎面遇上郭丽呈。

"早啊……郭经理。"费聿利露出愉悦笑容，主动打招呼。

"早！费经理。"郭丽呈猛地回应，一脸尴尬。

费聿利知道郭丽呈尴尬什么，之前走在小区的路上，他就发现郭丽呈也住在这个小区，她看到他却装作没看到，至于是什么原因，随便一想就知道了。

"费经理是路过这里吗？"郭丽呈难得这般虚伪地给人台阶下。

"不是啊。"费聿利自然地回答，告诉郭丽呈说，"我昨晚住女朋友这里。"

郭丽呈："……"

费聿利抿唇一笑，他该透露的已透露，剩下的就让对方思忖了。

郭丽呈微微红了脸，跟着费聿利一块儿穿过百合街道，来到黎明公益基金会。

黎明基金会的招牌挂在院子大门两边，正对着街道。门外站着一个戴着鸭舌帽的男孩，背着一个黑色书包，费聿利走进去的时候瞧了男孩一眼，男孩也瞧了他一眼，挺了挺肩膀。

“外面那小帅哥是谁呀？”周媛媛来上班的时候，问费聿利。周媛媛进来的时候，也看到了小帅哥，经受不住小帅哥的吸引力，还冲男孩笑了笑。

男孩斜了她一眼，移开视线。

男孩站姿笔挺，模样冷峻，小小年纪气势非凡，的确很惹人侧目。然而，再高昂的气势，在看到穿过大街走来的艾茜后，眼眶一红，哭了。

艾茜走路一贯目不斜视，听到一声压抑的“姑姑”，才循声转过头，停住脚步愣了愣：“宇航……”

艾茜将危宇航带到办公室，危宇航一来到她办公室，二话不说，直接拿出手机，坐在沙发上低头玩起了游戏。

“所以你来我这里，是来打游戏的？”艾茜终于出声发问。

危宇航仍是低头玩着游戏，不说话，不理她。

“伤心呐。”艾茜将脑袋搁在桌面，长叹一声，口吻责怪又赖皮地说，“姑姑还以为你独自过来看姑姑，是要找姑姑一起玩游戏，结果你就自己一个人玩……”

“你不是要工作吗？”危宇航反问她。

艾茜站起身：“是啊。不过玩两局游戏又不影响工作，你玩游戏不也没影响学习吗？”

危宇航仍在犹豫，随即用更别扭的声音强调：“那你前面也没理我。”

艾茜无言以对，只有干笑一声：“姑姑是因为……”

“好了，我没生气。”危宇航低下头，主动交代说，“我也是偷偷过来找你，今天出来本来要补课的。”

好家伙。

艾茜握着手机，危宇航捕捉到她这个动作细节，望着她：“晚点再跟我妈说。”

艾茜：“宇航，你这样你妈妈会担心。”

危宇航默不作声，今天是周六，他也不知道茜茜姑姑上不上班，但他是不用上课的，他妈妈给他报了一个培训课，他没有去上，偷偷打了个车来找茜茜姑姑。茜茜姑姑的工作地址他是在一张名片上看来的……有一天，他妈妈从他爸爸一件换下来的西装口袋里翻出一张名片，看了两眼，撕成碎片丢在垃圾桶。他太无聊了，从垃圾桶捡回了撕掉的卡片，像是玩拼图一样将这张小长方形的卡纸拼凑整齐。

妈妈为什么要撕掉姑姑的名片，危宇航不清楚，不过他记下了上面的电话和地址。

艾茜来到危宇航面前，看着宇航稚嫩却不缺坚毅的脸蛋，开口："宇航，你这样，你妈妈不仅会担心，还会伤心。"

危宇航："她不会。"

艾茜无奈地说："妈妈都爱自己的孩子。"

危宇航不屑地道："那她一定是个例外。"

艾茜静静地望着危宇航不说话，没有反驳危宇航，眼前的危宇航像是一个缺爱的孩子，因为得不到妈妈的关注而忸怩。很多时候，艾茜也不太理解柳静灵的一些行为方式，后来才知道柳静灵所有的表现都符合表演型人格特征。

她第一次见危宇航，头上戴着一顶鸭舌帽，低着脑袋，眼睛盯着地板，不跟任何人交流。经过很久的相处，性格才慢慢活泼起来，开始有了家的概念。危家是他的家，他是这个家的小主人，这个家的一切都是他的……刚有这个概念的时候，危宇航跑来问她："茜茜姑姑，我妈说你不是我们家的人，是吗？你为什么跟我们生活在一起啊？"

童言无忌，以上的话显然不是宇航自己的想法，他问她的时候不仅当着她的面，危城也坐在沙发上喝茶，听到危宇航这样的话，眉头都连在一起："谁教你这话的？"

危宇航被危城吓到了，愣愣地说不出话来。

那会儿艾茜也挺尴尬的，只能说："我当然是家人啊，不然你为什么叫我姑姑呢？"

危城终归是温柔的人，没有像普通父亲那样训斥儿子，过了好一会儿才对危宇航说：“这是你的家，也是茜茜姑姑的家。不过，它先是茜茜姑姑的家，再是你的家。因为茜茜姑姑比你更早来到这个家。”危城几乎一句一顿地告诉危宇航，危宇航那天的表情也像今天街头见到时的样子，委屈又倔强，望着危城问：“那这里会是我永远的家吗？”

永远。

孩子总是喜欢说永远，只有大人知道，永远是一个虚拟词。

危城放下茶杯，没有直接回答危宇航这个问题，反而用高高在上的长辈口吻说：“我想以后你自己都想早点离开这个家。”

再后来，她和危宇航的关系反而变好了，尤其是去了外面留学后。她给他带点新奇的礼物，他就会念着她的好。她不是要讨好危宇航，而是出于一种对危宇航的微妙感情——

她心疼危宇航，他就像童年时候的自己。

危城虽然温柔，却不是一个好爸爸，何况他有意回避危宇航的存在。柳静灵外表柔弱纤细，骨子里却要强偏执，对宇航的控制从来多于关爱。

艾茜给柳静灵发了信息，柳静灵回复：既然人在你那里，我晚点过来接他。

艾茜又给柳静灵发了地址，然后看向沙发上玩游戏睡着的危宇航，从柜子里拿出一床办公室空调毯，给危宇航盖上。几分钟之前，潇潇阿姨打来电话，她走到洗手间接听。

潇潇阿姨的声音很急，问她：“宇航是不是在你那里？”

艾茜：“是的。”

潇潇阿姨：“静灵前面给我打电话，说宇航丢了，我的心都要出来了，知道人在你那里，就放心了。”

艾茜安抚潇潇阿姨：“放心吧，我已经和静灵姐联系，她会来接宇航的。”

“别！千万别——”潇潇阿姨打断了她的话，“茜茜，你不要把宇航给静灵，你现在买机票把宇航送到我这里来。”

艾茜：“……”

潇潇阿姨继续说：“茜茜，就当阿姨拜托你，你把宇航送过来。前几年你跟我暗示说静灵精神有问题，我觉得是你多心，结果真是我大意了。前两天保姆打扫房间，发现了静灵吃的药……你说我怎么放心让宇航跟着精神有问题的妈妈。危城真的太让我失望了，他明明知道静灵有问题，却不告诉我！”

艾茜：“……”

很抱歉，她一时没办法答应潇潇阿姨，更抱歉的是，她觉得自己不管带不带宇航回北京，她都在犯罪。洗手间走出一道颀长的身影，艾茜望了费聿利一眼，握着手机转回头对潇潇阿姨说：“潇潇阿姨，让我想一想吧。”

艾茜挂断了手机。

“什么事，那么为难？”费聿利出声问她，口吻吊儿郎当。

艾茜抬了下头：“家里的事。”

费聿利眼皮一抬，突然变得正经，看着她说：“跟我说说。”

艾茜还是没办法做到自私地将危宇航送回北京，她又给潇潇阿姨回了一个电话，解释现在任何决定都要尊重宇航自己的想法。像是知道宇航的决定，潇潇阿姨也不为难她，只是求她说：“有时间替我去静灵那儿看看宇航。”

艾茜答应下来：“放心，我会的。”

夜里九点，柳静灵来她的房子接宇航。傍晚下班后，艾茜第一次在小厨房做了一顿中餐，三菜一汤，她厨艺马马虎虎，危宇航却吃到打嗝，吃饱喝足还要吸着酸奶，边吸边舔着嘴角说：“茜茜姑姑，你做的东西真难吃啊！”

艾茜笑了一下：“那你还吃那么多？”

危宇航：“因为我要给你面子啊。”

艾茜感激说：“谢谢啊，你是第一个在厨艺上给我面子的人。”

危宇航并不知道自己爸妈离婚了，双腿挂在椅子上晃了晃说：“我爸妈吵架了，我妈又带着我跑了。”

艾茜“嗯”了一声，没回应危宇航的话。

“茜茜姑姑，你知道带球跑吗？”危宇航告诉她说，“像我这种情况，就是带球跑。”

艾茜轻轻一笑：“你知道的还真多，可惜你不是。”

危宇航趴在樱桃木的圆弧吧台桌，眼巴巴地瞅着她确定：“我不是吗？”

艾茜点了点头：“有些人先结婚再生孩子，也有些人先有了孩子再结婚，你只是后者，事情的顺序不一样而已。”

危宇航研究着她的话，想了想，说：“那我爸妈肯定不是真爱。”

艾茜又被危宇航堵得说不出话来，她一向巧舌如簧，唯独对孩子说不出欺骗性的语言来。危城和柳静灵到底是什么情况，别说是她，估计潇潇阿姨和危叔叔都不太清楚。

危城和柳静灵的确交往过一阵，分手之后，柳静灵生下了危宇航。五年之后，柳静灵嫁给了危城……

五年之前，危城就知道柳静灵怀孕了，可惜月份已经大到不能流掉孩子，后面两人有了怎样的协议艾茜不知道，整个事情过了五年才真相大白……这中间，危城和柳静灵各自经历了什么，只有当事人自己知道。如果不是潇潇阿姨发现，或许危城一直不会将柳静灵娶进门。

前几天，潇潇阿姨说危城是被柳静灵算计了，真相如何艾茜已经没有关心的兴趣，闹到现在故事已经够曲折够丰富多彩了，不用再“锦上添花”猜测一番。

她只知道，危城是一个对自我要求极高的完美主义者，一向靠谱严谨的他当年选择隐瞒实情不告知家人，多少跟他的完美主义有关。

——小孩走了吗？

手机里费聿利发来消息，艾茜拿着手机看了眼，没有回复。

半个小时后，门铃响起，艾茜从沙发起身，来到玄关开了门，平静地面对外头的柳静灵。站在外面的柳静灵穿着麻质长裙，脸上化着淡妆，像是登门造访的白衣仙子一样。

只是仙子一见到她，就落泪了。

艾茜最怕人哭了，尤其是柳静灵。她率先开口：“宇航在里面。”

多少顾忌宇航在场，柳静灵收住了，像是完全忘了她和她之前的不愉快，柳静灵朝她扯唇一笑说：“今天谢谢你啊。”

艾茜：“应该的。”

“我还以为宇航丢了，火急火燎地给妈打电话，没想到他过来找你了。”柳静灵又说，同时朝里面的宇航招手，“来，跟妈妈回去。”

屋里宇航瞧了眼柳静灵，不太情愿地从沙发上站起来，提着书包挪步过来。艾茜伸手碰了一下宇航的脑袋说：“明天姑姑有时间，过来找你玩。”

危宇航轻轻地“嗯”了一声。

“明天我跟你一起。”过道突然冒出另一道声音，是费聿利。

柳静灵转过身看向过来的年轻男人，一脸完全不知道对方身份的迷惘，费聿利主动对柳静灵介绍自己说：“我是艾茜的男朋友。”

柳静灵这才了解地点了下头：“好啊，谢谢你们。”

柳静灵离去，艾茜折回到厨房收拾做饭之后的残局。费聿利扫了眼圆弧形餐桌上没撤下的三道家常菜：四季豆炒肉，青菜炒香菇，西红柿炒蛋，嘴角忍不住往上一扯，对洗碗的艾茜说：“给我一副碗筷。”

“你还没吃？”艾茜系着围裙问。

“没有。”费聿利撒起谎来眼睛都不带眨一下。事实上他过来之前跟莫爷周子舜他们吃了，今晚他本不想过来找艾茜，莫爷安排了夜场活动，想想参加无聊的活动还不如来这里。

接过碗筷，费聿利吃了“残羹冷炙”，说实话味道真心一般，但他就是吃得津津有味。

艾茜信了费聿利前面的话——晚上还没吃。因为费聿利还要吃，艾茜碗先不洗了，等费聿利吃完，让他收拾。后面，费聿利洗碗，艾茜喝着一瓶酸奶，杵在旁边看着。

“我洗碗的样子很帅吗？”费聿利出声问，将洗了两遍的碗筷用干净的毛巾擦拭干净。

“比你平时要帅。”艾茜实诚地表达。

“那我应该去当一个洗碗工。”费聿利笑着回答。

即使是玩笑话，艾茜也觉得此时的费聿利成熟了不少，一个成熟男人身上的气势是有张有弛的，平时费聿利都是张扬不羁，但这几天的他，内敛却也生动。

夜里，艾茜端着笔记本上网接收邮件，费聿利则坐在沙发上阅读公益报，两人距离很近，费聿利转一转视线就可以看到艾茜邮件的内容。

全英文，某私募基金公司发来的。

“你买了××的基金？”费聿利问。

艾茜“嗯”了一声，随口回答：“一些小投资。”

费聿利不觉得能成为××私募基金会会员的投资额是小投资，不过这倒解释了艾茜工资不多名牌不少的原因。

的确，艾茜不穷，这些年她一直有投资，收益还算可观。至于本金，可以算是艾纯良给她的。早年艾纯良投资搞的玫瑰园虽然烂尾搁浅了，但由于前几年房市再次大热，烂尾的玫瑰园有了接盘的企业。作为艾老板唯一的直系亲属，她到手了一笔数额颇大的现金。

潇潇阿姨曾告诉她，玫瑰园是为了她妈妈开发的。

真是讽刺。

可是，她讽刺艾纯良的时候，又心疼他。她妈妈早不在了，可艾纯良如此激进折腾，打着的名头一直是她离世多年的母亲。用艾纯良的话说：“商人嘛，每次做决定都是一场赌博，你看我每次都赢了，我想一定是你妈在天上保佑我。”

艾纯良的确赢了很多次，可是最后他赌输了。

Chapter 10

突 生 风 波

“艾茜，你为什么会来黎明公益做事？”沙发上，费聿利问旁边合上笔记本的艾茜。

“呃。”艾茜半晌发了一个音，没有正面回答费聿利的问题。当时她会选择黎明有多个原因，一方面可以正大光明离开危家，另一方面……

“跟你一样吧。”艾茜微微抿了下唇。如果他是为了她来黎明公益，她也是因为一个人选择黎明公益。

真不要脸。费聿利抬眸：“因为郭会长吗？”

艾茜点了点头，说了一个事实：“我家工厂发生爆炸，是黎明公益帮助他们。”

“你报恩的方式是抢了郭会长的位子。”

艾茜笑了一下，眸光亮得逼人无法直视，磊落回答：“对啊，因为我是坏人嘛。”

费聿利摇摇头，如果前面他对艾茜有误会，现在真不会对她的玩笑话信以为真。不过，艾茜也没长期留在黎明公益的打算，等黎明公益有了更合适的人，她就离开。

费聿利觉得艾茜把离开两字说得太过轻松，不管离开一个城市，还是离开一个人，都有一种满不在乎的感觉。这份满不在乎，令费聿利不太舒服，因为艾茜满不在乎的人和事里，他也是其中之一。

“刚刚那位是危城的妻子？”费聿利又问。

艾茜：“之前是。”

费聿利笑了一下，没有其他问话了。艾茜和危城的关系，他已经知道，也明白艾茜为什么叫危城哥哥……他手机里有一张照片，是艾茜硕士毕业那天她和危城的合影。照片里，艾茜眉眼弯弯地怀抱着一束太阳花，旁边站着的危城周正笔挺，笑容温和亲切。

照片来自一个未知邮箱发他的邮件。

除了这张照片，还有艾茜其他的信息，包括她大学交往过的几任男朋友，照片大多都是在公共社区里收集过来，张张针对艾茜。

或者是针对他。

目的是什么？让他结束跟艾茜的关系？还是让他认清艾茜的多面性？

今天下午，阮邵敏用匿名邮箱给费聿利邮箱发完照片，跟手机微信通讯录里备注“太太”的女人汇报，“太太”应该在做美容，好一会儿，才用语音给她回了消息。

语音很长，阮邵敏转成文字，更是一大段内容：好的，你只需要将你了解的事情全部告诉费儿就好，他自己会有选择的。我了解他，他对艾茜只是一时的新鲜感，他一直很理性，也很会权衡利弊，不会真的选择艾茜那样的女孩，我对他有信心。

——不过费儿一直缺少感情上的磨砺，让他多经历一点也有好处。

太太又发来一段。

阮邵敏突然有些明白费聿利不回家的原因了。有一位表面亲和民主，实际控制欲强烈的母亲，最好的反抗的确是离家出走。

第二天是周日，艾茜不用上班，她起来就跟柳静灵联系，柳静灵一直没有回复她，直到中午，给她发来一条消息：“宇航被带走了。”

被谁带走，艾茜自然清楚。

大多数中年女性都是强势且有谋略的，尤其是企业家背后的女人。潇潇阿姨是这样，费聿利的母亲也是。艾茜不算了解对方，但也清楚一点，顾女士只是暂时允许儿子待在黎明公益做事，并不是那天见面，顾女士说的“我很放心费二待在你这里做事”。

比起潇潇阿姨，顾女士更有耐心，也更懂得遮掩。

今天一整天，费聿利一直待在艾茜的出租屋，一起吃早饭、中饭……下午刷到王垚和周媛媛发来的游乐场合影，嘴角忍不住抽搐。秀恩爱太过频繁，总是招人记恨。

“晚上一起看电影吧。”费聿利提出一个情侣之间最常见的活动安排。

艾茜有一丝为难，原本今天晚上她要看望一个老人，昨天下午临时改成到柳静灵那里看宇航，现在宇航被潇潇阿姨派人带回了北京，她打算继续拜访那位老人。

这位老人，是一位有着阿尔茨海默病的独居老人，现在有社区安排的保姆照顾着，费用一直由黎明公益提供，已经维持了十年。

为什么不安排老人到福利院，原因是老人根本没办法离开生活了数十年的老房子，他忘记了所有，唯独记得自己曾经有过一个幸福的三口之家。

他的妻子和儿子早丧生于数年前的游船事件，然而老人得了阿尔茨海默病忘了妻子和儿子都已经离开自己，病了的他，常常离开家守在对面的百合小学门口。

尤其是下雨天。

如果路过百合小学，人们就会看到一个弓着腰白发苍苍的老人拿着一把伞等在百合小学门口，你问他在做什么，他一定这样回答你：“我老婆让我来接儿子！”

傍晚，艾茜带着费聿利去了一趟老人的家，直到星星一颗颗挂上浓墨夜色，两人才从老人家离开。走在小区道路上，费聿利抄着裤袋，迎着夜风悠悠地说：“原来得了阿尔茨海默病还能记住家人。”

“看情况吧。”艾茜低了低头，说，“有时候我在想，我爸是不是也得了阿尔茨海默病，才忘记了回来的路。”

“那你呢？”

“我什么？”

“还记得回家的路吗？”

“我已经……没有家了。”

费聿利突然停下了脚步，转过身对视面前人，短暂的沉默之后，他认真又直接地问她：“艾茜，如果我给你一个家，你——愿不愿意住进来？”

心脏缓缓地发紧，因为费聿利这句话，艾茜无端拘谨了两分，她微微抬着头，试图在费聿利面上寻找到一丝随意或散漫，然而，她还没见过这样严肃的费聿利。

即使，他看起来也是轻松的。

艾茜不是没有听过情话的人，从上学到现在她收到过各式各样的表白，语言浪漫或虚假，正经或滑稽，但从没这一刻这般让她感动。在费聿利说出给她一个家的时候，她心脏发紧，心口发胀，嘴巴微张，完全是无力反抗这动听情话的呆愣模样。

半晌，艾茜微微扬起嘴角，正要说话，被费聿利一个眼神堵住，他抢在了她开口之前打断她的话：“你先别说话。”

艾茜：“……”

费聿利面容俊秀，下巴剃得精光，眼神清澈透着锋利。他虽然年纪比她小，却不是小奶狗长相，气质年轻气盛但也从容老练，尤其是今晚穿上男士衬衫，整个人更是给人卓然不凡的英挺之感，甚至，还有那么一点可靠味道。

今晚的月亮，也有点好看呢。艾茜瞧了眼悬挂在深蓝色天际上的一弯月牙，心里升起了一丝微麻的复杂情绪，淡淡地萦绕在她胸口，她辨别不出是感动还是慌张。

她居然感到一丝无措，面对费聿利说要给她一个家。

孩童心理学上有这样一种现象，如果一个小孩想要吃糖，但如果被哪个大人看穿，大人直接给小孩糖的时候，小孩会别扭地咬牙说不要，这是出于孩童内心的慌张失措心理。但如果大人就此不给糖了，小孩又会在心里怨恨大人。但是，如果大人一直坚持不懈给小孩递糖，小孩才别别扭扭伸手拿过来。

艾茜觉得自己就是那个别扭的小孩。

如果此时，费聿利立马收回了他的话，她会毫不手软地踢他出局。

“艾茜，我们开始认真相处，可不可以？以结婚为目的，以一辈子为目标的那种。”费聿利再次道，表达简单，朴实无华。

甚至有那么点老套。

“结婚吗？”艾茜出声，看着费聿利提醒他，“你认真想过了吗？”

费聿利点头，仍是平静且坦诚的模样，月色弥漫入他眉眼里，化作沉浸在他眼底的一丝清冷，不显得他冷漠，反而让费聿利看起来前所未有的认真。

“可是，我们不适合当夫妻。”艾茜说。

“你这是什么理由，还是在刻意逃避？”费聿利看着她的眼睛问，“我不觉得我们不合适，不过如果你觉得不合适的理由是我现在没有好工作，我已经想过，等我们认真在一起，我会开始新的事业，我会快速强大，我会做好丈夫的角色，给未来的家营造富裕轻松的环境。”

在费聿利说到“等我们认真在一起”的时候，艾茜低低一笑，仿佛前段时间她和他都是过家家而已。

艾茜原本觉得前者才是成年男女交往方式，然而如果前者是正常，她现在为什么会有一种期待的心情……期待跟费聿利认真地交往，以结婚为目的的那种交往。

“如果，我不想改变呢？”艾茜又问。看吧，她多像那个别扭不肯接过糖的小孩，事实上每个刚开始不肯接过糖的小孩，不是不想吃糖，而是害怕大人会将糖拿回去。

多无奈，她明明强大且厚颜无耻……

“如果你不愿意——”费聿利面色从认真变得遗憾，直言说，“那我们就算了。”

艾茜不说话了。

那我们就算了，有这句话，艾茜觉得费聿利前面的话，都是真的。可是，她现在又有些埋怨他了。

“那你走吧。”艾茜对费聿利说。

“……好！”费聿利点了下头，便转过身，迈着长腿走在了她前面。

这是艾茜交朋友以来最简单的分道扬镳了……她真是遇上对手了。不过也很正常，费聿利一向干脆利落。他最初不也干脆利落地表达过，他们不合适吗？其实她和他的确不合适。

艾茜慢悠悠地跟在费聿利后面走，一个有意加快脚步，一个刻意放缓脚步。不到一分钟，她和费聿利就拉开了一大段距离。费聿利走得头也不回，仿佛是一个怒气冲冲离去的少年郎，艾茜莫名觉得有些好笑，就在她嘴角收不住地往上翘时，费聿利突然回过头，恶狠狠地瞪向她。

“干吗不走了！”不得不说，她和他似乎也存在一点心电感应，艾茜出声发问。然后，费聿利不仅不走了，他还折身往回走，三步并两步，快速来到艾茜跟前。

两人再次面朝着面。

“算了。”费聿利又说了一声“算了”，不过这声算了，跟前面的算了意思完全不同。下一秒，他已经牵上她的手，像是牵回自己遗落下的宝贝。

“说不定你明天就改变主意了。”费聿利幽怨地丢下话，口吻是那么绵长，又无可奈何。

对啊，说不定她明天就改变主意了。

她看轻了自己内心的真实渴望，在她和费聿利走出小区，费聿利将卡在两辆乱停的车中间的宝来艰难且耐心地挪出来时，艾茜已经改变了主意。

她坐上副驾驶，对费聿利说：“费聿利，我不知道自己能不能做好，也没办法保证我们会顺利，不过我愿意试一试，按照你说的，认真相处好好交往。”

“哦。”费聿利回应她。似乎并不激动。

艾茜还说：“至于以后结婚的事情……虽然我比你年纪大，但我也没什么结婚经验，我们就按照世俗流程走，需要征求双方家长的意见，潇潇阿姨和危叔叔也算我的家人。”

“嗯。”费聿利又应了一声，仍是无波无澜的模样。

宝来已经驶入了前面的立交桥，艾茜微微歪头靠向车窗一侧，就在她得不到任何回应心虚又心疼自己的时候，费聿利对她说：“艾茜，我要看到你的诚意。”

呃……什么诚意？

“你现在拍一张我的照片。”费聿利说。

然后呢？

“将照片发朋友圈。”费聿利又说。

艾茜：“……”

“正式公布我们的关系。”最后说出这句话，费聿利不管是口吻还是态度，都异常明确。

艾茜：“……”

“如果你不会发，就参照周媛媛。”费聿利又给出直接意见。

参照周媛媛？艾茜当然记得周媛媛发在朋友圈的恋爱宣言，她看到的时候强忍着冒起的鸡皮疙瘩，留下一个祝福的赞。

所以，她也要这样发朋友圈？

刚开始的三分甜，期待以后的七分甜，十分甜？

“我们分手吧。”艾茜果决地说。

费聿利：“……”

“发朋友圈就分手？”费聿利问，斜过来的目光带点确认的意味。

艾茜点了一下头，回应的视线透着明确。

“理由。”费聿利说。

这还需要理由吗？当然是不合适了……她一个搞慈善的最需要什么？是形象！作为秘书长，如果她突然像小姑娘那样秀起了恩爱，她这半年来经营的端庄人设就没了！

何况，她和他的关系也不适合大张旗鼓地公开让所有人知道……秀恩爱这种事，不怕不秀，就怕没问题秀出问题来。

“我是一个成熟理性的独立女性。”艾茜死鸭子嘴硬地开口，“秀恩爱这种小孩子行为，我是不会做的。”

费聿利“嘁”了一声，显然对她的自我评价存在质疑。不过费聿利倒不会幼稚到非要艾茜发朋友圈，其实他也不喜欢在朋友圈秀恩爱，只是……他需要艾茜的一个态度。

他不能保证以后她会有多爱他，但是必须让她有认真爱他的态度！在吃糖这件事上，费聿利跟艾茜完全不同，他不会内心煎熬地等人递给他糖再吃，而是会主动伸手要。

何况现在，他要的不是糖，而是人。

“好吧。”艾茜似乎在费聿利的威迫利诱下妥协了，她轻轻地叹了一口气，慢悠悠地开口说，“诚意是相互的，如果我发了朋友圈，你是不是也要跟着我发？”

“总不能我单方面发朋友圈——让别人觉得我在泡你吧？”艾茜睨了费聿利一眼，说。

费聿利脸上表情没有一点松动，不过嘴角扯着，内心想法千万，化作脸上的全然不懂……

反正此时艾茜真的看不懂了。

“难道你不是在泡我？”费聿利丢来一句反问，口吻傲慢透着不甘。

艾茜小小地被戳到了一下，不过难得今夜月色如此清凉，她和费聿利对话也如此清奇，她倒认真反省了一下自己的行为，费聿利说她在泡他，倒也没有特别冤枉了她。

艾茜托了托光洁的额头，偷偷笑了笑。

“嘚瑟。”费聿利没有看她，却感受到了她的愉快，不由得冷嗤了两声。

“……可不是吗？”艾茜心情大悦，一脸完全理所应当的嚣张模样，然后她恶作剧地直接倾过身，面朝着驾驶座开车的年轻男人，“要不这样——你叫我一声姐姐，我就发朋友圈？”

艾茜语速刻意放慢，丝丝入扣的声线里带点蛊惑，带点俏皮，结果费聿利更是一本正经且不为所动地把着方向盘。

半会儿，他嫌弃至极地丢她四个字："为老不尊！"

艾茜哈哈大笑，原来她不是老牛吃嫩草，是为老不尊啊！像是适应了两人关系有了一个新的相处模式，艾茜托着下巴思忖了几秒，自言自语道："为老不尊也可以呢。"

费聿利："……"

"还有哦，既然敬我尊我，以后就不要再像今晚这样造次了。"艾茜又放话了，已经反客为主，"什么发朋友圈，幼不幼稚！如果我真发个朋友圈叫你一声费聿利小弟弟，你敢应我吗？不要幼稚，不要比较，更不要看到别人有什么就追风、学样！你要有你自己的咖位和格调，那种小学生做的事情，我们需要效仿吗？"

"不错，继！续！"费聿利咬了咬牙，对她的巧舌如簧表达了"肯定"之情。

艾茜却适可而止地安静了。

"怎么不说了。"

艾茜嘿嘿一笑，神色是难得的温柔又娇俏，眨巴眨巴眼说："不惹你烦了，你心里知道就好。"

费聿利："……"

不再多说一句话，他认输！

艾茜微微撇过头，歪了歪脖子，假装不经意地看向车窗外的街头灯火，同时舔了一下嘴角，心情仿佛好久没吃甜味的人吃到了第一口甜腻的蛋糕，不仅没有想象中感到腻味，反而从嘴甜到了心坎里。

然后整个人都顺从其美地快乐起来。

对啊。

从两人认真交往开始，她就快乐了。

虽然没有发朋友圈，不过艾茜和费聿利还是选择在王者群里公布了两人关系。同样，发了一张照片，两人幼稚的牵手照。

照片是费聿利拍的，第一次摆拍作秀照，角度抓得不太好，拍出来的效果像是两人在掰手腕。艾茜说像是掰手腕，费聿利还不信，等放到群里，王垚果然点评了照片说：“谁赢了？”

赢个屁，没看到十指相扣意惹情牵吗？

不，看着更像势均力敌，难分上下……

“我和艾茜在一起了。”费聿利直接陈述事实。

王垚先发了一张难以置信的表情包，然后才是文字：……什么情况？@艾茜，艾艾快出来澄清吧！

周媛媛也冒泡了：啊啊啊啊啊，好刺激，不过我——不信。

终于，艾茜慢慢悠悠地出现在群里，确定了事实：是真的。

王垚：……

周媛媛：……

夜里十点多，王垚周媛媛、艾茜费聿利约在了常聚的老宁烧烤摊，王垚猛地在周媛媛的脸上啄了一下：“你们也来一个！”

被亲了一下的周媛媛面颊微红，抬了抬下巴，不认输地看向费聿利和艾艾。

艾茜微微一笑，摇摇头说：“我们不来。”

王垚：“那我们就怀疑你们是装的！”

周媛媛点头。对！她也怀疑！

“呵……”费聿利发出一声愉快的轻笑，笑声里透着难以言说的舒畅，然后他克制又不以为然地瞧着王垚扯出两个字：“幼稚！”

茜茜说得没错啊，王垚和周媛媛还是俩小学生处于牵手阶段啊。所以，他还真不能学王垚呐。

毕竟——

费聿利瞧了眼自己盘里的烤肉串，微微扯了扯嘴角，在餐桌底下牵上了艾茜的手。

他喜欢吃肉。

夜里十一点二十三分，孤独王者群更名王者侠侣群。

针对儿童福利院的社会公益活动，艾茜搞了一个“共享妈妈”的爱心捐助。A市最大的群体就是中产阶级，中产阶级最大的消费基本都在孩子这里，每个家庭淘汰下来的衣服和玩具不计其数，加上孩子的衣服和玩具淘汰又很快，淘汰下来的衣服和玩具通过专人的清洁、整理和分类，不只可以送到儿童福利院，还可以捐给山区的留守儿童。

此外，艾茜还拉到一批医疗设备的捐助，这批设备刚好可以为黎明儿童福利院成立一个康复室。

费聿利发现艾茜做事的一个特点，不喜欢只是针对某一件事具体去做，而是喜欢从全面长远的角度计划和规划。这样做事有好也有坏。好的是做好了，受益源源不断并具有长久获益性；然而做坏了，责任全在执行者这里。

毕竟，这世上有时候做好事比做坏事更难。

不过“共享妈妈”活动展开之后，还真收到了不少爱心包裹，还有很多年轻妈妈留下很多暖心寄语。

“英国的慈善一直搞得很好，因为全民都乐意参与其中。每个人不一定都要成为公益慈善家，慈善也不一定非要舍己为人，更多是举手之劳，最好的公益就是让慈善活动成为众人的一种生活方式。物质给予可能是单方面的，情感给予却是相互的。”

以上内容来自今天秘书长的清晨会议，费聿利带头鼓了掌，他身子轻靠着黑色椅背，微微歪着头，目光所至是会议桌前面的艾茜。

今天周一晨会艾茜穿着一件乳黄色衬衫外加牛仔裤，头发没有盘着，而是扎了马尾，清新又年轻，她前面搁着一台笔记本，双手时不时敲打着键盘记录会议内容。

听完每一个人的发言，神色时而轻松，时而严肃。

“还有一件事，我公布一下。”艾茜抬起头，面色有点为难，看向费聿利。

费聿利嘴角噙着一丝笑，明知道艾茜要说的内容，还是耐心地等着。倒是同样知道情况的周媛媛微妙地低下头。

“从下个星期开始，费聿利不再担任黎明公益基金会业务经理的职务。”艾茜声音清晰，宣布方式更是直接干脆，然而被炒鱿鱼的费聿利却心满意足地点了点头，完全同意了艾茜的裁决。

好了。艾茜率先离开了会议室。

今天公布的决定是她和费聿利昨天“讨价还价”的结果，如果她和他要大大方方恋爱，原则之下，两人必须有一个离开基金会。

这个人，自然不会是她，那只能是费聿利了。

对于费聿利被秘书长解雇的事，除了知情者周媛媛和郭丽呈，其他人都感到一丝突然和惊讶，毕竟费聿利的业务能力十分突出，虽然工作态度不太靠谱，但是只要他坐在办公室就是办公区里最俊逸的风景线。费聿利在工作空闲之际还能为大伙讲个冷笑话，没有刻意幽默，却总能逗人发笑，偶尔连冷面李洲子都能因费聿利的冷笑话抽动嘴角……

最可贵的是，费经理还喜欢在工作群发红包，虽然每人最多只能抢到几十块，然而积少成多，手气好的人有时候一天的饭钱都有了。

所以……如此这般帅气迷人且拥有个人魅力的费经理真的要离开他们了吗？不管小杜还是范哲哲，内心都在深深地挽留着费聿利，希望费聿利能留在黎明公益，不要走！

“放心，以后我会时常回来的……”费聿利说着客气的实诚话，只是他回来的理由不是看他们，而是他女人还在这里呢。

不了解真相的小杜和范哲哲都掉进了费聿利的情感陷阱。

呵呵，明明被扫地出门，他还这般高兴，只能说爱情真有着迷惑人心的能力啊。费聿利双腿交叠在桌上，轻轻托着脑袋躺坐在放平的办公椅上，心情惬意。

艾茜看到某人已是罢工状态，轻轻叩了一下桌面：“你这样子更适合到门口躺着。”

呵，这是毒舌呢，还是又想跟他打情骂俏？

费聿利抬了抬眸子，丢给艾茜一个暧昧又轻飘的眼神，悠悠道：“都被遣退了，还没有遣退费，没有工作动力啊。”

艾茜歪头一笑：“我只是提醒费经理这样躺着有些伤肩颈，注意健康。毕竟等离开黎明公益，您又要继续跑滴滴了。”

费聿利双腿一放：“谢谢提醒！”

艾茜：“不客气！”

两个人，都擅长装模作样，内心的愉快像是到了时节的金桂，淡淡的香气总在无意间随着一缕清爽的秋风飘入室内，沁人心脾。

离开黎明公益之前，费聿利打算最后为黎明公益发光发热，贡献自己的超能量。前两天他和莫爷吃饭聊天得知莫爷有一位姑姑是某知名公益组织的理事长，最近这位一直在搞国际扶贫，等回来就安排艾茜同莫爷姑姑见上一面。公益组织和企业经营一个道理，如果早些年还可以单打独斗，现在也要讲究合作双赢。

傍晚下班时间一到，费聿利便扬长而去。至于艾茜，继续留在黎明公益加班了半小时，直到手机进来一张照片——某网红火锅店的排队取号单。

“还有三桌就到了……”

“噢，那我过来了。”

艾茜提着包出去，拦了一个车直奔南洋广场，她坐在出租车上拿出粉扑补妆，补到一半的时候眉头一皱，补什么妆呀？今天一整天她的样子费聿利又不是没见过。

明明费聿利也只比她早半小时下班，她怎么会有好久没见的感觉呢？

艾茜被自己反反复复的想法给逗乐了，直到手机响起，她从包里拿出手机看了眼屏幕显示来电名字，接听了电话。

“危城……”

危城昨天就来了A市，同柳静灵商量危宇航的教育和抚养问题，现在打电话给她，说是想跟她见面吃个晚饭。

“夜宵可以吗？”艾茜与手机那边的危城商量说。

夜宵？手机那边危城笑了笑，似乎心情并没有因离异受到影响，像是往日那般与她说话："我记得你不怎么吃夜宵……"

"是啊，不过待在A市，工作、朋友多了，就打破了习惯。"艾茜有意语气轻松，不给危城增加负担。

"看来今晚的饭局很重要，我都只能轮到消夜了。"危城有些"吃醋"地说。

艾茜轻轻一笑，认同地说："是呢，很重要。"

"好，那晚上见。"

"晚上见。"

挂上电话不到两分钟，危城又发来一条消息：茜茜，我已让小严改了航班，我们明天再见面吧。

艾茜握着手机，回了一个表情包：可以。

——明天把费聿利也带来吧。

原来危城已经猜到她今晚跟谁一起吃饭……所以，今天晚上就不打扰她和费聿利了?

危城一向温柔又妥当，如果他知道她和费聿利已经交往上了，的确不会以亲人的身份过多打扰她。当然，危城估计还有其他事要处理。

危城的生活状态一向是在忙和非常忙两种模式之间切换。所以前面他同柳静灵协商离婚之后，丢下所有工作到国外某小岛度假了一段时间。从岛上回来之后，危城还给她打了一个电话，言语之间已经没有了在岛上的惝恍迷离，还开着玩笑对她说前面只是借着离婚这个悲伤理由让自己安静消遣几天。作为一个管几千人吃饭的老板，责任心不允许他失意太久。

至于岛上那个电话，危城透出来的言外之意，艾茜心里的确起过波澜，但也就像浪潮一样很快退了下去。她知道，说出那话的危城只是处于一种感性的情绪里，但是，作为一个年轻的管理者，他不会让自己一直处于感性当中。

一直以来，艾茜就清楚危城身上有非常感性的一面，之前有一篇采访危城的媒体文章直接就用了这样的标题：探知85后科技生物公司管理者感性创业的一面。

当时看到这样的标题，她大大方方地取笑了危城，危城被她取笑得无奈又毫无威严，瞪着她说："我怎么就不能有感性的一面了！"

是啊，危城当然是感性的，因为他善良。所以这些年柳静灵和危城的婚姻关系，即使女人在婚姻里更容易受伤害，她也站在了危城这一边。如果离婚能让危城摆脱柳静灵的精神绑架，早点解脱才是关键。

对危城好，对柳静灵也好。

只是，人生最大的遗憾就是永远都没办法悔改自己做出的决定或事情。如同危城和柳静灵的过往，以及——

如果她知道危城和柳静灵会在今晚出事故，她一定在接到危城的电话后第一时间去找他。如果这样，危城可能就不会上柳静灵的车。

在危城出事三小时之前，艾茜正满心欢喜地奔赴与费聿利的约会。

入夜的A市是深灰深蓝的底色里华灯璀璨。前面道路施工，出租车师傅说要绕行，艾茜觉得绕行还不如直接下车她自己走过去，反正也就几百米。

她打开车门，十字路口刚好起了风，吹得道路两边的树叶沙沙作响。正前方走来一对情侣，女孩一个转身就躲到了男孩怀里。

"嗷，风把我吹进你怀里了！"女孩在男朋友怀里娇俏地说着情话。

男孩被撞得猝不及防，停顿片刻，搂着女朋友甜蜜回应说："噢，是的呢。现在风又让我们难舍难分了。"

其实，恋爱除了是一种内心体会，还是一种能力。反正看到这一幕，艾茜觉得自己前面谈的那么多次恋爱都白谈了。如果……她也按照这样的模式套路一下费聿利？也像这个女孩这样对费聿利说：噢，风把我刮进你的怀里了。费聿利会是什么反应？

艾茜心里失笑地摇摇头，猜想不到费聿利会如何奚落自己，更想不到自己有一天也会被这种幼稚的恋爱把戏打动……可是如此幼稚的设想让她由衷地感到快乐，嘴角一直忍不住上扬，像是走在街上的大傻子。

路人似乎也感受到了她面上的愉快，纷纷对她侧目。

艾茜加快了脚步。

新开的网红火锅店位于南洋广场六楼，就在前面她从出租车下来时，费聿利就给她发来消息说排到了，她边走边发了自己想吃的火锅菜过去。

然后——

费聿利给她丢了一个大白眼过来。

她回复：发错了吗？

半秒，费聿利撤回，换了一个猫猫的可爱表情包。

网上说，男朋友手机里有猫猫狗狗的可爱表情包就证明是渣男，因为都是从其他女生那里收藏过来的。的确，刚刚的猫猫表情包是一个曾对费聿利心仪的建筑公司老板的女儿发给他的，不过，费聿利不仅没回复那位建筑公司老板的女儿，还过分地拿走了她发他的可爱表情包，将它发给了艾茜。

于是，艾茜又从费聿利这里捡走了这个可爱表情包。

吃完一顿浓情蜜意的情侣火锅，艾茜和费聿利手牵手逛起了商场。商场七楼有一排夹娃娃机，吸引了一两对年轻情侣驻足。

路过的时候，艾茜随意往娃娃机瞑了一眼，费聿利就问她："也想要？"

艾茜摇头，诚实表示自己不想。

费聿利："好，我去换币。"

艾茜："……"

费聿利夹娃娃的能力还不错。不过艾茜要求也很高，她只要最里面那只哈士奇，所以……夹到最后，哈士奇还是没有到手。

"为什么就要那只哈士奇？"费聿利问。

"不觉得它有点像你吗？"艾茜双手抱胸，目光悠悠地落在男朋友脸上。

费聿利十分无语地"呵"了两声，倒也能接受自己的哈士奇人设，顿了顿说："噢，我知道，现在流行小狼狗男朋友。"

艾茜忍不住笑了，点点头道："你说是就是吧。"

回应她的是，一道不以为然的轻哼。

艾茜不客气地哼了回去。

"幼稚。"费聿利说。

“只有幼稚的人才会说别人幼稚。”艾茜回话。

费聿利沉默了一会儿。

艾茜抬眸看向他，以为费聿利就此罢口，结果他望着她抿了抿唇，认真地丢来一句：“觉得别人说自己幼稚是幼稚的人才最幼稚。”

艾茜：“……”她服了。

然而，不得不承认，她和费聿利这样才是正常情侣的交往模式。今天晚上，费聿利要回自己公寓，所以送她回百合花苑所住的楼栋前方，就没有再上去……艾茜走进楼道，费聿利就站在底下望着她上楼，中间她回了两次头，每次都与费聿利目光相撞。

对了，突然想起明天中午危城请吃饭的事情，艾茜转身就走下了楼梯。还好，费聿利也刚刚转身离开，见她又跑下来了，身姿挺拔地立在前方不远处朝她扯了扯嘴。

月色清辉，男人清隽。

费聿利就这样温柔又俊逸地停在原地等她过去，艾茜受不了地走上前，出声问他：“明天危城请我们吃饭，一起吗？”

费聿利拿乔了一下，开口说：“能拒绝吗？”

艾茜：“随便。”

费聿利望着她：“不敢随便呢。”

艾茜：“所以去还是不去？”

费聿利笑了笑，突然问她：“明天吃饭，你说我要不要带点礼物？”

要带什么礼物？

费聿利舌头轻轻舔了一下牙齿，面上表情仿佛经过思忖之后，再郑重其事地开口说：“因为，危城算是大舅子，不是吗？”

随后，艾茜眨了下眼，确认地回答：“……是。”

不知道为什么，费聿利一直对危城存在一种好奇心以及好胜心，或许是他知道危城对艾茜有着难以衡量的重要性，或许是优秀物种之间天生具有一种较量的磁场。

他和危城并不熟悉，只是在他清楚自己喜欢上艾茜之后，确确实实地感受到了危城对艾茜的影响力。

尤其在危城出事之后。

不过，一开始费聿利也不知道危城出了事，消息封锁得很快，只是第二天他不仅没有等到女朋友带着他同大舅子见面，连女朋友都不见了……

这世上，比幸福来得更快的，是事故。

第二天上午，费聿利没有联系上艾茜，同样，黎明公益的其他人也没有联系上艾茜。不过艾茜如果工作日不来秘书长办公室坐班，就是联络慈善客户去了。

大家也没有很奇怪，除了身份不一样的费聿利。

中午，费聿利给艾茜打了电话，没有接通，如同他发过去的微信消息，艾茜一条都没有回复。

费聿利到百合花苑找人，一样没有找到人。

费聿利是晚上十一点接到艾茜的电话，接到电话的时候，他人已经来到白鹤社区派出所报警。即使，在中午时分，艾茜给他发来了一条消息：中午不吃饭了，我晚点再跟你电话联系。

费聿利不知道艾茜的晚点是几点，反正如果十二点之前他没有接到艾茜的电话，他就报警找人了。不报警也可以，他让文清帮忙找。

在A市找到一个人对文清来说并不是什么难事，只要艾茜不是刻意躲着。

一整天，费聿利都处于一种失控的担忧情绪中，尤其是昨天他和艾茜刚谈了一天的正经恋爱……不知道为什么，他总觉得艾茜不上心，没有将他当男朋友对待。可是，他也不是招之即来挥之即去的人。

“喂……费聿利。”艾茜的声音从手机听筒传出来，听起来有点沉，有点疲倦，甚至像是要哭出来了一样。可是，费聿利仍没办法收回自己的脾气，他立在派出所外面的台阶接听电话，压着内心的焦灼冷声冷气地开口：“艾茜，你是不是太过分了点！”

“对不起。”艾茜道歉。

“行了。”费聿利打断女朋友的话，开门见山地问，“你现在人在哪儿？”

“北京。”

费聿利抿住嘴，一时没说话。

艾茜说话了，声音虽然沉，表达却很清晰：“费聿利，我后面可能很长一段时间都不会回A市，黎明公益的工作我已委托给郭丽呈负责，由她临时担任秘书长一职。你不是要离开黎明了吗，你明天找郭丽呈签个字就好。”

费聿利：“……”

“后面一段时间，我会很忙，可能也没时间跟你联系。”艾茜又说，先讲清工作，再讲他和她两人的事。

“呵！”费聿利忍不住发出一声冷嗤。

“我这边发生了一些事。”艾茜又说，然而发生了什么事，显然还不能让他知道。

费聿利不是刨根问底的人，但谁能受得了女朋友不声不响直接走人，后面的时间里还不能正常联系？

“艾茜，你告诉我，到底发生了什么事？”费聿利掷地有声地问。如果她能说出一个缘由来，他就当自己交了一个异地恋女朋友。

如果不能，费聿利抿了抿嘴巴，他就当自己白费一天的诚意和感情。

他又不是非她不可。

“是不是危家出事了？”既然事情不能说，那换他主动问。

艾茜沉默。

“还是跟危城有关？”

艾茜仍是沉默。

“我知道了，等你可以说的时候再告诉我吧。”费聿利握着手机，“反正，你人没事，我就放心了。”

艾茜嗓音干干地回答他：“……我没事。”

费聿利抬起头望了望头顶逐渐消失的皎月，开口说：“女朋友突然不告而别，作为男朋友我实在没办法做到若无其事，你要么每天跟我定时汇报，要么我现在买机票飞北京来找你。”

费聿利的口气斩钉截铁，仿佛一口吐沫一个钉，说到做到。

“是危城出事了，昨夜直升机送回北京医院，刚做了手术，但情况未知。”听筒里，艾茜声音倦倦淡淡的，仿佛要消散在风里，“集团决定封锁消息，暂时不对外公布危城情况。我也是昨夜跟着一块儿回了北京，还在等消息。”

说到最后，艾茜的声音已经变了，仿佛极力忍耐住悲伤的情绪不朝他宣泄而出。

费聿利：“……”

突然明白了一切，包括艾茜前面不说话的原因。不是消息封锁严密得连他都不能告诉，而是怕说完会哭出来。

“事情太突然了，没办法跟你提前打招呼。”艾茜又道，声音喑哑。

的确……事情太突然了。

“你那边现在情况如何？”消化了一会儿，费聿利问。他自然知道，两家上市公司的管理者出事，如果还没有商量好妥当的应对方法，对集团的影响有多大。所以，他很抱歉前面没有控制好自己的脾气，他应该更耐心一点。

“我明天来找你。”

“不用了。”艾茜拒绝，“我现在根本没时间见你……也没心情见你。”

在艾茜拒绝的瞬间里，费聿利觉得自己作为男朋友是失败的。

“好，那后面再联系。”费聿利说。

艾茜那边已经挂上了电话。

费聿利放下手机，然后缓慢地吐出一口气，一时之间也说不出心里是什么感受。应该是一种无力感吧，他想。

这样的无力感，他因为左耳失聪从射击队退役的时候也有过。其实，情况并不糟糕，除了射击，他的人生还有很多选择。

可是，有些事情一旦发生，改变也就发生了。

所以，老天最好保佑危城不会有事吧。

昨夜，在费聿利离去不久，艾茜上楼到洗手间洗澡，隐隐约约听到放在外面的手机铃声不停响起，但又被哗哗水声掩盖住了大半。她洗好澡从包里拿出手机，发现电话都来自小严哥，她回拨过去，电话占线。

直到接通之后，不等她问话，一向说话中气十足的小严哥第一次声音发颤在电话里哽咽地说：“茜茜，危哥和柳姐……出事了。”

集团有意封锁消息，一个星期之后，网上还是有了危城出事的新闻。

大致内容是：微正生物科技总裁危城于九月九日晚十点三十分左右在A市天水大桥发生交通事故，目前已送到医院抢救，而他妻子柳女士已在车祸中丧生。

车祸发生的原因疑是两人发生争执导致车子失控……

Chapter 11

隆冬时节

三个月后，北京历经一个短暂的深秋，已到了冬至时节。

艾茜本以为今年秋天自己会在南方A市度过，还遗憾会看不到“霜叶红于二月花”的北京秋色，没想到三个月前会连夜乘坐私人飞机回北京，然后就一直留在北京到了冬天……

她在北京经历了很多个春夏秋冬，周而复始。唯独今年这个秋天，在危城出事之后，像是停止了一般。

九月十九日夜里危城和柳静灵在A市天水大桥出了严重车祸，柳静灵当场死亡，危城从A市被送回北京协和医院抢救，之后一个星期里，协和医院的医生连续下了好几次病危通知书，所幸还是抢救过来。

现在的危城安安静静地躺在重症监护室，滴滴声不断的仪器显示他生命仍在继续，人却还没醒过来。从接下危叔叔的担子到自己创业，危城每天都太累了，现在的他仿佛是趁着这个机会好好地偷个懒……

没关系，他肩上的担子，她会暂时替他扛一扛，等他醒来，再跟他算一算薪资酬劳。

是的，她相信危城一定会醒来，这是艾茜心里无比坚定且明确的想法。

面对危城现在这样的情况，不管是她还是潇潇阿姨和危叔叔，都已十分感激，不敢再有任何责怪，怕老天一生气真带走了危城。

因为……柳静灵已不在了。

今天一大早，天还没有亮，艾茜和潇潇阿姨一块儿到西山的灵光寺烧香祈福，结束出来太阳才刚刚升起。

潇潇阿姨还要跟里面的法师多聊几句，艾茜先走出来了。

在危城和柳静灵出事之前，大家大多认为柳静灵才是不幸的那一个，然而所有的幸和不幸都是相互成全的。柳静灵用爱的名义演绎了一出出激烈的戏码，成全了自己的决绝，最后还要来一个鱼死网破，最后她自己解脱了，却害得另一个人昏睡不醒……

从寺庙的禅房走出来，艾茜穿着棕色皮靴，双手放在黑色羽绒服口袋来到外面石阶上感受冷意。其实，今天太阳不错，看起来暖意融融，喷薄而出的光辉洒在寺庙的红色屋檐上像是镀上一层金光，然而北方冬天的太阳都是冷太阳，冷得像是会割眼睛。

艾茜眯了眯眼，口袋里手机响了。这个时间，今天又是周末，应该是费聿利打来的……艾茜拿出手机，果真是费聿利。

这样的微妙体会，是这段时间艾茜最大的快乐。

“喂。”她握着手机出声，寒冷的早晨，只要轻轻呵气，便能吐出一口白团。

“起了吗？”费聿利问她。同时，他那边传来穿衣的声音。

“早起了。”艾茜回答。

“周末不多睡一会儿？”费聿利说。

艾茜告诉他说：“我和潇潇阿姨今天来灵光寺烧香祈福，起得有些早。”

“哦。”费聿利应了一声，顿了下，“你那边天气如何？”

“还不错，有太阳呢。”艾茜说，扬了扬头，嘴角挂上了一丝笑。

“正巧，我这边也出太阳了。”费聿利说，手机里继续传来他含笑的声音，“那拍一张你眼前的照片给我吧。”

“好。”艾茜答应。

这三个月，因为她事情很多，费聿利也没有来找过她，两人的感情就靠每天早上或晚上通一个电话维持着。她和他本也就只谈了一天的恋爱，现在又面临南北异地，这样的感情能不能长久，艾茜已经没有过多的精力去琢磨，甚至期待。

如果她是旁观者一定不看好，觉得两人早晚分道扬镳。

然而，她是当事人。作为当事人她才无比清楚，在男女感情事上她和费聿利都不是长久有耐心的人。

艾茜拍照的时候，潇潇阿姨出来了，一身素色大衣，帽子围巾墨镜手套都已经全部围好戴好，全副武装，看到她光着双手握着手机对着近处远处的连绵山脉拍照，皱起眉头，走上前问她：“不冷吗？”

“还好，不太冷。”艾茜回过头，面上带着一点笑意。

潇潇阿姨也露出少许笑容说：“今天我和法师聊得很好，给你和宇航都要了一张平安符。”说完，从手包里拿出一张红色平安符递给她，“这是你的。”

“噢……”艾茜接过来，认真端详了两眼，将它妥帖地放进自己的包里。

以前的艾茜是不信这些东西的，不过现在潇潇阿姨让她将平安符每天挂在胸前，她都会照做。自从危城出事，后面几个月她每天去微正上班，潇潇阿姨都不允许她自己开车。

今天来西山烧香也一样，也是司机开车。

“刚刚在拍照啊？”潇潇阿姨又问她，像个孩子凑过来好奇地往她手机上看了眼。

艾茜：“看着风景不错，就拍一张。”

“是啊，一点雾霾都没有。”潇潇阿姨朝她伸出手，“手机给我，潇潇阿姨给你拍一张。”

难得今天潇潇阿姨心情这般好，艾茜利索地将自己手机交到潇潇阿姨戴着棕色小羊皮手套的手里。潇潇阿姨摘下手套，走到三米外，将手机对准她。

“茜茜，笑一个。”潇潇阿姨说。

艾茜努力地笑。

“咔嚓”两声，照片出来了。照片里的她轻轻倚靠在台阶上方的石柱上，嘴角上扬，目光克制平静，一身及脚的长款黑色羽绒服裹在身上，看起来却利落修长，瞧不出丝毫的臃肿。

她一米六七，昨天称了一下体重，加上冬天衣服重量都不到百斤了。她现在每天工作多，大脑需要很多能量才能高效运转，现在的她不会像之前那样因为要保持身材控制饮食。因为每天能量消耗大，每顿还特意吃很多。

结果……还瘦了。

然而这三个月，何止是她有了变化，回去的路上，艾茜微微一转头，便看到潇潇阿姨两鬓冒出的白发。她心底泛起一点酸涩，悲意上涌，像是车窗外透进来的冷太阳一样割眼睛。

“茜茜，你在A市那边的工作……现在怎么样了？”车里潇潇阿姨问她。

艾茜转过头：“有人负责，负责人是原来会长的女儿。”

“那就好。”潇潇阿姨握住她的手说，“你之前去A市做事也是出于仗义，潇潇阿姨一直当你是去A市体验一下独立生活，心底里，我更希望你像以前那样留在我身边。”

艾茜望着潇潇阿姨，无比理解潇潇阿姨。危城出事之前，潇潇阿姨虽也将她视为亲女儿对待，却没像现在这般需要她。

“阿姨，我知道的。”艾茜说。

“如果你愿意，阿姨也想听你叫我一声妈妈。”潇潇阿姨眨了一下眼，堆满的眼尾纹往上翘，和蔼亲近里透着沧桑。

艾茜沉默了一下，开口说：“阿姨，你知道的，在我心中你早已经是我妈妈的存在了。”

潇潇阿姨摸着她的手，捏了捏手心，又捏捏手背说：“我当时脑子真的糊涂啊，只想着不能让宇航没身份地长在外头，没考虑到危城的喜爱，如果他真的对柳静灵有一点感情，也不可能瞒了我们那么久。他就是一个犯了错的孩子，偷偷把事情藏起来不让我们知道，他一直那么在意形象，尤其在你面前，又怎么会让你知道他做了那么不靠谱的事情呢，居然让一个女人未婚先孕了呢。”

艾茜没吭声，只是用最耐心的态度听潇潇阿姨的絮絮叨叨。在危城出事后的一个月里，潇潇阿姨几乎每天都在悔恨，悔恨让危城娶了柳静灵。也是那几天，潇潇阿姨对她说了很多心里话，包括对危城和柳静灵婚姻的看法。

“这十年来，我作为母亲看着危城事业有成，看着他婚姻失败，危城可以说比任何人都得意，事实上他比任何人都失意。他的不痛快我也都看在眼里，但我就是觉得他在逃避，逃避他曾经犯下的错误，我从小对危城要求高，培养他做一个顶天立地负责任的好男人，如果他已经做错了，为什么不能好好面对呢?

“我觉得危城是感情上的懦夫，不够坦荡也不够有担当。

“可是，我是他的母亲啊，如果我都不理解他，原谅他，他还要怎么原谅自己，面对自己曾经犯下的错?

“茜茜，有时候我们女人嫌弃埋怨自己的男人、儿子，也不是他真的犯了多大的错，只是认为他做得不够好而已……”

从西山灵光寺回来，艾茜还要到微正生物科技加班，坐在危城原先的办公室，她拿出手机登录微正的办公系统，突然想到原本要发给费聿利的照片还没有发。

照片晚了两小时发过去。过了半小时，费聿利回了一个字：嗯。

也是极其冷淡了。

当然，她也没资格怪责费聿利什么。只是此刻，她有些理解潇潇阿姨在车里说的话——有时候我们女人埋怨男人不是他们做错什么，而是做得不够好。

是啊，她现在就无比诚实地在心里埋怨了一下费聿利的冷淡。

夜里十一点，艾茜结束饭局跟小严哥回危家。司机从南三环绕到了南四环，往东边开去。艾茜望了望外边川流不息的车流，想到一个问题：她和费聿利已经三天没联系了。在她回北京这三个月，她和费聿利一两天没联系已经是十分寻常，但基本上第三天费聿利就会联系她，告知她前两天他有些忙。

手机消息最后停留在他发她的“嗯”字，朋友圈里也没有任何影子，费聿利在忙什么……艾茜放下手机，听着车轮滚过下过雨的道路，闭上眼休憩一会儿。

她完全可以发个消息给他，只是……危城这样一出事，她也不知道自己会不会回A市。成年人的感情难免要考虑现实，是共同面对，还是放弃各自安好，都不是由一个人决定的。

坚持不会是求仁得仁，放弃不会被说绝仁弃义。

艾茜闭眼，打盹了十几分钟，身子微微一晃，感觉车子停了下来。因为太累，短暂的打盹直接拉她进入了梦乡，当车停下来便觉得到家了，眼皮未抬，直接问小严哥：“是到了吗？”

小严哥一直坐在艾茜旁边，塞着耳机听今天还没有听完的会议语音备份，中间回头看了艾茜两眼，见她入睡如此快，也能猜测到最近的艾茜有多累。虽说刚过了一个周末，却是一个没有任何休息的周末。

一直以来，他见到的艾茜都是精神抖擞生机勃勃的样子，生活和工作的安排都是有张有弛，从来不会让自己处于过度劳累，或过度清闲的失衡状态。之前他问过危哥，怎么不让茜茜来帮危哥，白白浪费一个精明鬼。不得不说，危哥还是很了解茜茜，用一句话堵住他的疑问：“你自己都说了，她是一个精明鬼，精明鬼怎么会跟着我受累受苦？”

对啊。有些人精明在图财图利，最后受一身名利所负累，艾茜精明在如何处世得坦率畅快，她也爱财重利更工于心计，却不会为了身外之物忘记初衷。

“她之前就跟我说过，有人来这个世上是为了完成使命，比如我。她来这个世上是过来玩一玩，看一看，逛一逛，如果有路见不平需要拔刀相助的地方，她就……第一时间躲远点，免得触霉头。”严竣现在还记得危总说这些话时口吻愉快，即使有那么一点无奈，也带着欣赏姿态。但是这次，她义无反顾回到北京……

“还没有呢，还在东五环路上。”小严哥摘下耳机，告诉艾茜说，“刚刚前面发生了一起交通事故，堵了一会儿。”

艾茜已经睁开眼睛，淡淡地望着前面闪烁的汽车尾灯。前面这一闪一闪的车灯，像是怪兽的两只眼睛，直勾勾地盯着她。

艾茜压了压心底腾起的情绪，拿起手机亮屏看了眼时间，跟小严哥闲聊起来：“小严哥，我记得你前两年交过一个女朋友，怎么样了，有计划吗？”

她说的计划，自然是正经的人生计划。

严竣忍俊不禁，收起蓝牙耳机放进公文包，告诉艾茜说：“早分了。”

“分了？什么时候的事？”

“你真的一点儿都不关心我呢。”难得两人聊起工作外的闲话，严竣也将语气放得轻松随意一些，毕竟在危哥出事之后，他和茜茜每一天都像是在打仗。

“两年前就分了。”严竣回想着说。

对于小严哥和女朋友已分手艾茜倒也不奇怪，只是没想到两年前就分了。艾茜“喔”了一声，半晌冒出一句：“男人都是大猪蹄子。”

严竣笑了一下：“作为被甩的可怜男人也是大猪蹄子吗？”

“对，如果你做得好，你女朋友为什么要跟你分手？”艾茜故意挤对。

没想到小严哥承认了她的话，想了想说：“的确，我是做得不好，只不过两年前微正刚上市，我作为危总特助哪有时间关心女朋友情绪？我们两人又异地，一天能挤出一点时间打个电话都很难得了，外加她也面临换工作的压力，自身利益都很难保证了，对一段穷途末路的感情更是无暇顾及了。”

这是小严哥对自己和初恋女友的感情总结。艾茜听完没有发表任何意见，点了点头说：“都是缘分吧。”

严竣笑了，不是笑自己，而是笑艾茜说出这般老成的话。一直以来，都是艾茜嫌弃他和危哥老成持重。转而，心底又有些淡淡的惆怅。这世上，谁又能做到真正的潇洒随意呢？他不行，危城不行，现在的茜茜，也不行了。

艾茜十一点半才回到危家，简单洗漱后在十二点之前躺床上就睡，夜里两点她因为胃痛醒来吃药，随手拿起手机瞟了一眼，发现在凌晨一点三十分的时候，费聿利发来一条消息。简单的两个字：晚安。

第二天一早，艾茜下楼跟危叔叔和潇潇阿姨吃早饭。这两年危叔叔身体不太好，一直以休养为主。早年危叔叔做的是矿业开发以及有色金属生产，对比危城从事的高新行业，矿业开发就分几个简单的流程：圈矿、养矿以及卖矿。除了具有前瞻性的眼光，最重要两环就是资金杠杆和人脉关系……危叔叔是纯正的商人，也很有商人眼光和思维，然而对危城的创业型生物科技公司也是丝毫不懂，所以这次危城出事，没办法接手儿子公司的业务。

“别太累了，茜茜，只要能稳住就好。”吃早饭的时候，危叔叔对她嘱咐说，“其实我早建议危城了，企业越大越要务虚。不要什么事都亲力亲为，老板就应该要放权，他就是太优柔寡断，缺乏果敢决断，同柳静灵的婚姻也是，如果他当时能狠点心，根本没有那么多事。”

楼上原本响着的脚步声突然停下来，艾茜下意识往上抬头，看到危宇航正用一种茫然的眼神跟她对视。艾茜心猛地一揪，危宇航转身回到了自己房间。

唉！危叔叔叹了一声气。

艾茜上楼看危宇航，危宇航房间的门锁着，任由艾茜敲了好一会儿，都没有打开。艾茜立在门外完全不知道怎么处理时，手机响了一下，里面的危宇航给她发来一条微信——“姑姑，我没事，你上班去吧。”

妈妈和爸爸发生了这样的事，无疑宇航成了最可怜的人。艾茜一直提醒自己要多关心宇航，可事情太多，每次都是她出门前宇航没起床，她回来，宇航又已经入睡了。

“宇航，今天姑姑早点下班，我们到外面吃那个很有名的网红汉堡包……好不好？”艾茜在微信里回危宇航，给他发了网红汉堡包的图片。

上班的路上，危宇航回她一句话：“那你早点。”算是答应了。

艾茜：“我尽量。”

人在思绪繁杂的时候最需要停下来好好思考，认真地想一想什么事情才是最重要的，然后将事情分类，把时间留给最重要的事情，然后是最重要的人……

这是多年前她对危城说的话，现在她坐在危城的位子，扮演他的角色，不由得觉得自己这段话十分冠冕堂皇，事情永远是有轻重缓急之分，不仅仅是重要和不重要之别。时间也永远不能做到只留给最重要的人。越是难搞的人，越要花时间陪他们应酬。

今天艾茜本想早点下班陪宇航好好出门吃一顿，结果下班前收到小严哥的临时通知，说上个月拒绝见面的顾总答应见面了，晚上约在国光饭店，春江燕包间。

微正和顾总这里有五千万的大单，原本已经开始走合同流程，因为危城出事，顾总有了新的选择。艾茜自然不能丢了顾总这个大单，用小严哥的话来说，五千万事小，顾总这条线却是危哥之前建立好久关系才展开的新合作，中间还涉及A市几家老牌生物制药公司的合作。而且，这位顾总还是一个官二代，身上人脉资源十分丰富。

艾茜最不想看到的事就是危城之前的努力就此白费，上个月一直想约顾总见面，顾总都找理由不见她，不是人在非洲打猎就是老婆生孩子，反正没有一次有时间的。毫无疑问，顾总要取消同微正的合作了。

所以，今天晚上顾总主动约她见面，还将饭店和包间名报上，就算是一个鸿门宴，艾茜也要赴约，只能爽危宇航的约了。

——宇航，我晚上有个饭局没办法早点回家了，网红汉堡包我已经在网上下单了，傍晚六点左右会送到家里来。如果送来的时候有些凉了，你让张阿姨给你热一热。

艾茜发了一大段文字过去，以及一句对不起。

危宇航倒很平静地回了她语音说：“好了，我知道了。”

宇航还是很懂事的。艾茜在心里这样想。

国光饭店在东边，微正在西边，艾茜五点三十分便出发了，因为对方没有说是商务饭局，艾茜也不好带小严哥一块儿，只由司机送她来到了国光饭店。

她身上套着一件浅杏色大衣，里面是丝质衬衫搭着羊绒衫，下身是一条烟管裤，高跟鞋三厘米，细跟，走在光可鉴人的大理石地面落地声不轻不重。

头顶的水晶吊灯的灯光像是清雅流光倾泻下来，明亮且不晃眼，将饭店大堂里每一张面容照得更为明净。

里面暖气充足，艾茜走进国光饭店便脱掉了外套挂在手里，一手拎包一手拿外套，她跟着身穿浅绿色旗袍的妙丽服务员上了四楼。

“谢谢。”艾茜对领路的服务员道谢。待服务员离开，拿出手机使用镜子功能看了看自己。她倒不担心自己仪容仪表出问题，而是看看自己面容神情是否自然。

不管顾总请她见面来意如何，她越是表现得坦然淡定，成功的可能性越高。

感受到一道视线毫不遮掩地向自己看过来，艾茜不由得抬头巡视，眯了眯眼，整个人如同被下了定身咒般动弹不得。她沉默地站着，目光同样直直地回望前方的费聿利。

前面玉兰灯下，费聿利一身黑色大衣，头发剪短，额前刘海往后拨，熟悉的是他身上的帅气利落，不熟悉的同样是他身上散发出来的端正和清朗。

没想到，费聿利人在北京……

更没想到，他正站在她的眼前……

艾茜一步步走向费聿利，他则立在长廊前面等她，两人面面相对互相看了一眼，费聿利已经绅士地上前一步，替她打开了包间门。

“艾小姐——请！”

“谢谢。”艾茜微微侧过头，视线在费聿利脸上短暂停留，走进了包间。

包间里只有一个人，一个三四十岁的男人，身穿黑色衬衫，五官只是普通的端正，身上散发的气质却是明明白白。尤其对她居高临下的审视，带着一种无畏无惧的气势。

“艾小姐可来了。”他嘴角含笑，对她打了声客气的招呼。假意的亲切笑容，削弱了他身上的强劲气场。

“顾总好。”艾茜回敬，身姿利落。

站在她身后的费聿利对等候在包间的服务员说：“可以上菜了。”

艾茜看了眼费聿利，费聿利波澜不惊地接下她的目光，没有急着解释，指了指前方的位子，带着她坐了下来。

服务员退出包间，艾茜心里讶异，仍是保持得体的礼节。就在这时，顾总朝费聿利说：“费二，不对艾小姐介绍一下我？”

费聿利哼笑一声，面朝着她，口吻自然地介绍起来：“我给你介绍一下吧，顾齐赟，昭开总经理，今年四十二岁，别看他老大不小，仍是非常不着调的一人，如果后面他忽悠你跟他合作，我建议你还是仔细考虑再做决定。”

艾茜噙着礼貌的笑意，听到后面嘴角有些绷不住。听顾总叫费聿利费二，基本猜到了顾总同他的关系。两人年龄相差略大，不太可能是同学或朋友，更不会在工作上认识，那么，这位顾总很有可能是费聿利的亲戚。费聿利说过自己的外公是北京人，费聿利的母亲就姓顾，那么这个男人，大约是费聿利的……舅舅?

“我是他表哥。”顾齐赟开口说。

“嗯，他是我表哥。”费聿利靠近她两分，丢出一句，“不过看起来像是我舅。”

艾茜：“……”

“你这给我介绍的，还不如我自己来。”顾齐赟不满地道，“还有，我今年是四十周岁，不是四十二岁，我生日是十二月二十八号，还有一个星期才到。”

大约是因为对着亲近的人，顾齐赟说话随意，甚至聊起星座话题：“如果艾小姐研究星座的话，就知道我是摩羯座，摩羯座是最具有工作狂潜力的。”

这话，显然是为了推翻费聿利前面说的那句“非常不着调的一人”，口吻还带着那么两分较劲。

艾茜跟着笑了一下，接下话茬：“我一直很喜欢同摩羯座的人谈生意。”

顾齐赟赞赏她：“艾小姐有眼光！”

艾茜收下夸赞，即使顾齐赟只是随口一说。

费聿利淡淡插话：“水瓶座呢？”费聿利知道自己是水瓶座，不过对星座没有丝毫认知，看艾茜和顾齐赟这一来一回地对话，倒有些好奇自己的星座属性。

艾茜歪着头，又是一笑，没有接话，顾齐赟笑了笑说："我老婆就是水瓶座，我的总结就是三个特点。"

"什么特点？"费聿利问。

顾齐赟："特立独行，特不靠谱，以及——特招人烦。"

费聿利："……"

顾齐赟这算是回击了费聿利介绍他时的揶揄，只不过对费聿利毫无杀伤力，完全不懂星座的他又问起顾齐赟："是吗？那天蝎座呢？"

艾茜脸上表情一滞。

顾齐赟望了眼艾茜："那我不知道了，我只知道我自己和我老婆的，还有我刚出生的孩子……不过对了，我家闺女也是天蝎座呢。应该同艾小姐一个星座吧？"顾齐赟已经猜到费聿利说的天蝎座是谁，意味深长地说，"看到艾小姐这般有魅力，我就放心了。"

顾齐赟一嘴停不下来的轻松话，令艾茜感到惊讶又释然，难怪上个月顾齐赟的秘书用各式各样的理由拒绝她，原来有些理由还真的不是借口。

"好了，让艾小姐见笑了。"顾齐赟说。

艾茜："哪有说笑，顾总心态这般年轻，值得学习呢。"

"不用夸他，不需要。"费聿利说，像是提醒她。

艾茜轻轻一笑。

顾齐赟也是爽朗一笑："是不用夸我心态年轻，我本来就还年轻啊。"

从头到尾，艾茜保持笑意地观望。餐桌上，她的手忽地被人握住。直到费聿利同她十指相扣，原本前两天紧锁的心，在双手相扣的一瞬间，仿佛被解了锁。

大脑有记忆，手心似乎也能记住感受过的温度，当费聿利在餐桌上握住她的手，艾茜的内心深处升起一股熟悉的熨帖感。这三个月，她有多累，此时的依赖就有多深。

原本觉得今晚是一个鸿门宴，没想到却是顾齐赟招待自家表弟的家宴。顾齐赟的妻子真的上个月刚生了孩子，菜还没有上齐，因为妻子一个电话，顾齐赟先撤了。临走前，他放下了话：“艾小姐，关于昭开跟微正的合作，我会尽快让底下的业务部门跟你们落实下来。”

艾茜伸出了手，感激道：“谢谢顾总。”

“不客气，都是自家人。”顾齐赟说。

艾茜虚虚地扬了一下唇，待顾总离开包间，回望费聿利。费聿利靠在椅背上，一时没有说话，现在只有两个人，目光格外专注又温柔地打量自己的女人，他知道她有话要问他，也需要他解释。然而，费聿利仔细地打量完毕，只有短短两个字：“……瘦了。”

北京冬日的寒意迷漫在艳艳霓虹灯里，空气里都透着干冷，清冽。艾茜和费聿利走出包间，来到外面的露台，一前一后。

艾茜原本双手握着栏杆，贴在铜杆上的手指指尖感受到的冷意让她觉得今夜的一切都格外真实。肩上多了一件外套，艾茜身体微微一震。

“艾……”不等费聿利说话，她一个转身，抱住了他。

呵……费聿利回抱撞入自己怀里的人，压着胸膛腾起的复杂情绪，温柔道：“好好的，艾总怎么突然投怀送抱了？”

艾茜抱着费聿利不吭声，过了一会儿说：“不是，是刚刚的风把我吹进你怀里的……”三个月前她在街头看到年轻情侣的腻歪套路，没想到她此时此刻会如此自然地表达出来。

噢……原来是风啊。

“噢，那谢谢啊。”费聿利突然道谢起来。

“你谢什么？”

“谢风啊……”费聿利说，声音低而醇厚。

艾茜闷闷地笑了，收了收放在费聿利腰上的手，继而沉默地将脸埋在费聿利怀里，周边风声沙啦沙啦地嚣张作响，如同底下大街呼啸而过的车子，鸣起的喇叭声在耳边有力撕扯。

她和费聿利的这个拥抱安静而长久。她没有问费聿利为什么会来北京，也没有问顾齐赟这次约她见面跟他有没有关系，因为不用问，肯定与他有关。

“谢谢。”艾茜也道谢。

“谢谁……也谢风吗，将你吹进一个帅哥哥的怀里？”费聿利的调戏话，温柔，也轻松。

“不是……谢你。”艾茜说。

费聿利拢了拢披在艾茜身上的外套，认真地朝她说了一句：“茜茜，对不起。”

对不起什么？

就在这时，艾茜包里的手机响起，她接通，潇潇阿姨焦灼的声音便撞入她的耳里：“茜茜，宇航不见了！”

什么，宇航不见了！

宇航是自己偷偷离开家的。今天潇潇阿姨和危叔叔都有事外出，家里只有保姆陪着宇航，晚上有家庭教师过来给宇航补课。七点三十分的时候家庭教师过来，保姆带着老师上楼，结果敲了半天的门，宇航一直不给开门。无奈保姆拿着备用钥匙开了门，才发现宇航根本不在房间里。

确认宇航离家出走，保姆急得给潇潇阿姨打电话，潇潇阿姨又急着给她打了电话。自从危城和柳静灵出事，这三个月以来宇航只与她交流。

目前情况是，宇航手机能打通，但是不接任何人打过去的电话，保安室监控显示宇航已离开别墅小区……

“阿姨你先别急，我现在就联系宇航。”艾茜安抚火急火燎的潇潇阿姨。

“茜茜……”

“我们随时联系。”艾茜挂上了电话。

挂上手机的瞬间，艾茜同样六神无主，握着手机无法忖量危宇航会去什么地方。费聿利替她捋了捋被风吹乱的头发，低着头望向她，澄亮的眼神撞入她微微慌乱的眼眸，给予她两分令她心定的力量。

“你也先别急。”他对她说。

艾茜呼了一口气，准备给宇航拨电话。费聿利握住了她的手，说出自己的想法：“如果是有意离家出走，他肯定也不会接你电话。”顿了下，“你不如有意无意发消息给他，假装你还不知道事情。”

艾茜望了望费聿利，认同费聿利的话。

“宇航，姑姑等会儿就回来了……下午的芝士牛肉汉堡收到了吗？”这是艾茜给危宇航发的第一条消息。

“今天的作业写好了吗？”这是艾茜第二条消息。

两条消息宇航都没有回复。

费聿利又说：“宇航应该只是一时逃离危家，家人越是急着给他打电话，他越是无法面对自己的行为。我们先找警察调出小区附近道路交通录像，宇航坐上了什么车，出租车还是公交车，然后按照时间地点推算大致范围。”

费聿利说得有条有理，这也是艾茜冷静下来之后的想法。潇潇阿姨和危叔叔已经上派出所委托熟人帮忙调出交通录像。

艾茜给宇航发了最后两条语音消息：

“航航，茜茜姑姑已经知道你一时不开心出门放风了，爷爷奶奶都很担心你，不过姑姑相信你自己可以回家。如果你不想一个人回家，十一点之前姑姑都在我们之前常去的大王汉堡店等你，好不好?

“好了，姑姑当你答应了噢。”

只是，虽然消息这样发过去，艾茜还是没办法选择坐在汉堡店等着宇航主动来找她。潇潇阿姨那边她还要过去看一看……看看有没有新的线索。

“这样，我替你等在汉堡店，你去派出所找你家人。”费聿利对她建议，口吻明确。

“你记得宇航的样子吗？”艾茜问。

“知道，上次他来过黎明公益基金会。”费聿利说，眼里的笃定让艾茜完全信任了他。一直以来，费聿利给她的感觉都是恣意随性不靠谱，她承认自己只是喜欢他，却不太相信他。不管是他的行为，还是他的话。

然而，从今天见面到接到宇航失踪的消息，费聿利表现出了让人信赖的一面。

“好，如果宇航过来汉堡店，你打我电话。”艾茜走前交代了一声。

“嗯。”

大约是夜里十点五十五分，艾茜收到了费聿利的一条微信，是一张照片，照片里宇航就坐在他的对面，面前是一份儿童套餐。

艾茜在监控室里将照片给潇潇阿姨和危叔叔看，确定宇航在费聿利那边，艾茜对潇潇阿姨他们说："我现在过去把宇航带回家。"

信任是一种令人依赖的情感，可以被人依赖，也可以依赖他人。

汉堡店夜里十二点关门，艾茜赶到汉堡店已是深夜，里面只坐着费聿利和危宇航，费聿利脱下灰黑色大衣和格子羊绒围巾挂在椅背上，里面是一件深蓝色开司米衫，刚好同危宇航今天穿的外套是一个色系。

艾茜拢着自己身上的大衣站在店外看他们，明亮温暖的店里光线倾泻在他和危宇航墨色的头顶，他们面对面坐着，只有费聿利看到了她。他朝她勾了勾唇。

在今年的冬天里，眼前这一幕，是艾茜感受到的最为温暖的一刻，以至于，她都有了落泪的冲动。当大人和当小孩是不一样的，小孩做事需要虚张声势，而大人习惯粉饰太平。

没有任何责备，也没有过多询问，艾茜走进汉堡店后只是伸手摸了摸危宇航低垂的脑袋，然后对费聿利道谢。

"不用客气，姑姑。"费聿利说，像宇航那样叫她一声姑姑。

宇航因为早上听到危叔叔的话而离家出走，就像大多数小孩，离家出走不到两小时就后悔了，只是男子汉的颜面让他选择倔强地不接家人电话。爸爸妈妈出事之后，他觉得自己也像做错了事，可是他又不知道该怎么办。

姑姑曾经告诉过他，这世上很多问题都没有办法，但也不用一定要去解决它。面对它就好，就像不喜欢吃青菜这件事，不喜欢就不喜欢，不用改变自己的喜好。

可是，他的存在呢？对爸爸而言，是不是那盘不喜欢的青菜？

危宇航不小了，他很清楚自己是怎么来到这个世上，他已经可以理解甚至接受很多信息，有着自己的判断和认知能力，甚至他有着比成人更敏感的感知能力。比如小时候有些大人以为他听不懂就当着他面说的话，比如大人之间的忌讳和秘密……

还有危家那些亲戚，谁是真心待他好，谁是故意讨好他，他都知道……

夜里，艾茜带宇航回了顺义的危家，费聿利也住在了附近的酒店。其实，他外公家距离危家的小区很近，就两三公里，是一个更老的别墅区。这次来北京，费聿利要待一个星期，也是因为这次要来北京出差一个星期，他打算过来之后再联系艾茜。

有时候，他觉得自己每次找她，都是一种打扰。

第二天，费聿利去了一趟外公家，早上九点出现在外公家门口，照顾外公多年的阿姨出来开门的时候都惊讶了。他轻轻一笑，问阿姨："外公在家吧？"

"在，在的！顾部长……刚吃了早饭。"

费聿利的家庭情况比较复杂，他妈妈原本是高官的女儿，从小骄傲，眼高于顶，结果不顾家人反对执意嫁给费海逸当人家的后妈。他父母相差十多岁，等他出生，他父亲已是迈入中年，全部精力都在企业运作上，早没了为人父的心思和时间，加上，已经有一个令他骄傲的长子了。

费聿利暑假都是在北京大院度过，对北京的熟悉程度可能并不比艾茜低，只是这段经历他还没有机会告诉她罢了。

外公书房里，费聿利陪外公喝起了早茶，他这次来外公这里带的礼物是武夷山大红袍，外公拿到就亲自冲泡起来，然后再跟他下棋。

"你爸那边的事，现在处理得怎么样了？"顾襄阳问外孙。

费聿利拿着棋子没有经过太多思忖就放下说："还在解决，不过已经找了新路子。"

顾襄阳又说："这一次你能回家帮忙，你妈妈很高兴。"

费聿利笑了一下："呵……"

顾襄阳："你要理解她，她是你母亲，对你没有坏心思，只是对你管得多，如果你真因为这点跟她生气，你就输了。"

费聿利抬头说："外公，您又不是不知道我妈那点心思，真的很无聊。"

顾襄阳："我哪不知道，当初我不同意她嫁给你父亲，不是介意你父亲已有过婚姻，而是清楚你妈妈从小就是较真的性子，她会在方方面面要求别人，万事都不能差。"

费聿利又笑了一下，也不知道笑人，还是笑事。

“还有你的婚姻大事……你妈妈也找我说了。”顾襄阳再次开口。

“她找你说什么？”

“让我给你安排安排。”

费聿利凉凉地“哼”了一声，说：“她当年不也没听您的安排吗？”

“是啊，所以很多时候做了父母才知道父母的苦心。”顾襄阳看向自己这位不服安排的外孙说，“昨天我听你表哥说，你已经有女朋友了？是真的吗？”

“嗯。”费聿利点了一下头，神情是前所未有的认真。

“如果你真的喜欢，也有结婚的打算——”顾襄阳没有迟疑，落地有声道，“那就带来给外公瞧一瞧。”

费聿利终于发自内心地笑出了声：“……谢谢外公。”

夜里，费聿利应酬结束，回到了外公家。费聿利这次来北京待一个星期，一公一私，公事是处理北京分公司的业务，私事就是过来看看自己的女朋友。

“一个真正强大的男人，要会忍让，也要能掠夺。”这是昨晚艾茜过来之前，顾齐赟对他说的话，话里意思费聿利听得十分明白，只是觉得顾齐赟说这些鸡汤的话十分违和。

他和顾齐赟是表兄弟，一南一北地长大，加上顾齐赟比他大十几岁，成长经历完全不同。虽然他和顾齐赟不太熟悉，不过每到暑假他都到北京小住两个月，也算有接触。顾齐赟年纪大得可以当他长辈，却一直是长辈头疼的对象。在他还是上小学的年纪，顾齐赟已上大学，每天和不同的漂亮女孩约会；等他开始上初中，顾齐赟开始倒腾事业，不管是实业地产还是股票资本都有经手，有段时间几乎常住在他家与费海逸切磋生意经。

这些年，顾齐赟生意是越做越大，性情也逐渐稳重成熟起来，唯有个人问题一直拖拖拉拉没有解决，直到过完四十岁生日，才遇上了他现在的妻子。

然后，结婚，生女，从霸道总裁进阶成了霸道奶爸。

大概是有顾齐赟这位表哥做范本，费聿利觉得自己身上那点恣意妄为算不得什么。

“如果一个男人幼稚，他在遇上想爱的人之后会变得成熟，如果他原本成熟老成，他也会在遇上爱人之后幼稚起来。”这也是顾表哥灌输给他的情感鸡汤。

他一笑置之。

不过这话，的确有些道理。在他说出要给艾茜一个家后，他开始有意收敛自己的随性，甚至开始学习原本他最看不上的处世之道。这次回家之后，父亲也看到了他的转变，觉得他也到了成家立业的年纪，交了公司部分业务给他管理。

现在，费海逸也正面临着不少棘手事。

父子哪有深仇，他妈不止一次对他说过这句话。他跟费海逸争执归争执，却没有任何隔阂。之前离家原因，只是他还没想好自己要拥有一个怎样的人生，不希望被所谓的家族大业捆绑，像他哥那样成为工作的机器。

归根到底，他本性自私一些，对费家的一切也不太稀罕。

费聿利既然来了外公家，后面几天就住在外公这里。他外婆在他出生之前就离世了，留下的只有一张张同外公在各地奋斗的照片。照片里外婆眉眼利落，眼神坚定，唯有结婚照里的样子优美素雅，看得出五官十分俊俏秀美。有一种女人，气质独特到容易让人忽略她本身的女性气息，甚至不能用大众意义上的美丽来形容。

仔细一看，费聿利觉得艾茜还有几分像他外婆结婚照里的样子，只不过他外婆多了一份朴实坚毅，艾茜多了一丝倔强犀利。

他手机里留有艾茜学生时代的照片，简直是倔强最形象的样子，几乎左脸写着倔，右脸写着强。他终于知道自己为什么会爱上她，除去他原本自以为的好奇和征服欲，他和她有着某种十分相似的属性。

白天外公问对方是一个什么样子的女孩，他说了一句：“我觉得您应该会喜欢她。”

“你可真自信。”外公摇摇头。

费聿利倒不是自信，外公见过的优秀女孩子太多，利落的，优秀的，聪明的，家世好的，但是对一个人的喜爱程度从来不是以对方如何优秀来决定的。而是一份气味相投，一份熟悉至极，一份心甘情愿。

爱上艾茜后，他像是一个没有见识的少年，眼里除了这个人便再无其他，连曾经有过的恋爱经历都变得无趣寡淡到随时可以从他记忆里抹去。

可是，爱仍是矛盾且计较的，当两人关系还处于失衡状态时。

当天，结束一天的工作应酬，费聿利再次回到外公家，躺在二楼的房间的老式红木椅上，一只手解衬衫纽扣，一只手拿着手机。怎么某人从不主动给他打电话?

“喂……费聿利。”手机里传来艾茜的声音。

电话握在手里不小心拨过去，费聿利半晌才反应过来，他将手机放在耳边，温柔又绵长地哼气，像是有意跟她置气，又像是发泄内心失衡带来的坏情绪。

“喂，费聿利。”艾茜又低低地叫了他一声。

“哼。”一道置气声。

“费聿利……”

“啊。”

“费聿利，你怎么了？”

“艾茜——”他叫出她的名字。

艾茜轻柔的声音让费聿利恢复了少许清明，他端正自己的坐姿，面容也变得严肃，握着手机打电话的样子多了一份逼问的气势。

“我这次来北京，你怎么不尽尽地主之谊啊？”费聿利直接问出来。

他都等她一天了，一个消息都没有，这次他来北京一周时间，想约他的人都可以排上三年了。她呢！连个屁都不放给他听。

“……怎么尽啊？”艾茜略微含糊的声音从手机里飘出来，顿了下，提醒他说，“我们不是约了明天晚上见面吗？我请你吃饭啊。”

“我不吃饭。”费聿利说。

“那你要吃什么？”艾茜那边笑了，“吃火锅？”

“不吃火锅。”

“吃日料？”

“我也不吃日料。”

“那你要吃什么？”

“吃……”

“我们明天再商量吧。”艾茜及时堵住了费聿利的话。

“……好。”费聿利挂上了电话。

Chapter 12

最最大方的前男友

今晚艾茜和费聿利十分同步，同样有应酬，同样在饭局上喝了酒，同样刚刚回到家，接到费聿利电话的时候，也躺在房间沙发上闭眼休憩。

唯有不同的是她很清醒，清醒地想着许多事情，其中包括她和费聿利的事。她以前酒量一般，只是这三个月里，身体像是对酒精产生了免疫力。

即使喝多了，身体难受归难受，但不影响大脑判断。

房间亮着一盏吊灯，光线暖黄，静静地笼罩着她。

这边她刚挂上费聿利的电话，门外传来两下敲门声，艾茜起身开门，潇潇阿姨立在外面。潇潇阿姨为她送来炖品，进来之后，一定要看着她喝下整盅燕窝。

“好饱啊。”艾茜演戏地摸摸肚子。

“燕窝又不顶肚子。”潇潇阿姨望着她，眼里带着一点感激，“这段时间辛苦了，昨天宇航离家出走也幸好有你在。”

艾茜抬起脸说：“小孩都有闹脾气的时候。”

潇潇阿姨叹了一口气，顿了顿，问她：“刚刚是在跟男朋友打电话吗？”

艾茜“嗯”了一声。

“之前不是不满意吗？”潇潇阿姨目光带着试探，开口说，“阿姨还以为你和他分了，毕竟这三个月时间，没见你们怎么联系。”

艾茜没有吭声。

其实，如果这一次费聿利不过来，她可能真的会提出分手。她这人对感情真的很没有自信，好好谈恋爱都容易分手，别说现在这样的情况。她和他两个人，一南一北，各忙各的事，谁也没办法为谁妥协。她放不下危家，他也没办法脱离费家。

在费聿利没有联系她的前几天，她接到一次阮邵敏打来的电话，阮邵敏以为她跟费聿利分开了，直接跟她说了自己当时受谁之托。

有些没办法理解的事情，都是有缘由的。

顾齐赟安排饭局的那个晚上，她和费聿利双双站在露台上看北京夜色，她望着底下来来往往的车流，心里乍然产生分手的念头，只是当他将外套披在她肩膀上，不知是本能还是冲动让她转过身来抱住了他……

“不管如何，阿姨只要你开心，不要委屈自己。”潇潇阿姨拉着她的手说，“如果危城醒来，应该也是这个态度。”

“恋爱和婚姻也不一样，如果决定了，我们两家人就需要安排好好见一见。

“危城可以早点醒来就好了。”

艾茜沉默着，心里很明白，潇潇阿姨说这些话不是鼓励她，而是逼她做决定。

有时候，这些长辈真的不愧是过来人，当阮邵敏说出顾女士特意安排爆料她的一些过去给费聿利，艾茜承认自己很惊讶，消化了好久又觉得情有可原。

从费聿利母亲好端端地主动联系她，一切都有迹可循。

大多数母亲为自己孩子好的时候，也都不愿意破坏自己在孩子心中的形象，普通母亲都如此，别说顾女士也不是普通人。

第二天艾茜一切如常地到微正上班，处理繁杂事务，然后等傍晚下班之后跟某人见面。就算没有昨晚费聿利喝醉的那通电话，她也要约他。

结果中午艾茜在公司食堂吃饭，接到了费聿利打来的电话，说他晚上有事可能需要夜里九点之后再来找她。他给她发了一个酒店地址。

“我房间开好了，你先过去。”

呵，男人！

今晚艾茜没有应酬，难得傍晚六点准时下班，她一个人开车到了原本订好的餐厅，点了一人份的高级晚餐。两人位子原是订好的，服务员素质很高，没有特意询问她另一人为什么没有来。她车子停在今晚所住的酒店，就让服务员开了存在这里的红酒。

一个人自然喝不完一瓶红酒，剩下大半瓶她会在晚餐之后带到酒店，等着夜里九点某人的光顾。手机忽地响了一下，打开微信，是费聿利母亲给她发来一张照片。

照片背景同样在高级餐厅，不同的是对方是大圆桌，费聿利旁边坐着一个齐刘海长发女孩。女孩样子年轻，容貌清丽。

——费二在相亲。顾女士又发来消息。

喔，艾茜再次看这张合照，感觉整张照片都生动了。原来中午费聿利打电话通知她有事是要赴约相亲宴。

艾茜没有回复顾女士，继续切着盘中的牛排，一个人晚餐之后，打包带走了剩下的大半瓶红酒，去了酒店。

晚上八点三十分，费聿利给她发来消息：我过来了。

艾茜回复：我已经到了。

酒店房间有一幅雪景山水画，艾茜站在前方凝视了良久，感觉画上的雪纷纷扬扬地落在她心里，在某个瞬间里，她的神色十分寂寥。

只是这种情绪，转瞬湮灭。

她今天收到一份结婚回礼盒，袋里除了喜糖喜烟还有定制的那种象征“一生一世”的可爱物件；回礼盒是微正一位部门女经理下班前给她送来的，前两天刚请假结了婚。女经理今年虚岁三十九，典型的职场精英，之前是完美独身主义者。原先她在北京的时候跟这位女经理交情就不错，好几次结伴旅行……没想到这位曾经信誓旦旦要嫁给事业的女人居然闪婚了。前两天请假结婚的时候她说了一句话：“像我这个年龄还走进婚姻，真的不是靠勇气，而是一种认定。”

艾茜从红色礼品袋里拿出喜烟，拆了，抽出一根。酒店房间有火柴，她无聊划了一根，正要点上的时候，门铃响起。艾茜咳嗽一声，下意识灭掉火柴，然后将烧了半根的火柴和烟丢进脚边的金属垃圾桶。

门铃继续响着——

艾茜伸手碰了碰鼻子，确定没有味道，才回应了外面的人。这样的反应，她心里莫名感到一丝欢乐，冲淡了原本存在心底的惆怅和烦闷。

她走到玄关打开门，外面的费聿利黑色大衣搭配着黑色男靴，很是利落帅气，大衣里面是一件质感厚实但不缺挺括的男士衬衫，浅蓝色，就在前面顾女士发她的照片中刚刚出镜过。真人这般磊落光明地站在她面前，比照片上要更帅一些。

艾茜扬了一下唇角："嗨。"

费聿利："……"

这声招呼，倒是显得生分了。费聿利走进了酒店，将房门合上，很自然地抱住了她，低下头温柔问她："吃过了吗？"

"没有。"艾茜回答。

费聿利："真的？"

"嗯。"

费聿利松开她，牵上她的手，试着往外走："走，吃夜宵去。刚好我也饿了。"

艾茜："吃了，骗你的。"

费聿利回头看她，嘴角夹着一丝笑。然后，他突然一把将她腾空抱起，艾茜不由自主地搂住费聿利的脖颈，紧紧地钩住他。她原本有些恐高，只是费聿利抱得很稳，外加他胸膛宽阔舒展，让她原本加快的心跳逐渐平稳下来。她回应他直白又炽热的目光，跟他纠缠在一块儿，仿佛今夜才是他和她的小别重逢。

落地窗外是黑绸子般的夜空，半夜三更，也不知道几点了，没有睡意的艾茜套着睡袍下了床。她熟练地点上一支烟，只是还没有抽上，就被费聿利夺过，夹在了自己嘴里。

艾茜又给自己倒了一杯红酒。

“晚上去哪儿了？”喝了一口酒，她出声问他。

“去一个没办法推托的饭局。”费聿利回答她。

“什么饭局？”

“一群人的饭局。”

真是无可挑剔的回答，艾茜抿了抿唇角，没有再问了。其实也没什么好问的，也幸好费聿利什么都没有说，不然她还要礼貌性地问他几句今晚相亲的女孩怎么样。

真问了，又很奇怪。

夜里艾茜枕靠在费聿利修长的手臂上，入睡之前，费聿利摸了摸她的头发问她：“这个周末有空吗？”

艾茜：“没空，明天就要去一趟昌市。”

“真忙啊。”费聿利沉默了一下，又问，“那周日能回来吗？”

艾茜抬了下眸，看向搂她入睡的男人，房间灯已经关了，她只能看到费聿利大约的面部轮廓，他下颚角长得坚毅又流畅，她伸手摸了摸，感受到了略微刺手的胡楂。

“能。”她回答费聿利。

“我周一回A市。”费聿利接她的话。

“喔。”艾茜应他，“然后？”

“我回A市之前，一起吃个饭吧。”费聿利以提议的口吻，手心顺着她的长发从上往下，最后来到她的肩膀停留下来。

“好啊，我本要请你吃个饭，昭开的事也要谢谢你。”艾茜说。

“我说的吃饭跟你说的不一样。”费聿利说，像是跟她强调，又像是卖关子。

艾茜轻笑一声，正要闭上眼睛准备休息，费聿利在她耳后说：“周日回来，到我外公家吃饭。”

艾茜变得安静，呼吸都差点停了下来，她脊背微微僵硬着，压着声音说：“见家长吗？”

“也不是……就是外公想见见你。”费聿利与她十指相扣，将下巴搁在她的肩膀。

艾茜闭着眼：“那我要想一想。”

“行……你慢慢想。”费聿利稍微松开放在她腰间的手。

艾茜动了动僵硬的脊背，后半夜，她努力让自己入睡，觉得自己快要放弃的时候，终于睡着了。

第二天一早，艾茜被调好的闹钟叫醒。车子已经停在酒店楼下，她简单洗漱离开酒店，上车的时候，还在酒店房间的费聿利给她发了一条消息：注意安全。

紧接着，又发来一条：想好了告诉我。

周六晚上，艾茜发了一张她所在房子望出去的昌市夜景照给费聿利，费聿利再次问她：想好了吗?

艾茜输入文字问：外公喜欢喝酒吗? 昌市的土烧酒不错，我带两瓶回来。

费聿利回她：真孝顺，不过外公不喝酒。

艾茜感到难办。

——人过来就好。

——好。

艾茜从昌市回到北京是下午四点，按照她和费聿利约好的时间还有两小时。半个小时可以从机场到危家，然后，洗漱，化妆，带上准备好的礼物。五点半，费聿利可以准时过来接她去他外公家。

不知道费聿利的外公为什么要见她，不过她已经做好准备，不管费聿利的外公对她说什么话，她都要彬彬有礼，保持最好态度。

然而——

这场未知的见面依旧没办法如约进行。她人一落地，手机开机，先接到了潇潇阿姨打来的电话：“茜茜，你快来医院，危城醒了！”

费聿利飞回A市的第二天，北京没有下雪，A市倒下了大雪。他立在家里弧形落地窗前看向外面的漫天飞雪，花园的射灯将周围的花草树木笼罩在一片灰色调的雾霭里，大风卷着雪花，肆意张扬地往玻璃窗冲撞，一片片的，然后快速化成一小摊水迹。

所有优雅的，克制的，理性的……总是这般转瞬即逝。

如他的内心，满不在乎里同样狰狞残暴。

房间暖融融，他手里握着一只水杯，手劲逐渐加大，心情突然烦躁得像是回到了刚退役的那阵子，然后，他手一松，杯子掉落在了大理石地面。

“啪嗒”一声，未碎，滚了两圈，碰上了落地窗旁的单人沙发脚。

楼下隐隐约约传来他妈与几位夫人打麻将的声音，她们问他妈，费二有没有女朋友，他妈妈这样回答：“不知道呢，随孩子开心，只要找到喜欢的，带回来让我看看就行。”

费聿利讥嘲地扯动嘴角，捡起杯子，放回了六斗柜上方。他走出房间，遇到家里阿姨的时候随口对她说：“刚刚我不小心打翻了杯子，你上去整理一下。”

费聿利乘坐电梯下楼，来到麻将间，他妈抬头看他：“难得休息，不多睡一会儿啊？”

“都不见你们休息一下，我们年轻人有什么理由睡懒觉？”费聿利回他妈妈说。

顾女士：“调皮。”

阿姨们都笑了，眼睛纷纷打量着费家这位离家出走半年的小儿子，都觉得比长子模样更英俊出挑，只不过这样的男孩肯定难以降伏，去年听说顾女士为了儿子早点收心养性，都寻人介绍家世好的大家闺秀。

现在这年头，家世好的姑娘不少，能收人心的闺秀却真没几个。这点她们只要生了儿子都十分了解，对叛逆的孩子来说，越是管得严格，越是反抗得厉害。

很多时候孩子做决定只是为了跟父母较着劲，这点她们明白，顾女士自然也明白，所以对于儿子跟艾茜那一段，顾女士表面上绝对不会多加阻拦，甚至连一个“不”字都不会说。有句话怎么说来着，越是阻挠的感情，越像是真爱。

实际上，这世上哪有那么多的真爱。这是顾桂英自己这辈子的心得，当年她父亲如果不是百般阻拦她嫁给费海逸，她也不会有那么一腔的勇气非君不嫁。所以，对于费二在外面的任何事，顾桂英都是民主又开明，结果当然也不负她的期望，儿子回家了，也进入了自家公司做事，看着儿子这般明显的变化，顾女士都有点感谢艾茜了。

其实，顾女士也不是非要儿子娶名门闺秀，作为母亲，只希望未来儿媳妇家世清白，父母健全，这样的条件真的不算苛刻吧。好在，费二年轻归年轻，同样理智还骄傲，很多事情不需要她多加分析儿子也会权衡其中利弊。

“我出去一趟，你们继续玩。”费聿利打招呼说。

顾桂英一边打着牌一边随意地问：“去哪儿，你爸不是让你今天休息一天吗？”

费聿利“哼”了一声，弯下了腰，趴在母亲耳边，放慢语速说：“跟女友约会。”

顾桂英面容神情微微异样，很快说：“早点回家。”

“看情况。”丢下这样一句话，费聿利转身走出了麻将间。

跟女友约会……

费聿利开着车上路的时候，风雪呼呼地吹向他的挡风玻璃，路上行人一个个压低了撑着的伞。他将车停在路边，到路边的烟酒超市买了一包烟，然后从口袋摸出一盒火柴，刺啦一声，划了一根点上烟。

这盒火柴，是那天他从酒店里顺手拿来的，他拿到手的时候打开纸盒子无聊数了数，一共十二根，他已经用了十根，加上手上点的这根，里面还剩下最后一根。

不对，艾茜还点了两根。

艾茜。

想到那个女人，费聿利觉得吸到嘴里的烟都没了劲儿，在一起的时候他没觉得自己会栽在她手里，昨夜他萌生想要分手的念头，反而有一种他要栽在她手里的感觉。

原先他有多不以为然，现在就有多不甘心。之前他和艾茜交往，被未婚妻甩掉的周子舜曾语重心长地对他说：“找女朋友还是要找心思简单的。”

他觉得周子舜是有阴影，然而事实的确如此。

如果他的女朋友心思简单，满眼都是他，就不会像现在这样每天是他等她回复消息，他在夜深人静时把电话打过去，她抱歉地对他说还有事情没有完成。还有……他还要吃醋却不能计较有个男人无比重要地存在她心里。

艾茜之前谈的那些男朋友，初恋也好，蓝颜知已也罢，他一点感觉都没有。唯有危城，他确定自己爱上艾茜后，每次看着艾茜接听危城的电话心里都有一种似有似无的计较感……

从危城出事，到危城醒来，费聿利替艾茜高兴，只是高兴之余，这三个月所有压在他心里的坏情绪也跟着爆发，内心的烦躁像是点上的火药一触即发。

他快要失去耐心了，就像曾经耳鸣的那段日子里，每天将自己逼到糟糕情绪的边缘……在车里开着窗抽完一支烟，费聿利重新发动车子往前面驶去。

方向是海逸集团。

终于明白，他哥为什么会沉迷于工作，他以前觉得是一种热爱，其实是一种选择。

夜幕很快降临，A市清早开始下的大雪终于在傍晚薄暮冥冥里停下来。晚上七点，费聿利还在海逸集团办公大楼对着电脑做事，感到脖子僵硬，身子往后一靠。

桌子上的手机响了。

他拿起手机，王垚打来的。约他过去吃火锅，去周小神那边。

艾茜回北京这几个月，周媛媛租下艾茜原本在百合花苑的小两居。艾茜不在的这三个月里，费聿利有时间就跟周媛媛和王垚一块儿吃个饭，他们两人自从在一块儿，感情是越来越好，费聿利时常被恶心得肠胃不适。

费聿利开车在百合花苑绕了两圈，终于找到位子停下来，下车的时候撞上了也住在这个小区的郭丽呈。两人打了个招呼，郭丽呈问他：“你知道……秘书长什么时候回来吗？”

费聿利拿着车钥匙，慢了半拍说：“……她北京那边还有事。”

“我知道。”郭丽呈说，“就是想问个大概时间。”

“你自己联系她吧。”费聿利说。

男人身姿颀长利落，脸上面无表情，说话还简洁干脆，无疑给人一种冷酷无情的感觉。郭丽呈望了望费聿利，猜想费聿利和艾茜是不是分手了。

郭丽呈一直说话不太经大脑，尤其面对费聿利。要么卡壳，要么直言直语。

“你和艾茜还好吗？”她开口问。

费聿利将目光落在郭丽呈脸上，居然在对方的脸上看到了一份在意，只是这份在意，没有让他有任何情绪上的波动。

“……我们好啊。”费聿利回答，顿了下，“等艾茜回来，大家一块儿聚聚。”

“……”

“我还有事，先走了。”丢了一句场面话，费聿利扬长而去。

费聿利来到艾茜原先租下的小两居，里面周媛媛已经将火锅煮上，王垚在厨房系着围裙洗菜，两人一前一后地忙活，就像是小两口。吃火锅的时候，周媛媛拿出手机拍了一张照片说：“我发个朋友圈，让艾艾嫉妒我们。”

费聿利笑了一下。

王垚推了一下他的手臂问他：“艾茜她什么时候回来？”

回来？

他觉得王垚这话存在歧义，艾茜本不是A市人，谈什么回来？她之所以来A市，只是因为黎明公益基金会，担任黎明秘书长一职对她而言也只是一份暂时打发时间的工作，她后面就算回来，应该也只是办理正式的工作交接。

夜里回到家，费聿利上了家里的天台，上面积雪未化，洁白的雪面反射着薄薄月色，仿佛在上面染了一层清辉。费聿利一个人堆了一个雪人，然后拍了一张照片给艾茜。今天她回复消息倒是很快，没一会儿就回复他：“别冻着。”

赤手堆雪人，原本费聿利也不觉得冷，艾茜这样一说，才后知后觉感受到自己的双手都冻僵了。他抬头看了眼夜色，只觉得雪天的夜空也是极其荒芜。

费聿利回到二楼屋里，接着给艾茜发了一个视频。

艾茜人在医院，她走出病房，用很轻的声音开口说话：“你刚刚在堆雪人啊。”

费聿利：“是啊。”

“好玩吗？”

“无聊，一般。”

艾茜笑了笑，视频里笑眯眯地望着他。

费聿利也望着艾茜，然后，他没有犹豫，直接问她：“艾茜，你什么时候回A市？”

艾茜一时没吭声，过了一会儿，她说：“我还没有确定。”

他应了一声：“那你早点确定告诉我。”

艾茜点了一下头，说：“好。”

两个人心里都有一份情绪，一份不确定……后面，如果问费聿利今年最后悔的事是什么，那就是他还没有等到艾茜的明确答案，先提出了分手。元旦，A市又下了一场小雪，不比上次，这一次南北都在下雪，以至于提前买好的机票也不能飞。

接到费聿利分手电话的时候，艾茜人已在首都机场。

大雪之后，北京连续晌晴。危家后花园朝北，外加北京气温低，庭院边角没有处理干净的积雪大多需要等到明年开春才会融化。

只不过，今年暖春来得格外快。

晌午，艾茜和危城坐在三楼的玻璃房晒太阳，中间交流不过两三句，原因是各自看手中的书。阳光房很暖和，晒得她裸露在外的肌肤微微泛红。她上身是一件尖领羊绒衫，搭着宽松的阔腿牛仔裤，十分休闲，因为衣着宽松舒适，可以自然又毫无束缚地双腿交叠，搁在近处的藤椅上方。

她动作这般舒展，毫无规矩，危城只是抬头看了她一眼，继续看他的小说。

一本从危宇航书包里拿来的漫画书。

醒来之后的危城有些不一样了，但也说不出哪儿不一样，就是十分平静。经历过生死的人，心态肯定有些不一样。危城最大的改变就是从一个忙碌的总裁变成了一个关心儿子的老爸。当然在做一个合格的爸爸这件事上，危城显然还有些吃力。

至于那晚他和柳静灵到底聊了什么，危城什么都没有说，既然他不愿意说，家人就不会多问。对潇潇阿姨和危叔叔而言，危城能醒来就是老天保佑。

这段简单又放松的日子，艾茜最大的感受就是不管是危城、潇潇阿姨、危叔叔，还是她自己，都在努力地将生活重新拉回正轨。

可是，生活有正轨吗？不过是将日子过回原先的从容模式。然而，生活永远都是风平浪静的表面下潜藏着暗潮涌动。

不比危城看的漫画，艾茜看的是一本讲社会公益的书。对于她今天旷工不上班的行为，危城也不管她，当然他也不过问公司事务。

艾茜觉得危城是变得“佛系”了。

只是，她没办法“佛系”……她不能一直替他工作。所以，她才用这样的方式暗示危城，让他注意到她手中书的书名——《如何做好一个社会公益人》。

所以，危城注意到了吗？

“这本书真不错，作者不仅是理论家还是一位实践家，里面很多观点都让我受益匪浅。”艾茜边看边说，说话的时候目光一直落在书上，嘴上的话，像是随口说出一句读后感。

“哦，是吗？”危城回应了她。

“是啊。”艾茜拿着书抬起头，兴致勃勃地对危城讲书里的两个公益案例，讲完后，说，“之前黎明公益基金会也面临这样的处境，即使捐赠资源不断投入，可资源也在不断消化，外加规模又受到限制，就难以持久，而我只顾着拉款，在黎明公益品牌宣传上明显做得不够。想要可持续发展，必须要树立好公益品牌价值，同时关注社会效益，及经济效益。”

她叽里呱啦说了一大堆，危城只给她一句话：“茜茜，你今天心情不错。”

好一会儿，她放下书对危城一笑：“难道我前几天心情不好吗？”

“你说呢？”危城朝她一笑，脸上神情完全是一副情况微妙不便言说的样子。

艾茜真没想到危城这般细微地观察她的心情状态，对于失恋这件事，她已经将自己情绪控制到不影响当前生活和工作，然而，失恋总归失恋，只要想到费聿利电话里那两句坚决的话，她胸口就闷得厉害，像是压了一团气，怎么呼吸都无法顺畅。

“艾茜，我们两人目前这样的关系，是不是要考虑一下了？”他先这样问她。

这是一个设问句，提出考虑基本就是有了分开的想法，不过考虑也需要时间，费聿利会考虑多久呢？一天还是两天……

既然他想冷静一下，她自然也答应考虑一番。

然后，不到五秒，费聿利说他考虑好了。

“艾茜，我们分开吧。”这是费聿利考虑好的答案，不到五秒，干净利落的作风一点都没有变化。

不仅仅是手起刀落出招又快又狠，简直是见血封喉的级别。

她忘了自己当时如何回应费聿利，因为费聿利态度太过明确，她再多说什么都只是“遗言”，所以，她也没什么遗言可以说。

毕竟遗言也需要准备。

她临场发挥的结果，只有一句话：“既然你想好了，我同意。”

费聿利冷笑两声，挂上了电话。

其实，元旦那天如果不是大雪临时取消了北京飞A市的航班，她大概晚上九点能落地A市机场。其实，费聿利做出的选择，不正是她预想的结果吗？只是结果提早来了，就有些不对味。就像明知道自己不好好学习考试一定不及格，但是如果连考场都还没有上，直接被宣判出局，心里多少有一份不甘。

不甘，又不敢为自己叫屈。

艾茜注意到危城投来的目光，抬起头说：“我又不是第一次失恋。”

“是啊，但不一样。”危城说。

艾茜挑了一下眉，心虚道：“哪有不一样？”

危城完全看透了她心中的别扭，只是有时候他会替她遮掩，有时也像现在这样直白地说出来：“你之前每一次失恋都像是解脱，但这次你很刻意——”

“刻意？”她太阳穴一跳。

“刻意得让人看了难受。”危城精准又明了地丢话，拿起手中的书，更为具体地说，“你这次处理感情的作风就像是宇航这个年纪的人，幼稚极了。”

艾茜：“……”

她很想反驳危城，他自己感情都处理得一塌糊涂，凭什么对她指指点点。只不过有些话她不好说。

“当然，我也没资格对你说什么。”危城自我嘲弄地说。

艾茜：“……”

她觉得危城这次大难不死醒过来之后，真的有很大的不同。不过，比起以前的他，她更喜欢现在的危城，以前的他每次都在她这里扮演大哥哥或人生导师，所有的行为都是关照她，所有的话都是在教导她。现在的危城，他当然还是她的大哥哥、家人，不同的是他不再……高高在上。

危城站了起来，深重地叹了一口气，然后开口说：“茜茜，我应该好好对你感谢一番，这四个月你对危家对我对宇航做的所有事，每一件都让我对你充满感激和愧疚。”

艾茜打住危城的话：“别……”她最听不得这样的话了。

“当然，因为我们是家人，我觉得也没什么。”危城紧跟着开了一个玩笑。

喔。

“这四个月也像是你和费聿利的一份感情考验，你们似乎都没通过考验。”危城话锋一转，故意奚落她，“如果恋爱是一门课程，你是不是要重新修一下？”

艾茜：“……”危城这是在怂恿她吗？

“老实说，我也不太希望那个人是费聿利，我也不是劝你跟他重归于好，只是……从我失败的感情经历来说，一段感情一定要做好收尾工作，不要因为不想面对就选择快刀斩乱麻，不然只会滋生更大的遗憾和问题。

“如果你们还有机会，你可以选择再次爱上他，如果真的不合适，完美的收尾才不会影响你以后爱上别人。

“从私心上来说，我希望你继续留在微正，前几天小严给我整理了你四个月的工作流程……茜茜，不管作为哥哥还是老板我都希望你留下为微正创造经济效益。

“不过，你是自由的。”

这是危城醒来后，第一次如此坦诚地跟她交流，也是对她说话最多的一次。他还是那个温柔又明白她的大哥哥，看穿她极力遮掩的内心想法，然后用他的语言让她清晰地面对自己的内心。

“危总你赶我走之前，能不能给我结一下报酬呢？”艾茜微微仰着头，眼睛明亮动人。

危城望着她，思忖一番，回她：“报酬先记着，以后有机会了，再连本带息给你。”

艾茜：“……”

大老板要起赖，作为员工她还真没有办法。

半个月后，艾茜沉寂很久的朋友圈突然更新了，像是断联已久的人重新跟朋友圈建立联络。当然，艾茜也没有发什么，只是简单转发黎明公益基金会新出的一项公益扶贫活动。

她这条朋友圈底下，原先她在A市交往的朋友同事都给她点了赞，包括王垚周媛媛郭丽呈和其他黎明小伙伴……

难得的是，其中还有她最为大方的前男友。

费聿利。

Chapter 13
以 退 为 进

艾茜走出校长办公室，一股冷空气嗖地卷过长廊，劈头盖脸地朝她涌了过来。

她猛地打了一个寒战，挺了挺脊背，不由得感慨南方的春天完全可以用春寒料峭来形容。她今天穿了两件羊绒衫，外加厚实的加绒长裤，羽绒外套，仍是感到手脚冻僵。她看了看走过长廊的几个孩子，穿的都不算多，每张脸蛋都冻得通红通红。

他们吵吵闹闹走过她和赵老师身边，生动又矫健。

早春的寒潮一涌一涌，携风带雨，将教室长廊靠外的一侧全部打湿。记忆中鹿城的早春也是这样，乍暖还寒，一下子气温上到二十度，一下子又出现断崖式降温。

“艾经理往我这边来一点。”

突然拉她一把的人，是南庄小学的教导主任兼任一二年级的语文老师，姓赵，年纪大约四十来岁。因为校长有事外出不在办公室，赵老师带着她逛起了这幢五层楼的教学楼，给她简单地介绍了一下学校的情况。

她所在的地方是A市城乡接合地带的南庄镇，附近都是低端制造工厂，也是流动人口密集的聚集区。南庄小学，原就是一个废弃工厂改造的私立民工子弟学校，由于前几年A市经济发展迅速，外来务工人员越来越多，来这里的入学孩童也越来越多。几年时间，南庄小学就由原来六间教室变成了现在二十间教室，三十多位老师……

“这里的孩子只能说是一半城里人。”赵老师说。他们的父母带着他们生活在大城市，却没有在城里扎根。

“爸妈基本是附近工厂长期打工、建筑工地临时打工的工人，还有菜农、小贩、环卫工人……

“南庄小学由于入学简单，学费合适，这些年逐渐被外来打工的父母认可。对了……我们还上过一个公益宣传片，其间得到过不少社会爱心捐助。

“我们校长的办学理念很简单，就是为社会解决难题。我们虽然是私立学校，但同样也是社会公益学校。这些年我们老师也都很努力，可以说，我们南庄小学是A市教学质量最好的民工子弟学校。”

赵老师的每一句话，艾茜都听出了一种她身为南庄小学教师的骄傲。骄傲里又透着一份……无可奈何。

因为南庄小学，正在面临被关停的命运。

南庄小学的用地原是跟一家叫恒亿的公司签订的二十年租赁合同，从南庄小学成立到现在只有十年时间，按理说还有十年使用期，可是前不久恒亿给南庄小学发来一份通告，称南庄小学存在违规建设等违约行为，要收回土地，并要求学校相关人员在最快时间搬离……

艾茜今天来南庄小学，就是接到郭秘书长的指令，看看能不能为南庄小学的孩子提供帮助。

手机电话响了，艾茜看了眼来电显示，滑动屏幕接听，口吻已不是领导对下属，而是下属对领导：“秘书长……”

“艾……”

听筒里郭丽呈声音还有点别扭，停顿片刻，对她说：“晚上黎明的聚餐你要参加吗？”

艾茜算了算时间，等参观完南庄小学赶回去，应该来得及参加黎明基金会的聚餐。她嘴角微微一翘，对郭丽呈说："我参加的，谢谢秘书长。"

郭丽呈："……"

"好。"

"晚上见。"

艾茜笑着挂断电话。

这世上大概没有像艾茜这样毫无追求的职业女性，她前面离开黎明基金会，是因为不确定自己能否再回黎明公益基金会，就跟理事会举荐郭丽呈为秘书长。郭丽呈顺利接了她的班，在她不在的四个月，将黎明公益运作得如火如荼。

她重新回来，郭丽呈本要将秘书长位子还给她，她拒绝了。现在的她，不再是黎明公益基金会秘书长，而是担任扶贫专项经理一职。

从五楼转到一楼，赵老师叹了两口气："情况大致就这样，现在校长还想跟恒亿的人交涉交涉，但是恒亿已经把地卖给了海逸，海逸是A市的大公司大集团，怎么会答应继续把这块地留给我们？毕竟海逸即将开发的游乐园项目价值百亿……"

海逸……

艾茜眨了眨眼睛，从下往上打量整幢教学楼一番，对赵老师说："我相信峰回路转，这些孩子就算有一天不能在这里读书了，也一定会被送到更好的学校。"

"是啊，话是这样说，孩子国家一定会安排，但我们老师呢？艾经理，不瞒你说，我们这里一半的老师都是合同工，如果学校没了，我们也没有了工作。"

艾茜的车停在南庄小学的南边，正对着一个破旧水泥篮球场，她的短靴踩在泥泞的道路上，丝毫不在意雨水脏了短靴，只是这道路坑坑洼洼，她走得十分艰难，这些孩子每天上学下学，鞋子肯定很容易打湿。

同样，这条南庄小学出来的必经路，到处淤积着雨水和烂泥。艾茜将车开得小心翼翼，结果还是栽了一个坑，左侧后轮掉进一个不深不浅的沟渠里。

艾茜撑着伞下车拍照，用手机拍下磕到的后轮毂，联系保险公司。车轮陷得还挺深，要等保险公司安排拖车。中间忙活了大概半个小时，等处理好一切，艾茜看着自己沾上水泥的外套，觉得自己可以发个朋友圈留个纪念。

艾茜将车掉坑里的照片发到朋友圈，等她回到百合花苑的房子洗漱换衣，王垚发来一条消息：艾艾，你跟费二去了同一个地方？

艾茜不解，王垚就给她发来一张截图——费聿利居然给她车轮掉坑的那条朋友圈点了赞，紧跟她后面，他还发了同一条路的朋友圈——这是我开过的最差的路。配图也是南庄小学南边的这条泥泞道路。

艾茜："……"

艾茜沉默好一会儿，回复王垚：没有。

王垚发来一个嘿嘿的表情。

她和费聿利已分手这件事，王垚和周媛媛都已知晓。对于这位前男友每次都给她朋友圈点赞的大方行为，都感到惊叹，惊叹费聿利的态度，想八卦费聿利的想法。

"感觉你们什么都走在我和王垚前面，分手也一样。"周媛媛突然感慨这样一句。

呃……什么意思？

"我和王垚也走在了分手的边缘了。"周媛媛说出这句话的时候，朝她的方向转过脑袋，眼巴巴地瞅着她，"茜茜，如果我和三土分手，咱们在一起吧。"

艾茜："……"

"我觉得王垚根本不爱我，什么十分甜，根本就是十分坏。男人都是大猪蹄子。"周媛媛义愤填膺地说。

"他就是喜欢大长腿的妖艳贱货，他只爱我有趣的灵魂，却不爱我可爱的外表……"

艾茜顿时没办法发表意见了。

她自己已分手，不能怂恿周媛媛也跟王垚分手，更不能分手之后她们在一起。虽然女孩子很可爱，但她没有出柜的想法。

周媛媛突然认真地聊："艾艾，我觉得你不一样了。"

"哪儿不一样了？更漂亮了？"艾茜不要脸地凑过来，一脸好奇。

“算了，还是一样——厚颜无耻！”周媛媛撇撇嘴……她本要说艾茜不一样的地方，就是觉得，这次回来艾茜更温柔了。之前她认识的艾茜，很飒很御姐，结果这次回来，艾茜就像她周围的女性朋友一样，会跟她走心地交流秘密和情感，不像以前只是她的人生导师。

夜里，蓝鲸酒吧。费聿利将脱掉的外套随意搁在沙发上，里面穿的是一件纯黑色的高领羊绒衫，头发剪短露出有型的额头，因为瘦了，下颚角更分明，整个样子看起来比一个月前更坚毅，但也给人更有距离感。

王垚喝了两口酒，直接问话：“费二，你告诉我，你是不是后悔分手了？”

“什么后悔？”费聿利反问王垚。

“后悔跟艾艾分手。”王垚笃定地说。

费聿利修长的手指沿着杯壁反复握了握，抬起冷静的眼眸，回答王垚说：“不后悔。”

王垚也不给面子了，直接问了：“那你干吗一直给艾艾点赞？”

费聿利撇了撇头，先看向外面泳池边走动的男男女女，再看向王垚问：“谁说分手不能做朋友？”

“……噢。”

“阿嚏！”火锅店，艾茜被辣椒呛了一下，打了一个热喷嚏。

夜里，黎明小伙伴聚会结束，艾茜跟周媛媛和郭丽呈一块儿打车回百合花苑。周媛媛多喝了几杯，下车的时候整个人已经挂在了她身上。坐在副驾驶上的郭丽呈解开安全带，和她一起扶着周媛媛上楼。

将周媛媛放倒在床上，郭丽呈立在床边欲言又止，艾茜轻轻关上周媛媛的卧室门，郭丽呈跟着一块儿出来，她问郭丽呈：“要喝水吗？”

郭丽呈摇摇头：“……不用了。”

客厅气氛自然又拘谨，自然的是艾茜，拘谨的是郭丽呈，艾茜走到沙发稍微收拾周媛媛乱丢的书籍，随意绑着的头发散落了几缕下来，她伸手捋了一下头发，起身说：“坐吧。”

“我们出去说可以吗？”郭丽呈望着她说。

“当然——可以。”艾茜眉眼一闪，“听秘书长的。”

郭丽呈：“……”

郭丽呈和艾茜绕着百合花苑走，这个艾茜住了半年，郭丽呈住了二十年的小区，早春的夜晚并没有太多人，每扇关着的窗户透着微薄又温暖的光亮，仿佛每家每户都沉浸在迷迷蒙蒙的夜色里，比起白天夜晚会给人一种安全感。

安全感又会让彼此更坦诚。郭丽呈两手提着一个牛皮手袋，放在身前，走得不紧不慢。艾茜则两手都放在了羽绒服口袋，只带了手机和钥匙下楼。

“艾茜……”郭丽呈略低的声音飘过来，待她偏转过头，提了提声音说，“一直以来，我对你都有误会！”

艾茜神情一愣，随即一笑说：“有什么误会？”

郭丽呈深吸了两口气说：“我以为你是靠关系抢走我父亲的位子，对我也有意见。”

艾茜：“……”

空气短暂地凝固一下，一道浅笑掠过郭丽呈的耳边。

“如果是这样，你对我没有误会。”艾茜开口说。

郭丽呈杏眼圆睁，猛地看向艾茜。

艾茜嘴角端着一点笑意，悠悠说：“我的确靠关系抢走了郭会长的位子……同样我对你也有点意见，毕竟你脾气也不小。”

郭丽呈没想到艾茜说话一点也不藏着，低了低头，也笑了起来。

“那你为什么要把秘书长位子让给我？”郭丽呈问。

艾茜将手放在口袋，目视前方：“秘书长这活不好干，你比我适合。”

不好干她就适合了？郭丽呈摇了摇头说：“我没有你有能力，业务很一般。”

“慢慢来呗。”艾茜睨了郭丽呈一眼说。

艾茜的鼓励真是难得，郭丽呈抿了抿唇，问出心里的疑惑：“为什么选择黎明公益？”

艾茜“嗯”了一声，正要回答郭丽呈，郭丽呈抢先说：“你进来的时候，为黎明拉了一笔很大的赞助，备注栏只有英文名字Alyssa，你走之后，我查了Alyssa是谁，她就是你，对不对！”

面对郭丽呈这般笃定的口吻，艾茜又应了一声。

“我没瞒着啊。”艾茜为自己辩解。

“我在英国的时候，我的英文名字就是Alyssa。刚开始嘛，为自己助助威……”

声音越来越弱，难得她居然尿了。

郭丽呈抬了抬头：“其实，你和费聿利真的很般配。”

话题怎么突然扯到她的感情上了，艾茜没有面露任何不解，郭丽呈看着她，认真说：“艾茜，我为我之前的行为跟你道歉。我爸爸已经跟我说了所有事情，包括你为什么会来黎明，他一直以为我知道，抱歉……我之前是有点嫉妒你，排斥自己去了解你，所有的猜测都偏向原本对你的误会那一边，只有这样，我才觉得你也没有那么优秀，我没有输给你太多。”

“……”

一阵寒风吹来，郭丽呈说得牙齿打战，眼睛仍闪亮地落在她脸上。“甚至，我一直觉得你不够善良，不适合做公益慈善。”

夜晚真的令人坦诚啊。艾茜轻轻地笑了一下：“我的确不太适合做慈善。”

郭丽呈：“善良是一种选择，表达善良的方式同样也很多。何况我们选择做公益慈善，也不是为了帮助别人，更多的是帮助自己。”

艾茜不说话了。

“我觉得做公益最好的地方，就是让我们更容易找到自我。”郭丽呈道，目光坚定，手指相扣地握着。

好一会儿，艾茜朝郭丽呈点了一下头。

跟郭丽呈聊完话，艾茜回到屋里，不放心，打开次卧的门看看周媛媛情况如何。房间开着一盏壁灯，周媛媛已经醒过来靠在床头，头发披着，双手攥着手机，圆圆的脸庞流淌着泪水，一副心碎的样子。见她立在房间门口，周媛媛抬起一张痛苦的脸对她说：“茜茜，我要和三土分手！”

艾茜：“……”

在她和郭丽呈下楼说话的时候，周媛媛这边发生了什么？

事情是这样的：艾茜和郭丽呈离开，周媛媛想到今天王垚还没有给自己打电话，加上自己又喝得头昏脑涨，更想躲在被窝里跟男朋友煲电话粥，只是白天她还跟王垚冷战，实在拉不下面子主动联系王垚。冷战的原因，就是她发现王垚的某个社交号关注着大量各类长腿大胸的性感女人，即使每天跟她卿卿我我，同样也不影响他对大长腿的欣赏。

之前她和王垚做朋友的时候，每次王垚说自己重口味她还可以大大咧咧地嘲笑他：重口味容易被绿喔。

只是她和王垚关系一变，从朋友变成情侣，她也就没有这份大大咧咧了。

她很在意，计较，甚至对王垚的直男审美很敏感。

白天的时候，周媛媛就这个问题跟艾茜交心说："我和王垚更适合当朋友。"

白天的时候，艾茜觉得周媛媛只是一时的情绪，两人总的来说还是非常甜蜜，性格也非常合拍，即使相互吐槽也不影响彼此眼睛里的爱意流动。

用一句老套的话来说就是眼里满满都是对方。不过艾茜也理解周媛媛，越是喜欢，越接受不了感情上的瑕疵。尤其这份瑕疵，还有着不专一的风险。

周媛媛哭得一抽一抽，最终把事情和盘托出。分手当然不是因为王垚社交平台关注着大量网红小姐姐，而是她已经被王垚绿了！

已经被绿了？

艾茜顿时对周媛媛充满同情，男女交往只是因为性格不合分道扬镳还好说，毕竟不是每个人都幸运地能在第一次恋爱就找到适合自己的人，最忌讳的是明明彼此相爱又性格合拍，结果还是被对方伤害……如果这样，这样的创伤可能会一辈子都伴随着女孩，如影随形，就算她以后再次遇上爱的人，都会对爱充满着质疑和危机感。

"王垚到底做了什么？"艾茜问周媛媛。

"他……"周媛媛擦掉眼泪，犹豫了一番，还是将照片给艾茜看。

艾茜拿过手机，看向朋友圈里的照片。

一张合照，背景应该是酒吧。

合照里男女成双成对，最为显眼的是坐在中间的两个男人，他们各自面带微笑又透着一丝“渣”意，身旁各坐一位漂亮姑娘，紧紧地依偎着他们。如果只看照片，这俩男人倒各有各的帅气，一看就是那种快乐又潇洒的公子哥。

只是如果一个是男朋友，一个是前男友……感觉就不一样了。

晚上十点，艾茜陪着周媛媛再次出门，出发前往蓝鲸酒吧。被绿这件事需要更多证据……拿到证据最好的方式就是杀到现场人赃并获。

这样的合照怎么会被周媛媛看到？艾茜百思不得其解，合照不是别人转给周媛媛的，也不是发在她前男友费聿利的朋友圈里，而是直接出现在王垚自己的朋友圈。

王垚不仅大大方方地将合照发了出来，还正大光明地设置仅周媛媛可见。

事情……好像有点玄啊。

“王垚这个大傻×，他肯定发的时候忘了屏蔽我，让我可见了。”周媛媛十分确定地猜测，越是这样猜想越是气到胸口炸裂。

由于气不顺，周媛媛嗷呜一声，情绪已经从伤心转为愤怒，只想到现场跟王垚battle!

艾茜开着车，觉得事情应该不是周媛媛猜想的这样，王垚应该做不出将屏蔽女友点成只对女友可见的事情来。

如果真这样，王垚可能真的喝大了……

对面就是蓝鲸酒吧，艾茜踩着油门将车子送上旋转弯道，发动机发出叫嚣又流畅的轰鸣声，直至，她将车停在了商场五楼的露天停车空位。

A市市中心周围一圈都是流光溢彩的华灯大厦，车门打开，夜风刺骨又冰凉地灌了进来。艾茜想到什么，关上车门，从包包里拿出一支口红递给周媛媛，开口说：“不管事情真相怎么样，既然去酒吧，补一下口红吧。”

“对，从现在开始我不是周媛媛，是钮祜禄·周媛媛，我要把王垚那个龟孙子踢进泳池里，让他变成大王八、落汤鸭，真正的绿王八！”

周媛媛磨牙凿齿地蹦出一个又一个不良词语，拉下车载化妆镜，对着镜子补口红。

“这样可以吗？”周媛媛歪过头问她，眼里有一丝小心翼翼的不确定，还没有得到她的回复，先自我奚落说，“艾艾，我怎么看自己都像是要吃小孩的女鬼啊。”

“的确，”艾茜看了周媛媛一眼，总结说，“你的眼里有杀气。”

周媛媛扑哧一声笑了，瞪了瞪眼睛，对着镜子里的自己说：“对，我要进去大杀四方！”

艾茜也笑了，倒不担心周媛媛了。

今晚她之所以带周媛媛过来蓝鲸酒吧，不是真带周媛媛来对付王垚，而是让周媛媛了解事情真相，免得后面就算从王垚那里听到解释也心存怀疑。

一对情侣不怕面对面吵架掰扯，最怕隔着距离各有各的想法。

艾茜和周媛媛下了车。

蓝鲸酒吧不算特别吵闹的酒吧，但也不是只喝酒听歌的静吧，它外面有个很大的泳池，头顶是大片敞亮的玻璃房，即使在早春的夜里，男男女女仍可以穿着性感又裸露的泳衣开派对，里面的客人即使只坐着喝酒，随便往外一看，也感受到鲜美肉体带来的大饱眼福。

艾茜走进蓝鲸酒吧，就是这样的感觉，周媛媛倒已经来过一次，知道蓝鲸酒吧看似高大上实则就是一个酒池肉林。所以，当她看到王垚的定位地址显示是蓝鲸酒吧，更是怒火中烧。

“好了，现在你去找王垚，我自己找个地方坐一坐。”艾茜对周媛媛说。

周媛媛看了眼艾茜，倒也明白艾茜的难处，毕竟合照里还有一个费聿利！周媛媛冲艾茜重重地点了一下头，表示已记住艾艾在过来的车里对她说的话。

“你越是临危不惧，王垚才越会节节败退。”

循着光影交错的酒吧射灯，周媛媛找到王垚和费聿利，没有看到想象中年轻男女相互勾引挑逗的龌龊画面，沙发上只有王垚和费聿利两人，合照里的两位漂亮女孩根本不在场……

人呢？知道她要赶过来，她们就自动消失了？

见周媛媛踏着小短靴气鼓鼓地杀过来，王垚吹了一个口哨，抬起表看了看时间，得意地朝对面的费聿利说：“不到三十分钟。”

费聿利弯唇笑了笑，样子似乎十分服气，随即目光微微地往周嫒嫒后面打转了一圈，快速收了回来。

“……”

周嫒嫒已从火冒三丈到一头雾水，什么……不到三十分钟？意识到自己被王垚和费聿利这俩男人耍了，周嫒嫒一声愤怒吼叫，不带犹豫地高高举起手中的小猪包，使劲地往王垚的脑袋砸，边砸边骂：“王三土，我今晚就杀了你，不！绿了你！”

王垚已经顺势抱住了周嫒嫒，将她往自己怀里带，双臂收紧，加大力气控制发作的周嫒嫒，笑笑咧咧说：“周嫒嫒你是大傻子吗？你知道你二话不问直接赶过来，我输了多少钱给费二吗？”

什么，他居然还输钱给费二了？

周嫒嫒更是气不打一处来，使劲地捶打王垚大腿：“你有病啊！有病啊！”如果她不赶过来，今晚之后王垚也就成为她前男友了！越想越气，周嫒嫒又拿起王垚的手重重咬了下去，王垚疼得龇牙咧嘴，夸张的模样惹得费聿利神情嫌弃地撇过视线。他又看了看四周，然后，收回目光。

王垚想说……有病的人不是他，是费聿利。今晚他和费二难得有时间约着喝酒，几杯酒下去，他跟费二说了自己跟周小神最近冷战的矛盾，一向不靠谱的费二想了想丢出这样一句话：“这还不好吗，说明周小神很在乎你啊。”

冷飘飘的一句话，王垚居然听出了艳羡，艳羡里又透着那么一丁点的酸意。

可是，王垚又觉得费聿利站着说话不腰疼，难不成他谈了恋爱就再也没有欣赏美色的权利？这是不科学的，作为热爱生活心态积极的他，他爱自己女朋友是一回事，偶尔饱饱眼福看看其他美女又是另一回事，爱情是爱情，他不能为了爱情违背人性啊。

可是，爱情就是违背人性的。在周嫒嫒赶过来之前，费聿利这样问王垚：“那你觉得周嫒嫒好看吗？”

“一般。”

“一般就是不好看？”

“不是一般，是一般好看。”王垚郑重其事地说，“说话要讲道理，也要讲事实，我不能因为周小神是我女朋友就觉得她是全天下最好看的女孩，如果我真这样说了，就是对她的颜值的敷衍，对她感情的虚假。”

一句句冠冕堂皇的话，费聿利听笑了，事实上大多数女孩就是不讲道理不讲事实的生物，唯有艾茜，她比他更讲道理。

王垚点点头，说：“可是，周媛媛也不能动不动就跟我冷战啊。”

“所以，你想让周媛媛跟你干架吗？”

王垚想了想说：“跳脚的媛媛真的很可爱……”

然后，就有了今晚如此无聊的把戏。如果周媛媛立马打电话来质问，费二给他钱，如果周媛媛二话不说直接赶过来，他给费二钱。这样的把戏就是男女冷战时候的一剂猛药……一个愿打一个愿挨，吵吵闹闹，不仅修复了冷战带来的裂缝，还让双方关系更亲密。

此时此刻，王垚开心又欠揍地搂着周媛媛说：“周媛媛，老子告诉你啊，如果你以后再动不动跟我冷战，老子真的要被外面的妖艳贱货给骗走了啊！”

“王三土，你居然还敢威胁我！”

“不，我不是威胁你，我是提醒你。”

“王三土！”

“当然，如果老子真的被她们骗走了，你也可以把我骗回来啊，这样你就成了妖艳贱货。”王垚毫不羞耻地说。“你就不用再嫉妒她们了。”

这是人说的话吗？！周媛媛听了又好气又好笑，恨不得真的将王垚丢进泳池让他变成绿王八，可是就这样一来一去，心里的那点酸意也没了，取而代之的，是恨不得捶死王三土这个大傻×！

其实……能发泄出来的脾气都不是脾气，能说出来的别扭都不是别扭。王垚和周媛媛吵闹的时候，费聿利站了起来，离开了座位。

在周媛媛过来之前，王垚对他补了一句话：“虽然周媛媛只有一般好看，但她在我眼里是最可爱的女孩，就算以后她老了，在我这里也是最可爱的女孩子。”

呵，对着自己兄弟撒什么狗粮？这话不要对他说，直接对周媛媛说去。

作为兄弟，他倒是可以出手帮忙顺水推舟一把，在王垚发了仅周嫒嫒可见的朋友圈半小时后，他给艾茜发了一条消息：带周嫒嫒来蓝鲸酒吧，给你一半赌金。

这是两人分手之后，费聿利主动给艾茜发的第一条消息。口吻就像，主动退到了两人交往之前的朋友关系……

昏暗摇曳的灯光里穿梭着蓝鲸的服务生，彬彬有礼又模样帅气。

艾茜坐在吧台，笔直修长的双腿搁在长脚凳的脚踏上，微微歪着头欣赏调酒师为她调制鸡尾酒，目光打量又欣赏。当一杯颜色漂亮的玛格丽特送到她面前，艾茜对身后过来的人说："付钱吧。"

从走路的声音，她就知道过来的人不是服务员……

费聿利走上前，对熟悉的酒吧调酒师说："记王总账上。"

艾茜哼了一声，接过鸡尾酒似笑非笑。

"一半的赌金已经转你微信了。"这是费聿利坐下来，对艾茜说的第一句话，也是两人分手之后说的第一句话。

视线相撞，艾茜开口："谢谢啊。"

"不过，钱还给你。"艾茜端着鸡尾酒又放了回去，"你发的短信我是送周嫒嫒过来了才看到，我跟你不算是同伙……你也不用给我赌金。"

的确，费聿利发来的消息艾茜是在下车之后看到的，所以她才对周嫒嫒说要临危不惧，所谓合照根本只是一个幌子。

"两个人闹矛盾了，现场掰扯总比冷战好。"费聿利望向王垚的方向看了眼说，算是对这无聊的把戏做解释。

艾茜有点想笑，望向费聿利，打趣说："用心良苦啊。"

费聿利自然听出艾茜平静口吻里透出的嘲讽和揶揄，只是她和他寥寥几句话反而让他心中莫名畅快。如果说分手之后他胸口一直有气憋着，在艾茜这样面对面地跟他说话，憋着的无名火已经烟消云散，取而代之的是胸腔复燃的一团火焰。

"怎么决定回来了？"费聿利随意地问，语气似乎有点硬。

“工作上的事，不需要跟前男友汇报吧。”艾茜歪过头，眼睛一眨地回敬说。

费聿利扯了扯嘴，口吻利落地说：“倒不需要汇报，我也只是随便问问。”

艾茜眉头一挑，冷淡地“噢”了一声。

“不过，我觉得就算分手了，我们也可以是……”朋友两字还没有说出来。

艾茜已经说了出来：“朋友？”语气质疑。

费聿利呵了一口气，不冷不热地说：“如果你心里别扭，那就算了。”

“……”什么叫她心里别扭就算了？他这话一说，反而是她小气了。

“朋友，你好——”当调酒师把酒递给费聿利，艾茜端起酒杯跟费聿利的酒轻轻一碰，十分大方。

费聿利：“……”

王垚带周媛媛离开了蓝鲸酒吧，什么是兄弟，就是相互成全。

“不行，我不能丢下艾艾。”马路上，周媛媛一定要回头找艾茜。

“费二后悔了。”王垚拽回周媛媛说。虽然，费二从头到尾没说过后悔两字，但以他的观察，费二肯定后悔了。

“那你们也不能坑人。”

“坑人就坑人，不坑人咱们能和好吗？”王垚无可奈何，然后语重心长地跟周媛媛分析，“艾艾多聪明的人，还能被费二坑去？”

周媛媛有一点松动。其实，她也想艾艾跟费二和好，又替艾艾意难平。

“前男友都应该入土为安！”周媛媛用了艾茜之前的原话。

“对，前男友都应该入土为安！但现在情况是费二还没有完全入土为安啊，他只是躺在太平间等着验尸，他还不想死啊，当朋友的，我们是不是要给他一个机会，检验一下费二是不是又活过来了呢？”

王垚这个比方……周媛媛听蒙了，沉默了一会儿，她说：“费公子这是诈死啊。”

“不行。”周媛媛又说，“我要提醒艾艾。”

“我的姑奶奶，艾艾还需要你提醒吗！”王垚敲着周媛媛的榆木脑袋，

“如果艾艾真的对费二没有心思，她就不会再回A市了。”

“那是她放不下黎明公益，还有我！”

“周媛媛，你是不是不想艾艾跟费二和好？”王垚问。

周媛媛安静了，好一会儿说：“王垚，就算费二后悔是真的，艾艾对费二有感情是真的，艾艾也不会轻易同意复合。”

“……呃。”

“费二那次分手太随便了……如果有一天你也这样随便放开我的手，我会认为自己可能不是你最坚定的那个选择。如果这样，我会祝福你早日遇到那个你最喜欢的女孩……人生苦短，谁都不想留有遗憾，更不应该为了谁留有遗憾。”

“傻……”瓜没有说出来，王垚把周媛媛抱到自己怀里，低了低头，十分动容地说，“周小神，我之前有没有跟你说过一句话？”

“什么话？”

“跟你在一起之后，我才体会到了恋爱的美妙。”

“王垚……”

“还有，不要再叫我绿总，我也很怕。”

“呃……”

“一千三百三十五。”王垚突然蹦出一个数字。

周媛媛更迷惑了，什么一千三百三十五？

“你微博关注的小哥哥数量。”王垚说。

“唔……”

两个相爱的人，两颗心的距离有时候很近很近，有时候又很远很远。以退为进，很多时候是占有欲的另一种表现。

——来自周媛媛的个人官方微博，更新时间是三月五日晚十一点五十八分。

Chapter 14

明 明 白 白

窗外透着一点春光，虚虚笼笼地被挡在亚麻窗帘外面。早上七点，艾茜准时醒来。难得天气这般明媚，艾茜没有任何赖床心思，套了一件长款羊绒外套，直接趿着拖鞋下了床。昨晚周媛媛没有回来，早饭只需要准备她自己的，艾茜打开冰箱，发现里面除了牛奶什么都没有了……

艾茜来到黎明桥后面的苏式早餐铺吃小笼包。她和费聿利交往的时候来这家早餐店吃过两次，每次费聿利将蘸了醋和辣椒油的小笼包放在她的碟子里，动作仔细又笨拙，完全没有他做其他事情时的得心应手。

这样的费聿利很有意思，明明不擅长做某样事情还要装作驾轻就熟的样子。就像昨晚，他用又冷又硬的口吻跟她说，就算分手了也可以做朋友的。

口气像是跟她……要债，表述的内容却是要跟她做朋友。

难得在早餐店吃个早饭，艾茜发了一个朋友圈，配图是一屉小笼包搭着一碟辣酱。发完朋友圈，想着朋友费聿利大概什么时候给她点赞。

早餐店里面挂着一台液晶电视，艾茜起身结账付钱的时候，电视正在放着本市的早间新闻，她本随意看了眼，但因为里面闪过的画面停了下来。

新闻里众多外来务工的家长聚集在南庄小学校门口，兴师动众，举着游行的横幅和牌子反抗海逸集团收回南庄小学土地使用权……

新闻记者报道："关于海逸集团是否参与安置南庄小学五百多位师生就职和入学问题，海逸集团南庄项目负责人费聿利表示目前集团还在商讨中，等具体方案出来会第一时间召开记者发布会通知大家……"

画面里，一道清隽挺拔的身影夹在鱼贯而出的商务人士里，即使一闪而过，她也留意到了他。

"老板，多少钱？"新闻结束，艾茜回过身问早餐店老板。

"十六块。"老板笑眯眯地回她，注意到她留意南庄小学的新闻，也以老百姓的口气发表了一下看法，"这些大集团都只重利，杀人于无形，一个小学怎么能说拆就拆？如果拆了南庄小学，那些外来打工家庭的孩子都不用上学了……"

艾茜来到黎明公益，跟已经来上班的黎明小伙伴打招呼，然后坐到了自己的办公桌前，放下自带的笔记本电脑。她现在没有独立办公室，跟李洲子范哲哲周媛媛他们一样坐在外面的公共办公区，办公桌正对着李洲子，旁边是周媛媛。

"早……"李洲子回了她的招呼，快速低下头，

艾茜抿了抿唇角，视线回到开机电脑屏幕，从审查申请表开始扶贫项目经理一天的工作。

不知道为什么，李洲子对她的态度有些奇怪，如果之前是莫名其妙冷若冰霜，现在更像是做了什么事愧对于她，莫名其妙躲避她的视线。

不过也无妨，她和李洲子现在不是上下级，只是同事关系。

是啊，谁能想到。

谁能想到艾茜还能回来做他们的同事，如果早知道艾茜回来，他就再等等了……李洲子收拾表格的时候，在心里痛苦地呐喊。

等什么？等晚一点表白。

跟谁表白？郭丽呈。

虽然结局也是被郭丽呈无情地拒绝，只是面对艾茜再回来黎明公益，李

洲子感觉自己像是劈过腿的渣男，无颜面对自己暗恋过的女神……不过这个事情，也只有范哲哲知道，连郭丽呈也不知道他还深深地“欣赏”过艾茜。对此，范哲哲的评价是：“肘子哥你不是喜欢艾秘书长或郭秘书长，你只是喜欢当秘书长的女人……这是一种正常的慕强心理。”

“只是这样的心理发生在男人身上，就显得有那么点……可耻。”尤其是李洲子这样人高马大的强壮男人……连范哲哲都说他可耻，李洲子自然就接受了自己可耻的事实。他欣赏艾茜是因为艾茜作风利索思维敏捷，对郭丽呈的欣赏也是在她上任秘书长后，表现出来的顽强抗压的能力。可以说，他一直欣赏工作能力强的女人，由此可见他真的是一个十分……慕强的男人。

私底下，范哲哲认真问他一句：“如果我当了秘书长，你也会爱上我吗？”

“滚！”

因为黎明公益跟进南庄小学的搬迁问题，会议桌上，郭丽呈将家长集体反对的事件分析了一遍，看向艾茜：“艾……经理，对此你有什么看法吗？”

艾茜坐在中间，面对周媛媛他们投来的目光说：“我的意见就是，事情发展成当前这样的情况已经轮不到我们参与了。”

郭丽呈垂了垂眸子：“……如果我们可以在这样的社会事件中贡献一些能量，是不是有助于提升黎明公益的知名度？”

艾茜眼睛微微一闪：“我也是就事论事。”

又要出现一山不容二虎的情况吗？

郭丽呈没有再继续南庄小学的话题讨论，会议结束后，她站起身，留下了艾茜。

“南庄小学的校长昨天打电话给我，希望我们黎明公益作为中间人，在学校、政府和海逸集团三者之间做个调解。”只剩两个人的会议间里，郭丽呈跟她商量道，神色有几分为难。

“我们协会，只有你能出面跟海逸和政府部门谈判了。”郭丽呈说出了为难之处。

“噢，可以啊。”艾茜答应得很爽快，即使眼角留着半分凝思的神韵，但也答应郭丽呈说，“如果真的调解成功，对我们黎明公益也有很大好处。”

“但是……”

艾茜给了郭丽呈一个放心的笑容：“我和费聿利已经分手了。”

分手，但还是朋友……

艾茜拨打了南庄校长给她的电话号码，一个办公室座机号。

“你好——”

“你好，这里是海逸集团地产秘书台。”

“喔，那可以联系你们南庄项目的负责人吗？”

“你找……小费总？”

小费总？

“对，应该就是小费总。”艾茜确认了一下。

“行……那您先跟我说一下名字、身份以及联系方式吧。”

“艾茜，黎明公益扶贫项目经理，也是南庄小学谈判委托人。”艾茜对着话机道。

旁边的周媛媛：“……”明明刚刚四人群里费聿利还在里面分享了一个美团红包，艾艾干吗不直接在群里@费聿利，居然要用这样的方式联系费聿利。

难道这就是所谓分手之后，我们之间没有私对私，只有公对公？

艾茜又说：“我还是你们小费总的朋友，麻烦转接一下电话。”

如此坦然地说出朋友两字，周媛媛听得一愣一愣，放在嘴里的脆脆饼都掉了一块出来……连忙伸手接住。

忍不住，周媛媛出声提醒：“艾艾，费聿利刚刚就在我们那个群里发红包。”

“……我知道。”艾茜微笑回道。

费聿利今天一直在开会，他虽是南庄项目的负责人，却一直被压制，尤其是每次开高层会议，集团里的叔字辈动不动就拿他年纪说事，什么费儿你还年轻，费儿你这样处理太激进，费儿这事你经验不够……为此，费聿利开始建立自己的核心团队。

上午开完高层会议，继续开自己的核心团队会议，等事情都全部落实，时间早过了中午饭点。集团有专门的员工自助餐厅，针对中高层标准也不一样，总体伙食质量还不错。费聿利散会之后，前台秘书问他要不要给他订餐，他没有什么胃口就拒绝了。

集团有好几位费总，年纪和资历都数他最轻，为了区别他哥和费海逸，同级别和下属大多在他费字后面加个儿音，区别就是如果是南方人就叫他费二总，北方人就叫他费儿总。这样的叫法，仿佛他是一个过来插科打诨的二世祖。

事实上，刚开始所有人都这样看费聿利。

今天再忙，给朋友点赞的时间还是有的。费聿利回到办公室，举着手机给艾茜发在朋友圈的早餐照片点了一个赞。照片里的苏式小笼包是他离开黎明基金会后最令他怀念的食物之一，倒不是小笼包多好吃，而是老板特制的辣椒酱辣得令人回味。

还有每次都是跟某人一起吃。

原本没有任何食欲的胃忽地缩了缩，费聿利抬起表看了看时间，往后仰了仰面，蓦地原本被身体压着的椅背往前一弹，费聿利拿起桌上的手机，打开一个许久不用的外卖App，点了一份小笼包的外卖。点好外卖，他在四人群里发了一个美团红包。

没人理他。

他都吃外卖了，没有人出来关心一下他吗？费聿利感受到了人情冷暖世态炎凉。原本的孤独王者群名改成了王者侠侣群，在他和艾茜分手后，王者侠侣群又改成了王者朋友群。群公告写着一句话：“分手以后仍是朋友……”

王垚这头猪……

外卖还没有到，前台秘书转了内线进来，说一位姓艾的小姐找他。最近因为南庄小学家长聚众闹事的事，海逸集团地产部前台电话被打爆了，导致很多预约电话不能及时进来，所以针对南庄问题的电话，一律切掉。

唯独留下了黎明公益的电话。

费聿利也是无可奈何，直接在微信里找了艾茜，给她发了一个饭店地址。

饭店位于南庄镇，距离南庄小学只有两条街，大名金源饭店，是镇上比较有档次的宴请地方，宴请人是原本和南庄小学签订了土地使用合同的恒亿公司的总经理。所以费聿利即使不发金源饭店的地址给她，艾茜明晚也要参加这个饭局。

艾茜收到费聿利发来的微信，客客气气地回了七个字：好的，费总，明天见。

费聿利没有回她。

大概过了好几个小时，费聿利回复了一条类似的消息过来：明天见。

艾茜拿着手机看了看，两手空空地准备下班。

下班之后，艾茜和周媛媛结伴到附近超市选购食材制作两人的晚餐。饭后石头剪刀布决定碗由谁来洗。周媛媛输了，认命地到水槽洗了碗。艾茜回了卧室对着笔记本电脑整理南庄项目的分析报告，她习惯高效的工作模式，可以长时间目不斜视地对着电脑屏幕。

脖子微微僵硬，周媛媛已经立在她身后，手里端了一盘水果。

艾茜回过头，周媛媛扮演起了机器人："主人，你的水果已送到。"

艾茜神情一乐，发出指令说："谢谢媛媛，水果放下吧。"

周媛媛上前，机械地放下水果，再问她："主人，还需要媛媛做什么吗？"

艾茜想了想，说："唱个歌吧，就唱《翻身农奴把歌唱》。"

周媛媛："……咋唱来着？"

艾茜起了个头："太阳啊霞光万丈，雄鹰啊展翅飞翔……"

"扑哧"一声，周媛媛笑场了，没办法再扮演机器人，眼睛往电脑屏幕一瞥，看到南庄相关内容问："艾艾，你真的要跟费聿利掰扯吗？"

"掰扯不至于，打打交道而已。"艾茜回道。

周媛媛“嗯”了一声，又问：“……你和费二会和好吗？”

艾茜没说话了，微微抿着唇。

周媛媛撞入艾茜的眸光里，一双清亮有神的眼仁，微微闪烁仿佛透着一丝温度，还载着一份特别的温柔。

“如果我和费聿利还能在一起，一定是我们都非常坚定的时候。”艾茜开口说。

第一次，周媛媛在艾茜这里听到如此坚定的话，第一次还在艾茜神色里看到那般细腻的样子。温柔又坚定，让她觉得是这个浮躁社会对待感情最好的方式。就像艾茜自己说的，如果还能在一起，一定是非常坚定的时候……艾茜是费聿利最坚定的选择，费聿利亦是艾茜最坚定的选择。

没有不甘，没有遗憾，更没有所谓的谁强谁弱谁输谁赢。

完成南庄项目评估报告，艾茜合上电脑，躺上床准备睡觉。时间差不多已经凌晨了，她将床头柜搁着的手机调成免打扰模式的时候，看到潇潇阿姨和危宇航都给她发了同一组照片。

一组危城和危宇航在郊外骑车的父子照。

照片里宇航和危城都穿着骑行服，宇航个子似乎又拔高了一点，站在危城旁边像是一棵劲秀的小白杨。危城还是老样子，眉宇之间的笑意点到为止，从神情来看不管生活和工作都上了正轨。北方的早春阳光仿佛比南方还明媚，自行车穿梭在白杨树林，闪动的阳光仿佛追逐在他们身后。尤其是最后一张照片，阳光下危宇航伸手勾着危城的肩膀，看着不像父子，更像兄弟。

“姑姑，如果想我们这两大帅哥，就快点回来看我们喔。”宇航还给她留了话。

潇潇阿姨也留了一条语音：“茜茜，今天危城和宇航一块儿骑车了，我能感受到危城在学习怎么当好宇航的爸爸，不过他失败了，因为他和宇航越来越像哥俩了。”

来自亲妈的吐槽还真是毫不留情……

第二天，艾茜还没有起床，转过身拿过床头柜上的手机，上网浏览南庄小学事件的最新动态。南庄小学家长闹学新闻还在发酵，同时海逸集团贿赂丑闻重新被翻出来，几乎取代外来务工子弟上学的热门话题。

海逸集团的贿赂丑闻，发生在她到北京的第三个月。

经营之道处处透着危机，一场信用危机都可以毁掉一个百年企业，别说海逸本身就存在许多问题，以及许多蛀虫。

今早费聿利自然也看到了网上关于海逸贿赂的丑闻，他清楚整个事情经过，事实并不是网上曝光的那样。不过任何八卦新闻，半真半假才会引起大众的关注和讨论。从海逸贿赂丑闻，网友又开始扒费家的关系，他和他哥是同父异母，他爸原配的妻子在生了他哥三个月之后抑郁自杀，然后他妈嫁给了费海逸，生了他。

从费聿利的角度来说，当年费海逸除了能力凑合样子还周正，其他并没有太多可取之处，能让顾女士这般义无反顾。这样的感情，费聿利自然觉得不可取，也不成熟，即使现在他都觉得他妈在处理问题方面偏颇又想当然。

没办法的是，这样的女人是他妈。

艾茜去北京后，他回了家，他的巨大改变终于得到了费海逸的认可，刚好他哥那边出了事，就将他哥手里的南庄项目划给了他。

这中间，最高兴的人莫过于他妈。

进了集团高层内部，他和费海逸见面的次数就多了。上午出发去公司前，费聿利同家人一块儿吃早饭，费海逸这人有个毛病，不管家人昨晚几点入睡，早饭必须全部到位。

“南庄小学你想怎么处理？”饭桌上，费海逸也问起了南庄问题。

费聿利抬了抬头道：“尽快处理，具体方案等高层那边通过了会召开发布会澄清误会。”

费海逸眉头一皱：“我又不是媒体，你这回答也太官方了。”

费聿利觉得有些好笑：“现在媒体关注点并不是南庄小学，而是……”

“那事不是处理了吗？”费海逸脸色有点不太好。

“不是处理，是压下去了。”费聿利说。

费海逸没说话，沉默了一会儿说：“那事让奕杰那边自己处理。”

费聿利不再回应，没必要将火往自己身上带。他妈也出来打感情牌，费聿利无趣起身，交代了一句，准备出门了。

费海逸突然叫住了他：“今天我跟你一块儿到公司去。”

费聿利转过身，点了下头，冷淡又克制地应了一声：“哦。”

费聿利对费海逸不仅不亲，甚至可以说是不熟。一方面，他从小到大在家的时间少，另一方面，费海逸一直的重心都在他哥身上。对他的要求，只希望他早日成家，收敛心性。

“你去年在黎明公益做得怎么样？”车里，费海逸再次问起黎明公益的事。

费聿利靠着座椅回答：“挺好的。”

“我听你妈说了一些事。”费海逸又说。

“说什么？”他淡淡的回了一句。

费海逸：“她叫艾茜对吧，你妈妈可能不太喜欢她，跟我说了一些关于她的出身，但出身怎么能轻易否定一个人，我出身也不好，还不是走到了现在？”

费聿利抿了下唇，嘴角微微往上一翘，对费海逸这番态度不明的话内心毫无波澜。他不是不看重家人对艾茜的态度，而是自己想法坚定了，别人的想法就不再重要了。

“上个月我让人给了我一些艾茜的资料，发现我和那位艾小姐已经见过了。”

有人把调查说得这样光明正大，费聿利也很是无奈，不过他还是被费海逸后面的重点吸引住，费海逸什么时候和艾茜见过？

“中英文化商旅会议上，艾茜是××大学学生代表……”费海逸说，“当时我看她应该是好家庭出身的孩子，说话做事又很有想法，就是不来海逸做事，可惜啊。”

费聿利听得一愣又一愣。

费海逸难得笑了起来：“没想到的是，那么优秀的女孩子能看上你。”

费聿利：“……”

费海逸笑得更畅怀："难道这就是所谓的互补？"

费聿利："……"

"我和她暂时分手了。"好一会儿，费聿利收回视线，绷着下颚说。

费海逸倒不奇怪，开口说："你前面不好好做事，人家姑娘清醒了自然要把你甩了。"

费聿利原本心情不佳，费海逸这样一说反而笑了，点点头："是，是我做得不好。"

"男人不怕做错事，就怕不敢重新再来。"费海逸又说教了一句，顿了下说出了重点，"如果你还能追回艾茜，你妈那边不用担心，爸爸这边会给你安排好。"

第一次，费聿利在费海逸的话里感受到父爱，露出了难以置信的神情。

"还有，不要听你妈的安排，免得祸害好女孩。"费海逸又叮嘱了一句。

费聿利听得咋舌，突然想到他在北京的那次吃饭，是他外公提出的要求，如果要带艾茜去见他，舅舅事先安排的饭宴最好参加一下，要亲自跟对方好好解释，他已经有了心上人。

女孩原是他小时候在北京的玩伴，在景山小学读的书，后来联系少，如果是平白无故的人，他不会参加那晚的宴会，正因为有小时候的关系，他要赴约，亲自跟女孩交代他的心意。那天艾茜在酒店等他，宴会之后他和女孩在饭店楼下的私人花园小聊了一会儿，女孩像小时候那样叫他费二哥哥，他直接对她说："我有女朋友了，打算过一辈子的那种。"

女孩望着他，神情明显一愣。

"就是会结婚的那种，可能我妈和你父母都有撮合我们的想法，不过这只是我妈的想法，对不起，我们之间没有发展的可能。"

他说话向来直接，导致女孩差点当着他的面哭起来，他不知道自己的拒绝会让女孩如此难堪，不比艾茜，脸皮厚得刀枪不入。

好在最后都说清楚了，只是他和艾茜，却分了手。

下午四点，费聿利准备提前下班，等会儿要出发到南庄镇的金源饭店参加调解宴，他的办公桌后面有个小型的衣帽间，里面放着临时换装的衬衫外套和搭配的领带袖扣。在海逸集团上班，费聿利每天都穿得十分随意，现在准备到城乡接合部的三星级饭店参加饭宴，决定整理一下自己的仪容仪表。对着镜子一看，不得不承认像他这样帅的人，稍微注意一下个人形象，就会给人女性化的感觉。

所以……还是随意帅吧。

金源饭店停车区，费聿利早到了十分钟，落下窗，在车里点了一支烟。烟尽，前方掐着点过来的艾茜也停好车，人正提着包包从车里下来。今天的她穿着一件卡其长风衣，搭配短靴、牛仔裤，里面是一件毛茸茸的白色毛衣。

她也只是随意打扮，却有一种眉目鲜明的美。他以前听一位哥们说过一句话，当男人看一个女人，如果不再注意整体，每次习惯看向她的眼睛，那完蛋了，一定是在劫难逃。

同样，下车之后的艾茜视线一转，也看到了对面车里的费聿利。她犹疑了半秒，迈开脚步大大方方地走向费聿利。

“嗨，费总。”艾茜微笑招呼。

费聿利抬着俊秀的眸子，目光在艾茜的脸上定了定，露出令人推敲的笑意：“嗨，茜茜。”

艾茜脸上笑容更甚，待费聿利走下车，两人一前一后气势相当地往金源饭店走去。不像对立的双方，反而像是一对盟友。走到饭店旋转门，费聿利开口说：“你今早发我的南庄项目测评报告收到了，看完了。”

“感谢。”艾茜说，“没枉费我花时间完成它。”

“熬夜了？”费聿利随口一问。

“呃……”

“没什么，就是虽然看你化了妆，还是看到你的黑眼圈。”费聿利直言直语。

艾茜被噎了一下，说：“难道费公子只有工作才熬夜？”

“是啊。”费聿利利落应话，转过头说，“现在又没有女朋友，有什么事情可以熬夜呢？”

艾茜：“……”

成年人有成年人的说话套路，在她和费聿利交往之前，言语上两人都很随意，但是真的交往过，这样捎带意味的话就会有些不一样的体会。

从费聿利回话的口吻和语气，仿佛她在故意试探他似的……

恒亿的总经理已经等在大堂迎接，他认识费聿利，却不认识艾茜，看见费聿利的时候，就像看到了一尊金光闪闪的大佛，差点跪下来握手。

艾茜还是第一次看到这般谄媚的人。

不过，对方谄媚的对象不是她，她也没有话说，艾茜稍微往旁边来一点。这位恒亿王经理没有捕捉到她刻意同费聿利拉开的距离，误会了她的身份。

“这是您的助理何小姐吧。”王经理热情地问费聿利，面朝艾茜恭维说，“真如外界传的那样，费总有一位漂亮又能干的助理。”

艾茜：“……”

助理：“……”

费聿利忽地咧了一下嘴，差点轻笑出声。他真的难得在商务会面里露出符合他本性的笑意，这世上眼瞎的人太多，像王总这样没眼光还敢说的人……少见啊。

旁边，艾茜弯了弯嘴角，毫无被他人认错的尴尬，也没有着急开口澄清自己的身份。被认作费聿利的助理，如果平时她可能会当成奇耻大辱，今天谁让她跟费聿利同一时间到场呢。还有，费聿利应该真的有一位漂亮又能干的助理，不然别人怎么会因着听闻认错了她？

“王总……”艾茜不紧不慢开口，正要给自己解个围，费聿利已经在她前面开口：“王总，你今天真没有我哥夸得那样有眼光。”王经理一愣。

费聿利看了艾茜一眼，介绍道：“这位是黎明慈善公益基金会的艾经理。”

王经理“哎呀”了一声，差点拍了下大腿，自嘲地伸出手：“原来是公益组织的人，失敬失敬。”

话虽这样说，艾茜却不觉得这位王经理对她有任何失敬的感觉。甚至，神色里透着一丝抵触。对方如此明显的态度，区别对待，艾茜当然也能理解。毕竟，目前为止他和费聿利是同一条船上的人，而她代表南庄小学和集体闹学的家长。今天这场调解宴，牵头人是南庄镇镇政府，镇政府的态度是双方各退一步，从经济角度自然希望海逸集团能投资南庄带动南庄的商业和旅游，但是南庄小学那些家长和学生怎么办？他们都是这个社会的弱势群体。

南庄镇镇政府、恒亿、海逸、公益组织四方人都到场了，只差南庄校长。当镇政府的书记说起南庄小学的家长和学生都是最弱势的人群，问艾茜："艾经理，你是做公益的，对于弱势群体的问题，怎么看待？"

艾茜面前放着一杯服务员为她倒的椰汁，还没有喝上一口。今天虽说是饭宴，她觉得自己的身份可能连口水都不太方便喝……

"对，他们都是社会弱势群体，没有钱没有房也没有太大的权势，但是他们被如何对待和安排，最能代表政府和企业的公信力和温度。"

紧跟在艾茜后面，费聿利样子亲切地笑了笑，开口说："之前有人跟我说，解决弱势群体问题的第一步，就是要真实地听到他们的问题，具体地看到他们的难处，赵书记，你们有什么想法，都可以详细提出来。"

"好的，好的！那我们等田校长过来具体说。"

费聿利这一番好商量的话，让在座的人都十分惊讶，连艾茜都觉得费聿利太过随意。在其位，谋其政。她是公益组织的人，自然要站在学生和家长这边，而他作为南庄项目负责人，肯定要考虑集团的利益。

"其实，我更想同艾经理洽谈解决家长和学生问题的方案。"费聿利又看向艾茜说。

艾茜嘴角微微漾着笑意，抬起眸说："很荣幸得到费总的肯定。"

费聿利点了点头，英俊的脸带着一点笑，他又说："公益为企业带来的社会影响力不可估量，社会影响力转换的经济价值，同样也是不可衡量。"

艾茜笑笑，待费聿利如此明白地说出自己的想法，她反而拿捏不准费聿利的态度了。

南庄小学田校长赶来了。作为南庄私立学校校长，田校长外形朴实得更像是山区希望小学的老师，他身形偏瘦，面容偏黑，话少，个子也不高，但是给人一种很有力量的感觉。

田校长坐了下来，第一句话就是："等会儿我还要回学校一趟。"

成立南庄小学，田校长的办学初衷不是为了赚钱而是为了解决外来务工人员孩子上学的问题，这些年他把所有的心血都投入到南庄小学，同样也取得了一些成绩。在这样的情况下，当然不希望学校用地归还给恒亿，更头疼的是如果学校没了，老师和学生的安排和去处。

小学没有晚自习，但是南庄小学有，原因是很多家长都上夜班，学校就集中组织孩子夜学，安排志愿者讲故事等等活动……这位田校长，艾茜与他前面联系几次后的感觉是，他除了是一位私立学校校长，还是一位真正的社会公益人。

今晚是调解宴，但真正的调解肯定不是在饭局上进行，政府也只是将大家聚在一起，吃个饭，看看能不能和和气气地处理问题。结果，有备而来的王经理直接拿出了和南庄小学的租赁土地使用的终止合同。

后面，艾茜真的一口饭菜都没有吃上。

头顶稀薄的月光，穿过大块的乌云迸发出清透的光亮。艾茜和田校长一块儿离去之后，来到南庄小学单独聊了聊，两人在篮球场逛了一圈。

晚宴比艾茜预想的要提早结束。原因是田校长和王经理本就闹过矛盾，面对王经理因为早期合同上的漏洞要强行终止土地使用的做法，田校长的回应方式是刚烈地拂袖离席。田校长的态度自然是艾茜的态度，如果不能代表，她就是那个过来打和牌的人。但是，所有人都不出牌，她自然也没办法出牌。

手机突然一振，艾茜拿出手机。费聿利打来的。

"喂……"

"你现在在哪儿？"他开门见山地问她。

"南庄小学。"

"什么时候回百合花苑？"问话总是直接又迅速。

“等会儿。”

“我记得黎明基金会后面有一家广式粥铺，味道还不错，现在还开着吗？”他又问。这话比前面两句含蓄了一些。前面饭局上费聿利说起公益，感觉他离开黎明基金会也没有多久，只是电话里这样一问，时间仿佛被刻意拉久了。

艾茜心里有点闷，又有点好笑，她猜到费聿利今天饭宴之后会主动联系她，但没想到那么快就找她了。

“应该还开着吧。”艾茜说。

“那我们在那里再碰个面吧。”费聿利提出再次见面的请求，顿了下，不等她回应，再次放下话，“以朋友的身份吃个夜宵。”

艾茜本要爽快答应，结果听到朋友两字，憋了憋气说：“没问题——你请客就好。”以朋友的身份吃个夜宵……真是客气又令人生气的一句话！

艾茜来到黎明桥广式粥铺，费聿利已经坐在那里，她坐下时，他对她说：“我点了海鲜扇贝粥，还有你以前提过的肠粉和汤包，其他你自己再点。”

艾茜：“够了，我吃得不多。”

“是吗，我看你晚饭一口都没吃。”费聿利随口一说。

艾茜点头，就事论事道：“毕竟今晚这顿饭不好吃。”

费聿利一笑，一时也没急着说话。他坐姿仍是随意，样子改变也没有很大，但常常能在不经意间给艾茜不一样的感受。身份改变是原因，还有就是费聿利……真的成熟了不少。

男人成熟起来比女人要快，只要进入社会当中，或者经历一些事情。有资源的男人要变得优秀也不难。像费聿利这样，除了资源还有天资。难的是，保持本性。

“南庄的事，你怎么看？”费聿利认真地望向她，真的就像朋友那样咨询她的建议。

艾茜思忖了半秒，开口说：“当然希望海逸集团拿出真诚的态度，妥善安置学生和老师。”

费聿利一动不动，目光如炬地望着她，提醒说：“今晚的夜宵不是朋友见面吗？”

艾茜嘴角一翘，笑了，不留痕迹地呵了一口气说：“那我希望你放弃南庄项目，即使集团不放弃，也不要担任这个项目的负责人。”

费聿利沉默了一会儿，将手放在桌面，推心置腹地对她说：“茜茜，我现在真的想做点事。”费聿利如此坦诚地说话，反而让艾茜有点羞愧。她抬起眼皮，对上费聿利诚恳灼热的目光，轻轻地说：“……很好啊。”

费聿利又是一笑，说：“我的想法跟你一样。”

对于南庄项目，费聿利已经有了决定，作为一个不大不小的项目，没有太大开发意义就是一个注定不会成功的项目，何况这个项目自带缺陷，就是南庄小学。原本他哥已经和恒亿那边打好了招呼，强行终止同南庄小学的土地租赁合同，可是强行处理这样速战速决的办法在现在这个媒体时代不是良策，何况她回北京那段时间，海逸内部还出了腐败问题。

“我记得你以前跟我和王垚说过一句话，尽量选择做有价值的事情，不然就像是浮萍，聚聚散散毫无意义。”

艾茜想了一下，她应该没有对费聿利说过这个话，想起这是她第一次到费聿利家打游戏那晚对王垚说的话……艾茜自然不追究这细枝末节，只是唇角忍不住弯了弯。

是啊，多好笑的一句话。当时他对艾茜的话不以为然，大道理谁都会讲，她又比他好多少？后面他到黎明公益成了业务经理，深入接触才意识到艾茜真的比他好。他真的被她吸引，爱上了她，并且意识到自己前两年的生活有多糟糕。

他游手好闲，每天同狐朋狗友吃吃喝喝，他自甘堕落，不愿意接受家人的安排出国读书进修或到集团实习，总裁班还是在顾桂英苦口婆心的劝说下随便上上，就这样他还觉得自己潇洒多金游戏人间。

然而事实是，有些看起来毫无道理的发展，结果早就一步步提前埋下伏笔。他自己太过随便，以至于艾茜去了北京之后，他才会怀疑她对他的爱，太过随随便便，他才将优秀太多的危城当作了假想敌。当然这些话，他暂时都不会告诉艾茜。一切都要等……等真正的自我成长起来后。

在此之前，他只跟她做朋友。

“下个月，海逸会成立社会公益部门。”费聿利说，“我已经跟我爸爸打招呼，希望能到那边做事，前提是要把南庄这个烂摊子收拾好。”

一顿夜宵，她和费聿利吃了一个半小时，两人聊的都是关于社会企业未来的发展，直到结束，已经夜里十点，老板走过来委婉地提醒她和费聿利，店要关门了。

艾茜的车停在黎明公益，费聿利的车就停在路边，分别的时候，费聿利没有客气地要送她几步，反而真的像是老朋友那样对她说话：“行了，我就不送你了，后面有时间再聚。”

“……哦！”

艾茜觉得……费聿利好像真的只将她当朋友了……还是那种一辈子纯朋友的朋友。而她，一直还觉得朋友只是一个幌子。

艾茜走进小区的时候，心中升起一股明明白白的气焰。

不好意思，她跟前男友真的做朋友只有一种可能，那就是前男友变成她的好闺蜜。

Chapter 15

艾 艾 去 哪 儿

第二天一早，艾茜约着郭丽呈一块儿晨跑，回来的时候给周嫒嫒带了一个煎饼馃子。今天是周六，周嫒嫒肆无忌惮地睡到了九点，打开卧室的门闻到煎饼馃子的味道，立马到洗手间洗漱，一边咕噜噜地漱口，一边含糊不清地问她：“你和丽呈今天跑了几公里啊？”

“不多，五公里。”艾茜回答。等周嫒嫒用完洗手间，艾茜进去洗个澡。此时此刻她头发随意地绑着，两鬓和后脑勺的头发因为出了大量的汗液一缕缕地黏着，她双手抱胸地靠在门框，脸颊透着绯红。

“下次你和丽呈跑步也叫上我呗。”周嫒嫒闭着眼洗脸，“我也要减减肥了。”

艾茜无奈一笑：“丽呈之前不是每次都叫你，你怎么回她的，你说不能把有限的时间花在让人痛苦的事情上。”

“郭丽呈跟你说了啊。”周嫒嫒嘿嘿一笑，眼睛一眨，看着艾茜解释说，“那是我不愿意跟郭丽呈一块儿跑，但我想跟你一块儿跑。”

在艾茜离开的时间里，作为助理的周嫒嫒自然要听从郭丽呈的吩咐，结果郭丽呈不仅在工作上要求她，连运动健康方面也对她安排了每天三公里的任务。

“身体是革命的本钱，锻炼好身体才能更好地投入公益事业！”周媛媛学着郭丽呈的话，额头的毛发还沾着水滴。

艾茜咳了一声：“我觉得郭丽呈说得很对，周媛媛同学，你是应该要好好锻炼了。”

周媛媛悲号一声。

艾茜又说：“不过仙女需要多睡觉，以后我尽量晚点起来再叫你。”

周媛媛立马化悲痛为雀跃，朝她猛点头。

周媛媛吃早点时，艾茜进洗手间洗头洗澡，待艾茜吹干头发出来，周媛媛已经双腿盘坐在沙发上玩了一局游戏：“费二现在真忙，王垚偶尔还能打几把游戏，费二都半年没看他上线了。”

艾茜没有回应关于费聿利的话，周媛媛突然别扭地开口：“艾艾，我爸妈今天过来，跟王垚见个面。”

艾茜“啊”了一声，顿了下说：“那很好啊。”

周媛媛也点了点头说：“是啊，我也觉得很好。”

“但是见面之后，我们可能就有结婚的计划了。”周媛媛说出担忧，“我没想着那么早跟王垚结婚，王垚爸妈还是希望他早点定下来。你说现在社会负能量那么多，离婚率那么高，我和王垚以后离婚了怎么办啊？”

“你想嫁给他吗？”艾茜问。

“我想嫁给他，又怕嫁给他。因为男人最讨厌自己的老婆了……”

周媛媛说得这般实诚，艾茜听得好笑又心疼，女孩子在感情上总会有一点患得患失。

“不要为没有发生的事情烦恼。”艾茜安慰周媛媛说。

“嗯！”周媛媛犹豫一番，表态说，“艾艾你说得对，虽说要防患于未然，但是聪明女孩不应该杞人忧天。感情这件事，只要能接受最坏的打算，剩下就做最好的自己。人生苦短，为什么要让自己活在忧患里，而不是当下的快乐里？爱我所爱，坚持我所坚持！”

周媛媛说得慷慨激昂，艾茜都想为她鼓掌赞扬。她立在厨房吧台倒了一杯水，直了直身说：“任何事情都有一点运气的成分。”

周媛媛眼睛骨碌碌地转着。

艾茜：“可爱的人都会有好运气。”

“艾艾，爱你！”周媛媛双手放在头顶跟她比了一个爱心。

艾茜唇角微微勾着，放下水杯，学着周媛媛那样高高举起双手，回了她一个爱心。

周媛媛说她这次回来改变很大，她问周媛媛到底是哪方面改变，周媛媛想了好一会儿说：“更亲切了。”

这个难道不是因为她从领导变成了同事?

周媛媛实诚道：“你之前就是特别精致独立强大又聪明的女性，是我心里完美的偶像女生，但是现在，你就像我一个很喜欢的优秀朋友。”

艾茜换好衣服，临走之前摸了摸周媛媛的脑袋，笑眯眯地说：“这样说感觉降级了呢。”

今天是周六，艾茜要参加一个公益项目启动仪式。这是由多家公益组织和知名企业联合举办的山区公益活动，今天的启动仪式会拍摄成花絮，整理成宣传片。

因为几大电视台都在，艾茜猜到自己可能会被迫上镜，不过黎明公益只是一个小小的参与组织，加上不管公益人还是公益组织都那么多，应该只会是背景板的组成部分。然而，没想到的是，她被记者采访了——

她今天没有化妆，只涂了防晒，头发绑成马尾，身穿红色志愿者马甲，鞋子是在淘宝跟周媛媛一块儿团购的回力帆布鞋。加上今天阳光特别晃眼，她轻微近视，对着镜头眼睛都有些睁不开，肯定谈不上多好看。

“你说得特别好。”采访结束，男记者肯定了她。

艾茜面带微笑：“谢谢！”

就在这时，采访的男记者目光落到她身后，尊敬地叫了一声：“费总。”

费……

听到费这个字，艾茜心就一跳，内心细微的情绪起伏只有她自己清楚。她知道海逸集团也是这次大型公益项目的参与企业，但是不知道谁会出面参加这次活动。

“艾小姐。”身后的费总叫她，声音浑厚又严肃。

不是费聿利……

艾茜回过身，看向眼前同穿红马甲年纪大概六十岁的男人，先是一愣，然后客气从容地回应对方：“费总，您好。”

没想到费海逸会亲自来参加这次公益活动……

公益活动结束，费海逸邀请她到附近的园林茶艺馆坐一坐，艾茜没有拒绝的理由，大大方方地跟费聿利的父亲喝起了茶。

不太确定的是，费海逸为什么事找她。

“艾小姐，我们之前在英国见过。”费海逸提起了几年前在英国召开的中英商业会议。

艾茜礼貌地一笑，遮掩一丝尴尬，抱歉她不记得跟费海逸见过……不过那次活动她记得，她是中国留学生代表，当时好几位企业家都给她抛了橄榄枝，她没留意费海逸也是其中之一。

“大概是缘分吧，海逸集团没能吸引到你，但是你和费儿成了朋友。”费海逸这样说。

艾茜轻轻笑了一下。

“艾小姐你很优秀，不管作为海逸的负责人，还是费聿利的父亲，我都很欣赏你。”费海逸再次开口。

“……能得到费总的认可，我很荣幸。”

费海逸后背往红木椅靠了靠，一双与费聿利相似的狭长眸子瞧着她，因为年龄关系眼皮微微耷拉，更显得目光炯炯，神色威严。她突然想到费聿利之前对自己父亲的评价：“老费是很严肃的人，就算说着好话，看起来也是毫无人性的样子。”

费聿利好像也没有夸张。

“不过我听费儿说，你们已经分手了。”费海逸说话真的一点儿都不转弯。不过以他现在的身份，的确不需要转着弯说话。

艾茜端起茶，稍微低下头喝了起来。费海逸可以跟她直来直去，她没办法也直截了当地回敬他。她以喝茶暂时遮掩一下面上的尴尬和内心的不自然。此时此刻，她真不知道费海逸对她的态度是什么，顾女士约她见面的时候，不也夸她优秀吗?

“虽然我很遗憾，不过我还是要说一句，艾小姐，你很有眼光，选择很对，现在的费聿利的确配不上你。”费海逸放下茶杯，一脸正色地说。

“不是不是……”她回应费海逸说，“选择是双方的，感情跟优秀也没有关系。”

“是的，但是从长远来说，很有关系。”费海逸笃定地说，同样觉得自己太过严肃，嘴巴微微扯了扯，扯了一个“亲切”的笑容说，“我今天找你的目的是，如果有一天费儿回头找你，希望你能给他一次机会。”

“……”这个转折真是令人猝不及防。

“费叔叔。”既然费海逸说她和费聿利是朋友，艾茜也没有再称呼他费总，她没有刻意摆姿态，也没有因为费海逸这句话窃喜。

“如果真有那么一天，我也只会出于给自己机会。”她说。

晚上，费聿利回家吃饭，费海逸和顾桂英都在。正式进入集团做事，费聿利要学习的东西很多，要忙的事情也多，因此很少回家吃饭，今天他之所以赶回家吃饭，是费海逸亲自打电话过来，他不得不给老费面子。

饭后书房里，费聿利在跟费海逸聊南庄小学的处理方案。

费聿利：“放弃原来的娱乐项目，入资南庄小学，重建教学楼，吸引更优秀的师资力量，将南庄小学变成真正有实力的社会公益民办小学。”

费海逸不惊讶费聿利说的话，但也没有那么爽快地接受，出声提醒说：“项目计划说改就改，你当集团董事会是摆设啊。”

费聿利不像以前那样跟父亲说话就是针尖对麦芒，而是有理有据地说：“如果南庄项目你真的认可它，就不会把它从我哥手里交到我这里。你不是要我真的做好这个项目，而是让我从中找出问题，放弃它。南庄项目是我哥和董事会几位叔叔的重点，你不想得罪他们，就以历练的名义交给我，你也不担心我会得罪他们，因为我一定会得罪他们，不是吗？”

“老费，我突然觉得有两个儿子挺好的，一个用来唱红脸，一个用来唱白脸，一切都以利益为中心，关键还能权衡关系。”费聿利轻轻一笑，在费海逸对面坐了下来。

费海逸一时没有说出话，望着眼前这个不管长相还是性格都跟自己更像的小儿子，觉得有一天他能收敛住锋芒和傲气，成为一个强大又有想法的男人。

“只要你能搞定董事会。”费海逸放话。

“那我也有条件。”费聿利提出要求。

“什么条件？”

“搞定我妈。”费聿利说，“不是妥协，不是将就，而是真的认识到艾茜的好，接受她，喜欢她。”

费海逸严肃地沉默片刻，开口说：“搞定你妈这事比搞定董事会还难。”

费聿利笑了笑，抬起清隽又坚定的双眸说：“所以，我才请费董事长帮忙。”

费聿利上楼休息了，比起之前他改变的确很大。之前的他什么都没想好直接说要给艾茜一个家，其实他什么都给不了她……现在的他，再也不会那么莽撞了。他会慢慢计划，慢慢等待，就像等黎明日出一样等着……

夜里费聿利又给艾茜今天参加的公益活动图片点了一个赞。

昨天的山区联合公益启动仪式上了今天的晨报，艾茜低调地露了个脸。当然，启动仪式只是一个开始，接下来才是重点。启动仪式之后，几大公益组织各派团队到山区考察情况，分别从乡村教育、文化保存、环境保护等方面展开具体项目扶持。几家知名企业也会陆续进驻大山，一起完成为期三个月的宣传片拍摄。承办方省电视台全程负责策划拍摄剪辑。

反正，就是有钱出钱，有力出力。

黎明公益也要出两个人。

艾茜作为扶贫经理，自然要参与，还有一人暂时未定。虽说是拍摄宣传片，因为是山区扶贫，环境自然是艰苦的，工作自然是累人的，加上还有摄像机全方位的拍摄，说话做事都要经得起考验和揣摩。

正能量宣传和个人作秀有时候做的事情差不多，呈现出的效果差之毫厘，谬以千里。这也是一直以来公益难做的地方。开始公益事业之后，艾茜陆陆续续也见过不少公益人，他们对公益这件事统一的想法是："要在阳光底下做点好事，并不是一件容易的事情。"

周一开会，最终人选确定艾茜和李洲子。周媛媛有点遗憾，没有被选上。

周六周媛媛和王垚双方父母见面，原本周媛媛就觉得她和王垚家庭条件悬殊，但没想到这般悬殊。昨天她骄傲提起她家已在A市给她买了一套房子给她做嫁妆，王垚犹豫了一下告诉她说："媛媛，你家给你买的嫁妆好像是我们家开发的。"

呃……

"如果你早点跟我说就好了。"

什么意思？

"反正都是嫁妆，叔叔阿姨就不用花钱了啊。"王垚说得毫不犹豫，仿佛送一套房子对他来说没有一点负担。

王垚轻飘飘一句话，顿时成了周媛媛藏在心里的包袱，连对艾茜都没有提及过的包袱。

对比王垚有一对财大气粗的父母，她父母都只是三线城市普普通通的高中老师，两人一年的工资加起来可能还没有王垚妈妈一年花在美容院的多。当然，她的爸妈都很努力，相继评上全国优秀教师，就职在一所重点高中，加上工作多年，可以说是真正的桃李满天下。但……比起王垚家，还是穷啊。

一直以来，周媛媛对物质没有太大的概念，现在问题摆在面前，门当户对似乎才是现实主义的婚姻。结果王垚父母不仅没有甩卡让她离开王垚，反而主动提及儿子的结婚事宜……总而言之在家长见面会上王垚爸妈表现出的态度，比她爸妈着急多了。以至于，她爸妈猜测王家儿子是否有着不能告人的秘密，有着媛媛也不知道的隐疾……

昨天她爸妈坐高铁回去，临走前对她说：“婚姻之事还是不能太急，媛媛你要稳住啊！”

如果真的嫁给了王垚，女儿也算是嫁入豪门了，婚姻风险比较大。平心而论周父周母更想女儿找一个门当户对的人结婚生子，小日子细水长流，同样也欢欢喜喜。然而期待归期待，父母还是以孩子自己的意愿为主，只要媛媛真心喜欢王垚，他们都支持她。

“就是这样，我想到山区待一段时间……”周媛媛将星期六家长见面的事情跟艾茜一五一十地交代完毕，渴望理解。

艾茜理解了好一会儿，说：“所以，你想找一个地方静一静，认真想一想再做决定？”

周媛媛点头。

艾茜眨了下眼说：“你见面前还告诉我，要活在当下？”

周媛媛托着脑袋，苦恼地说：“我前面还不知道我爸妈的想法。”

昨天星期天周媛媛爸妈回去之前，艾茜也见过他们，属于勤勉智慧又开明的父母，这样的父母，肯定更希望女儿的婚姻稳定。

“如果王垚家也是普普通通的家庭就好了。”周媛媛这样说。

然而，相爱哪有这样的假设……

既然周媛媛想参加这次山区扶贫体验，艾茜倒是可以为周媛媛申请增加一个名额，只要王垚那边没意见……毕竟两人正处在谈婚论嫁的节骨眼。

“以前我爸妈在异地教书，分居两地三四年感情都很稳定，哪像现在我们这些年轻人，分别三个月感情都有可能出问题。”

“这次山区活动，刚好可以考验我和王垚的感情。”

三月底，这档由多家公益组织和知名企业一起参与的山区扶贫节目有了一个对外的名字——《美若黎明》。

四月中旬，这档名为《美若黎明》的大型山区公益节目正式进入拍摄阶段。因为李洲子刚好有事没办法参加为期三个月的拍摄，他的名额直接给了周媛媛。

出发前一周，艾茜和周媛媛开始准备进山区的物资。也就在一周前，南庄小学校长给她打了电话，激动地跟她说："南庄小学的土地不仅不会被收回，海逸还要入资我们，具体事宜还没有谈好，但是海逸的态度非常好，他们对社会公益学校这一块非常感兴趣。"

现在社会公益更适合结合商业。费聿利肯定明白这一点的，不然他不会对她说，以后他的事业的方向是负责海逸集团的社会公益部门。

第二天，就要跟着公益团队出发去天黎山了。因为明天就要进山，周媛媛趁着分别之前跟王垚来个爱的约会。

艾茜没有男朋友需要好好告别，就最后检查一遍衣服和药品，她晚饭没吃，坐在客厅地板忙着事情连夜幕降临都不知道，直到放在沙发上的手机骤然响起。

她探着身拿过手机，看了眼来电显示，费聿利打来的。滑动屏幕，她轻轻地"喂"了一声。

"今晚方便见一下面吗？"没有铺垫，费聿利问。

艾茜抬头看了眼墙上挂着的钟表，指针显示现在还是六点半，客厅外的天色已经变成了淡淡的灰色，天幕闪烁的光像是遥远方向亮着的灯。

艾茜心里莫名动了一下，然后问："在哪儿见？"

"你现在在百合花苑吗？"费聿利直接问她。

"现在还在。"

"那我等会儿就过来。"

费聿利说等会儿，艾茜也不知道要等多久，她晚饭没有吃，本来计划整理好行李出门填一下肚子，因为费聿利这通电话，只好先等着了。

想起周媛媛留在厨房的几包方便面，或许可以解决她当下的问题，可惜冰箱已经清空，外加煤气阀都关了，只能烧水了。门外门铃响起的时候，厨房的烧水壶也正好开了。

艾茜上前到玄关，房屋门打开，外面立着费聿利，两人目光还没来得及接触，她连忙折身进了厨房。泡面已经放在汤碗里，面上挤好了调料。

待烧水壶自动断电，艾茜拿着水壶往汤碗里浇沸水，热气徐徐往上冒，身后声音同样徐徐响起："怎么那么惨？"

惨?

艾茜在碗上压了一本书，回过身说："还不是要等费公子大驾光临。"她唇角轻轻一扯，心情不错地笑了笑。

费聿利同样一笑，问她："还有泡面吗？我晚饭也没有吃。"费聿利没有扯谎，他下班就从公司赶了过来。只是这话说出来，像是故意找的借口。

艾茜也没有追究，看了眼橱柜说："运气不错，还有一包。"她将泡面拿了下来，跟她的红烧牛肉口味不一样，是日式拉面，递给了费聿利。

费聿利拿过泡面，撕开，挤调料，一边挤一边说："小时候我爸带着我到山区捐建希望小学，记得有一顿是我跟那边小朋友一块儿吃泡面，当时觉得泡面是最好吃的食物。"

"大概他们吃得太有味了。"

"或许吧，回到城里也没什么机会吃了。"费聿利将两碗面端上餐桌。然后，又为她取来筷子，汤勺和叉子。

她和他面对面坐着，费聿利双手搁在餐桌，双手相握在一起，面上神情有点情不知所起的温柔，然后他扫了眼客厅里的旅行袋和旅行箱，问："都收拾好了？"

"嗯。"

"天黎山海拔高，昼夜温差大，多带点保暖的衣物。"费聿利交代说。

艾茜一愣，又"嗯"了一声。

艾茜真的很少从费聿利嘴里听到叮嘱的话，尤其是照顾人方面，他不擅长说，她也不擅长听。两人做男女朋友的时候，她和他就交往得太过浅薄，很多情感还没有深入，就已经戛然而止。

"放心吧，都带了。"艾茜回应道。

泡面好了，泡得有点过了。艾茜吃了几口，说真的，她吃到第一口的时候仍是没办法理解周媛媛对泡面的热爱，只不过，后面不知道为什么，胃口像是被唤醒，越吃越香。

费聿利从头到尾都吃得有滋有味。

“艾茜，如果……”费聿利突然抛出了一个假设，认真地注视着她，只是话还没有说出口，就停了下来。

如果什么？

艾茜抬起眸子回视费聿利，但是话没有问出来。

“没什么。”费聿利及时收住话，像是藏住了秘密，目光悠悠地在她脸上打量了几圈，“有些话还是等你想听了，我再问。”

艾茜内心一动，开了一个玩笑说：“如果你要给我钱，我随时都很想听。”

费聿利更是干脆：“哪有这样的好事。”

适合她和费聿利的相处方式还是直来直去的互怼，尤其是现在是在维持单纯的朋友关系。

艾茜不多留费聿利在屋里，待费聿利跟她说完南庄小学的后续事宜，直接送客：“我送你下楼。”

费聿利沉默半晌：“劳烦了。”

周媛媛和王垚回来，刚好艾茜送费聿利下楼，四人在楼道里碰到，周媛媛和艾茜视线交会了一下，王垚和费聿利也彼此瞪了一眼。

王垚赶紧搂着周媛媛上楼。

第二天一早，艾茜和周媛媛就坐上了公益大巴，出发去天黎山。

全程，周媛媛困倦又兴奋，眼睛眯缝地打着哈欠不忘寻找摄影机在哪儿，有没有对着自己。

“怎么办，明明去做公益，居然还有了偶像包袱。”

艾茜回话：“很正常，我也有。”顿了一下，“可能是颜值带来的额外负担吧。”

周媛媛觉得……她不应该跟艾茜比脸皮厚的。她连王垚都比不过，怎么敢跟艾艾较劲……

大巴车很快开上高速，和煦的晨光终于穿过窗玻璃，周媛媛拿出手机，想要跟艾茜自拍合影一张，结果发现艾茜侧靠在窗边，闭眼睡着了。周媛媛望了眼艾茜打盹的侧脸，清透的阳光照射进来，浮动的光芒掠过她的脸庞，秀美得像是电影里打了柔光的女主角。

周媛媛偷拍一张，然后将照片发给了某人。

费聿利回复：谢谢。

周媛媛：意思呢。

费聿利转了一个红包过来。

周媛媛小小地激动了一下，感觉可以靠这趟山区公益之旅，通过贩卖艾茜的照片为自己囤点嫁妆……

坐了一天的车，入夜才抵达Z省天黎山。艾茜和周媛媛被分配到天黎小学的教师宿舍。学校是前几年新盖的，住宿条件没有想象的差。

这一次活动为什么选在天黎山？因为天黎山有着天然的旅游资源，只是由于道路交通问题还处于待开发状态。这次公益组织、政府单位联合企业和电视台将拍摄地点设定在天黎山，就是有了改造天黎山的想法。

引进投资，开发资源，保存文化，改变现状。

每个公益团队的任务是通过一个月的考察设计出可行的扶贫计划书，然后说服后续进驻的企业代表投资扶贫项目。

“我觉得养猪不错。”夜里，艾茜和周媛媛铺好床，周媛媛坐在木板床上对艾茜说。艾茜和周媛媛住一个房间，两张床，虽然宿舍是新的，却没有窗帘，窗户只用一张灰白的床单遮挡着光。

“如果不养猪，养牛蛙也可以，现在麻辣牛蛙太好吃了。”周媛媛又提出了一个方案。

艾茜一乐，说：“这次入驻的企业都是国内百强，咱们就让他们进来办个养猪场？”艾茜没说下去，周媛媛也晓得艾茜的意思——太小儿科了。

不过……海逸也是这次活动的联合企业呢。如果以后艾艾真的嫁给了费二，岂不是拿自家的钱扶贫？当然，在费二没有好好再次追回艾艾之前，周媛媛是不会在艾艾面前过多提及费二的。

床铺整好，门外响起敲门声，紧接着一道清爽的问候：“朋友，你们要出来吃点宵夜吗？”

呼！周媛媛望了眼艾茜，挪动脚步上前开了门。

门外站着的是一个长相清秀的小哥哥，身穿着黑色的大棉服，打开门的时候，笑容可掬地对着她们说：“我是天黎小学的支教老师，我叫张坪，土字旁的坪，欢迎你们过来啊，朋友。”

“你就是张坪？很高兴见到你，我是艾茜。”艾茜伸出手。

周媛媛反应了一下，开口道：“原来是我们的联络人啊，你好，我是周媛媛。”

每个团队还会匹配一位当地联络人，人力资源充分利用，刚好在这里支教的张坪就成了她们的联络人。终于见到联络人，周媛媛表现得像是见到了主人。

张坪的确以主人的架势招待他们，只是夜宵居然是……烤牛蛙！

当周媛媛把最新照片发到小群里，王垚直接问：“艾茜旁边的男人是谁？”

这个口气，王垚是在吃醋吗？感觉吃错对象了啊……

A市高架桥上，王垚开着车，斜了副驾驶坐着的人一眼，对拿他手机回复群消息的费聿利说：“你不要乱发啊。”

费聿利嫌弃地将手机丢还给王垚，顿了下，开口说：“后面我要代表海逸进驻天黎山，有什么东西需要我带给你家周小神吗？”

王垚：“……”

“……要不你直接带上我吧？”好一会儿，王垚自我举荐说，理由是——

“周媛媛和艾茜在那边是团队行动，虽说条件苦了点，但能缺啥，除了缺两位帅气男朋友赏心悦目，是不是？”

对此，费聿利抬了一下眼皮：“不要脸。”

“这是《艾艾去哪儿》素人公益节目第一期……”大清早，周媛媛就坐在木板床上，拿着一个手持拍摄器，对着手机屏幕一顿开场白，“今天山里气温十二三度，昼夜温差大，空气状况优良，白云悠悠，碧空如洗。”

艾茜在旁边整理着物件。

周媛媛继续：“现在是北京时间早上六点五十分，我们住在天黎小学教师宿舍，前面就是教学楼和操场，天黎小学一共有一百二十四名学生，六个年级六个班，平均每个班二十多名学生。现在孩子们还没有来到学校……”

周媛媛又一顿叽里呱啦，艾茜已经整理好床铺，烧了热水，烫好牛奶……当周媛媛将摄像头对向她，艾茜面容愉快地打了一个招呼：“我是艾茜，今天是我和周媛媛小朋友来天黎山的第一天，后面我们会在天黎山生活工作三个月，今天是第一天，我们的任务也才刚开始，可以想象后面三个月对我们来说肯定是一场非常有意义且有意思的人生之旅。好了，我们准备一下就要开始做事了……对了，最后纠正一下，这里不是《艾艾去哪儿》，我们的节目叫《美若黎明》。”

周媛媛关掉手持器录像功能：“艾艾，我发现你可以转行做直播，我都训练了半年，结果对着镜头还是你比我更流利。”

“考虑一下。”艾茜随口答应。

很多事情，轻松只是表象，实则沉重困难。天黎小学目前一百二十四名上学的孩子，几乎全都是留守小孩，跟南庄小学孩子不一样的地方，他们长时间跟父母分离。上午，艾茜和周媛媛将黎明公益准备好的礼物送给这些孩子，每人一套洗漱用品和一盒巧克力。洗漱用品是黎明公益拉的赞助，巧克力是艾茜自掏腰包买的见面礼。下午，艾茜和周媛媛跟着公益团队实地考察，半天下来，周媛媛面上神情已经没有白天那么轻松……

山里的天似乎比城里更快暗下来，不像城里天黑之后还有热闹的夜市，这里的夜晚是真的夜晚，黑幕笼罩之下周围四处都是静悄悄的，没有五光十色的霓虹灯，夜空的星星看起来也更亮一些。不像城里的夜空，灰蒙蒙里透着高楼大厦灯光折射汇聚的亮光。

一周下来，艾茜和周媛媛跟天黎小学的老师和学生都熟悉了，周媛媛也从原先看到蟑螂就跳到床上到现在可以欣然自得地将墙角的蟑螂拍摄下来，发给王垚看。

艾茜的改变没有周媛媛那么明显，但是她自己知道，这几天她内心逐渐安静和充沛起来，仿佛令自己多了一份力量，这样的感受是在其他工作或事情里没办法体会到的。

天黎小学教师宿舍最上面有一个可以“观星赏月”的天台，张坪和其他几个年轻代课老师时不时会来这里烧烤喝酒，畅聊人生。张坪原是在一线城市打工的高级网络工程师，为什么会来天黎山支教，用他的话来说：“原本是失恋失业来天黎山散心旅游，结果待了一个星期舍不得走了，刚好这里缺老师，就留下来了。”

“你们呢？”张坪看向艾茜和周媛媛，点名周媛媛，“你为什么会做公益啊？”

周媛媛看了眼艾茜，笑嘻嘻回答：“毕业之后找不到工作，刚好被人忽悠到了黎明公益，然后发现这份工作还挺有意思，充实不枯燥。”

“谁忽悠你？”

“不能说……”

艾茜眼眸闪烁，夜风凉凉地掠过耳畔，一天的工作结束，她的心情总能在这样的夜晚变得自在又轻松。脑海突然浮现一张脸，思绪微微凝固。

“艾茜你呢？”

“一样，一份工作而已。”艾茜开口说，“还有就是对生活方式的一种选择吧。”公益这件事做到现在，它跟其他工作有不同的地方，但也没有特别不一样的地方。随着公益的普及，甚至不再具备任何光环和闪光点，只是一种生活方式。

“对哇！”周媛媛点着脑袋，接话说，“只有将公益事业当成一份工作才能长久客观地对待它。任何事情都存在光明的一面和阴暗的一面，只有去掉光环看待它，才能做好它。”

“这话你说的？”一周时间，张坪显然了解了一些周媛媛的性情。

“当然不是！”周媛媛得意一笑，“是……我以前的秘书长说的。”

“有点想见见你那位秘书长啊。”

“说不定以后就见到了呢。”周嫒嫒俏皮回话。

手机铃声响起，艾茜看了眼来电显示的名字，任由周嫒嫒和其他老师一来一回地聊天说话，起身下了楼。

电话是费聿利打来的，艾茜走到底下楼道才接听，这边信号是教师宿舍楼里最好的。结果，等她接通，“喂”了一声，手机那边毫无回应。

艾茜又“喂”了一声，还是毫无回应。

艾茜不知道是信号问题，还是费聿利拨错了，直到听到那边传来冗长厚实的呼吸声，她确定应该是费聿利拨错了。

“费儿总，你醒一醒，酒店已经到了。”一道恭顺温婉的女性声音顺着听筒传入了艾茜的耳里。

艾茜：“……”

这个声音，大概就是来自那位聪明又能干的女秘书吧。

“啪嗒”一声，艾茜挂上了手机，放回口袋，她脚下是一双登山鞋，身上穿着厚实保暖的户外冲锋衣，大概是穿得太多了，胸中莫名窝起了一团火。

费聿利这个电话是怎么打过来的，艾茜不想追究，只是为自己前面特意从天台下来接电话的行为感到费解、憋屈，以及生气。

“大傻子！”艾茜暗骂一句，不是骂费聿利，而是她自己。

就在这时，手机又振动了。艾茜呼了呼气，拿出手机一看——

又是费聿利打来的。

今天费聿利一直想给艾茜打个电话……

早上五点醒来拿起手机，觉得艾茜肯定没醒来，就放弃了。清晨他到小区后山的私人公路跑了一圈，本打算上班的路上给艾茜打电话，结果今天行程安排紧张，过来接他的何秘书上车就跟他核对今天一整天的流程和注意事项。

上午是南庄小学入资合同签订会，召开记者见面会澄清家长闹学纠纷，下午是一场更大的项目发布会召开前的会议探讨，一方面要正式宣布海逸集团成立社会公益部，另一方面宣布海逸未来十年的重点项目。

费聿利在车里翻阅何秘书递给他的项目计划书，这些还都是初步拟订的项目战略计划，宏观规划了未来十年海逸集团大致的发展，一半都是生态旅游方向。其中一个项目计划，就是天黎山自然之美生态旅游保护性改造。

项目计划书附页有一张天黎山的日出美图，云海之上杜鹃灿烂，费聿利看着天黎山的照片问何秘书："今天天黎山那边气温如何？"

何秘书微微一愣，查询之后，温柔恭顺地回答他："今天A市气温十到十九摄氏度，天黎山是三到十二摄氏度，比我们A市要低很多。晚上我们要到B市同那边市领导吃饭，B市温度十二到二十摄氏度，同我们A市差不多。"

作为一位秘书，何秘书不仅有着周到又细致的业务能力，性情还十分温柔恭顺。只是，费聿利并不吃这一套。何秘书也不是他的人。

何秘书是他哥培养出来的"优秀"女秘书，他加入海逸一直没有合适的秘书，他哥就把何秘书暂时安排给他。前面恒亿王经理认错了艾茜是何秘书，说外界传闻他有一位漂亮又能干的秘书，事实是王经理听错了传闻，不是他有一位漂亮又能干的秘书，而是他哥。

这位何秘书……

下午会议结束，费聿利赶到了B市，晚饭要在那边跟一拨儿领导吃饭。他本打算晚上回酒店再给艾茜打电话，只是不知道是不是这段时间工作强度大，原本身体还可以应付的酒量，今晚却不行了。

饭局结束回酒店的路上，他拿着手机一时半会儿却想不起要做什么，今天他忙得连喝水的时间都没有，事情也一件件地按照工作流程完成，却有一件事情还紧紧地堵在他的胸口。

他突然有点发慌，觉得艾茜不再等他了……她一向自由超脱又潇洒，随时都毫不留恋地离开某个倦怠的地方，潇洒自如地抽身一段亲密关系。

他不喜欢这样的她，却爱上了这样的她。

他知道，自己只有变得真的强大成熟，才能将她一直留在他的身边。

费聿利握着手机，今天从起床开始他就想着给艾茜打电话……现在电话接通，却是不小心拨了过去。他大脑昏沉地靠在后座椅背，前面驾驶座是司机，副驾驶是何秘书，当何秘书声音响起，他像是打了一个瞌睡醒了过来。

昏昏欲睡的大脑得到短暂的休眠，恢复了少许清醒。何秘书下车替他打开车门，B市的夜风吹得他又多了一丝清醒。

晚上他和何秘书都住在这间酒店，办好入住，一块儿乘坐电梯上来，何秘书按了二十九层。费聿利懒洋洋地靠着电梯，目光打量，随口一问：“何秘书有男朋友了吗？”

“还没有呢。”

“不找一个？”

“哪有时间找呀。”何秘书遗憾地回答，“我眼光真不高，就是找不到。”

这话还真是……假！“何秘书的意思是说，我们这一届男人不行。”费聿利侧了一下头，自我贬低问。

何秘书回应他的注视，突然说起了俏皮话：“其实，我已经有男人了。”

“噢——”费聿利一副恍然大悟的了然状，拉长声线。

“工作就是我的男朋友，以及我的靠山——”何秘书笑盈盈地回答他，说话的时候眼睛落在他面庞，见他一动不动地回应她的注视，眼底闪过一丝暧昧，缓了缓语气添加一句，“海逸集团，就是我的……金主。”

费聿利俊逸的面容扯起一点儿笑意，显得他心情很好的样子。

任何经历都能学习到经验，比如他在酒吧当调酒师的那段经历，他对女人面上神情，话里话外，心里想法不说有准确判断，但是一个女人有没有对他存在某种想法，他基本还是能感受出来。一直以来何秘书都装得对他恭顺礼貌，但是他不相信他哥把何秘书安排给他，真没有其他的一点想法。

房卡还在何秘书手里，从电梯出来费聿利走到自己的房间，当他从何秘书手里拿过房卡，他停下了动作。

“何秘书，我可以邀……”他有点醉地倚靠酒店房门，都不需要邀请，何秘书已经搂上了他的腰。大概他喝了酒的样子让何秘书没有了防备心，或者他也让她快失去了耐心，觉得今晚是一个好时机。

“费儿总，我扶你进去吧……”何秘书的声音软了下来。

呵……他没吭声，只是歪下头，对着何秘书。何秘书微微抬起头，呼着热气，嘴巴几乎要与他触碰——

“不需要。”费聿利直了直身子，瞬间同怀里的人拉开了距离，他一边将何秘书从怀里推开，一边从她手里拿过了门卡。

“还有，明天你直接回我哥那边，理由就说我这边不太喜欢你的——”费聿利轻轻一顿，把话说完，“做事风格。”抑扬顿挫的两句话，不管口吻还是神色同刚刚的他完全不同。

前一秒还是一个浪荡公子哥，后一秒完全是不解风情的钢铁直男。

Chapter 16

慢慢再次喜欢你

不知道为何，心里有了想念，就会习惯性看手机，即使清楚她不会给他发来任何信息。回到酒店房间，费聿利拿起手机看了眼，才发现五分钟之前，他给艾茜拨了一个电话，通话时间不到十秒。

怎么回事？犹豫半秒，他再次拨了电话过去……

“刚刚我不小心拨出来。”

手机接通，计划了一天的电话，最后说的话却是一句拨错号的解释。

艾茜没有话回他。

“艾茜……”

“什么？”

“今天天黎山气温三到十二摄氏度，昼夜温差很大，夜里睡觉不要踢被子……”

“……”

“之前我跟你睡觉，我给你盖过好几次被子，你知道吗？”

“……”

“现在你要盖好被子，在山里别感冒了。”

"……"

一句话连着一句话，艾茜安静听着，她本来要问费聿利现在人在哪儿，为什么住在酒店，是不是喝醉了，不过最终还是收在了嘴边，简单回了一句："哦，我知道了……"

费聿利嘿嘿地笑着，所谓强大和成熟，都抵不上耳畔之间的一点温柔。

艾茜心上的火苗灭了，气也消了。她和费聿利现在是朋友，只是朋友……不管她内心有没有怀疑的地方，她和费聿利仍是不约而同心照不宣地朝着某个方向发展——他和她以朋友身份重新开始接触、再次认识、慢慢靠近……两人都没有原先那么干脆利落，甚至有点拖泥带水。

深夜，艾茜没有入睡，躺在木板床上戴着耳机听歌，窗外月色像是银色雾霭倾泻在她床边，她耳边是舒缓又浪漫的女歌手低哑的唱腔，一首周媛媛分享在朋友圈的歌。

慢慢喜欢你，慢慢的亲密，慢慢聊自己，慢慢和你走在一起……

天黎山最高海拔两千五百米，群山绵连，昼夜温差的确很大，不出意外艾茜还是感冒了。这段时间他们不是在爬山，就是夜宿帐篷，即使是拍宣传片，每天的实地考察也不是做做样子。艾茜觉得周媛媛最近的面色也有点不好，每天提醒周媛媛定时量体温，周媛媛都无关紧要地搪塞她，然后小脸红扑扑地看着她。

艾茜摸了一下周媛媛的额头："是不是发烧了？要吃点药吗？我这里有。"

"艾艾……我……"周媛媛纠结地开口。

"怎么了？"

"我可能怀孕了……只是可能！"

艾茜心情复杂。

晚上，周媛媛与王垚面对面视频，艾茜坐在靠窗的一张简易的书桌对着笔记本电脑整理今天拍的天黎山照片，分类出来，再上传到黎明公益基金会的网页。

"艾艾，我刚刚拍了一张你的工作照发群里。"周媛媛关了视频，跟她打招呼说。

艾茜打开微信群消息，四人小群里多了一张她工作的背影照。

事情还很多，艾茜也没有理会，大概是过了半个小时，王垚在微信里找她，二话不说，将周嫒嫒刚刚放在小群里的照片圈了一个重点发给她。

艾茜看了眼王垚圈的红圈，回头看了眼全然不知的周嫒嫒。

房间只有一张桌子，除了用来放她的笔记本电脑，一些零碎都放在这张桌子上，比如最近她拿出来的感冒药，下午周嫒嫒自己买来的早孕测试笔也放在了她的感冒药旁边。

刚刚周嫒嫒对着她拍照，将没有拆开的早孕测试笔也拍了进去。

现在的像素，十倍放大都是高清。王垚圈出重点过来的截图已经放大了好几倍，完全可以清楚地看到包装盒上写着早孕测试笔。现在的男人观察能力很强啊。

王垚私聊她，以刚刚的截图作为证据说：恭喜啊，我就知道你和费二早和好了。

艾茜：……

王垚和周嫒嫒为什么如此匹配，费聿利之前评价两人都属于大大咧咧又脑洞清奇到极致的人儿。费聿利还真是没有说错！

所以，王垚在找她之前，是不是先找了费聿利？

是的，王垚将这张圈出重点的照片发给艾茜之前，先发给了费二，只是费聿利一时没有回他。大概过了好一会儿，费聿利回复王垚说：恭喜。

同时，发了一个系统自带的绿色抽烟表情。

王垚：……

什么是搬起石头砸自己的脚，大脑反射弧像是绕着月球发射再反射回来，王垚隐隐意识到自己喜当爹了。不，不是喜当爹，是真当爹……

聊天框里，王垚又发来一句问话：是……周嫒嫒的吗？

如果可以视频，艾茜觉得下一秒王垚可能会激动地跳起来，没错，当艾茜做出明确回复，原本跷着腿平躺着的王垚一个挺身从床上坐起来，整个人差点从床上滚落下来。

艾茜：你等两天，如果确定了，你过来把周嫒嫒接回去。

王垚：放心吧，艾艾，我会对周小神负责到底的！

艾茜：……

两人都要谈婚论嫁了，艾茜倒不担心王垚会不负责，只是事情不是还没有确定吗？第二天一早，周嫒嫒做了检测，结果没有辜负她这几天的三智五猜，两条杠。

“艾艾……我还没有做好准备。”

“我知道。”

“但不知道为什么，我觉得自己很快就能准备好。”

“嗯。”

这样的心态，艾茜已经不需要安慰周嫒嫒什么，她的思虑对周嫒嫒或许还是一种负担，作为朋友只需替周嫒嫒和王垚高兴。

清早，天黎的小学孩子们在体育老师的带领下在操场一圈又一圈地晨跑，偶有几个皮孩子在队伍里闹闹咧咧，身前扎着的红领巾东倒西歪。前一秒还说自己没有准备好的周嫒嫒，后一秒突然用商量的语气问她：“艾艾，你要不要当干妈？”

干妈？如果当了干妈是不是要包个大红包？

“费二，你要不要当我孩子的干爹？”

得到确定消息，王垚大清早来到费聿利家中，有些感冒的费聿利还在睡觉。没关系，王垚就蹲在费聿利的床边说话，兴奋又激动地叨叨个不停。得不到任何回应，他就伸手拍一下费聿利：“费二，我跟你说话你听到了吗？”

这位要当爸的人能不能提前积点德……

“费二……”王垚又叫了一声。

“听到了……”

“我说你怎么一点都不激动呢……”王垚纳闷地将脸对上费聿利。

神经。费聿利眼睛往床边的人斜斜一瞥，转身继续睡。

王垚觉得费聿利是嫉妒，嫉妒他和媛媛的感情比他和艾艾更甜蜜，发展速度更是比他们快很多，他和媛媛已经孕育出了爱的结晶，他和艾艾又兜回到原点。这样一想，王垚也能理解费二对自己的嫉妒，更要毫无保留地分享出自己的幸福。

“要不这样，你给我孩子当干爹，让你也感受一下当爹的快乐。”王垚够意思地说。

“哼……”费聿利用鼻子发了一个音。王垚这话说得，好像他这辈子没有当爹的机会一样，他是费公子，又不是费公公！

“怎么样？”王垚推了费聿利一把，“兄弟我够意思吧？”

“呵……”费聿利闭着眼道，“不用，我只当我自己孩子的亲爹。”

王垚倾过身，用手拨开费聿利闭合着的眼皮说：“你再说一遍啊，机不可失时不再来。艾茜已经是我和媛媛孩子的干妈了，如果你不当我孩子的干爹，我去找周子舜他们了。”

费聿利突然起来，看向王垚问：“我刚刚在睡觉，你跟我说什么来着？”

“你要不要当我和媛媛孩子的……”

“可以。”费聿利回答说。

王垚：“……”好兄弟！

费聿利原本下月才能去天黎山，现在倒是可以提前去一趟了。主要王垚要到天黎山将周媛媛接回来，来回路程时间有点久，他可以帮忙搭把手。

“我不需要帮忙啊……”王垚摆手拒绝，又贱又皮地说，“我家里人多的是，还有司机，怎么能劳烦最近日理万机的费公子给我当司机呢？”

费聿利抿了抿唇，憋出一句话：“我不是干爹吗？”

还真是一个好借口呢。

有些事呢，最高境界就是看破但不说破……然而，王垚就属于看破也要说破，高速路上不停念叨：“哎呀，估计等我孩子都会开车了，你和艾艾还在做朋友。”

“你孩子估计要性早熟。”费聿利嘴损地回道。

"扯屁！"王垚回击。

费聿利："知道扯屁就好。"

王垚："……"

费聿利和王垚是夜里七点半才赶到天黎山，天色在昏昏暗暗里亮起了一颗两颗三颗四颗星星……在车上费聿利和王垚相互损，当车子停在天黎山的民宿大院，费聿利看向身旁激动不已的王垚，必须承认在感情方面王垚比他做得好。

他挑剔还口是心非，明明喜欢得要命，却斤斤计较还不肯承认……

王垚提前下了车，费聿利坐在驾驶座，压了压心上汹涌的想念，拿出手机通过挡风玻璃拍了一张天黎山的星空照，点击发送给了艾茜。

正准备下车，手机轻微一振，艾茜回复了他过来——

同样也是一张星空照。

艾茜今天有户外拍摄工作，日薄西山才跟着大部队下了山，因为在山里用压缩饼干填过肚子，回来也不顾着吃晚饭，先去了公共淋浴室洗澡。

淋浴房十分简易，外面是一个更简易的洗手台，洗手台长期放着一把八百瓦的劣质吹风机，即使开到最大挡，若想要吹干一头长发怎么也需要半小时。好在今天气温不低，艾茜洗完澡上了教师宿舍的天台，躺靠在搁在上面的两张钓鱼椅里的其中一张，一边晾干着长发，一边望着夜空放松身心……

微信四人群里，王垚发了两次定位，没有意外，现在人应该在天黎山。今天周媛媛全程待在学校，她替张坪上课，张坪替她上山，现在周媛媛应该奔向了王垚。

手机突然进来一张照片，费聿利发来的星空照。艾茜看了眼照片，又仰了仰面看向落在自己眼底的这片星空，内心仿佛被什么东西瞬间击中。

然后，她拍了同一款照片发给了费聿利。

天台后面的铁门发出一道冗长的"吱呀"声，艾茜下意识回过头，待看到推门出来的张坪，扬起嘴角微微一笑：“……嗨。”

“看样子等的人似乎不是我。”张坪开着玩笑说。

艾茜轻笑一声，回话说：“当然。”

张坪拿着一盘烤制的食物，一脸受伤地表示：“伤心，亏我还上来给你送吃的。”

艾茜更是不客气，笑呵呵地说：“谢谢，所以东西可以留下。”

半个月时间的朝夕相处，她和张坪等其他老师都熟成了兄弟姐妹，尤其同样是北京过来的张坪。张坪过来支教之前是一个典型的工科男，不过性格细腻，有文艺天赋，不仅是天黎小学的数学老师，同时兼任这里的音乐老师。

他弹着吉他教这里学生唱歌的视频上个月还在网上火了一把。

张坪是因为失恋才来天黎山旅行，又因为喜欢这里留下来当支教老师，对于失恋的往事，张坪提及得不多，大致原因是女孩父母不同意他们的恋情，最终女友接受了父母的安排嫁给了别人。

“我原本每月工资税后三万，不多不少，倒是可以养活两人，只是北京的房价你也清楚，即使买在五环外我花十年时间也买不起……但是我不能让北北等我十年。”

北北是张坪前女友的小名。

“可以说，我和北北的感情就是典型的那种面包打败爱情。”张坪自嘲地笑了两声终止了这个话题，“算了，不说那么丧的事了，说说你的吧，应该很解气。”

解气？艾茜不解，哪儿来的解气？

“我的意思是，你那么优秀又那么潇洒，应该从没有被人甩过吧？”

谁说没有……

张坪的理由令艾茜哭笑不得，她握着手机，又看了眼费聿利十几分钟前发来的星空照，总结她和费聿利从认识到分手又到现在的朋友关系，一时间也说不出个所以然。一段感情是否结束，不应该也不能用分手作为宣判，而是得看内心是否还心存遗憾。对于去年的分手，她心里的遗憾不是费聿利主动提的分手，而是在交往期间她从没有明确的想法要与他牵手一生。

如果她内心明确，不管当时费聿利赴相亲宴，还是他母亲对她的不喜欢，她都会同费聿利仔仔细细地掰扯清楚，而不是任由这些问题成为她心里埋藏的炸弹，等到需要的时候一次性点燃爆炸……

她从北京再次去A市时，也像今晚这样在危家的玻璃房跟危城聊感情，危城听完她和费聿利的分手描述，客观地点评说："其实你和费聿利这段感情中，你才是不负责任的那一个。就像我和柳静灵的感情，我选择什么都不做什么都不说，然而问题出来了，这一切的发生真的跟我毫无关系吗？感情上，明哲保身的人往往就是始作俑者。"

"感情之事，看别人问题都是聪明人，自己却很容易成为笨蛋。"她也这样回危城。

所以，艾茜不觉得自己经历的感情有多解气，反而清清楚楚地看到了自己身上的懦弱和自私……

"那如果你们再次见面，你会告诉他你心里的想法吗？"张坪问她。

"我会告诉他。"艾茜低低一笑，顿了一下说，"不过，要等他真的相信的时候。"真的相信她，没有怀疑和猜测，这样他和她心里那点共同的计较才有了意义。

"那要等多久？"

"不知道。"

"那怎么知道他相信还是不相信？"张坪又问。

"他……会告诉我的。"艾茜说，口吻多了一份前面没有的笃定。跟她一样，费聿利也是不吃亏的性子，两个都不想吃亏的人又想要彼此全心全意的爱，以费聿利的性格他肯定会提前下手。

毕竟，抢占先机这件事他一向最为擅长。

当艾茜与他交流完感情之事，张坪心里就有了好奇，那个令艾茜惆怅又遗憾的男人到底是什么样子？

艾茜想了一下说："后面见到了你就知道了。"

后面见到？

张坪觉得艾茜这话真是敷衍外人啊，就像好久不见的老同学说下次见面请客一样客套……张坪到楼下接听家里打来的电话，视线一瞥，乍然看到一道颀长的男人身影从学校外走了进来。

最近电视台在天黎山拍摄宣传片，外来人很多，张坪虽然认不全所有人不过基本都打过照面，但是现在进来的这个男人，他真的没有见过。

对方不管气质和外形都很突出，如果见过面，他肯定有印象。

张坪挂上手机，男人已经走到他面前，客客气气地问他："艾茜是不是住这栋楼？"

张坪下意识问："……你找艾茜？"停顿片刻，"她在楼上。"

费聿利："多谢。"

就在这时，艾茜下了楼，从后面的楼道绕下来，站在他们的身后发出声音说："费聿利……我在这儿。"

然后，这位叫费聿利的男人神色微微一松，顺着声音越过张坪跟后面的人对视，自然又不太自然地开口说："艾茜，我过来——看看你。"

男女之间的磁场就是那么奇妙，简短的两句对话，张坪就听出来了眼前这位气质卓然桀骜的男人应该就是刚刚艾茜留在话里也放在心里的……男人。

费聿利跟艾茜来到房间，今晚周媛媛住到王垚定的民宿，应该不会再回来。他开了快一天的车，却只能跟艾茜待在房间说上几句话，不能像王垚和周媛媛见面那一刻一般紧紧拥抱在一起，不过费聿利还是觉得今天的行程十分值得。

看上一眼就觉得值得了，何况他还可以一直看她。

费聿利看个不停，看了又看，上上下下地看，仔仔细细地看……艾茜问他："费聿利，你看好了吗？"

"不能看了吗？"他问她，眼底袒露着直白的情感。

"不是。"艾茜望着他开口说，"如果看好了，我想抱抱你。"

"……"惊喜得像是流星划过天际。

一直以来，他最喜欢艾茜对他坦然的样子，真实又温柔，没有强势的外衣，没有太多的思虑，他的眼底直接映照着她的心，像是山里的月色明亮地投照在他的心间。

然而认识那么久，艾茜的心一直都是藏在厚实的乌云里，虽然偶尔露出那么点光，也能令他惊喜得仿佛体会到了万丈光芒的错觉。

“不让。”过了一会儿，费聿利嘴角上翘地说，语气赖皮又温柔，然后他上前一步，紧紧地环抱住了艾茜的腰说，“不用你抱……我来抱你。”

艾茜来天黎山前的那个晚上，费聿利来找她，回去之前说了两句话，一句话是：“艾茜，我不想骗我自己，所以有件事情我要告诉你，分手不是因为不爱你，而是因为很爱你。”

还有一句是——“以后我不会再骗你，什么话什么事都告诉你。”

感情很复杂，也很简单。在相互表达这件事，若他对她真实，她也会对他坦诚。

第二天，周媛媛跟着王垚回去，费聿利负责开车，艾茜因为有任务没有过来送行。上车之前，费聿利站在民宿外面的庭院抽了一根烟，手机里一条消息过来：一路平安。

费聿利轻轻扯了一下嘴，回复：好。

在准备离开之前，他给艾茜发了一条消息，告诉她等会儿他和王垚他们就要离开天黎山，他没有说后面他会过来，艾茜也没有过多问他海逸对天黎山的开发计划，不是生分，更像无形的默契——他和她现在各自做好自己的事，共等一个黎明。

还有半截烟，费聿利最后吸了一口，上车之际看到前面艾茜站在大部队里集合，他遥遥望过去，她也注意到了他的视线，朝他回应过来。他用唇形与她告别，等候片刻，利索帅气地上了车。

车里王垚和周媛媛面面相觑，费二这趟过来不会还没有跟艾艾打过招呼吧？！

愁死个人了啊。

全程，费聿利“话少人稳”地开着车，周媛媛在车里分享了一些她和艾艾这段时间在山里的趣事，他也只是听着，没有太多的过问。有关于艾茜的内容，一字不漏地听到了耳里。

周嫒嫒说了一大堆，说着说着十分遗憾后面艾艾就要一个人留在天黎山。

“……你回去了，对艾艾反而是好事一桩。”王垚犹豫一下，毫不客气地挤对自己老婆说，“帮不上忙就算了，还要添麻烦。”

周嫒嫒委屈地眨了一下眼睛，看向王垚说：“你以为我愿意吗？”

王垚赶紧搂住嫒嫒，顿了顿，朝着车窗喊道：“感谢老天，感谢送子观音，给我一个这样大的惊喜，让我家老婆从天黎山回到了我身边，谢谢啊！回头再上香感谢你们啊！”王垚这一顿喊，惹得周嫒嫒捂嘴狂笑。

前面开车的费聿利：“……”

真是两个神经病……所以这世上谁说没有缘分呢，神经病都能找到神经病来匹配。

从总裁班认识费聿利到现在，周嫒嫒觉得费聿利最大的改变就是，没像以前那么……欠扁了。所以，她还是喜欢她家三土君，仍是一如既往地欠收拾，多难得！

后半程王垚开车，周嫒嫒在车里刷微博，《美若黎明》已经放了一期花絮预热，她本以为这样公益性质的节目没有人关注，没想到还是引起了一些水花，当然只是小水花。

弹幕闪过这样的评论：

我也不想上班想去山区支教，可是我怕蟑螂……呜呜呜！

同清风明月做伴，YYDS（永远的神）！

天黎山我去过，很美的。

希望《美若黎明》大红！

弹幕总共几百条，周嫒嫒慧眼如炬，看到一条来自“颜值狗”的弹幕——视频十二分二十四秒的时候，有个小姐姐长得好清爽。

周嫒嫒将视频划到十二分二十四秒，是一帮人到天黎山养猪场考察的画面，艾艾就站在里面，网友说的那个清爽的小姐姐应该就是……艾艾。

所以颜值高的人，就算站在人群中、猪圈里也能被一眼看出来啊。

视频的截图，周嫒嫒发给了前面躺靠在副驾驶座的费聿利，费聿利在心里哼了哼，默默地点了保存。初识时，他一直觉得艾茜是一个俗不可耐的公益营销人，偏见让他没有第一时间好好了解她。不可否认的是他在看到她照片的第一眼，也觉得她长得还真是清爽。所谓清爽，不是那种过于清冷，过度冷漠感，也不是过于清新的失真感，而是一种独特又少见的利落，清醒又隐约的侠气。

这是艾茜身上与众不同的气质，也是她对这个世界的态度。这也是为什么，他从被吸引到喜欢到现在明确地爱上她，因为除她之外，他不会再遇上一个她，令他又爱又恨，只要不见面便开始想念。

这个周末费聿利去了一趟天黎山，顾女士自然知道；儿子为什么去天黎山，顾女士同样清楚。夜里顾桂英坐在家里客厅等候儿子归来，待外面车库传来汽车熄火的声音，拢了拢身上的披肩，打了一个困倦的哈欠。

对儿子的管教和期待，出身优越的她跟其他妈妈没有太大区别，她也没有那么重的门第观念，只是不太喜欢身世复杂的女孩。对于费儿的另一半，她只希望是一个出身良好、单纯善良又对他全心全意的好女孩，而不是一个过于聪明算计的女人……

昨天儿子去天黎山，丈夫费海逸对她说："只有你嫌弃女孩子聪明不好。你要想一想，你喜欢的是你儿子喜欢的吗？你想要他拥有的婚姻，是他适合的吗？你认为的道理，是费儿从小到大听过的吗？"

"他是什么性子你还不了解，就是要找一个能降服他的人，那些性情乖顺的女孩当儿媳妇自然好，但是你儿子缺乏耐心，如果不喜欢他有多少耐心对待令他感到无趣的女孩子？这段时间，我看到了费儿的责任心，你觉得他的责任心怎么来的，是他真的意识到要经营一份事业了吗？他现在的改变不是你的苦口婆心，也不是你的精心安排导致，而是因那个你不喜欢的女人的影响。"

女人到了中年最容易被人嫌弃，儿子也好，丈夫也好，耳边响着丈夫的话，顾桂英只感到一种遍布全身的无力感，待儿子开门进来，她望着自己这个身形颀长高大的儿子，又觉得一切释然……就是因为她和费海逸的婚姻里她是付出的一方，她才那般希望费儿找到一个爱他比他爱她更多一点的女孩。

“费儿，妈妈想跟你聊一聊。”顾桂英对进门的儿子请求说，“陪妈妈坐一会儿吧。”

费聿利立在门口，缓慢地扯了一个笑容，点点头答应道：“好。”

以往，费聿利不是一个喜欢跟家人谈心的人，他一贯我行我素又任性自我，加上从小习惯反抗父母的权威，更加排斥父母对自己洗脑。只是，现在越来越多事情他也倾向用平和的方式解决它。

这周费聿利需要飞北京一趟，代表海逸集团参加一个关于社会企业和社会影响力投资的政府机构举办的研讨会。

夜里十一点，费聿利抵达北京会议酒店。第二天九点签到进场，签到的时候费聿利领到一袋会议资料，里面有一本参加此次会议人员和企业介绍册。

他翻了翻，翻到微正科技这一页，大致地浏览了几眼里面关于微正科技的介绍。

第一天的会议规模很大，他和危城都坐在前面一排，座位都是提前安排好的，他和危城刚好隔着几个座位。

整个会议过程，作为海逸代表费聿利拿出了大企业少东家的态度，该客气客气该高冷高冷，有了喜怒不形于色的镇定和从容；直到，中午自助餐费聿利谢绝跟领导同行，主动走到了危城面前。他身上有了商务人的气质，不影响他还能像小辈那样端正又礼貌地叫了危城一声——“哥。”

危城：“……”

危城好一会儿才消化费聿利这声突然又自然的哥，停顿片刻，客气回应道：“费总好。”

费聿利觉得自己之前没想明白一个问题，以艾茜磊落坦荡到厚脸皮的性情，如果她和危城真的有什么，两人早在一起了。他与其将危城当假想敌，不如跟着艾茜叫危城一声哥。

总之费聿利这声哥，叫得危城完全措手不及，对方还这样坦然自若，让他怀疑茜茜是不是与他重修旧好了。

费聿利再伸手，危城回握：“好久不见。”

去年见面之后，危城就没见费聿利了，眼前英挺卓然的男人跟记忆中年轻气盛的公子哥不一样了。之前对于茜茜喜欢上费聿利，他其实是不解，直到分手之后茜茜对他说：“刚开始喜欢的时候也很肤浅，只是觉得他做人做事不拘一格很有想法，长得帅气也是理由。但是后来，我对他的感情应该比喜欢要多一点——他会愿意为我改变自己。”

就是因为茜茜的这番话，他愿意让艾茜去A市工作。

如果，茜茜没将话说得这样明白，别说他家二老，即使是他都会想尽办法将她留在危家。

同样，费聿利也觉得危城有些变化，不过不是很大。一个原本沉稳淡然的男人再怎么变也变不到哪儿去，只是比起去年，现在的危城不再完美得宛若天人，反而像是父亲给他的感觉，有智慧也有阅历，但不缺真实。

费聿利和危城结伴，惹得场内诸多视线颇为留意。难道海逸集团和微正科技即将迎来合作？一个南方大集团，一个北方新贵公司，如果达成合作意向，会展开什么大动作？

两人要谈的项目名字好像叫作——“茜茜？”

“别看茜茜现在落落大方的样子，以前她就是一只自闭的小刺猬。”

“茜茜父亲出事之后，我们家将她从鹿城带到了北京，刚来北京她也非常不适应，但是她一直很努力，不管学习生活还是为人处世，达到了自我苛刻的程度。这应该就是你刚开始认识茜茜时看到的她的样子，不管什么，都对自己很挑剔。”

费聿利回想刚认识艾茜的时候，的确像危城说的那样，现在想想，挑剔和虚伪只是她的保护色，用来对抗这个世界，对抗她不太喜欢的人生百态。

前两年的他也是这样的心境，只是他用了不同的方式反抗。这样一想，倒是明白他和艾茜为什么会相互吸引……

“原本我挺开心茜茜的变化，毕竟她在这个过程里变得自信。但是，过犹不及，比起她成为一个什么样的人，我更希望她开心地做自己。”

“后来，我又看到了她的变化，在她认识你之后。”危城望向费聿利，他身上穿着深灰色亚麻西装外套，里面是一件立领的亚麻衬衫，搭着同色的裤子，说话口吻不紧不慢，更显得气质舒朗温润。

费聿利第一次如此认真地听人说话，每个字都自然地落在了他的心上。他压了压内心泛起波澜的情绪，说：“我也没有做好。”

“茜茜也这样说，如果你们分手原因追责的话，她占六成，你占四成。”

费聿利自嘲地笑了笑，对危城说：“以后我和茜茜再有矛盾，我全责。”

危城觉得费聿利真的当他是大舅子了……

“危哥……我还想问一件事，就是关于茜茜的父亲。”费聿利双手搁在桌面，上身无意识地往前倾，完全表现出了对于此事的在意和关心。

危城突然沉默，盯着费聿利看了又看，费聿利回应危城的注视，直到他清晰地感受到危城将话收了回去。

“这事应该茜茜自己告诉你。”

今年，在艾茜再次回A市之前，他母亲陪她回了一趟鹿城，很多年前他父母就建议茜茜回家买块墓地给艾叔叔弄一个衣冠冢，但是茜茜不愿意。不过今年春节过后，茜茜主动提起了这件事。原因无疑是茜茜已经明确了答案。

答案，其实早明确，只是一直不想面对罢了。

关于这次见面，费聿利和危城都跟艾茜打了招呼，两人见面后，艾茜收到两条消息，一条是危城发来的，带着一丝打探：今天费聿利叫我哥了……

另一条自然是费聿利发来的，直接跟她报备：会上遇上危哥，感觉他气色不错，晚上再约危哥吃饭。

艾茜两边都回复一串省略号。

第二天傍晚艾茜跟着团队吃大锅饭，危宇航也给她发来消息：“你男朋友来家里做客了。”

艾茜一不小心呛到了，胸腔里突然急促的气流几乎要冲破喉咙。

不好意思，她和费聿利目前还是朋友关系！

同样，危家人全被费聿利的“厚颜无耻”欺骗了。第二天，费聿利主动提着礼物上危家拜访，即使心里有些奇怪，他们还是客客气气地接待了费聿利。

猜测茜茜和费聿利已重归于好。

晚饭，费聿利留在危家吃，像是女婿第一次上门那样，一一回答危父和潇潇阿姨的问话，清楚地说了自己未来五年的事业规划。

海逸集团的社会公益部门会分立出来，单独设立在北京。一方面社会企业更要依托这边的人脉关系，另一方面……考虑到他哥。他的家庭情况不太一样，为了海逸集团长久发展，他和他哥南北业务互不干涉是最好的。内斗折损的都是自家利益。

“所以后面你会长期待在北京？”潇潇女士问。

“是的。”如果之前还是计划，他这次来北京基本是确定了。

“今年你们会有结婚的计划吗？”潇潇女士接着问他。

费聿利还是选择实诚，不管语气还是神情都格外真诚，沉静一番，望向危家人说：“当然有，只要茜茜明确想法重新跟我在一起。”

什么！

还没有复合？他们招待了半天，结果只是一场乌龙事件？

费聿利更是厚颜回应：“我和茜茜……还在复合阶段。”

“复合……阶段？”

“就是我还在重新追求茜茜。”

“……”

“……”

费聿利差点没有被危家人赶了出来。

Chapter 17

美 若 黎 明

“丁零零！”

大清早，艾茜就从天黎山的邮递员大叔这里收到一封信。回国之后她已经习惯每天接收各类电子邮件，也只有在英国读书的时候会时不时收到信件，一件小事可以在信里慢条斯理地描述，但是作为繁忙的都市人，更习惯快节奏地聊天谈话。

“艾秘书长，一个男人要怎么追求才能打动你这样的独立女性？”她和费聿利还没有交往之前，费聿利曾以奚落的口吻问过她。

当时她和周媛媛在一起，周媛媛的答案是陪她吃喝玩乐，她没有多想只是随便扯了一个回答：“很多啊，比如耐心地对我，每周给我写信。”

艾茜忽然有点想笑，抿住唇角看向手里的牛皮纸信封，寄件地址是北京某邮政，收件人写的是：艾茜亲启。

然后寄件人：费聿利。

都说字如其人，但费聿利字迹跟他的性情不太一样，不管是信封上的地址，还是里面的内容，每个字都工整规矩，书写得干净又清晰。

茜茜：

不知道天黎山的邮政大叔什么时候将这封信送到你的手里，希望他不要拖延，免得延迟了我对你的想念。上次离开天黎山我特意询问过天黎镇上的邮政局，专门送邮件的大叔告诉我，信只要到了天黎镇，基本隔个一两天就可以送到你手里。这封信是在我外公的家中写的，信纸和信封都是外公当年工作使用的，样式有些老旧。现在是夜里十一点半，我有点困，写信的时候有一种熬夜赶作业的痛苦，但是想到你会收到信，又清醒了。

60年代，我外公外婆分隔两地工作，不比现在通信如此便捷，当时他们只能用写信的方式表达对彼此的关心和挂念。记得有一个名人说过这样的话："以前的车马慢，书信远，一生只够爱一个人。"你曾希望每周收到追求者的信，应该就是这样想的吧。放心，以后每周我都会给你写信。

明天我就要从北京飞回A市，在路上找一个邮局将此信挂号寄出来。如果邮票可以设计成我这张英俊的脸，我想你收到信的时候应该会更惊喜吧。

总之，这是我第一次给人写信，写得不是很好，请包涵。

想念。

费聿利　写于北京，夜里十二点。

阳光底下，艾茜眉眼闪烁，乐不可支地看完手中的信，再次看了看信纸和信封，上面还印着"八一印刷厂"五个字，果然是有了年份的老物件，难以想象费聿利在他外公家的书房翻了多久才找出这样的老旧信纸。

她当时说写信多少带一点玩笑性质，只是玩笑也好，认真也罢，当她真的收到费聿利寄过来的信，内心深处充盈了一份真实的感动。

淡淡的，仿佛有着重量感。

后面，每周她都收到一封信，偶尔还有两封。这些信，费聿利基本写在不同的地方，偶尔还从不同城市的邮局寄到天黎山。比如今天他在海逸集团工作，就趁着开无聊的报告会给她写信，还配了一张她的画像。

画得还挺像。

他还在车里给她写信，开头第一句话就是：今天回来的路上特别堵，尤其是南安路这里，反正堵着也是堵着，刚好可以给你写封信。

还有一封信，是从周媛媛的老家寄出来的，因为怀了孕，周媛媛和王垚赶紧张罗着各项流程，婚礼因为算过日子要放在后年，在此之前，双方家长经过协商先在女方家安排了一场订婚宴。王家已经准备好婚房婚车。

周媛媛和王垚的订婚宴艾茜没办法赶过去参加，作为王垚最好的兄弟，费聿利赶过去了，送了双份的祝福。

作为兄弟，王垚对费二是皇帝不急太监急，觉得费聿利没有任何行动。然而在群里“冷冷淡淡”的费聿利在参加完王垚和周媛媛的订婚宴，回到酒店后，从带来的公文包里找出信纸和信封，像是小朋友做作业那样，端正地握着笔，在洁白的信纸上写下一百多个“我爱你”。

这样的费二，线上高冷装得如野狼，线下热情如火像舔狗。

只有艾茜知道。

茜茜，自从开始写信给你，就后悔读书的时候没有好好学习语文，一方面没办法深刻地表达出对你的想念，另一方面也怕你看完信觉得十分无聊乏味。今天是王垚和周小神的订婚宴，王垚身上穿的定制款西装配色十分难看，我想以后我跟你结婚，还是要穿通体黑色款式，当然真到那一天，你应该会给我选好。其他的，也不知道说什么，那就写几句我爱你吧。

艾茜看完这封信后，数了数费聿利信上的“我爱你”，不是几句，是一百〇六句。

周媛媛和王垚的订婚宴，王垚在四人群里发了一张合照，和一张费聿利的单独照。第一次费聿利拍完合照，主动要求摄影师给他单独拍一张。

费聿利的信基本周一或周三送达，十分有规律。因为每周都有信，艾茜和给天黎山送信的邮递员大叔都熟悉了。现在别说外面，就算待在山里大家都不写信了，移动信号已经覆盖深山老林……一般人谁会写信呢！

谁有这个闲心思呢。

然而，这周艾茜没有收到费聿利的来信。

周五，艾茜和其他公益志愿者在天黎山的村书记家吃大锅饭，饭后，有人进来对村书记说："海逸集团的人过来了，还没有吃晚饭，想安排在您这里吃个便饭。"

村书记连忙起身，走到了前院迎接。

海逸集团来了不少人，刚好艾茜他们吃完了要腾位出来，后面只需要留公益团队负责人在村书记家跟集团的人交流。艾茜和志愿者从后门离去，结果还没有走十步，就被身后传来的熟悉声线留住了脚步。

"艾茜！"对方连名带姓地叫她。

艾茜回过身，愣愣地看向某人。费聿利身穿深蓝色的轻薄冲锋衣，男士短靴，马丁裤，整个样子帅气利落又风尘仆仆，严肃沉默的面部表情隐隐透着一丝按捺不住的愤怒之色。

对，愤怒。

有人总是这般没良心，他这段时间绞尽脑汁一字一句真心实意地写了那么多封信给她，结果明明知道他前脚过来，她后脚就走……

好在他追得快，直接从前院追到后院。

不管不顾，面对众人惊讶目光，费聿利一步步走向艾茜，停顿片刻，从口袋里拿出一个折起来的信封，像是交代重要情报一样，将信放在了艾茜的手里，沉默一会儿，绷着高冷又英俊的面容道："这是这周的。"

艾茜："……"

没想到吧。因为这周他要过来，索性将信亲自带过来。一不小心，费聿利严肃的面容还是破了功，微微扯动上翘的嘴角，交代说："回去再看。"

艾茜："……"这个不用提醒，越来越肉麻的内容，她肯定是回去才有脸看的。

房间顶只有一盏小瓦灯，光线虚虚笼笼地倾泻在洁白的信纸上方，仿佛给每一个字都镀上了一层柔光。这是费聿利写给她的第六封信，满满当当一页纸的内容，阐述了他和她从相识到确定关系，他的整个心路历程。

茜茜，我必须跟你坦白，原先的我对你存在一定的偏见，但现在的我十分感谢那份偏见，是它让我明白原先的我有多狭隘和轻狂；同样也是原先的偏见，让我对后来的你充满好奇，随着一点点跟你熟悉，被越来越具体的你深深吸引。

直到现在，我都没办法说出你是一个什么样的人，你聪明独立却也柔弱敏感，坚强开朗也不缺矜持温柔，我越来越明白，你和我都是多面的，如同爱的厚重没办法用三言两语阐述清楚，世间万象，我们是渺小众生，但也是独一无二的存在。分手的时候我想过失去你之后我能否再遇上一个像你这样的人，或许可以，或许不可以，但都已经跟我毫无关系，因为即使再出现一个如你这般的人，她也不会是你。

关于我的一些变化我暂时没办法具体跟你阐述，如同我对公益看法的转变，也是认识你之后，我才加入了黎明公益，也因为近距离接触公益，我更真实具体地认知了苦难和贫困，原先的我对大多事物都存在不屑一顾的傲慢，但是这一年来，尤其在重大灾难面前，我越发觉得自我的渺小无力。然而，内心却比原先无所事事的时候多了一份力量和信念，我猜想这是否也是你再次回到黎明公益的原因……很多时候，我猜测自己爱上你的原因，大概是爱上了这世上一个异性的自己。

——信看完了吗?

手机微信里，费聿利发来一条消息。艾茜看了眼发送的时间，发现这条消息已经躺在她手机里十几分钟了。

艾茜拿起手机，回复两个字：自恋。

费聿利：?

艾茜微微勾着唇角，握着手机继续回复：自恋的最高境界，爱上异性版的自己。

费聿利没有回复过来。

艾茜将看完的信折叠，重新放回拆开的信封里，打开抽屉，将今天费聿利亲自送来的信同前面的放在一起。

手机铃声乍然响起，艾茜接听：“……干吗？”

“你下来一下，我现在就在教师宿舍楼下。”霸道又命令的口吻。

艾茜：“……”

“关于‘爱上异性的我自己’这句话，我要跟你解释一下。”某人强调这一点。

艾茜："……"

窗外的月亮圆溜溜，艾茜从椅子上站起来，推开书桌后面的一扇窗，上半身微微往前倾，视线往下扫，果然看到了站在楼下的费聿利。

他应该刚从车里下来，因为车前大灯还明晃晃地照着前方。仿佛有心电感应般，在她推开窗的时候，他也抬起头看向她。

呵！

呵！

双眸目光交汇，几乎一致从嘴角发出一道哂笑。

艾茜走出房间前捋了捋额前的头发，她什么都没有带，只拿一个手机。正当她从楼道下来，张坪老师也刚好从房间出来，神色有些急。

看到她的时候，微微松了口气，上前说："艾茜，你那边能不能借个车给我？"

"怎么了？"

"卫生所给我打电话，我有个学生急性阑尾炎，需要赶紧送到市里医院做手术，但是现在已经是晚上七点，到城里的班车早没了，这个学生爸妈都在外面打工，家里就姐弟两人，平时就上五年级的姐姐照顾三年级的弟弟，现在姐姐也没有办法了，给我打来电话……"张坪的话冒着火星子。

艾茜知道张坪着急，说："我这边有车，也有人帮忙开车，我们先去卫生所。"

"……好的，谢谢！"

艾茜所谓的车是费聿利开来的大G，所谓的人自然也是费聿利本人。当费聿利双手放在裤袋，以为即将等来的是自己心爱的女人，结果看到艾茜携着他人一块儿朝他走来。

什么情况？

"有个学生急性阑尾炎，需要立马送医院。"艾茜这样一说，费聿利二话不说，直接给他们打开后边的车门，自己利索地上了驾驶座。

疑似急性阑尾炎的男孩是张坪所带的三年级学生，性格很皮，艾茜只是借住天黎小学教师宿舍都知道这个男孩，不过知道的原因也不只是男孩调皮，而是男孩情况特殊。天黎山在本地上学的孩子基本都是留守小孩，但也是有人管的孩子，只是爸爸妈妈不在身边，爷爷奶奶代替爸妈照顾他们。但是这位叫小灿的男孩家里是没有大人的，平时就跟长他两岁的姐姐相依为命，这也是弟弟出事姐姐打电话给张坪的原因。

面对眼前蜷缩在卫生所走廊瑟瑟发抖的小灿，费聿利二话不说，上前抱起小灿往他的车走去。卫生所的年轻医生跟张坪说了大致的情况，艾茜想着张坪明天还有课，便对张坪说："我和费聿利带小灿去医院，你留在学校，联系小灿爸妈，让他们尽快赶到市里医院。"

张坪一脸抱歉："麻烦你们了。"

艾茜望了望抱着小灿往外走的费聿利，说："本来就是过来做事的。"

小灿的姐姐要陪在弟弟旁边，艾茜就让姐姐坐在前面副驾驶，她坐在后座，照顾小灿。

小灿很能忍痛，只在上车的时候哎哎叫了几声，后面几乎咬紧牙关连哼都不哼，只是疼痛骗不了人，小灿身体微颤，冷汗直下。车子稳稳地绕着盘山公路往下开，大G是高性能越野车，两个大灯笔直地往前探照，像是照亮了整座蜿蜒的天黎山脉。

天黎山到县级市中心医院一般需要两个小时，费聿利一个多小时就到了。到了之后，费聿利抱着小灿进进出出挂号检查，直至结果出来，确定小灿是急性阑尾炎。

手术签字，在市里打工的爸爸恰好赶到，对着艾茜和费聿利不停地道谢。

既然家长来了，也没她和费聿利的事了，临走前，费聿利主动到住院部预交了费用。办好一切，他和她走出医院大门，差不多是凌晨四点。

艾茜身上披着费聿利的冲锋衣，费聿利单穿工装衬衫，因为抱了小灿那么久，衬衫都皱了，但不影响此时他在她眼里的帅气，在夜色还未消退的清晨，她和他面上都有着熟悉又浓烈的触动。

凌晨四点半的医院门口，已有简易早餐在卖了，一个晚上，又是检查又是办理住院手续，艾茜感到又累又困，别说全程开车又抱人的费聿利。

“回去之前……”费聿利单手放在裤袋，顿了顿，跟她商量，“找个地方眯一会儿？”

艾茜自然同意。费聿利不说，她也会提议找个地方休息一会儿。

对面就是一家快捷酒店，费聿利目光一斜，问她：“对了，没带身份证吧？”

“……呃，没带。”昨天夜里下楼她只拿了手机。

“我带了。”费聿利忽地一笑，得意里带着一份妥帖的温柔。

“……”

艾茜买好早餐，费聿利也开好了房。她将小灿的姐姐也从医院带出来，一起到酒店休息。一张身份证只能开一间房，费聿利替她们开好房，自己则回到大G驾驶座休憩，简单地将座椅放倒，双手往后交叠枕着后脑勺，长腿搁在座椅自带的脚踏上。

凌晨五点到上午九点，艾茜在酒店房间补了一觉，小灿的姐姐杨子欣好奇又腼腆地问她：“艾姐姐，昨夜送我和小灿的哥哥是你男朋友吗？”

艾茜不知道如何回答这个简单问题，曾经是？以后是？她也不想对一个孩子撒谎。

“他是我喜欢的人。”艾茜轻轻回答说。

她的答案让杨子欣眼里闪烁出一丝光芒，开心地说：“那哥哥肯定也喜欢你。”

“是吗？”艾茜眉眼也绽放了一下，没想到有生之年会跟一个小学生讨论感情问题。

“当然了，电视里男主角喜欢女主角都是这个样子。”杨子欣很有“想法”地说道。

艾茜想了想费聿利每次看她的眼神，像是带着钩子，带着温柔的侵略性，他的索取和渴望总是明白又霸道。

“不能一概而论。”艾茜轻笑了一下，回道。

杨子欣不懂了，望着她说：“可是喜欢就是一个样子啊。”

艾茜感觉自己要被小学生说服了，大概年纪越大越难单纯地理解喜欢，可是杨子欣说的也没错，喜欢差不多就是一个样子。而成年人，之所以将感情复杂化，很大一部分原因是将喜欢作为借口。

艾茜下单了两杯咖啡，外卖小哥给她打电话的时候，杨子欣还躺在床上睡得正熟，艾茜轻轻起了床，走出酒店房间。

外卖小哥把咖啡留在酒店前台，艾茜从前台取来咖啡，来到外面，五月的阳光温润地落在身上，让人感到动人的暖意。艾茜走到费聿利车旁，车窗开了小半扇，费聿利还躺靠在放倒的驾驶座上，闭着眼睛休憩。

她敲了一下车窗，费聿利霍然睁开眼睛，见到敲窗的人是她，探过身，落下了整扇车窗。

“睡醒了？”他问她。

“嗯。”她坐到副驾驶座，给他递上一杯咖啡，“休息得还好吗？没打扰你睡觉吧。”

“前面就醒了，无聊，又眯了一会儿。”他冲她一笑，然后喝了一口咖啡。

“谢谢啊。”

“呵……都是雷锋，还要相互客气吗？”费聿利拿话酸她。

艾茜低低一笑，不斗嘴了，简单地陪着费聿利在车里小坐一会儿。车厢里弥漫着咖啡浓郁的香气，费聿利又抿了一口咖啡，像是想到什么，哼了一声。

艾茜问：“笑什么？”

“不是笑。”

艾茜又问：“那气什么？”

“气你。”费聿利眼睛望着前方。

艾茜也哼了一声，问：“气我什么？”

费聿利扯着嘴角：“气你收那么多封信，连个回应都没有。”

艾茜冤枉道：“你每次寄信地址都不一样，我怎么给你回信？我也不知道你家地址在哪儿……”声音越说越轻，尤其说到家的字眼。

不知不觉，费聿利望向前方的视线已经落在她脸上，艾茜歪过头，两人目光默契地碰撞了一下，某个心声像是云雾消散清透的日光一样倾泻而出。

“茜茜，我想要的回应，不是要你的回信，而是你的——”

态度。

态度两字还未说出来，艾茜认真看向费聿利，沉默片刻开口说：“费聿利，后面要不换我来追你？”

费聿利：“……”咳！心口猛地一震，幸福来得太突然。他原本想要的态度是艾茜能坚定想法跟他在一起，结果艾茜还要追他？

他的回答是，不用追，他可以立马答应她。

“不过，我不太擅长追求男人，不过我想试一试。我这人目的性很强，相比被追，我更喜欢主动追回自己爱的人，所以换我追求你吧。我做事很坚定的，必须要追到手再说。”

“……”

什么叫必须追到手再说？难不成她追到手还要将他给甩了？

费聿利被自己这个想法气笑了，不过机不可失时不再来，他的“茜茜公主”难得有这样的心思跟他玩恋爱游戏，他自然配合。

“所以，这杯咖啡也算是……”费聿利突然想到，抬了抬手中的咖啡问。

艾茜：“……”

某人倒真的很会配合。艾茜推开车门，下车了。

半小时后，姐姐也醒了。回天黎山的路上，艾茜捧着手机看了第一期视频，发现网友对《美若黎明》的评价还蛮高——

好有力量啊，公益宣传片居然看得热血沸腾！

好几个镜头像是电影大片画面！

难得有这样不卖情怀的公益扶贫宣传片，正正经经地做事，五星好评！

这真的是公益宣传片，难道不是人间美食和地质考察结合成的纪录片？

据说后面还有企业进来，希望能好好开发，带动天黎山的旅游业，也能保护好天黎山的生态环境。

不少网友也关注着纪录片里的素人志愿者，比如宣传片里小王和小张因为互动次数多被网友组起了CP，希望下一次还能看到小王和小张的互怼……明明两人都是抠脚大汉。

艾茜看了看视频里小王和小张的“互动情节”，还真有点情调，不得不佩服网友的火眼金睛。她没有参与太多宣传片拍摄，不过在第一期视频还是露了两次脸，看着弹幕里闪过对她的评价，像是被现场点名了一样。

艾茜关掉了视频。

驾驶座上的费聿利稳稳地开着车，原本双手都放在方向盘，突然右手移开，朝她伸过来。艾茜琢磨了一下，将操控台上放着的一瓶水拧开瓶盖，放在费聿利伸过来的手中。

“给。”

“不是。”费聿利一口拒绝了她的好意。

不是想喝水?

“握个手。”费聿利笑着说，“怕后面红了，握手要收费。”

“……”无语让她不屑地哼了哼。

“怎么，还嫌弃上了？”

“不是。”艾茜望着前方蜿蜒的山区公路，开口说，“现在就要收费。”

“这样啊，那我考虑一下。”费聿利收回了自己的手。

艾茜：“……”

如果不是杨子欣就坐在后座，她可能真的给费聿利报个价……

晚上七点，费聿利送杨子欣回到天黎山的家，等车子再停在天黎小学教师宿舍楼下已经是夜里八点多。

“我以为你会带杨子欣到教师宿舍住几天。”车子落下半扇车窗，费聿利说。

艾茜奇怪费聿利会这样想，问：“为什么？”

“看得出你很喜欢她。”费聿利说出猜测。虽然，他不知道艾茜为什么喜欢杨子欣，从他的角度来看，杨子欣懂事归懂事，但是说话有着不属于孩子的那种刻意的讨好。

当然对于一个孩子，他不能要求太高。

艾茜安静了一会儿，扯动嘴角笑了笑，回应费聿利："是啊，我喜欢杨子欣，但我不能因为我的喜欢给予她格外的照顾。"

"怎么不可以，后面我们可以一起资助她，费用由我来出。"费聿利说。

"资助是资助，照顾是照顾。"艾茜态度明确，顿了顿说，"对一个人过度的照顾有时候并不是什么好事，对方容易产生依赖心理。"

费聿利望向艾茜，原本要说的话因为想到艾茜的经历沉默下来。关于过去，艾茜对他说得很少，他也就很少主动问她。不是不关心她的过去，而是他一直不太追究所谓的历史，虽然他同样在意某些问题。

"我喜欢杨子欣，因为我在她身上看到了我自己曾经的样子。可能你很奇怪，我和杨子欣怎么会有相似的地方，一个是城里土老板的女儿，一个是山区留守儿童。唯一的共同点，我和她都属于童年没人管的孩子，性格自闭又渴望被关注，导致说话做事就有点夸张。"艾茜望向费聿利，"你应该看过我上初中时的照片……"

是的，照片是阮邵敏发给他的。不，应该说是他妈妈让阮邵敏发给他的。他同艾茜分手后得知的这件事。

"我小时候不是省心的小女孩。"艾茜说。

"你现在也不省心。"费聿利嫌弃地说。

对啊……艾茜接受不省心的评价，臭不要脸地问："所以，你为什么要喜欢我？"

"你应该问，我为什么会爱上你。"费聿利说。喜欢太过简单，爱才能涵盖情感的复杂和重量。

"好，那为什么爱我？"艾茜顺着费聿利的话问。

费聿利朝她展露笑容，目光一动不动地盯住她面庞，提醒她说："轮到你追我，还问我为什么爱你？不应该我问你吗？"

"……"突然就掉进了费聿利故意下的套里。

"所以，茜茜你为什么要追我？"费聿利开始问了，在医院对面的连锁酒店艾茜说要追他，他虽然愉快地答应了，但是他开车回来这一路都在想她是不是认真的。

她是真的明确了态度，还是只是被他的手写信件一时之间所感动，心情好了，或觉得不太好意思了，就先给他一颗糖甜一甜。

她给他的糖，他自然会要。只是，他还是想从她嘴里问出个明确的答案。

除了糖，他更想要完整的她。

“那你还不如问我，为什么会从北京再次回A市……”艾茜说。他问她为什么要追他，不如直接从根源问起。

费聿利眨了一下眼，神情略微迟疑地看向她。他睫毛长且密，加上神情难得呆愣的样子，原本霸道不羁的男性气质莫名混杂了纯情男孩的感觉。

“再次回来，就是回来找你。”艾茜说。

“把你追回来。”停顿一下，艾茜又加上一句。

“然后呢？”费聿利喉咙微微蠕动，清朗修长的眼眸倏然闪烁地看向她。

“再次让你爱上我。”艾茜说。

“嗯……”片刻后，费聿利点了一下头，好一会儿，他收敛神色，低低笑了笑，抿住嘴角说，“不用再次爱上……因为从没不爱过。”

费聿利在天黎山待了十五天。

这十五天里，他带着海逸的考察队、设计专家和公益团队跟天黎山村干部一起探讨方案，展开规划。艾茜还是第一次亲眼看到费聿利有态度地做事：每个方案反复推敲，带人挨家挨户做调查，真实了解本地村民的需求和要求。

因为企业投资方也是《美若黎明》里一方视角，刚开始几天费聿利大部分时间都面对镜头，一旦有空闲时间就过来跟她说几句，有时候是认真探讨问题，有时候只是简单地叫一声她的名字……

王垚和周媛媛订了婚，每天在王者群直播日常生活。周媛媛虽然临时中止志愿者工作，仍心系这边，每天从官网下载内容转播到小群里。

那么多宣传照片，只有一张她和费聿利同时出镜。记得是上周的鱼塘现场方案设计，她和费聿利各站水渠两侧，明明现场她和他都没有任何交流，照片里费聿利朝她侧过头，往她的方向看过来。

如果不是这张被摄影师抓拍的照片，艾茜都不觉得那天费聿利有看过她。

费聿利从外面送来一组投屏和音响设备，在学校废弃不用的多媒体教室弄了一个多媒体“影厅”，专门为天黎山留守儿童和老师提供一个看电影的地方。明明接触的次数都不多，天黎山小学的孩子都很喜欢费聿利，他们叫他费总哥哥，邀请他参加即将到来的六一儿童节活动……

傍晚，艾茜、费聿利和天黎山的孩子看了一场电影，结束之后，待孩子陆续离开，学校快速陷入安静。她和费聿利来到了教师宿舍顶楼天台。

天色已暗。

今夜的风很温柔，就像今晚一起看的电影名字——《怦然心动》。

天黎小学教师宿舍楼的天台可以看到一片广袤深远的夜空，不过星空也有脾性，时而清冷时而热闹，今晚的星星就特别多，赶集似的出来营业。无边无际的夜色，笼罩着一片低低矮矮的农房，窗子里透出的灯光隐隐约约，仿佛寂寥地埋入乌墨色的深山之间……

“或许以后，天黎山的中年夫妻不用出远门，在这里就能靠勤劳养活他们的子女和年迈的父母，在外的年轻人多了一个回家发展事业的选择，上学的孩子回到家可以等来爸妈准备好的晚饭……”双手放在天台简易的防护铁栏杆上，费聿利身姿挺拔地站着，对着眼前的天黎山说出未来的规划蓝图，口吻愉快、沉稳。

艾茜同样神色愉悦地听着，只是觉得……最近的费聿利都不像费聿利了。

“当然，作为黎明生态村的投资企业，海逸看重的是长远利益——毕竟资本是理性的。”费聿利话锋一转，再次看向她说道，“只有把产业做好才能获得更大的利益，行好事也要有利可图。”

艾茜忍不住哼笑一声，允许费聿利引用她的话。

“正所谓义以生利，利以平民，道义和利益并重是中华商业文明的传统。”费聿利又道，顿了下，望向她强调一番道，“这话是孔子说的。”

“你是不是还要说，一家企业若想要长久持续发展，一个真正有价值的优秀企业家，需要有抉择的魄力、高瞻远瞩的视野，以及勇于承担社会责任。”艾茜接下费聿利的话，双眸带着细碎的笑意，在夜里如同月影投在微波粼粼的湖面，“咱们费二总现在的思想境界可真高。”

某人明明借着夸他夸她自己，这些大道理可不是他编出来的。什么是改变，是他开始认可原本他觉得扯淡的废话。费聿利忍不住哼笑一声，跟艾茜前面的那道哼笑如出一辙。两个相互喜欢的人，会变得越来越相似。这句话还真有它的道理。

一些发人深省的话，放在这个浮躁的时代似乎有些不切实际，但是任何理想都是在不切实际的假设之上。

“我爸就是输在没有社会责任感。他是一个很聪明的男人，懂经营懂人性又有眼光，但是最终他还是输了。”艾茜第一次主动在费聿利面前提到父亲，语气平淡，“如果当年他有一点的社会责任，也不会沦落到这种地步……”

艾茜大概是真的放下了，评论父亲的话语里即使唏嘘也充满客观，只有真的放下才有这样的表述。危城说的没错。以前他和艾茜也谈企业经营问题，艾茜别说提起她爸爸，连鹿城都很少提到。

是的，艾茜放下了，才在今年开春决定给艾纯良设立一个衣冠冢……她初恋男友魏远江之前联系她说在一起走私案件调查卷里看到艾纯良名字，明明不太可能的事她还是抱有想法，后来发现只是重名。

“这个社会像我爸那样的商人很多，大多抱着人生就是一场赌博，就算输得一无所有也有翻盘的机会的想法。以前我觉得他不可能真死了，他肯定在等待时机准备从头再来。”

“茜茜……”

“直到去年我们分手，我想明白一件事，不是我爸不认输，是我自己不死心。我无法接受他真的离开了我，就像分手之后，我不甘心你对我的感情也没有坚固到非我不可。”艾茜回应费聿利投来的目光，神情一紧，痛快地说，“所以，你跟我说分手的时候我就答应了。”

同样，费聿利心里一紧，然后也感受到一份痛快。

“茜茜，你能这样想我真高兴，我同样猜测过你对我的感情。”费聿利开口说。

有些话，写信的方式说出来和这样面对面真情吐露是两回事。此时此刻，他和她说出这样的话的时候都拿掉了自己身上的骄傲和理性。

不是因为相爱，而是想爱，他和她都变得不再计较。

“所以，费聿利，如果你真的想好了，我想你再说一次交往那晚对我说的话。”艾茜开口道，迎着舒爽的夜风声音字字清晰地落在费聿利的耳里。

费聿利的唇角自然而然地上翘，那晚他说过很多话，艾茜想听的是哪一句？

他低了低头，不自觉地将放在风衣口袋的左手拿了出来。他突然有些遗憾自己不能像魔术师那样当场变出一个求婚钻戒……当然他也不想自己的求婚这般简单，这般顺势而为。

“艾茜，如果我要给你一个家，你愿不愿意住进来？”好久之后，费聿利面容沉静再次说出当时即兴而出的问话。声线低沉，眼神温柔，比起当时的随性而言多了一份明确和笃定。

艾茜的回答也比起之前纯粹的感动和期盼，多了一份思量之后的坚定和真诚。

“费聿利，那我们一起好好努力吧！”艾茜给予最为正式的回应。

那个家，是费聿利给艾茜的，也是艾茜给费聿利的。

嗯，所以我们都成功地追求到对方了，是吗？费聿利微微低下头，用眼神问。

“等会儿风说是就是喽。”艾茜抬着眸说，压着声音，压不住语气里的愉快和娇俏。

“那风怎么说……”

“风说……”

“我爱你。”

一句表白从艾茜嘴里说出来，始料未及，回应她的是费聿利难以克制的拥抱和深吻……噢，听到了。感谢风，他也终于得到这句话了。

清早的阳光填满了木板床的细缝，艾茜没有起床就被费聿利的一通电话叫醒，从手机听筒里传来的声音可以感受到他应该也是刚刚醒来，原本清润的嗓音多了一丝男性的喑哑。

“醒了……茜茜公主。”来自某人的叫醒服务。

对于“茜茜公主”这个外号，艾茜在读书时代是不喜欢的，有种故意给她戴高帽且取笑的意思。只是最近频频被费聿利称呼，她居然听着还蛮顺耳的。

昨晚她和费聿利重新确定了关系，不过正式公开还需要等天黎山的公益活动结束。

她和费聿利在天黎山有着不同的身份，虽然没有规定企业代表和公益代表不能恋爱，但是她和费聿利的言行时不时都有摄影师记录，网友的眼光又那般犀利，如果真的曝光了免不了被议论。

今天是周五，刚好也是六一儿童节，天黎山小学组织举办了六一会演，虽然场地简陋，就在操场前面搭了一个台，但这次会演全程有摄影师拍摄记录。一个班出一个节目，还有来自公益团队的大合唱和诗歌朗诵，最后一个表演节目，属于企业代表。节目内容最后一天才确定，海逸集团天黎山项目前期考察负责人费聿利的独唱歌曲——《爱》。

在她和费聿利刚相熟的那阵子，费聿利曾在她开的老爷车里听到这首存在车载SD卡里的老歌，那会儿还冷嘲热讽地说什么三年一代沟，随后轻轻跟着曲调哼唱起来。当时她对费聿利的嘲讽嗤之以鼻，却也在心里承认费聿利唱歌还蛮好听。

今天天黎山小学六一会演，他要上台演唱这首经典老歌。她昨天就问他不嫌弃这首歌太老了？费聿利笑悠悠地回她：“我都跨过了我们这条沟，还有什么年代感？”

扯!

天黎山小学坐落在天黎山的山坳里，曾经得到过资助的天黎山小学拥有崭新的教学楼，操场周围是郁郁葱葱的银杏树，深绿点缀着淡绿。艾茜一不会跳舞二不擅长唱歌，就不上台献丑了。原本公益团队选她上台诗歌朗诵，只是她在表达上一向情绪匮乏，所以这次六一活动里她负责给上台表演的孩子化妆。她坐在操场位子的最前面，需要化妆的孩子依次排着队，一个个像是小兔子一样蹦跶来蹦跶去。费聿利就坐在她旁边，他个子高，屈身坐在学生椅上，一双长腿无处放置地往前伸，身上穿着显年轻的Polo衫和牛仔裤，头发涂了一点发油往后拨，样子更显得劲秀清隽。

全程他面上挂着笑，眼睛放着愉快的光，时不时打趣几位调皮的男孩子，惹得周围的女孩子掩嘴偷笑。王垚之前这样说过费聿利，如果费二乐意他就是男女老少通吃的类型。

是啊，艾茜转过头看了眼旁边人，现在的他对人多了一份亲切。

冷厉和亲切两种完全相反的气质在费聿利这里融合成一体，让他整个人多了一份收敛，也多了一份严肃，不像之前那般年轻气盛，随心所欲。

“艾姐姐，你给费总哥哥也化个妆呗！”被取笑的小灿跟艾茜提议。

艾茜望了望费聿利，费聿利微笑地看向她，回答小灿说：“可以啊，只要你们的艾姐姐愿意。”

艾茜：“……”她有什么不愿意的。

只是费聿利这张脸，真没有好补充的，唯有两道浓眉底下长了少许杂毛，只需稍微修剪一下。他眼睛本就长得狭长秀气，搭配细密的长睫毛，站在阳光底下会留下两片淡淡的影子。

“好了吗？艾姐姐……”费聿利抬了下眼皮问她。

费聿利突然的小动作，让她握着的修眉刀片在他眉峰留下一道小小的口子。

艾茜：“……”

伤口太小费聿利也没有感受到疼痛，反而美滋滋地从一个女孩子手里拿过镜子照了照，看到留下的一道血红，停顿半秒，哼了哼气说：“看来你们的艾姐姐是嫌弃我长得太帅，故意给我毁点容。”

艾茜：“……”

天黎山小学的六一会演没有外面学校精彩，不过不管在哪儿长大，每个人都渴望得到属于自己的舞台，天黎山小学的孩子们也一样，这是他们难得的登台表演的机会，更加雀跃且用心地对待这一次演出。

宣传需要，天黎山的六一会演除了有摄影师全程拍摄，还会在官网现场直播。时代在变，现在的公益形式跟以前也不一样了。

轮到费聿利上台了，上台前他将手机塞到了她手里，最近他在天黎山孩子这里累积了高人气，仗着一副好面容，一上台就得到了孩子们的热烈呼唤。

台上的费聿利嘴角兀自带笑，保持着矜贵又潇洒的帅气，只是舞台太过简陋，上台的他不像是企业代表，更像是乡村偶像。艾茜将视频发到群里，群里的王垚震惊费聿利居然会纡尊降贵在这样简陋的台上唱歌，毕竟曾经的他傲慢到不是全国性的舞台是不可能请到他上台献唱……

那不是傲慢，是臭屁！

随着音乐响起，费聿利准备开唱了，比他声音更快响起的是他的手机。费聿利的手机在她这里，艾茜拿出手机看了一眼，来电显示顾桂英。

再次确定关系的时候她和费聿利说好要一起努力，其中就有家庭方面的努力。只是越是这样，她越不好替费聿利接听电话。

振了好久的手机终于安静了，艾茜莫名呼了一口气，台上费聿利唱得高兴，眼神更是魅力十足地朝她投来，她忍不住笑，然后举起自己手机给费聿利录制一段视频。

就在她视频录制一半时，手机又响了。

一个微信电话直接进来。不是费聿利的手机，是她的。

来电的人，也是顾桂英。

Chapter 18
临危受命

“艾小姐，请帮我联系一下费聿利，我有事找他。”

艾茜找了一个相对安静的角落接听顾女士的电话，没想到一句开场白就流露出对方略微压抑的情绪。之前的顾女士对她说话要么是虚伪的客气，要么是咄咄逼人。

作为母亲顾女士没有什么不对，但是作为女性，艾茜不太喜欢这个人。只是她不喜欢的人恰好是她所爱男人的母亲。

“好的，等会儿我让他给您回电话。”艾茜说。

“谢谢。”顾女士居然对她道谢。

艾茜“受宠若惊”地消化了这声谢谢，顿了顿，开口说：“今天天黎山六一表演，费聿利作为海逸集团的企业代表上台唱歌，现在他正在台上唱歌……”

顾女士听完安静了一会儿，跟她请求：“艾小姐，可以拍一张费儿的照片给我吗？”

“好的，当然可以。”艾茜答应。

艾茜不只给顾女士发了照片，还发了一个视频过去，直到费聿利走下台，她将手机还给费聿利说：“你妈妈刚刚给你打电话，你回一个过去。”

费聿利目光在她脸上扫过，说：“等晚点再回吧。”

艾茜：“说不定有急事。”

费聿利淡淡地“嗯”了一声，点点头，往前走到艾茜之前接电话的角落。作为儿子，他一直不是好儿子，可是他爸妈对他的期待从来也不是当一个好儿子，而是做一个优秀的接班人。只是，从小到大他都没有像他哥那样听从家里安排。他拥有很多资本，可是这些资本大多也是来自他的家庭。电话回过去，母亲还没有说话，费聿利隐隐感受到家里出了事。

果不其然，母亲叹了一口气，告知他说：“费儿，你尽快赶回来一趟。”

“你哥昨天酒驾被抓进去了。”

“你爸爸得知消息急火攻心进了医院，他原本心脏就不好……”

后面他妈又说了几句，费聿利一一记下，心里难免为家里突然传来的坏消息烦躁了一下，目光一转看到不远处的艾茜，阳光下她清爽利落，投来的目光温柔又细腻，费聿利稳了稳心绪说：“我知道了，我今夜赶回来。”

不管是海逸集团还是费家今年都不太平顺，先是集团爆出了腐败问题，虽然事情压了下去，不良影响却存在，一家大企业体系庞大了管理难免有疏漏，只是海逸集团管理层集权主义一直存在。还有就是今年他回家他哥对他存在戒备心理，做出的很多决定不是为了集团利益而是为了阻止他进入集团权力中心。

对此，费聿利一直看得很淡，虽然都姓费，因为外公的关系，他的费姓比他哥的费姓值钱一些，以至于他哥从小到大将他作为假想敌。

他哥很优秀，也很有能力，他可以凭良心地说以后海逸交到他哥手里比留在他手里更能长久稳健地发展下去。曾经一度他和他哥也十分亲近，只是利益当前，亲父子都可以反目成仇，更别说是同父异母的兄弟。

一直以来，他理解他哥，也心疼他哥……只是他的消极退让仍没有打消他哥对他的防备。他哥为了稳固权力和利益，与相爱多年的女友分手，交往了某副市长的女儿。

奇怪的是他哥明明做出了理性的选择，结果又在前女友结婚当晚喝醉酒开车出了事。

呵……

在他来天黎山的前一个晚上，他和他哥都难得回家一趟，两人在客厅碰到一起喝了几杯酒，那天他哥得到了前女友要结婚的消息，拿着酒杯目光惆怅又深刻地望了望客厅的窗外，转过头对他说："费儿，你说我是不是很渣？甩她的时候连一句解释都没有，分手的时候告诉自己她也没什么好，我只是习惯了她而已。只要时间久了，她就可以从我生活中剔除出去，她除了可以安静又安心地留在我身边找不到其他优点了，可是现在她要嫁给别人，我才觉得，我失去了这世界上对我最好的人。"

他哥交往十年的女友，是一位儿科医生，原是他哥的高中同学，两个人平静地交往了十年，同居五年，因为女方一直没有提结婚。十年青春，他哥补偿了女方一套江景公寓。提分手的时候女方也没说什么为难的话，还替他哥收拾好衣物，直接邮寄回了费家。

那几天他刚回费家，签收了好几个快递。寄件人名字江羽白，名字因为特别很好记。

"费儿，千万不要轻易放弃爱的人，不小心就赔掉自己一辈子。"

他安慰："一辈子那么长，哪会轻易赔掉。"

"一辈子长吗？但又有几个十年？"他哥反问他。

是啊，可还不是选择了放弃吗？只能说，一颗心若是丢了就很难再找回来。

家里发生这样的事，费聿利自然要赶回去一趟，加上天黎山公益项目调研工作已经完成得差不多。这两天是他舍不得离开，现在又不得不回去。

临近傍晚，六一会演结束，工作人员先送他到天黎山所在的地级市，他再飞回A市，等抵达A市机场已是夜里十一点。他下飞机的时候，一轮浑圆明亮的月亮悬挂在头顶夜空。他寻思着这个时间点艾茜还没有睡觉，打了一个电话过去。

"我到了。"

“有人接机吗？”艾茜问他。

“有，家里司机过来了。”

“好，你到家早点休息。”

“你也一样……要睡了吗？”

“嗯，等会儿就睡。”

“那……”

“费聿利，有麻烦要跟我说。”艾茜交代一句。

重新在一起，他和艾茜都在学着怎么认真地爱一个人，在表达关心和爱意方面还没有像王垚和周嫒嫒那么熟练。

“等下，茜茜……”

费聿利右手握着手机，落空的左手收了收掌心，再放进口袋，仿佛捡了一抹清辉藏进自己的口袋里——“我爱你。”

他和她又开始相隔一定的距离，以至于他在下了飞机后更想明白地表达他的心意，怕后面几天她没有见到他，又忘了他爱她的这个事。

手机里艾茜轻轻笑了，以同样温柔的声音对他说：“那明天也记得告诉我，费聿利。”

“嗯。”

事情的发展比预料的还糟糕一些。

他哥酒驾拘留一周被媒体曝光，因为高层腐败还没有恢复的企业形象再次受损。父亲入住医院检查出心脏主动脉血管瘤，因为靠近心脏需要尽快手术，不然就是留在身体里的定时炸弹，一旦破裂后果不堪设想……

还有这两年海逸集团因高层董事利益内斗，分公司摊子铺得太大，银行相继对海逸集团抽贷，被银行抽走的贷款需要大量的风险储备金填补，储备金一旦消耗干净，集团的资金链就会出现巨大窟窿，原本运营良好信用良好的十佳集团很有可能迅速土崩瓦解。

这就是民营企业存在的现实问题，一靠政策，二靠银行，三靠核心技术。这几年海逸也在努力升级转型，一方面研发核心专利，另一方面从地产行业转型成社会企业。然而，所有民营企业都渴望升级转型，只有少数熬过了转型的阵痛期，剩下的全在转型升级的过程中面临各类运营危机，要么靠着民间借贷苟延残喘等待时机，要么直接破产清算。

这些都是近期出现的问题吗？当然不是，民营企业的危机就像存在于他父亲主动脉血管上的瘤，一旦不慎就有破裂的可能。利益和风险并重，企业就像是起航的巨轮，风险是隐藏在海平面底下的冰川。面对风险，永远是船小好调头，海逸这样的大集团，一旦面临资金链断裂的问题，根本不是补几个漏洞的事情。

原本不管是海逸还是费家，完全由两位姓费的男人负责掌管着，结果他哥和他爸相继出事，需要面对的压力和责任都落在了费聿利肩上。

这个节骨眼上，费聿利一时没办法将问题统统解决，也要稳固军心和舆论。其实，费聿利已经不是第一次感受到焦头烂额，只是比起去年刚进入海逸，这次面临的问题和危机更多，也更大。然而再忙，夜里他和艾茜都会打一个电话，他对海逸集团和自家的问题没有提及太多，不是有意隐瞒而是不想艾茜为他操心。海逸资金链一旦得不到解决，受影响最大的就是天黎山的项目。

每次他和艾茜打电话，通话气氛都是轻松的，他也没有故作轻松，再焦躁的情绪每当电话接通听到艾茜那道清淡的喂声，心头所有的烦乱暂时都压制了下去。

然而，今晚他和艾茜说话特别有倾诉的欲望，他握着手机躺在房间外面的露台休闲椅上，像是待在天黎山和艾茜并排坐在宿舍楼的天台观星赏月。

六月了，A市的夜晚已经有些闷热了，不像天黎山的夜风吹来还有点冷意。

今天他在一个饭局上遇到初中校友，姓严，至于叫什么忘了，等他拿到了对方双手递过来的名片才想起来，严峻华。他不认识严峻华不过也听说过严峻华的名号，就像严峻华知道他一样。初中那会严峻华还算是学校里叫得上名的富二代，出手阔绰大方不管走到哪里身后永远跟着一群小弟，当时的派头一度惹得同样出手阔绰的王垚十分羡慕，与他商量怎样才能像严峻华这样成为大哥级人物，只是王垚还没有羡慕到开始学样，严峻华家里就破产了，不仅公司和工厂都没了，连家里住的别墅和开的车子都没有保住，再然后严峻华就转学了，他家已经没有钱支付他就读的私立学校学费……

今天在饭局上再次见面，严峻华认出了他，热情地过来同他寒暄，不比往日风光之时的前呼后拥，现在的严峻华就是普通打工仔的样子，厚重的黑框眼镜挡不住从眼神里透出的谄媚和讨好……费聿利不是看不上这样的严峻华，只是昔日那个不可一世的校霸也折服在现实面前，心里难免有些感慨。不过感慨归感慨，费聿利从没想过有一天他家若破产了自己会如何自处，就算有一天他不是费公子，费二总，他也是费聿利。

只是艾茜……他清楚艾茜不会在意，还是以玩笑的方式问一问："茜茜，问你一个问题。"

费聿利躺在露台休闲椅，艾茜却端坐在书桌前面赶着最后的天黎山公益方案，她一边敲打着键盘一边跟费聿利说着话，一心两用。

"如果有一天我家破产了，没办法给你优越的生活条件，茜茜……"

算了不问了，多无趣的问题。费聿利停了下来。

艾茜停止敲打键盘，拿着手机放在面前，有些好笑地扯了扯嘴角说："难道你要问我，如果那样我会不会离开你，是吗？"

手机里费聿利立马接话："你敢！"

艾茜："我当然敢。"

"……小白眼狼。"费聿利毫不客气地丢话。话虽这样说，口吻却透着甘之如饴的轻快。

艾茜笑呵呵，没有再继续这个话题，挂上手机之前，她站起来，走到墙边身子往后靠了靠，身体微微笔直地贴着墙，她对着手机轻轻冒出一句："费聿利，我爱你。"

半秒停顿，费聿利："……嗯，听到了。"

艾茜又是一声笑，其实还有一句话，她本要告诉他却没有说，那就是——明天见。

第二天，费聿利陪顾女士去了一趟医院，同行的还有海逸的几位高层董事。这些董事是负责北京那边的业务的，暗示他和他妈好几次，可以趁着此次机会将海逸最为赚钱的两块业务握在手里。人为财死鸟为食亡，普通家庭的两兄弟也会有分家产的争夺，别说像海逸这样的集团利益。费聿利理解身在他这样的家庭难免要考虑更多因素，这几位叔叔也是站在他这边才说这样的话，只是听到这些话原本这几天他一直克制的情绪像是触了顶，待专家会诊结束确定好手术方案，沉着脸回去了。

他转身离开之前，他妈看着他沉下来的表情欲言又止，最终什么也没有说。

从医院到海逸集团需要一个多小时的车程，他坐在车里看完了艾茜刚发朋友圈的《美若黎明》第二季宣传视频，看着里面某人眼神里透着的神采，温柔又生机勃勃。

他喜欢艾茜什么，他爱艾茜什么？大概是她历经了最沉痛的变故，对这个世界保持着清醒的认知，然后选择生机勃勃地活着。

晚上费聿利和与海逸集团关系最为重要的主贷银行行长和副行长见面，显然这是一场重要饭局，包厢安排在利兹酒店的春花宴。璀璨的包厢水晶灯下，他笑意盈盈，亲自为他们倒酒，不像以往，行长亲自上他家送礼，笑着夸赞他父亲有两个优秀的儿子。

现在，他们连续给海逸下达了两次紧急抽贷通知书。然而项目工程都安排上了，提前抽贷无疑是断了海逸的资金链。

“我们也是没办法啊，这是风控部的决定。”

原本的亲切热情变成了虚与委蛇，直到最后费聿利一杯又一杯酒灌下去，行长送给他一个提示说：“我们是听上面的……”

夜色沉沉，待客散了，费聿利披着西装外套走出酒店，如果只是单纯喝酒他很难醉，但是是心情不好喝酒，醉意总容易上头。

今晚跟他过来的几位经理各自回去了，只有助理跟在他后面。车子停在外面停车场，他越走越快，脚步有些不稳，即将踉跄地往前冲的时候，迎面撞入一个女人的怀里。

呵……他真醉了，居然闻到了茜茜的味道。

“费聿利。”一道清冽又温柔的声音随着风灌入他耳里，他抬起头，待看清楚眼前穿着薄款立领风衣的人，乌黑明亮到惊人的眼瞳猛地一缩。

“茜茜……”

费聿利的脾气已经收敛了不少，如果不是酒劲上来，不至于将隐伏在心肺的火气带出来，只是前一秒费聿利还处于气咻咻的状态，后一秒从胸膛冒起的火苗就被压了下去。

眼前女人，脸上毫无妆容却眉眼精致利落，身型瘦削又飒爽，身上还带着天黎山的山野清新气息，都是他熟悉的味道。只是眼前这一刻，他还没办法确定艾茜是真的从天黎山回来了，还是他喝醉出现幻觉了……

费聿利是真醉了。不过，艾茜也是真回来了。

这个星期，艾茜加快速度完成了天黎山的公益策划书，为的就是早些回A市。她不知道海逸遭遇多大的困境，但她知道费聿利遇到了难处。虽然每天打电话的时候他给她的感觉仍是轻松愉悦，关心她，关心天黎山的孩子。可她也知道，最近他承受的压力与日俱增。她不知道自己这次回来能帮他多少，但希望他需要人的时候，她可以站在他视线能望到的地方……

今晚身在饭局的费聿利将手机落在了车里，她联系了他的助理得知地址，放下行李就来到了酒店，连衣服都没有换。

她风尘仆仆，满心忧患也满心热烈，直到迎面走来的他差点倒在她身前，叫出了她的名字。

A市的六月已经不需要再穿外套，街上不少女孩已经穿上了漂亮的长裙，踏着高跟鞋，露出纤细圆润的小腿。艾茜一身清爽的条纹衬衫搭着修身牛仔裤坐在商务中心的咖啡厅，耳上连着麦克风，眼睛专注地看着笔记本里的报表数据。

她面前放着一本速算本，手中握着的圆珠笔快速地计算着一组又一组数据，然后将分析之后的结果报给通话中的费聿利。银行抽贷的确给海逸的资金链带来了极大的压力，但海逸的问题更多是内部斗争导致的信用危机。

民企的内部斗争，基本都是来源于家族纠纷，如夫妻反目，兄弟争权……费家的情况艾茜基本清楚，费聿利的哥哥费奕杰是费海逸同原先的妻子所生，可惜原配妻子是一个福薄之人，丈夫刚有钱就没了命。之后，事业宏图刚展开的费海逸被北京千金小姐顾桂英看上。对费海逸来说，他是一个幸运的男人，第一任妻子陪他开创了事业，第二任妻子又为他扩大了版图。两个儿子，因为对原配的亏欠费海逸对大儿子更加看重，同样费奕杰也很争气，一直以来都是众人眼里海逸未来的接班人。

这也是费海逸原本的打算，能力好又有事业心的大儿子为他守业，做事向来随心所欲的小儿子就希望他早日娶妻生子，自己退休之后可以享受儿孙绕膝的天伦之乐。费海逸这样的安排对公司对家庭都是最好的，只是最好不代表都能满意，何况这般偏心的安排。

费聿利可能无所谓，顾桂英就不那么想了。艾茜相信之前海逸高层爆出的腐败事件跟顾桂英和费奕杰两边的斗争有着不可言说的关系。

顾桂英是一个什么样的女人，艾茜以几次跟顾桂英打交道的感受来说，她一方面像大多数的母亲一样为自己的儿子着想，另一方面她的身份又不允许自己毫无保留地暴露自己的偏爱和私心。

四十八楼会议室窗外的天湛蓝如水，刺眼的午后阳光镀在落地窗将整片玻璃都晕染得熠熠生辉，给整座高楼营造了一份清透之美。

同样，坐在会议桌左端的费聿利面前搁着一台笔记本，耳朵连着麦克风，里头艾茜的声音徐徐地进入他的耳里。今天费聿利和海逸的高层董事坐听海逸集团CFO当季财务汇报，再分析银行抽贷后海逸可能面临的困难。财务知识方面费聿利没有艾茜在行，甚至对很多专业术语都不甚了解，就和艾茜以连麦的方式联手应对董事们会上抛出的一个个问题。

耳麦里，艾茜准确又快速地为他分析一个个利弊，提示他，同时将他的顾虑转化成管理者的角度提出来。他和她的想法十分一致，都以大局为重。

费聿利突然能想象在艾茜回北京那段时间，她是如何和微正科技的高层董事周旋，他之前觉得艾茜是沽名钓誉的伪慈善家，事实她是一只有着长远卓越眼光的女狐狸。

之前费聿利最反感的就是这样的会议，这次有艾茜在他耳边为他标注重点，他不仅能轻松自如地应对董事的提问，还在艾茜的分析里汲取她的思维模式。

艾茜的思想有很多维度，公益是一个维度，商业又是一个维度，她做公益就是结合了商业模式……

下午四点，原本冗长的会议在两人连麦配合里完美地结束，费聿利回到自己办公室，走在外面长廊还克制冷静的面容变得轻松愉快，嘴角微微咧开，他双手兜着西装口袋，往前走了两步，压了压声音："茜茜……"

不用刻意展现，口吻里的愉悦自然地流露在茜茜两字里。

结果，没有回应——因为艾茜那边已经关了麦克风。

半小时后，艾茜将笔记本放进侧靠在沙发座上的一个米色公文包，然后提着公文包从咖啡厅出来，径直穿过商务中心的音乐喷泉广场，上了停在路边的一辆黑色商务车。

驾驶座上的人不是司机，是费聿利本人。

男人眉目飞扬，嘴角噙着的笑意仿佛是蓄谋已久的温柔，在前面车门刚打开的时候，他歪着头对她说："茜茜公主，请上车，我是你的骑士knight费，很荣幸过来接驾。"

"噢——有病。"艾茜弯了一下唇。

"是啊，如果我不是有病，怎么能得到你的欣赏呢！"

艾茜摇头，某人刚经历一场硬仗，就不能严肃一点吗？不过这样的费聿利才是她认识的样子，万事都透着轻松应对的赖皮劲儿。

待她扣上安全带，费聿利清了清口气，正经地说起了今天集团高层会议情况，因为这几天他哥不在公司，部分董事以各种理由拒绝参加会议，说到"拒绝"两字，费聿利加重了音，随即呵笑一声。原因很简单，如果集团最终决定要通过变卖部分业务解决资金问题，变卖什么业务无疑又是一场内斗。

有多少风流，就有多少纠葛；有多少玩忽职守，就有多少陈年烂账。

海逸面临的问题归根究底就是以上这句话。所有的折堕和烂账，不是不报，时候未到。

对企业经营者来说，不怕问题出现，就怕意识不到问题出在哪儿，就像他和她之前分手的矛盾，计较和在意令他一点点失去了清醒。

这次海逸的问题上，他将自己当作局外人，看待问题自然更客观更冷静。

费聿利驾驶着商务车路过海逸商务区，习惯性通过车窗看了眼海逸的商务大厦，隔着大约百米的绿化带，主大楼前面停了两辆黑色轿车。

他放慢车速。

艾茜也顺着费聿利的目光看过去——

“那是我哥的车。”费聿利说。

“他出来了。”费聿利又说。

“他没有提前告诉我。”最后，他又补了一句。

三句话，用了完全不同的语气表述。

“好像是从海逸出事后，我哥就开始防着我。”拐了一个弯，商务车驶入西滨南路，费聿利客观地陈述一个事实。

大傻子费……终于发现了吗?

艾茜歪了下头，一双清澄毫无杂质的眸子逗留在费聿利沉思的面容上，她原先以为费聿利清楚费奕杰的想法，事实好像并非如此。

“利益当前，你哥防着你也很自然。”艾茜抿唇说。

“对……但是现在情况需要我和他共同应对，以集团名誉为主。”

艾茜索性问：“你打算怎么做呢？”

“我……”费聿利拢了拢眉宇间的纹路，像是已经想好了所有利弊，用认真的口吻说着敷衍的话：“什么都不做。”

艾茜一顿，明白了费聿利的意思，了然地笑了笑。

“茜茜，你上次还没有回答我，如果我不再是财富的继承人，是否影响我在你心里的伟岸男人形象？”费聿利还在纠结某无聊问题。

艾茜很无语，摇摇头说：“放心，你在我这里从来没有伟岸过。”

呵，一声笑。费聿利突然计较地说：“没办法，一朝被蛇咬十年怕井绳，如果不是当初有人因为我是海逸继承人之一招我入伙，我也不会提出这样的疑问。”

好吧，如果是这样的话，她可以消除他的忧虑——

“是啊，当初我是看中了你的海逸少东家的身份，不过那是对员工。”艾茜承认当初自己动机不纯，顿了顿，又说，“你现在身份不一样了，也不是我的员工，不用担心这个问题。”

“那我现在是什么……身份？”费聿利咳了一声，问她。

“我的人。”艾茜回答说。语速有点快。

“什么？再说一遍？”

“我的人！”声音重了一些。

“再说一遍？”

“好，那我再说一遍，我说你是我的……狗！不管现在是什么狗，以后变成什么狗，癞皮狗、流浪狗，我都会好好养着你的，可以放心了吧！”

费聿利不说话了，像是默认了他是她的狗。

过了一会儿，一声“汪”从左边驾驶座传来，接着，又响起一声。

副驾驶上，艾茜托着脑袋，一脸乐不可支。

后面回北京，她和费聿利正式展开两个人的公益事业，一位女同事这样问她：“虽然费狗狗很帅，不过茜茜我还是想问你，你的选择理由是什么？”

呃……她的理由吗？

那是她为数不多的一次以秀恩爱的口气说实话，她的实话是这样：就是他的出现本就让她很高兴了，别说他还会千方百计地逗她开心。

每天，她说的是每天。

晚上，费聿利驱车去了一趟A大附属医院。后面，跟着另一辆车。

从医院大门进来拐两个弯儿，就是A大附属医院的住院中心，他在前面花园的地上停车场停了车，下车，径直来到父亲住的3号楼。

走上台阶之前，他回头看了眼后面的车。

3号楼上面两层是VIP病房，费海逸住的最大套间在顶楼走廊的尽头。主卧朝东，大片落地窗正面对底下的花园，另一个卧室朝南，她妈陪睡就睡在这里。

今天他过来，还赶上了一个热闹，病房除了她妈和看护阿姨，几位董事叔叔都在这里。费聿利跟他们打招呼，见茶几上水杯空了，要为他们倒水。

他们站了起来："不用不用，我们聊得差不多了，就要走了。"

他把着茶壶，神色淡淡。

"你来了，刚好送送他们。"他妈对他说，提醒得很"及时"。

费聿利抿了抿嘴角，自顾自地放下水壶，反问他妈说："我这刚过来，你就让我送客？"

顾女士瞪了自家儿子一眼，神色无奈。

他都这样说了，自然是他妈送客，他留在病房。

他爸在里间休息，手术后人已经清醒过来，但身体还很虚弱。费聿利推门进来，费海逸闭着眼睛，没有反应。费聿利放轻脚步，看了看病床上的男人，拉了一把椅子坐下来。

再次看向病床上的父亲，费聿利目光平静地停留了许久，然后从心底呵了一口气，没想到这般强悍的男人也有倒下的一天，人厉害的时候可以养活成千上万的人，一旦躺在病床上，连呼吸都没办法靠自己完成。

集团也一样，做大做强又如何，为了争夺利益，心血垮塌往往也在朝夕之间。

"爸，我是费聿利。"费聿利说话了，刚刚看着病床旁的呼吸仪器，他知道费海逸已经醒了。这段时间他爸躺在医院，但他知道，他爸不是什么事都不清楚。

费聿利还是说起这段时间海逸的情况，包括后续的处理方案，他口气平静，先为集团信誉考虑，其次是股东利益，后续社会效益……最终考虑的才是他自己。

他的话，明确表明他的态度，他完全退出内部争夺。

"还记得我和你的交易吗？你替我解决我妈，我替你解决董事们，现在我们俩的麻烦都还没解决，你倒是好起来啊！堂堂董事长说话不算数可没意思呢。”费聿利轻轻扯了一下嘴角，口吻清淡，说出来的话又是肺腑之言。

“我哥这人，能力真的不错，这段时间我参与集团管理，觉得前面几年我哥真的辛苦，不过辛苦归辛苦，他也没有什么抱怨，对我和我妈都照顾有加。如果不是我妈整事，他是一位好管理者，一个好哥哥。”

“话虽这样说，不过我妈之所以整事还不是你的问题，你没有安抚妻子失衡的心，她能放过你吗？”病床上费海逸眼皮微微抽动，费聿利嘴角也跟着抽动一下，缓了缓，他继续说，“好了，你也别操心太多，集团出不了大事，借着这次机会整顿高层的不良风气反而是好事一桩。你这人命好啊，生了两个优秀儿子，专门为你费董事长的千秋大业保驾护航！”

“……好了，费儿，别逗爸了。”一道微沉的男声从外面传来，站在门口的男人就是费聿利的哥哥费奕杰。前面支开顾女士，他就是为了让他哥上来，刚刚他扯话的时候，他哥已经来到了门外……

他和艾茜从海逸集团那边过来的时候，说完他的选择之后，他问艾茜：我对我哥直接表态怎么样?

艾茜想了想，说：“利益当前，你哥未必信你。”

“难不成我也要给他写信，力透纸背，才能证明真心？”他开着玩笑回话。

艾茜呵呵地翻了翻白眼，琢磨之后，将心比心地说：“如果我是你哥，只相信你对你父亲的表态。”

所以，这也是为什么前面住院部楼下他和他哥的车会一前一后进来……

父母之爱子，则为之计深远。

对顾桂英来说，如果儿子费聿利能懂事一点，多为自己打算，她也不会安排太多。她干涉他和艾茜的交往，安排家世优越的女孩给他认识，甚至参与公司事宜，为他进入海逸收拢人心……她做的所有一切，都只是为了自己的儿子。

都说浪子回头金不换，事实上不管回家之后的费儿做得多好，费海逸眼里只有优秀的大儿子，费儿在他眼里，永远都需要磨炼。之前董事会对费儿的态度，就是费海逸对小儿子的态度。这样的区别对待，她当然不能允许。

所以，她安排人曝光费奕杰负责掌管的公司里业务上有猫腻，采用杀敌一千自损八百的方式毁掉费奕杰的信用。自然，费奕杰猜测事情是她所为，才对费儿有所防备。

如果可以，她也希望自己和奕杰的关系真如外界恭维的那样，奕杰视她如母，感情深厚堪比亲生母子……

“所以，你家儿子就那么无能？需要您这样为我打算？”像是对待犯错的小孩，费聿利用无奈至极的语气反问自己的妈妈。

顾桂英沉默好一会儿，同样反问儿子：“如果不是你从小到大都不靠谱，我会这样吗？”

“对，这话您说得很对，很客观！”费聿利认可顾桂英的批评，嘴角噙了一点笑意，心疼又温柔地看着顾女士说，“你知道我不靠谱，还打算让我继承，毁了我爸的心血？”

顾桂英语噎，顿了顿说：“你这段时间做得不是挺好吗？你只是缺少机会，我刚刚问了几位董事叔叔，他们都夸你有管理的天赋，利弊衡量都十分周到。”

“呵……”费聿利笑了，不过不是被表扬的得意，而是两分揶揄两分赖皮，他将手放在口袋，笑着说：“妈，你知道最近你儿子表现这般好，进步那么快，是得到谁的指点吗？”

顾桂英没吭声，梗着脖子转了转头。

“您是知道的。”费聿利冲妈妈抬了抬下巴，俊脸愉快地笑了笑，等再次说话不管语气还是神色都多了一份认真，“妈，我作为儿子可能让你失望了，我道歉也反思，我对不起你。但不管你怎么认为我，我觉得我现在做的事情和决定都是正确的。海逸发展到现在的规模已经不是我爸一人的公司，如果因为我为了在爸那里谋取更多利益而毁掉海逸，我宁愿什么都不要……”

“费儿，难道你觉得妈妈就是那么没有格局的人？”顾桂英有些生气。

“没，您一直很有格局，只是您太爱我了——”费聿利拿出手放在顾桂英的肩膀，补上后面一句话，“怕我委屈。”

顾桂英微微嚅动嘴角，内心震动，她可能一直是失败的妈妈，做了那么多，儿子才看到她的苦心。

“妈妈，比起现在，我更希望您像小时候那样爱我，只希望我做一个快乐的人……”

“……”

“还有，你的姐妹都羡慕你有一位又帅又快活的儿子，如果有一天你儿子这张脸愁云满天，就一点也不帅了哦，你也就没有帅气的儿子了哦。”

“……”

“虽然你儿子前两年不太靠谱，好在现在已经浪子回头，终有一天我会让你因为有我这个儿子而骄傲。”

“呵，别说为了我，你就是为了艾茜。”顾女士终于反驳出声，话里透着满满的醋味。

“哎呀，我家阿英吃醋了呢。”费聿利将双手都放在顾桂英的肩上，悠悠地笑了笑，“难怪我爸老是跟我说，你在他心里一直就是小姑娘……也对哦，只有小姑娘才会这样吃醋。”

顾桂英咬咬牙：“……你就会哄我开心！”

“欸，这话可不是我说的，你要这样埋怨，等我爸好了，你埋怨他去。”

顾桂英：“……”

作为妈妈她可真矛盾，儿子不懂事她操心，儿子真懂事了她又难过。的确，自从认识艾茜之后，她的儿子改变很大。所以她难过什么呢？她所谓的不放心，其实是她的不甘心。

不甘心另一个女人比她对自己儿子更有影响力。

但不甘心又怎么样，就像牌桌上妈妈们常常念叨的一句话：“别说儿子好还是女儿好，反正最后都是给别人的。”

费聿利看着自己妈妈这张为难又不甘心的脸，端着笑意审视完毕，觉得他妈是担心自己没有事业心，再次表态说："还有，你以为我真的没有一点追求吗？我的追求可比你想象得长远呢。"

顾桂英："……"

好久，顾桂英望着儿子，以一种妥协又支持的语气开口："……好，那就真做出点成绩，让妈妈骄傲骄傲。"

终于，费聿利从他妈顾女士这里听到了一个好字。

"谢谢喽，阿英。"

费聿利从医院驱车回到江景公寓已经是晚上九点，房门刚打开，就闻到从里面飘出来的卤牛肉香味。这个时间，某人居然搞起了深夜食堂？

他来到厨房，只见里面艾茜系着围裙，一副认真的样子对待灶上咕咕乱叫的炖锅。

"怎么样了？"艾茜回过头，问他。

费聿利耍帅似的半立半靠地倚在移门上，说着赖皮话："背后有人指点，自然万事顺利。"他说的背后有人，指的就是她。

"既然完事了，过来尝尝我今晚的成果。"艾茜招了一下手，以命令的口气吩咐眼前人。

好嘞！费聿利咧了咧一口整齐的白牙，回应一声汪。

艾茜卤了三小时的牛肉，费聿利说没有入味，艾茜自我怀疑地尝了一口，看到费聿利揶揄的笑意，揪着他帅气的脸瞪了一眼。

一个吻猝不及防地落了下来，只是还没有吻到，一个电话先进来了——

"你好，是费聿利吗？那个我是……"

很像广告销售的电话开头，不过从女孩语气来听，似乎也不是。

电话里的声音虽然不熟，不过费聿利还是想起对方是谁，并准确地叫出了对方的名字："你好，李婕。"

李婕是谁？小时候他在北京过暑假同李婕组过玩伴，之后两人唯一有过的联系就是去年他在北京参加舅舅安排的饭局上。不过去年饭局之后，两人没有任何联系，不然李婕打他电话也不会用这样的口吻。

“有事吗？”费聿利又问。

“我今年调到A市的××银行做事了……”李婕简单介绍了一下自己。

“哦。”费聿利应了一声，没有过多的关心。

其实，听到××银行费聿利基本能想到李婕为什么给他打电话，如果他没有记错，李婕的舅舅就是××银行的北京总行长，外加李婕现在工作的××银行就是给海逸下抽贷通知书的主银行。

“抱歉，这段时间太忙了，都不知道你来A市工作，有时间请你吃饭。”费聿利说。显然，费聿利没有打算通过李婕这层关系解决眼下抽贷的问题，不然不会说出这般敷衍客套的话。

艾茜身子斜斜地倚靠在吧台，目光略微一闪，背转过身，不再关心这通奇怪的电话，继续认真地对待她今晚卤好的牛肉。只是，两人通话的声音还是清晰地传入她耳里。

在费聿利客套说出有时间请吃饭，李婕那边忽地笑了笑，故作傲娇又恼火地说：“你以为我打电话给你，是为了讨一顿饭吗？”

费聿利也笑了一下，只不过是皮笑肉不笑的那种。

所以，到底为了什么事？

“下周我舅舅来A市，我这边可以安排你们见个面。”李婕开门见山地说，停顿了一下，加上一句，“包括我们的行长。”

这是主动抛来橄榄枝啊……

听到这个话，艾茜再次转过了身，面朝着费聿利。然而费聿利呵出一口气，这是他一贯从心里感到不屑时的反应。艾茜察觉到费聿利微妙转变的态度，握住了他的手，暗示费聿利不要急着拒绝。

她听李小姐这个话，估计是想要帮忙牵线搭桥。

果不其然，李婕再次开口：“我知道海逸面临了困难，需要银行这边帮助，我刚好负责海逸这边的信贷业务，就跟我舅舅说了情况，他也想跟你见个面，具体聊一聊情况。”

费聿利一时没有表明态度，他不是不愿意见面，而是他不太清楚李婕那边的想法。

就在这时，李婕耿直的声音再次从听筒里传来，像是意识到费聿利可能会误会自己，她十分义正词严地强调说：“我这次调到A市工作是为了我的男朋友，你不要误会什么，我也不是为了帮你，我们银行的职责就是为了帮助企业渡过难关！还有明天我男朋友也会来。”

呵……正大光明偷听了李婕说的话，艾茜忽地也笑了，笑某人自作多情被直接戳破。费聿利挂了电话，艾茜仍是笑眯眯地瞅着费聿利，一脸肆无忌惮打量的样子，她歪了歪脑袋，以淡淡的口吻有样学样地重复她在电话里听到的某句话：“你不要误会什么，我也不是为了帮你……”

费聿利：“……”

“好奇怪啊，我的男朋友之前是误会了什么？”艾茜嘴角一弯，转而抛出一个重点问题，不管从口吻还是神色，写满了揶揄两字。

费聿利无耻惯了，选择直言：“被惦记的次数多了，难免有误伤。”

“噢，原来是这样。”

“所以，不问问我和李婕的关系？”费聿利主动提及。

艾茜眼眸一抬，轻飘飘地道：“不是朋友吗？”

一句朋友，直接堵住了费聿利的话。他点了点头，算是承认他和李婕的朋友关系。事实上，他和李婕连朋友都不是。

这世上大多问题都是突然爆发，但又不是来自一时产生的矛盾，解决问题也是如此。比起资金的问题，海逸集团更需要尽快解决的问题是——信誉危机。

刚好，《美若黎明》第三期宣传视频上线了。这档由海逸集团独家冠名的公益宣传片，原本前面两期视频点击量平平，虽然口碑不错，但毕竟是官方的公益宣传片，没办法像明星综艺那样获得大众关注。

但是《美若黎明》的第三期视频，意外地在网上火了。

连续三天，天黎山一度成了社会栏里的热搜话题，连同海逸公益一块儿上了热门搜索。只是紧接而来，海逸集团被爆出银行抽贷危机，以致天黎山生态开发项目会不会搁浅又成了一个讨论话题。

然而，不管网上声音多大，媒体记者如何关心海逸最新财务情况，海逸集团暂时都没有正式公开做出回应。

艾茜接到危城电话的时候，人正站在绿草如茵的红枫湖果岭上方，头戴鸭舌帽，身穿白色休闲装，因为一分钟之前，她打出一个漂亮的小鸟，接通电话，她嘴角仍是挂着得体且明艳的笑意。

“在哪儿呢？”危城问他。

“你猜？”昨天她刚到北京，还没来得及联系危城和家人。

“还想让我猜！”危城突然不明所以地跟她置起了气，虽然用的也是开玩笑口吻，说的话全都是气话，“现在回北京都不跟家人说一声了是吗？”

好严厉的一句质问啊。

艾茜轻轻笑了：“你怎么知道我在北京？”

反应过来，她回了一个头，便看到延绵草坪旁的公路上，停着一辆电瓶车，上面坐着的一个英挺儒雅男人，不正是危城吗?

Chapter 19

良 人 已 归 ， 一 切 安 好

艾茜没想到偷偷回趟北京还能被危城逮个正着。

她这次回北京是参加一场公益慈善家的户外交流活动，因为是户外，活动举办地点就在北京红枫湖高尔夫球场，形式基本就是高端玩家的私下联谊会。

作为黎明公益基金会小小的扶贫经理，艾茜能收到这样交流会的邀请实属意外。原本她不打算过来参加这次的慈善高尔夫球局，因为公益行业也有地域保护属性，比方说南方的土豪大多捐助南方公益会，北方的富甲豪绅自然也更愿意扶持北方的基金会。

这次她之所以飞回北京参加这场高尔夫球联谊会，一方面是方便以后黎明公益基金在北京成立分会，另一方面，可以从这些顶级实业家的闲聊中感受他们对最近海逸集团风波的评判。

不过比起关注海逸面临的资金问题，他们好像更关心费海逸的两个儿子谁是海逸以后真正的掌舵人。虽然带着主观色彩，他们的评价大致还是十分客观，比方说管理能力和在集团里的号召力，小儿子显然没办法同哥哥费奕杰较量，费聿利年纪轻就是一个不可否认的事实，同样费聿利正式进入集团做事不

到一年，就算基础好也还需要很长时间的磨炼。

但是费聿利的优势不在他自己身上，如果以后海逸要进军北方市场，必然要借助费聿利舅舅这边的人脉关系。

有些事情就是那么……气人。

一位性情耿直的企业家侃侃谔谔说：“就算费海逸小儿子是一个傻宝，也不影响他以后在海逸集团的地位。”

大叔话糙理不糙。

只是听到傻宝这个评价，作为傻宝的女人，艾茜心里还是难免微妙了一下。不管是内部还是外界，她家男人口碑真的很一般。

另一位女企业家为费聿利说话：“我觉得小儿子也不差，只是年纪轻露面少，我见过他一次，做事说话很有老费年轻时候的格调。”

艾茜看向这位妈妈级别的女老板，不知道这位女老板是什么时候见的费聿利。

这位气场十足的阿姨继续表明看法，一副妈妈粉的口吻：“我上次同老费喝茶，他说小儿子前两年的确不懂事，但是今年改变很大，原因是交往了一个很优秀的女孩。我没见过那女孩，不过能得到老费这样的评价，女孩能力肯定没话说。所谓夫妇齐心，其利断金，小儿子未来发展前景肯定不弱于哥哥。”

“如果真这样，那也是说不准。”

“对的对的。”

“……”

不管什么圈子什么局，都是一场大型营销推荐。只是没想到……她人明明在现场，居然会以“一个很优秀的女孩”的身份从别人嘴里夸出来。艾茜原本微妙的心情又多了一份难以言喻的体会，转而——

她心里咯噔一下，如果女老板说的那个优秀的女孩并不是她呢？

对啊，毕竟某人接触认识的优秀女孩那般多，像她这样的“化缘人”，何德何能担得上费聿利父亲口中的“优秀女孩”呢？

如果是这样，那还真是一个令人心酸又心碎的误会啊！

不过做人嘛，尤其这样的场合里大多数人都喜怒不形于色，好恶不言于表，就算有些话评价到位，基本也是说三分，留七分。

关于海逸集团面临的资金链问题，众人谈得极少，这个情况同她之前的判断一致，海逸集团更多的是内部问题，如果解决了内部问题，就算面临银行恶意抽贷，对海逸这样的大集团影响只是业务方向的调整……

哪家集团发展到中后期不进行大规模的业务调整？有时候看似是危机，实则是良机。好比刚刚她打出的那一杆小鸟，就是大胆尝试才有的意外惊喜……

然后，她就接到了危城打来的电话，乘坐红色电瓶车前来的危城揪住了立在人群里的她，出口就是以不满的口气训责她。挂上手机，隔着一定的距离还要瞪她一眼。

艾茜握着手机，只能尴尬又不失轻快地嘿嘿一笑。

危城不是一人前来，他也不可能一人来高尔夫球场。如果他是过来谈生意的，她就不过去凑热闹了，等各自结束再碰面。结果比起危城，电瓶车上另一个男人，更想她过去碰碰面。

那个人，是顾齐赟。费聿利的表哥。

危城和顾齐赟会一块儿打球并不奇怪，之前微正和顾齐赟的公司就有业务往来。当时危城出事她还跟顾齐赟打过交道，因为费聿利的关系，顾齐赟没有撤单。

对于顾齐赟这人，艾茜的评价就是典型的北方生意人，看人情做生意。

“如果早知道茜茜会成为我的家人，危城老弟，我们多年之前就可以开始合作了……”艾茜过来跟危城碰面，顾齐赟大大咧咧扯话，一副她已经是他弟媳妇的口气。

然而，对于顾齐赟这样占便宜的话，危城并不买账，不轻不重地插问一句：“什么时候我家的茜茜成了你们顾家的人了？”

顾齐赟大笑两声，理所当然地道：“表弟媳难道不是一家人吗？”

危城仍是拿捏着姿态，反问顾齐赟：“不知道顾总的表弟是哪位？”

顾齐赟没有话了，求助地看向艾茜：“茜茜，难不成你又将我那作天作地的表弟给甩了？”

作天作地……又……

艾茜全程不表态，即使顾齐赟直接问话她都浑然不觉，自顾自地偏转着头看向远处高低起伏的草坪，好一会儿，转过脑袋同身后的俩男人说：“今天北京的天气真是不错啊。”

她这样故意直接地扯开话题，显然是不想参与到他们的对话里。自然，也不想回应她现在属于哪家的人。

玩笑归玩笑，后面聊到海逸现状的时候，顾齐赟像是给她吃一颗定心丸，对她说：“你可别担心海逸会因为银行抽贷这样的事儿就面临危机，我猜测海逸这次问题很快能解决，现在拖着不解决反而是利用这次机会调整部分业务，这是我姑父喜欢用的手腕。如果海逸真的面临危机，以我姑父的性格根本不能让家人签字送他进手术室。”

“还有——”顾齐赟话已放下，不介意多给她吃一颗定心丸，“如果海逸真的有难，不管最后落在谁的手里，是费儿还是奕杰，我们都不会坐视不管。”

有些事，她心里已经有了底，还是感动顾齐赟把话说得这样明白，艾茜露出微笑：“不管海逸这次面临的问题大或小，费聿利的表现都至关重要。”

“这倒是。”顾齐赟认可地说，忽然想到什么，朝危城得意地说，“按照我表弟之前的打算，以后大家一起在北京聚的日子就多了。”

“等到了那天再说吧。”危城回话，似乎还不想接受某人已经落入“狼人”之手这事。

只是狐狸和狼，好像已经在一起了。

海逸最近的新闻，就算顾齐赟不提，危城身处行业自然有所耳闻。前段时间得知茜茜从天黎山回来，他就想问问茜茜需不需要他这边帮忙，转而又觉得无须插手。如果需要帮忙，茜茜肯定会跟他提，她不提，就不希望他参与过多。

一直以来，危家都是她的娘家，她的后盾，她的可倚泰山。

艾茜真不是故意不告诉危城，而是没打算在北京多留，打算慈善联谊会结束直接飞回A市，如果告诉危城和潇潇阿姨他们，她肯定要在北京多待两天。

是啊，飞出笼的鸟凑巧被他逮住，肯定要领回去多住几天，不说多住几天，至少也要吃几顿家里的饭菜……

晚上，艾茜从顾齐赟安排的饭局回来，老老实实地跟着危城回危家。

进门的时候，她从后备厢的袋子里拿出一份包装好的桑蚕丝围巾，干笑两声对危城说："好在我多带了一份礼物回来。"

危城对她的讨好不买账："回家还带礼物，真变成外人了？"

艾茜无耻一笑："说得好像我之前没买礼物似的。"

"……懂事呐。"危城酸酸地肯定她一句。

对于她这次回北京住两天，潇潇阿姨高兴坏了，深夜还给她炖燕窝、拉她聊天。中间，潇潇阿姨笑笑咧咧说了一件事，就是她在天黎山的时候费聿利提着礼物来危家做客，他们将他视为未来女婿招待，结果发现只是一个乌龙……

"当时你和小费压根还没有复合吧！"潇潇阿姨拍了下她的手背说。

好像是的。

艾茜听完也觉得很搞笑，想到费聿利最后提着礼物被扫地出门的场景……

艾茜上楼睡觉时，差不多已经夜里十二点，这个时间费聿利基本没有睡觉，她拿出手机准备给费聿利打个语音电话，他的电话先进来了。

"我记得危家是熙禾公馆65栋对吗？"费聿利问她，声音夹着呼啦啦的夜风。

大晚上的，他人还在外面吗?

艾茜一头雾水，过了半秒反应过来，质问出声："你在哪儿？"

"你猜？"费聿利那边轻轻笑了笑，顿了顿，"晚上你跟我表哥吃饭时，我就坐上飞机了。"费聿利说。

"……"

难怪！前面那么久一点儿消息都没有。

大概过了半分钟，费聿利的声音再次从手机里飘出来——"茜茜，我到熙禾公馆北大门了。"

费聿利这次紧跟艾茜来北京，不是真的寸步不离要追妻，虽然他可以乘坐明早的航班飞过来，而不是直接订了夜里的机票飞过来，只为了明天他和茜茜多出一个吃早饭的时间。

后面几天，他和茜茜可能连一块儿吃早饭的时间都没有……

这一次他来北京是准备周三举办海逸集团正式成立社会企业的发布会，同时在发布会现场官宣天黎山生态环保项目的开工仪式。

关于天黎山的项目，他和费奕杰反反复复商量探讨，外界越是质疑天黎山只是海逸公益的炒作噱头，海逸越要重视天黎山的项目，以及加大力度做好海逸社会公益企业。

这也是为什么，董事会最终决定将发布会举办地点放在北京。

后面，他就负责海逸的社会公益业务，他哥继续负责原本的主市场业务，一南一北，业务上没有太多关联，获得的经济效益和社会效益却可以相得益彰。他这趟来北京也让他哥完全没了后顾之忧，能够大刀阔斧地调整集团业务资源，将好的业务集中归拢，不良业务趁机清除裁撤。

今晚飞北京前，他特意回家吃晚饭，他妈对他的决定没有太多意见。没有意见就是不支持也不会阻拦太多。中间他妈倒是问起艾茜："既然确定了关系，去北京就看看艾小姐的家人。"

他妈妈还是生硬地称艾茜为艾小姐，但是费聿利知道妈妈只是抹不开面子。

"嗯，知道。"

"寄人篱下那么多年……也挺不容易的。"

费聿利摇头，否定说："不算寄人篱下，危家对她如同亲女儿。"

顾桂英面色一沉，硬着嘴说："好，人家是真正的大小姐，你以后娶回家好好伺候着，妈妈绝对不管着。"

费聿利托着自己的俊脸，忽地轻轻一笑，笑得顾桂英眉头不由得微皱。

费聿利说："妈，你要相信儿子的眼光，等消除偏见，你也会喜欢茜茜的。"

顾桂英没话了，这话海逸也对她说过，还说什么人心里的偏见是一座大山，她要改变她一向高高看人的习惯。是啊，她之前做出的种种阻拦就是对原生家庭的偏见，可费海逸出身不如她，她不也在年轻时期崇拜他吗？

“你爸之前有句话说得很对。”顾女士说。

“如果是坏话就别告诉我了。”他玩笑道。

“好话。”顾桂英说出丈夫的原话，“公益事业磨砺了你的戾气，你长大了，也强大了。”

“噢……”

半夜三更，月明星稀。

车子就停在路边，费聿利握着手机，目光遥遥望向前方中间某幢别墅二楼透出来的一束光，内心柔软而沉厚。与此同时，艾茜来到房间的后面窗户，视线方向正对着费聿利所在的北大街，北京的夜就算凌晨也亮着光，视线穿过后花园，她看到停在路边的一辆车，正一闪一闪亮着车灯。

她没看到费聿利。

“明天一道吃早饭。”费聿利说，人立在别墅区的外围墙边，这个角度艾茜自然没办法看到他。

“来危家吃吗？”艾茜低低一笑，给费聿利提供一个可选择项。

费聿利隐约明白艾茜笑意里透着的揶揄，笑了两声说：“好啊，那我再厚一次脸皮，不过明天我的女朋友应该不会看着她男朋友被家人扫地出门吧？”

艾茜：“说不准呢。”

费聿利：“欺负人。”

话音落下，她和他同时轻笑一声。

艾茜问：“你等会儿住哪儿？”

费聿利：“没地方睡呢，外公家倒距离你这边挺近，不过现在这个时间也不好打扰他，我想要不直接在车里睡一觉，等天亮跟你一起吃早饭。”

艾茜：“……”

费聿利这个话，艾茜是不信的，果不其然，费聿利下一句便是——

“要不你偷偷出来领我进门？”

艾茜：“……如果这样，那明天你真有可能被扫地出门。”

费聿利再次低笑两声，慢慢地，手机里的呼吸都安静了下来，艾茜催促着费聿利快上车，然后她听到费聿利那边又发出一道低沉的呵气声，而后，费聿利用更加低厚的语调对她说："茜茜，等海逸在北京的公益部正式落定下来，我就可以长期陪你在北京生活了。"

艾茜心口像是夜风敲窗涌入，呼呼作响，她耳边继续响着费聿利醇醇声线："以后我们会去很多地方，我们的足迹会踏遍世界很多角落……当一对现代主义的劫富济贫行侠仗义的公益夫妇，好吗？"

艾茜弯着嘴角，过了半会儿，道："谁跟你是夫妇了……"

噢，对呢！王垚和周小神的孩子都要出来了，他应该要加快一下节奏，免得落后太多是不是？

第二天，费聿利脸皮再厚也没办法大早上来危家蹭早饭。费聿利这次的酒店就在熙禾公馆附近，艾茜决定去找他。结果，还没有下楼，便撞上刚起床的潇潇阿姨，潇潇阿姨眼睛一眯，直接问她要去哪儿。

"跑步。"艾茜抬眸道。

潇潇阿姨："一起吧，我也准备出门给你们买和记的豆浆油条，今天阿姨请假，家里没早饭。"

艾茜："要不……我跑步回来直接将早饭带回来？"

潇潇阿姨想了想，同意说："也好，不过少跑点，免得空腹低血糖。"

艾茜愉快且心虚地出了门。

熙禾公馆北门就是一个湿地公园，费聿利昨晚入住的酒店在湿地公园的东侧，艾茜用五分钟时间驱车来到酒店，再以访客身份在前台登记乘坐电梯上楼，等来到费聿利的房间，已经过去了十分钟。

然后，她在酒店陪费聿利吃了一个早饭，十五分钟过去，看了看时间，差不多要走了。

费聿利本以为今天他的时间很紧张，没想到艾茜比他更紧张，大清早的"行程"就开始掐着分秒计算。

"我是偷溜出来的，回去还要给家人带早点。"艾茜解释说。

"所以，你缩短了我们接吻的时间？"费聿利微微低下头，一脸无辜又使坏地看着她。

就在刚刚，他原本要深入地吻她，某人选择用浅尝辄止的方式回应他。

"对……"怀里女人漾着笑意，理直气壮地回道，"只有接吻时间可以缩短。"

因为实在是没时间再到和记买豆浆油条，费聿利拨了前台服务电话，给她打包了几份威斯汀酒店的豆浆油条带回危家。

五星级酒店的豆浆油条和和记的豆浆油条当然不一样，艾茜原本还打算欲盖弥彰一番，危宇航已经从威斯汀的早餐袋子里拿出一张订单纸，故作疑惑地问她："茜茜姑姑，这个早餐难道是你在路上捡回来给我们的吗？我看签单纸上的名字，好像是一位姓费的男人。"

艾茜："……"

"白捡的早饭也是早饭，没区别。"危城接了儿子的话。

艾茜："……"

"对啊，没区别，只要是茜茜带回来的。"潇潇阿姨同样笑眯眯地附和儿子说。

艾茜："……"

正对面，危叔叔乐呵呵地看向她："我是起晚了吗？发生什么我不知道的事了？"

艾茜："……"

真是难得，她这样厚颜无耻之人会因家人的抱团揶揄红了脸。

如果说在危家吃早饭的时候，艾茜的脸红是害羞，现在则是窘迫。

今天她像往日那样上网搜索海逸关键词，出来的第一个热点不是天黎山项目，而是某商圈公众号发出的一则图文结合的八卦新闻，内容大概是海逸资金链问题基本已经解决，但是曝光了海逸二少费聿利正在交往的女友身价不菲，对方疑似名门望族……艾茜看完这样的编造文章，心情着实有些复杂。这篇公众号的作者还扒出了费聿利的微博小号，有图有真相地证实了海逸二少费聿利正处于热恋状态。

艾茜觉得自己作为女朋友十分失职，一直不知道费聿利还有微博小号，更不知道费聿利在跟她交往、分手、复合期间……都有在微博小号更新状态。

虽然，在被曝光之前，他的小号几乎没有人关注。

费聿利第一次秀恩爱的内容是一张她靠在沙发睡觉的照片，虽然照片的背景打了马赛克，她的脸又被散落下来的秀发掩住，隐约可见的只有她的下颚轮廓……这张照片，应该是有一次费聿利趁着她看书累了窝在沙发小憩的时候偷拍下来的。偷拍就偷拍，某人拍得不好，码也打不全，沙发后面的背景是打了码，但她随意搁在身上的书完全暴露了出来，上面明晃晃地写着公益两字……

然后，配图的文字是：还是睡觉的样子比较可爱。

第二次秀恩爱，是一张黎明公益基金会团队合照，这张照片某人将他和她的脸都换了大头狗狗安上去，看起来像是情侣之间的恶搞，然而其他人还是该啥样啥样，她和他的俩狗头就显得格外突兀，如果不是这张照片，费聿利的小号也不会被扒出来。

这张合照，费聿利配图的文字是：吃东西的样子也还算可爱，像是老太太。

然后是第三次……

第四次……

后面就是她去北京，去天黎山的照片。几乎所有照片，费聿利都认真地打了码，只是还是暴露了他费二少的身份。犯二这件事，越是认真越有迹可循。

艾茜像是吃瓜群众到费聿利的小号观光浏览。此时底下已经有了不少留言：

典型的嘴上嫌弃要命，秀起恩爱又很诚实地骚操作。男人的嘴，骗人的鬼。

隐约知道女主角是谁了。

就我一个觉得这不是恋爱，是暗恋吗？

女方表示，她也是今天刚知道。不过费聿利肯定不知道自己小号被媒体爆了出来，现在的他要忙着周三召开的海逸社会公益企业发布会的商讨事宜，哪有时间和精力关注网上小号被曝光的小事。

自然，艾茜也不会在这个时候打扰费聿利，被曝光小号除了他个人形象有些折损之外，对海逸集团以及后续成立的社会公益企业没有任何影响。至于个人形象是哪方面损伤，大概就是原本大家觉得海逸二少是典型的高富帅，结果高富帅恋爱的样子简直就是别人的男朋友……

海逸宣布成立社会公益企业的发布会在周三上午，也就是后天上午。

因为黎明公益那边还有事，艾茜订了晚上航班回A市，这也是为什么这次她和费聿利都来北京，能见面的时间也就只有一顿早饭的工夫。

后天的发布会不管对海逸还是对费聿利都意味着转变和跨越，艾茜上飞机之前，在网上订了一束花，打算在周三那天送到发布会现场。

线上花店卖家问她，要写一句什么话吗?

艾茜有些犯难了，仔细想想她好像从来没有对费聿利说过什么好听的话，从两人认识、交往、分手，再交往到现在，唯独在天黎山的时候她说了几句认真的话，其他几乎没有任何蜜语甜言，大多时候不怼他就很好了。

反而，费聿利在给她写信之后，嘴上的情话技能像是被激活了一样。

希望我们永远都在彼此的黎明里。艾茜在手机聊天框里输入这句话，发给了花店卖家。

卖家问：署名就用下单的名字吗?

艾茜：不需要署名。

只要费聿利看到这句话，一定知道是她。

爱一个人，艾茜之前的态度是爱情归爱情，永远是永远。她知道爱情却不知道永远是什么，现在她因为那个人是费聿利，尝试着说出永远两个字。

不是她真的相信爱情会永远，而是她心里多了一份坚固的浪漫。这份浪漫，是她对他的坚定选择，也是她对他的一个永远假设。

如同信上，他对她说的那句黎明情话：成为你的太阳，送你一个黎明。

“好的，感谢您对黎明公益基金会的信任，如果还有什么需要了解的地方，随时致电我们。”艾茜坐在办公桌前挂上座机电话，身子往后一靠，嘴角笑意牵动，脖颈自然地往后一仰，伸了一个舒展的懒腰。

这是她今天上班接到的第五个公益来电，都是关于咨询爱心捐助事宜。

天黎山宣传片带来的社会效益，黎明公益基金会在《美若黎明》播出之后收获了更多捐助者和慈善投资者的关注，甚至，引起NPI（公益组织发展中心）的注意——她这次时间如此紧张地从北京飞回A市，就是为了跟NPI的代表洽谈新一轮公益项目。

NPI，公益界的天使投资人，公益组织孵化器，可以说是大中型公益项目的合作桥梁。原本NPI更关注的都是一些新型创新的社会企业，而不是黎明公益这样老骥伏枥又名气不高的小型公益基金会，这一次能找到黎明公益洽谈合作项目无疑是对黎明公益业务能力的肯定。

不过……

黎明公益明明还是很年轻啊，他们有着一支年轻又具有活力的团队。艾茜目光大致扫了眼办公区域的小伙伴，点了点人数……有句话怎么说来着，团队虽小，能量却大。

这一次，她回了A市，费聿利却留在了北京，要等发布会举行后回来。后面费聿利还要在北京长期负责海逸的社会公益业务，至于她，原本她只是暂时留在黎明公益，早晚还是要回北京，现在郭丽呈也能独当一面了，黎明公益又能得到NPI的扶持，她能为黎明公益做的事情就很少了。

如果说担任秘书长和扶贫项目经理都是适时的选择，现在差不多也到了离去的时候了。

只是，原本她嫌弃得要命的办公桌、老爷车、掉漆档案柜、废弃鱼缸……都成了舍不得离开的原因，当然，还有——

从她上位秘书长就一直要将她挤下位的郭丽呈；

家境困难却从伙食费省出钱捐给失独老人的爱心小杜；

每天关注巴黎时装周也关注各类贫困群体的范哲哲；

身怀六甲还坚持公益事业的周媛媛；

走高冷沉默路线也是实力担当的李洲子……

他们，通通成了她舍不得离开的理由，别说对于黎明公益日后的发展，他们还有过共同的理想，要将黎明公益发展成国内知名的NGO组织之一。

而现在黎明公益只是刚刚启程。

今晚艾茜在南洋广场最贵的一家日料火锅店订了位子。这段时间不管私事还是公事她都忙，以至于自天黎山回来还没有和黎明的同事聚一聚。刚好今天她跟NPI那边负责人洽谈愉快，可以趁着今天聚餐将好消息告诉大家，顺便认真地感谢大家这一年来对她这个外乡人的照顾。

上次她是没办法临时离开，这一次如果要离开，总要正式告个别。

艾茜关上电脑，电脑熄屏之前，托着下颚叹了一声气，然后才利落地从办公椅站了起来，出发前往南洋广场。

五分钟路程，艾茜和郭丽呈坐一辆车，李洲子、范哲哲、小杜和周媛媛坐上王垚赶过来接驾的车。周媛媛怀孕也要坚持留在黎明公益做事，王垚只能选择每天接送老婆上下班。

用郭丽呈的话来说，每天定期打卡似的过来秀一次恩爱。

王垚要接送周媛媛，自然一起加入今晚的火锅局。如果说周媛媛职务是秘书长助理，那么王垚现在的职务是助理的助理。毕竟，周媛媛现在身份不一样了，以前的她还会尊称王垚一声绿总，现在不称呼王垚小王都算给老公面子。即使结为夫妻，两人依旧打打闹闹难分难解，分不出输赢还要上群里线上battle，以斗为乐。至于她和王垚在群里扮演的角色，一个火上浇油，一个挑拨离间。

“今天费二不在，便宜了我这个编外人员。”上电梯的时候，王垚得意甩出一句话。

话音刚落，遭到了周媛媛的反击：“你就是一个蹭吃蹭喝的，算什么编外人员？”

他这般费心费力还被老婆说是蹭吃蹭喝，王垚叹气一声，学着费聿利的厚脸皮说话：“秘书长助理的司机兼生活助理不就是编外人员吗？”

这话中听，周媛媛哼哼唧唧一番，接话说：“如果这样算，费二也是编外人员。”

顿时，电梯里的众人：“……”

艾茜亦是：“……”

有人自己秀恩爱也就罢了，还要带上她和费聿利，关键费聿利人又不在现场，难道她要单枪匹马凭她一人之力撑起场面吗？更过分的是，当众揭露了她和费聿利交往这件事，虽然已是公开的秘密，众人还是好奇她的反应。

收到几道投来的视线，艾茜嘴角微扯保持笑意，一贯从容的样子，轻顿片刻，开口说：“费聿利不是编外人员，他是内退人员。”

她这种打太极的回应，显然令人有些失望，所以艾茜不轻不重又加了一句：“不过，不管是编外人员还是内退人员，都是黎明自己人。”

预感隐隐不妙——

“王总也不要当自己是外人，有事没事多为我们黎明公益多贡献能量。”艾茜侧着头，微笑补充完毕。

又掉入了艾茜的套里。

王垚只好认命地承认自己人的身份，笑了笑说：“当然，别说贡献能量，把我自己上贡给你们都可以。”

王垚一贫嘴，周媛媛就冒话打击：“不要，太丑拒收。”

“……呃，丑吗？”王垚挑着疑惑的眉头对着电梯的反光镜照了眼，自言自语道，“感觉也就比费二稍微逊色那么一点儿——而已啊。”

呵呵呵呵……

电梯到了，黎明小伙伴鱼贯而出，等郭丽呈和李洲子出去的时候，李洲子突然牵上了郭丽呈的手。一向待人有距离的郭丽呈也没有反感李洲子这般冒昧的牵手行为，反而抬了抬头，主动牵着李洲子走出了电梯。

什么情况？艾茜有点反应不过来，在场的范哲哲和小杜也是一头雾水，连助理周媛媛都蒙了，然后震惊地“哇”了一声。

一声“哇”，带着众人连连惊叹。

可怜的范哲哲和小杜差点拥抱在一起，组一个临时CP，试图在今晚残喘求生.突然想到费聿利在黎明公益的时候就给大家组过CP，从现在的组合方式来看，费经理还蛮有预知能力，尤其郭丽呈和李洲子这一对，居然在他们眼皮底下暗中交往了近一个月？！

日式火锅店包厢里，郭丽呈简洁地交代了她和李洲子的交往过程：“他告白了我三次，第一次我骂了他；第二次我拒绝了他；第三次我没说话，实在想不出拒绝的理由，李洲子就当我默认了。”

原来如此！

范哲哲打趣说：“我们李哥就是这样的人，越挫越勇，可怜我们郭姐呢，抹不开面子，只能硬着头皮地同我们李哥在一起了。”

郭丽呈红了红脸，轻声否认范哲哲的话：“不算硬着头皮……”

“范哲哲你是欠抽吗？”李洲子手持餐单站起来，恨不得用它打爆范哲哲的头，然而目光还是温柔地落在郭丽呈身上，当着所有人的面问郭丽呈一句：“真的不是因为我当时的话你才答应跟我交往吗？”

呃……

难道郭丽呈担任秘书长有了把柄在李洲子手里，李洲子以此威胁郭丽呈？似乎这样才是合乎情理的猜测！

把柄个鬼！

李洲子第三次表白的时候，已经打算辞职离开黎明公益，毕竟他连续喜欢了两任秘书长，不仅没有任何结果，还要每天以同事态度面对自己喜欢的女人，实在太过折磨自己。他对艾茜的喜欢已是过去式，现在更多是一种欣赏之情。不一样的是他对郭丽呈的感情，不仅无法成为过去式，甚至越来越清晰地存在在他的执念里。

如果这样，他还不如选择离开，留在黎明公益对郭丽呈也算是一种困扰。

结果……

在他狠心提出离职时，郭丽呈答应了他！不是答应他离职，而是答应和他交往。

所以——

大家自觉看向艾茜，难不成之前费经理也是用了这一招？如果是这样……那还真是委屈他们的两位秘书长了，都以牺牲自己的方式为黎明基金会留住人才。

艾茜适时举了举杯，站起来说出开场白：“所有的相聚认识都是缘分一场，感谢黎明基金会，感谢大家！”

这是客套话，也是艾茜的真心话。

她从北京过来，原本只是换个工作调整心情，结果在这一年多的时间里收获颇丰，不仅收获了朋友、爱人，还在公益事业收获了如何为人的信念。

周媛媛也举起了杯蜜桃水说：“那我也说两句感谢话，首先感谢艾艾将我带进黎明公益，感谢郭姐对我的不嫌弃，后面我就要休产假暂时离开黎明公益，不过你们别开心太早，因为我还是会回来的——”

噗！

然后是郭丽呈，看向艾茜的方向，原本打算说一大段的话莫名憋了回去，收了收眼里流露而出的情感，只说了一句话：“艾茜，谢谢你，也祝福你。”

郭丽呈的感谢，艾茜担不起，不过祝福收下了。

还没有正式告别，大家都知道她要离开A市回北京，也就意味着离开黎明公益。现在她完全可以说出与NPI的洽谈结果——关于黎明公益在北京成立分部这件事。

“所以……以后我还是黎明公益的人。”艾茜眯眼一笑，从眼底放出愉快的光，顿了顿，引用周媛媛的话，“真的不要开心得太早，我早晚会回来的。”

如果真是这样，他们真的可以开心一下了，不……是好几下！

费聿利视频电话过来的时候，聚会差不多也结束了。周媛媛适时地提议合照一张，刚好服务员把结账的发票送进来，顺便替他们拍合照。

一、二、三！

艾茜举着手机，将手机屏幕对着摄像头，让昔日成员费聿利一块儿出个镜。待照片出来，费聿利整张俊脸装满了她的手机屏幕，咧着嘴角，笑得坦率又帅气。

照片发到黎明小伙伴的群里，周媛媛看到合照里的费聿利，点评一句：

“费二现在和之前差别好大。”

“……有区别吗？我瞅着费二没有整啊。”王垚接话。

周媛媛翻了一个白眼：“我说的是内在气质。”

王垚：“内在你都看得出来，你是长了激光眼吗？”

周媛媛：“你才长激光眼，你全家都是激光眼。”

王垚噎了一下，义正词严地道：“周媛媛，你咒我可以，但别咒我闺女！”

周媛媛：“……”

即使被王垚插科打诨了，艾茜明白周媛媛为什么会说费聿利变化好大，比起刚认识的时候，费聿利的确很不一样。之前的费聿利样子总是漫不经心，行为也是随心所欲，整体看起来就有那么点玩世不恭，仿佛他的存在就是来人间游戏一场。

而现在的费聿利，原本的不羁沉淀了下来，一贯的无畏成就了敢为。

用费聿利自己的话来说，他也没有特意改变什么，只是人生多了两样东西，也就自然而然有了改变。多的那两样东西是——肩上有了责任，心里有了热爱。

王垚：“其实……费二没有变，现在的他才是原来的他。”

夜里街头车流如注，王垚和周媛媛上车之际，临时折回身，走向还站在台阶上的艾茜，显然是有话要对她说。艾茜微微抿着唇角，耐心地等着王垚的话。

“艾艾，有句话我刚刚就想对你说了，谢谢你把原来的费二找回来。”

原来的费聿利……

艾茜坐上车的时候找出一张存在手机里的照片，这是她看到费聿利的第一张照片，眉宇间全是磊落的傲气。王垚说她将原来的费聿利找回来了，燃而费聿利从来都是他自己，现在的他身上仍有他的傲气，甚至倔气，唯独不一样的，是他身上多了对世界谅解之后的温柔和成熟。

车窗外的风徐徐吹拂着灌入车厢，外面是璀璨明亮的街头夜色，一辆辆缓慢行驶的车辆汇聚在十字路口，像是长长的灯带相互交织……闪烁的霓虹灯，涌动的想念。

在她刚想起他的时候，费聿利来电了。

明天费聿利就要代表海逸召开社会公益发布会，前面艾茜和黎明小伙伴聚餐的时候，费聿利也刚跟公关团队对接了最后的工作流程，中间有个空隙，就给艾茜打了一通电话，聊一聊明天的发布会具体事项。

他不是什么事就想和她商量，而是什么事都想告诉她一声。

第二通电话是他已回到酒店房间，助理送来两套西装，他原本想拍个照片过去，想着现在时间还早，不如聊个视频。

视频也没有聊多久，他的两套西装艾茜选了颜色更深的一套，刚好也是他自己偏向的一套。费聿利走到窗前，看了看外面的夜景，想了想放在心里的人，即使不知道明天发布会是否顺利，他的心已经安定了下来。

第二天，在费聿利那边发布会召开前，艾茜意外接到一个电话，是费聿利的父亲费海逸打来的。原本她还打算在家观看海逸发布会的直播，因为这通电话，第一时间打车去了医院。

电话一接通，费海逸就用那种亲切中透着一点埋怨的语气质问她："不知道艾小姐知不知道我手术的事？"

她知道，只不过她一直没有去看望。

其中原因自然是因为顾女士，在顾女士没有接受她之前，她贸然到医院看望费海逸实在显得有一点"迫不及待"。所以原本商量好的安排就是，等费聿利从北京回来亲自带她到医院看望他的父亲。

没想到的是，费海逸提前给她打来电话，还"质问"她为什么不到医院看他。

一大清早，艾茜出门买了鲜花和水果，再打车来到医院，全程看手机掐着时间。还好，等她来到住院中心顶楼，费聿利在北京的发布会还没有开始。

站在费海逸病房门口，她微微调整呼吸，才由护士带着她进去。

病房是一个套间，里面只有费海逸一人，她进来的时候，费海逸正躺卧在里面的移动病床上，手里握着遥控器，见她过来像一个普通老父亲问她："你会用电视看直播吗？"

艾茜都是用手机看直播，电视真的看得比较少。不过她还是点了点头，放下拎来的鲜花和水果，从费海逸手里拿过遥控器，直接从应用程序下载App，打开费聿利发布会现场的直播视频。

无疑，费海逸要看的肯定是自家儿子组织召开的发布会。

“刚好你来了，一起看吧。”费海逸说，指了指旁边的单人沙发。

艾茜坐了下来。

距离发布会开始还有五分钟，艾茜微微侧过头，问候费海逸：“费总恢复得如何？”

“还费总呢，生分了啊。”费海逸朝她看了一眼问，“费二还没有把你追回来？”

艾茜有些好笑，改了口问：“费叔叔，最近恢复如何?”

费海逸终于满意一笑，回她：“托你的福，不错。”

艾茜脸颊笑意更甚一点，与费海逸闲聊几句，窗外阳光投照到病房一角，笼着前面满放的鲜花和水果，艾茜心里一想，她似乎还是随意了点。

“你来看我，我已经很高兴了。”费海逸似乎明白她心里所想，面朝着她，消除她顾虑地说，“你是一个聪明女孩，清楚什么事情该做，什么事情不该做，每次都挑着时机做事，这一次你肯定也是要等到时机恰当了再来看我。”

有些话心知肚明是一回事，说出来又是另一回事，艾茜莫名心虚了一下，然而神色还是理直气壮，坦然地回敬费海逸的目光，点了一下头。

费海逸笑了笑，肯定她说：“你做得对。”

“叔叔不怪我就好。”艾茜说。

“怪你？”费海逸摇了摇头，指向开始的直播说，“如果没有你，这小子现在能稳稳当当地坐在台上？”

艾茜没办法认领这样的功劳，反驳道：“费聿利能坐在上面，还是因为他是您的儿子。虎父无犬子不是吗？”

费海逸开怀一笑，敞开心扉说：“是啊，他能坐在上面是因为他姓费，但很多事情不是姓费就够了。”

是啊，费聿利也是这样认为。

费海逸说："一个男人拥有得越多，意味着责任越大，这一次他能下决心保留天黎山的项目，就是责任的体现。"

"前段时间到现在我一直躺在医院，不过该知道的事情也都知道，包括费二同奕杰之间的协调。我虽不知道你在这中间扮演的角色，但是我想，一定起到了积极的作用。"

艾茜安静地坐着，不居功也不谦卑，目光在电视屏幕停留了半会儿。发布会台上费聿利穿了昨晚她为他选的深灰色西装，头发短而精神，目光坦率而持重，回想刚到总裁班上课的费聿利，拖鞋搭着裤衩，吊儿郎当。

"费叔叔，发布会开始了。"艾茜转了一下头，提醒费海逸说。

发布会先是宣布海逸在北京成立社会公益部，然后正式对外宣部启动天黎山生态项目，当发布会现场的大屏幕被点亮，天黎山规划图骤然出现在镜头前，艾茜内心也是为之深深一动。天黎山项目她不仅仅是参与者见证者，里面还包含了她和费聿利对未来人生的笃定信念。

如同费聿利刚刚回答记者的话："海逸成立社会公益部，不是一味地只进行公益事业，而是将公益建立在商业之下，成为海逸集团坚固的地基，文化的魂魄，以及内在的基因。"

"公益不是一时的慈善，而是长期的爱和责任。同样天黎山项目只是海逸社会公益的一个起点。"

"海逸社会公益部，是商业公益结合的新型运作模式，旨在解决部分社会问题，增进公众福利，而非追求自身利润最大化。"

没有任何发言稿，费聿利每一个回答都是有序沉稳，完全配得上他所坐的位子。整个发布会维持着端庄严肃的气氛，直到后面几位偏娱乐性质的财经记者提问费聿利。所提的问题不缺犀利。

"费总，这次海逸决定在北京设立公益部，是否是针对之前内部腐败的一次危机公关？"

费聿利坦然回答："之前的海逸的内部腐败出在高层，在腐败事件上海逸也是受害者，同样我们做了最严厉的处理，涉及腐败事件的高层我们都已经移交相关部门。关于此事我们之前也开了发布会说明并检讨，如果成立社会公益部仅仅是危机公关，那海逸的整个公关部可能都是竞争对手派来的。”

费聿利这样一说，现场原本还算严肃的气氛逐渐有些轻松下来，原本问话的记者也笑了两下，放下话筒。

还有，某家记者又提问了一个和发布会内容无关但与费聿利个人有关的问题，关于最近网上传闻的交往对象。

这个问题，底下记者没有笑，费聿利自己先笑了，对着闪烁的摄像头坦然道：“网上言论有假，情况根本不是传言的那样。总之，我希望大家不要过多关注我个人问题，如果真的很好奇，我唯一能透露的，她是一个非常优秀的人，也是我非常爱的人。”

艾茜原本淡然的脸，因为直播里费聿利最后两句话染了一层娇色。躺靠在病床上的费海逸轻笑了两声，侧过头询问她说：“不知道这样的回应，艾小姐还满意不？”

艾茜嘴角笑意显然，抬了抬头，也询问费海逸说：“今天费聿利在发布会的表现，费叔叔满意吗？”

还有……前阵子海逸面临抽贷危机和高层内斗，费聿利的表现是否也让身为董事长的父亲满意？

后面这句话，艾茜没有问出来。

之前她就觉得海逸的经营状况是不可能差到面临银行抽贷，直到后面费聿利退出海逸集团权力中心，费奕杰开始处理不良业务，那般当机立断又大刀阔斧，一定是有提前的布局和估算。

一切看似是应对之策，其实是早已谋划。

在这个过程里，海逸仍是最大的赢家，除了利用抽贷危机这个理由调整外部业务和内部权力，还考验了兄弟俩的感情，彻底解除日后两兄弟为了争权带来的资本损耗。

所以，海逸会面临抽贷危机的真相是……艾茜离开费海逸病房的时候，心里突然感到一阵戚戚，如果费聿利没有选择退出，作为父亲费海逸又会怎么处理两个儿子的争权夺利？

答案是什么？其实答案很简单，永远偏向利益那一边。

艾茜扯了一下嘴角，想到天黎山宿舍楼天台上费聿利说的一句话："茜茜，你父亲是很早离开了你，可是我跟你也没有太大区别，因为从小到大我都是被放弃的那一个。"

"不过，我早就习惯了。"

她是被抛弃，而他是被放弃。一个寻寻觅觅，一个放任自流，但是好在她和他现在有了共同的期待，开始打拼属于她和他两人的共同未来。

想到这里，艾茜又有些庆幸，不是庆幸费聿利做出了令费海逸满意的决定，而是费聿利终究没有因为父亲的放弃而放弃自己。

艾茜伸手按电梯往下的按钮，正好电梯门缓缓打开，好巧不巧，和乘电梯上来的顾女士打了个照面。艾茜眼睛下意识一眨，本以为顾桂英会面露不悦表情，结果顾桂英不仅没有任何不快，还朝她尴尬挤了一下嘴角，叫了她名字。

"……茜茜。"

"顾阿姨。"艾茜嘴角上扬，浅笑回应。

如果说艾茜理解费海逸布局的抽贷危机是一石二鸟，那么费聿利那边的理解则是一石三鸟——他和父亲之前谈好的私下交易，他为费海逸解决内部危机，费海逸为他解除他妈那边的顾虑。

这段时间费海逸是躺在病床什么事也做不了，但费海逸还是做到了他的承诺。海逸社会公益发布会结束，费聿利乘坐下午两点的航班从北京飞回A市，安检口刚出来，他手机振动，一连进来两条消息。

分别是艾茜和他妈发来的汇报消息：

——茜茜请我喝下午茶。

——你妈妈请我喝下午茶。

所以，她们这顿下午茶到底谁请客？

费聿利心想如果飞机没有延误，他妈妈和艾茜应该能聊得久一点，两人这顿下午茶完全可以由他飞回去买单。

可惜，遇上了航空管制，他的航班延迟了半小时。等飞机抵达A市机场已经是晚上六点半，城市华灯初上，刚好是高架桥上车流最大的时候。

费聿利握着手机，打开微信，里面躺着艾茜早早发来的消息，是晚上她给他准备的菜：青椒炒肉，酱牛肉，醋溜白菜，外加一个萝卜排骨汤。

艾茜给他的接风洗尘宴似乎有点简单，不过费聿利已经满心欢喜。

很多时候，他不知道人生来来回回的意义，现在他捧着手机，看着里面安静躺着的消息，觉得人生意义就在于被珍重，被期待，以及被等待。

她在等他，他也在等她。

因为赶上下班高峰期，高架桥上车辆都汇聚在主干道使整个通行变得十分缓慢，直到晚上八点，费聿利才提着中号行李箱从楼道绕上来。

待门铃响起，里面的人安静从容地为他打开门，看着里面身穿长裙长发微卷面容明亮的女人，费聿利顿时觉得整个屋的光都在眼前绽放。

“回来了？”她问。

“回来了。”他答。

眸光交汇，相视一笑。

发布会的时候，他说了一句话：路遥知马力，日久见人心，可是来日并不方长。所以想要做的事情要趁早，想要爱的人要抓牢。

如同现在，良人已归，一切安好。

（全文终）

番外

送你一个家

一

艾茜和费聿利在北京“低调”地定居了。

海逸在北京成立公益社会企业，黎明公益基金会也在北京设立了分机构，作为两大机构的主要负责人，艾茜和费聿利都需要长期待在北京。

艾茜早期在北京购置了一套公寓，只不过布局和装修都偏向独居女性设计，两百来平只有一个主卧，其他都改成大大的衣帽间和工作室，好在面积足够大，居住惬意，尤其方便某人每天上下班，公寓下来直线距离不到一百米就是海逸社会部的办事机构。

夜晚降临，站在公寓客厅落地窗就可以看到海逸亮起的巨大标志。北京CBD霓虹璀璨，海逸的蓝色logo像是海上亮起的一颗明亮星辰。

而身后人的环抱，安稳如夜间在大海平稳行驶的轮渡。

“真幸福……每晚都可以跟你这样看一会夜景。”费聿利低醇的声线温柔地响在耳后，暖暖的呵气似有似无地撩拨她后脑。

“这样？”是哪样?

“嗯……就这样。”腰间的手收得更紧了。

“呵，以后看久了也就这样了。”艾茜轻笑着泼凉水，目光落在远处的霓虹里的光点。

“那就换个地看。”费聿利理直气壮道，带着男人一贯口吻的霸道和孩子气。

“噢……”

“好勉强呢。”含笑的声音带着揶揄奚落着她。

后颈突然有点犯痒，她赶紧求饶：“不勉强，一点都不勉强，感动极了。”

“呵……这才差不多。”

无聊！又要这样的小孩招数。

可是，她怎么还那么乐意配合？

好像从没想过，两个人愉快在一起的秘密，居然是配合……

这人间浪起浪涌，他和她共同经营起一个家。曾经，她以为他是海上来往无畏的冲锋艇，他以为她是海里自由畅快的蓝鲸。两人会相爱不难理解，爱情总出人意料。

能相守，只因为他和她对生活、对以后有着共同的期待。

不比海逸社会部门写字楼位置中心优越，黎明分机构位于某小区的一楼，虽然也在三环内，每天从公寓出发还是需要一小时的通勤时间，好在艾茜不需要每天坐班，每周外勤比坐班天数还多。

然而，费聿利还是想让艾茜将黎明分机构搬到海逸楼上。

海逸位于AR大厦的二十七楼，海逸的楼上就是二十八楼。AR大厦二十七楼本就是海逸集团购置的资产，可黎明公益没有这样的财力，就算得到了天使公益投资，也不能将费用过多地花在办公环境上。

AR大厦写字楼的租赁价格可不便宜呐。

人是不可能没有私心，尤其是费聿利这种天生心就长偏的人，为了艾茜能跟自己上下楼上班，海逸社会部决定投资计划入股黎明公益。

清早，费聿利起来做好早饭，艾茜洗漱出来便看到费聿利颀长英挺的背影系着格子围裙，难以想象这个昔日桀骜散漫的男人已经越来越有“贤夫”气质了。

早餐摆上桌，夫人已入座。

餐桌上，简易营养的早点搭配透着熟练的技巧，完全可以看出现在的费先生是一个制作早餐的熟练工。

圆形大理石餐桌前，艾茜的长发还没有绑起，简单地用发箍将额前细发别到脑后，一头乌黑柔顺的秀发落在肩膀，白皙额头的边角毛发还留着清早洗漱后留下的水珠儿。

费聿利现榨了两杯牛油果橙汁，他和艾茜各一杯，两个餐盘里还有一样的鸡蛋、面包片、以及麦片沙拉。

每到两人早饭时间，不管是一起驱车到早餐店吃热气腾腾的豆浆包子，还是在家里面面相对地坐在餐桌两边，总能因为新的一天来了，一切又变得生机勃勃。

不管天气如何，都让人心情愉快。

灵魂合适的两个人，再简单的日子里都会藏着一份热情的浪漫。

费聿利剥了一个鸡蛋送到艾茜面前，待艾茜一口一口吃完，再将前阵子改好的入股计划书放在艾茜面前。

“……看看。”

艾茜抽了张纸巾擦干净手指，看到计划书上的标题，抬眸瞅了费聿利一眼，然后继续看第二页，第三页……看完，她把计划书推回去，一时没发声。

“如果可以，立马签约。”费聿利开口。

艾茜脸上没有任何多想之色，果断拒绝：“谢谢费总，不过不需要。”

语气客气，却带着一点笑意，纤长浓密的睫毛遮盖底下，眼波里的愉悦有些抑制不住。

“……不够诚意？”费聿利低了低声，有点怀疑的样子。

“很有诚意。”艾茜抬起头，轻快地道，“可以说是市场上最有诚意的入股协议。”

费聿利眼眸多了一点认真：“那为什么拒绝？”

艾茜望着费聿利："我觉得目前这样就好，不想轻易改变。"

不想改变，不想改变工作状态，也不想改变她和他之间的关系。

费聿利能理解艾茜的想法，不管是以前还是现在，两人的关系他都是急迫的那一个，她眼睛随意往天空瞥一眼，他就在想要摘哪颗星星送给她，她往下看一眼，他就想……她的鞋带是不是散了？

早餐结束，准备上班。独立电梯间换好鞋，乘坐电梯一直往下，地下停车区简单拥抱一下，各自奔向工作岗位。

两人同居已快三个月，是不是要改变一下关系？

白天结束完上午的会议工作，费聿利以工作为由来到表哥顾齐赟的贸易大厦，下午两人在顶楼的休闲区域打了一场球，热汗淋漓之际，费聿利面色绯红地看着自己表哥，目光清亮地开口说："我想结婚了。"

"跟谁？"顾齐赟没脑子一问，顿了一下，笑了笑，"结婚这事麻烦呢，准备结婚麻烦，结婚后更麻烦，你真想好了？"

"你不怕这话我跟嫂子说吗？"费聿利淡淡地反问。

费聿利懒得多说，眉眼里的认真和淡然，表明他说出想结婚这句话并不是乍然的念头，而是他一直以来藏在心底持久的心愿，谨慎的考量。

"勇气可嘉。"顾齐赟有些好笑，拍了一下自家表弟的肩膀。男人啊真奇怪，他到了四十来岁才有结婚的想法，费儿早几年跟他一样不着家，没想到隔了半年就开了窍。

也是，艾姑娘可不是一般的女孩，不早点娶回家可是会走掉的。当然，婚姻对他们来说也不是约束，而是一份最真诚的契约，从结婚之日起生效，往后余生，各看造化。

"哎呀，哥不忽悠你，结婚了咱们就不是完整的男人了。"

这是什么歪门理论？费聿利斜了眼表哥。

"结婚之后啊，咱们做男人不仅要站得起来，还得跪得下去。老婆孩子各有各的需求，咱们要硬得起来，也要软得下去！"

"咳……"费聿利正喝水，微呛了一口。

顾齐赟轻笑起来，起身，回过头，终于以长辈之态面向自家表弟，郑重开口："准备结婚，总要在北京搞处房子吧，一直赖在艾姑娘那边，是真准备当上门男人吗？"

费聿利：……上门男人。原来这段时间，他在自家亲人朋友面前就是这个形象？

的确，因为费聿利的工作地点比艾茜近，同居之后主动揽下了每天的早餐任务，角色像是从"上门女婿"变成了"上门男人"……

不过表哥真提醒了他，他要买处房子，没有婚房的男人是没资格娶老婆的。

事实上费聿利很喜欢艾茜这套婚前房子，住得也很习惯，只是作为男人，总要准备一套结婚的房子。房子可以不用现成的，最好是毛坯，这样可以精心装修成他和艾茜都喜欢的样子，满足两人共同的居住习惯。

至于地段面积包括小区物业都不能差，费聿利知道自己要求高，找房子的事就拜托给顾齐赟。顾齐赟很给力，很快给他找了几套做选择，有别墅也有大平房。他家在北京倒有几处房产，不过房子都是在他妈名下，不是他和茜茜的。何况他妈是别墅的忠实爱好者，比起别墅，目前更适合他和艾茜的是大平层。

只是北京好地段的大平层本就一房难求，外加各方面又符合他心意的，还真不是一件容易的事。费聿利找了好几轮，终于在距离二月十四情人节前几天把合适的房子选好，时间刚好，房子位置也刚好，是距离艾茜上班距离很近的一个高级小区。

房子位于楼王位置，底下是偌大的泳池和中央花园。

下个星期就是情人节了。

周六，两人在公寓餐厅自制菌菇火锅，费聿利从文件包里拿出房子介绍单，自然地递给艾茜："看看，喜欢吗？"

火锅咕噜噜地冒着热气，竹荪吸饱了浓郁的汤汁，鲜香脆口。

一口汤汁不注意顺着喉咙往下，辣得艾茜咳嗽出声。她看到什么了？一套打印出来的房子照片？！

再过几天就是情人节，女人总在特殊日子里变得分外敏感。就在昨天，周媛媛还跟她吐槽自己无意间发现了王垚准备送她的情人节礼物，猜测费二会送什么礼物。

万万没想到……是一套房子。

不，是一套房子的打印照片。

他总不会烧给她吧！精明如艾茜，脑子也有变糨糊的时候。

艾茜从费聿利手里接过张房子照片，平静了一下内心的波澜，问：“这是要买吗？”

嗯，当然，不然呢！他就送一张照片给她？

“要是你也喜欢，我就买下它，做我们以后的婚房。”费聿利说，顿了一下，补充一句，“我说了，要送你一个家。”

只是家是家，房子是房子，这是两回事啊。

艾茜有点蒙，沉默片刻，说出想法：“我觉得买房是大事，尤其在北京，需要好好选一选。”别说是好好选一选，买房对艾茜来说就是投资，投资是什么，那就是要各种权衡和分析，哪是说买就买。

即使有钱，也不能这样操作。

“但我们买的除了是房子，还是我们的家。”费聿利望着艾茜说。

她当然知道，如若费聿利买下这个房子，这意味着什么，她不是不想同费聿利尽快结婚，而是……

“我们暂时住这间公寓，不是挺好的吗？”艾茜瞧了一圈公寓，她觉得这套公寓完全可以住下她和费聿利两个人。

“对，但你也说只是暂时。”费聿利接话道。如果客厅能有个沙发，他其实挺喜欢这里。

艾茜抿了抿唇，语气忽地坚决了几分，轻抬着眼尾看着费聿利说：“如果真的要买房的话，我觉得现在不是好时机。”

“那什么算是好时机？”费聿利反问。

“额，我觉得一时半会儿是没有好时机了。”艾茜更认真地道。

费聿利："……"

他当然知道在北京买个大房子是一件任性的事，但也不至于像艾茜说的那样，没有好时机了。

"茜茜，你知道的，买房的好时机永远都是现在。"

艾茜难得看到费聿利这般认真同她讨论房产话题的样子，她也不是觉得现在不适合买北京房子，而是没必要啊。

"如果考虑价格，永远都没有最好时机。"费聿利又说。

艾茜当然知道这个道理，犹豫了半会儿，实诚地说："我说的好时机就是，等我们有钱了。"

"我们有钱啊。"顿了下，费聿利改口，"我手里有海逸股票，我只要出售一点。"

艾茜摇头，直接道："我指的是，我们的钱。"

艾茜的意思就是，不允许他用费家的钱。那么现在以他和她的工资收入，如果要买他选的这两套房子，费聿利算了算，真是棒极了。

因为他下辈子才能买得起房，这也就意味着他和艾茜下辈子还要在一起。这样一想，费聿利倒也能接受下辈子再买房了。

他和艾茜在北京事业都刚起步，两人做的又都是公益行业，即使都是管理的头头，跟吃人血馒头的资本家们还是不一样的。

费聿利突然感到后悔，他要送人礼物就不应该让某人自己决定，而是他买好了直接送出去……没错，这套房子费聿利就是打算送给艾茜的情人节礼物。

艾茜："……"

那还是饶了她吧，还不如送她一盒热门系列的口红呢，就像王垚准备送给周媛媛那样。小小惊喜，更为怡情。

好了，事业都刚起步的人有什么资格谈买房，费聿利决定省略谈的过程，直接买它！

只是……事情又有了转折。

他都快要办理过户手续了，买房这件事被外公得知，立马给他打来电话，开头第一句话就是："你别买房。"

费聿利本以为外公也是因为时机不对阻止他买房，直到外公中气十足地把话说完："你在的北京房子，外公给了。"

外公都表态了，顾女士对儿子要买房的事又岂会充耳不闻，即使人在A市，作为一个别扭的母亲和准婆婆，顾女士给自己找了一个台阶下。她拨打儿子电话，打探儿子买房的进展过程，她倒不是阻止儿子买房，而是想提供赞助。

"这套房子只接受两个股东，妈，你还是别入股了。"费聿利拒绝得很果断。

顾女士有些伤心："我不当股东，我纯捐助。"

费聿利："……"

然后就是这样，原本是房子要不要买的问题，因为得知他和艾茜要买房的人多了，事情就从买不买房变成：他和艾茜要住谁送的房子?

因为，除了外公要给的房子，危家也给艾茜准备了一套房。

二

艾茜和费聿利同居了半年，然后在艾茜生日这天，回到A市领了证。艾茜户口在北京，费聿利在A市，领证还是选择了A市民政局。

同样婚礼还是放在了A市，原本商量A市和北京都办一场，只是新娘和新郎都是大忙人，只能委屈宾客跑一趟。婚礼在A市办，同时为北京的亲朋好友提供包机服务，外加自由报名游玩A市及周边，全程都有专人安排。

婚礼前夕，顾女士给艾茜送了一套收藏的首饰，这是她最心爱的一套翡翠物件，即使款式给艾茜佩戴过于老成，但这是她对艾茜的认可。

一套首饰，价值几乎等同北京的一套房。作为新人的见面礼，可以算是十分豪阔了。

顾女士之所以这般阔绰，主要也是为了遮掩之前的尴尬行为，用费聿利的话说：不好意思呗，心里羞愧，就想用东西补偿一下。

艾茜不需要这样的补偿，不过也坦然地收下了，比起补偿她更想将这份礼物理解成珍贵的心意。

北京那套别墅顾太太原本就是要给儿子和儿媳，只是早给晚给的问题，既然儿子嫌弃，那就留着暂时她自己住。她不是那种要跟儿子住在一起的母亲，但是等儿子想妈了，在北京也有一个回家的地方。

顾女士作为一个母亲，心思说复杂也复杂，说简单也简单，无非是希望儿子更好，及儿子在心里多惦记着自己一点。

说真的，养儿子还不如养个女儿。

直到儿子和艾茜结婚之后，顾女士感觉自己好像……多了一个女儿。

比如，婚后的费聿利打回家的电话实打实多了，偶尔发短信还带上艾茜的问候，一来二回，顾女士也自然而然在电话里问候起艾茜。

最难移除的大山是人心的偏见，但不是所有的偏见都是日积月累的感受，也有以偏概全的自我定义。

说起来，费聿利也算是半个北方人，加上小时候暑假都在北京大院度过，对北京的习惯和熟悉程度并不差于艾茜。

婚后，艾茜和费聿利还是住在原来的公寓。因为有居住的房子，装修可以不用赶进程。买下那套新房之后，两人决定按照喜好慢慢装修一套理想住宅。

那是她和他的家，也是她和他的起点。

两人在居住的需求上，要么简单至极，要么挑剔无比。态度上她和费聿利都想简单点，然而品味不允许啊。

房子装修是大工程，两人买下的毛坯房有三百来平方米，自然委托给装修公司。装修公司是顾表哥一朋友开的，在北京口碑前十的装修公司，旗下签约好多知名室内设计师。给艾茜和费聿利设计图纸的是一个今年刚得奖的新锐派设计师。有名气的设计师基本不接受大的改稿，但是如果客户像“茜（欠）费”夫妇这样提出合理又具有创意的建议……咬咬牙还是能接受的！

一个个通宵改稿，终于完成了设计终稿，受尽折磨的设计师发了这样的一条微博：对家要求有点高，是因为未来的期待有点多。

内容后面还@了费聿利的微博号。

费聿利没理会，直到好几天之后，转发微博，回复道：也没有期待很多。

这……这样的回复是不是太不给面子了？底下的数十条评论大多也是：？？？

还是，这就是传说中的口是心非？

自从费聿利的微博被人扒出来，艾茜偶尔也会上线瞅两眼费聿利的微博，看到这样的转发内容也是一头黑线，扒拉着费聿利底下的评论看，结果居然看到有人期待费聿利快点分手，还有人直接叫上了老公……

真是厉害了，居然比她还先叫了老公，艾茜知道网友们只是开个玩笑，心里还是有点别扭的小情绪。

此时此刻，费聿利正在卫生间洗澡，她敷着面膜，笔直秀长的一双腿搁在茶几上，待费聿利穿着睡袍出来，轻歪着脑袋，拿着手机瞅着费聿利。

原本就明亮水润的眼睛，又格外直勾勾地瞧着自己，费聿利被瞧得没有一点想法，只能眼对眼的回应艾茜。

“茜茜……”

回应他的不是一声“费二”，更不是斩钉截铁的“费！聿！利”，而是一声费聿利期待已久的——。

“老——公！”艾茜嘴角上翘，端着不明所以的浅浅笑意。

然而，这一声老公，就算艾茜下一秒要变身吃人的女妖精，费聿利也会选择……扑身上前。

事实证明，女人一旦变得怪里怪气一定是有什么不利情况发生——

半夜，费聿利临时上线，再次转发更新了一条微博，将前面没有说完的后半句话重新写上：并没有期待很多，因为有她就够好。

底下评论的网友：……

一份狗粮猝不及防地朝他们八卦的嘴里塞进来！

深夜，艾茜和费聿利都睡着了，两人的呼吸均匀又缠绵，一前一后。卧室开了一扇窗，轻柔的夜风徐徐吹动了落地的纱窗帘，大床上，原本面对面拥抱的艾茜翻了一个身，然后像是本能地，被“抛弃”的费聿利自然地跟着翻了身，从后面再次搂住艾茜。

夜很沉，爱已经很习惯……

他爱她，深刻地爱着她的独一无二，也习惯地爱着她的一呼一吸。

三

周媛媛生了，一个男宝宝，大名王默，小名王默默。王默这个名字不管看起来还是读起来都十分简单，满满都是随便取出来的既视感，事实却是王垚翻遍词典和字典最终在N个名字里选了最顺眼的一个。

可以说是，一番周折回归最初，得来非常不易。

至于小名……这真是随便取的。不，应该说是连取也没有取，直接在王默后面多加一个后缀。

王默小朋友虽然名字很随意，但是长相也配得起名字，同样很……随意。

这不是来自毒舌费聿利的揶揄，而是周媛媛的自我吐槽，尤其见到刚出生的王默默那一刻，一行滚烫的热泪直接流下来，无法接受那么可爱的自己居然生了一只猴。

有句话说得没错，亲妈才是孩子最大的黑粉。

因为觉得孩子不够好看，周媛媛没办法，放弃了小说范儿的男主名字，坚持给自己孩子使用最简单的名字，不然取一个王沥川这样的名字，结果长得像是光头强，以后走入社会多违和啊。

说实话，周媛媛对自己和王垚的这个产物不是很满意，甚至怀疑是制造过程太过随意导致的结果。

同周媛媛想法不一样，王垚对自己的儿子非常满意，每天各种发图晒朋友圈，晒的是儿子，也是自己领先的优越感。

没错，王垚是周围兄弟朋友里第一个有儿子的，就凭这个能不骄傲吗？

费二和艾艾结婚证都还没有领呢。他和周媛媛不仅扯了结婚证，还扯了准生证，现在连合法产物都上线博眼球了，赢的可不是一星半点啊。

令人遗憾的是，费二和艾艾去了北京工作，四人见面的时间就少了，就连这次媛媛生默默都没有赶回来……

费聿利表示：又不是我老婆生孩子！回来干什么？抢功劳吗？

费聿利和艾茜没有回来，是因为两人都在天黎山推进项目，实在没有时间赶回来见证王垚喜当爹的幸福。对“欠费”夫妇而言，公益扶贫事业显然大过朋友间的人情往来。

不过，人没赶回来，两人收到王垚和周媛媛发过来的新生儿照片，还是第一时间发了大红包过去。

周媛媛失落的心情得到了很大的宽慰。

只是身在天黎山的艾茜和费聿利看到宝宝照片那一刻，艾茜和费聿利默契地对视了一眼，回复周媛媛和王垚相同的话：“像爸爸。”

别说，父子相似到不用认证，连外人都觉得是亲生，周媛媛也从婆婆那里看到自己老公的出生照片，第一反应是：敢情她是一台复印机吗？

她那么优秀的基因就得不到一点的传承？

不，王垚觉得自己儿子还是有像妈妈的地方，比如……牙齿！对，说不定儿子长大了也像媛媛那样长着两颗小虎牙呢？

周媛媛两眼一翻，恨不得拿起尿不湿包住王垚的猪脑袋。

“好了，我儿子那么丑，以后怎么泡你们家的白富美啊！”周媛媛坐月子无聊了，就在四人群里找话题聊天，准备定娃娃亲。因为自己生了儿子，希望艾艾和费二可以生个女儿，不管样子随艾艾还是费二，一定都十分的标致。

现在流行什么？都是提前讨好丈母娘和老丈人啊！

不好意思，未来岳父干净利落地拒绝了好友的联姻请求——丑拒。

王垚：……

“欠费”夫妇简直是……欺人太甚！

周媛媛也嫌弃亲儿子像猴子，但毕竟是从她肚子里剖出来的猴子，就算是一只丑猴子，也是一只长得像王垚的丑猴子。嫌弃的同时，内心又隐隐庆幸，好歹丑得像王垚，而不是丑得像她自己。

不然比起后者，前者似乎还能保全一点颜面？

吐槽归吐槽，周媛媛在月子中心经过一番艰难培训，终于顺利上岗了新手妈妈的第二身份，当王默默乖巧地窝在她的怀里，看着儿子熟睡的样子，周媛媛越发觉得自己儿子虽然丑了点，但也丑得顺眼又可爱。

事实，用现在网上流行一句话，孩子生下来先别急着丢，养一养再说，默默小朋友完全就是证实了此话不假。

自己不是一个省心的好儿子，费聿利对“儿子”这种生物并没有太大的好感。所以，如果对他和茜茜以后的孩子性别有什么期待的话，费聿利希望是性别女。

没错，他想要一个闺女。

同样，如果可以选择，艾茜也希望她和费聿利以后的孩子，是一个女儿。原因倒不是像费聿利那样觉得儿子让人操心，单纯觉得她和费聿利的基因生女儿更好看。

如果是儿子，十有八九是小白脸。

小白脸？

两人第一次聊到孩子性别这个话题是在月子中心探望周媛媛回来的路上，艾茜开着车，费聿利靠在副驾驶上，俊逸的眉眼间全是笑意，听到艾茜说到小白脸忽地转过脸，发问：“小白脸的标准是什么？”

“有点难说。”顿了下，艾茜琢磨了一个答案，“如果以你为标准线，再漂亮一点就是了。”

费聿利还是第一次被人说小白脸，结果还只是刚过小白脸的标准线……对于这般“无上荣光”的评价，他嗤笑一声，保持优哉游哉的姿态回应道：“谢谢，我感到很荣幸。”

艾茜跟着回话：“确实，我说的也是赞美。”

两人明明都在说反话，交流得倒是轻松明快。

事实，小白脸完全是反话。从事公益事业之后，费聿利不仅没了之前的慵懒范儿，做事更雷厉风行，皮肤时常受到日晒雨淋的洗礼，已经黑了两个度。

不过，更帅了。不管是外形还是气质，多了几分让人望而生畏的距离感。不是高岭之花的那种疏离清冷范儿，而是一种能压住任何场合的逼人气势。

艾茜却相反，没了之前精英主义的矫作，整个人比起之前更务实，更亲和。用费聿利的话来说，之前的艾茜只是伪装得像是公益人士，现在的她完全剥离了那层伪装，成了的的确确的公益从业者——规规矩矩“化缘”，踏踏实实做事。

费聿利和艾茜想要一个可爱女儿，梦想却落了空。

费小朋友出生于虎年的十一月，天蝎座宝宝，如果婴儿也可以看出气质的话，费小朋友可以算是比较典型的天蝎座宝宝。

高冷、沉默、帅气，即使才出生一周，洗完澡的时候将费宝宝脑袋上的胎毛往后一拨，像是Q版帅宝宝抹了发油，眨巴眼睛，不管是护士还是育儿嫂都看得心花怒放，这孩子真是好招人喜欢！

大概知道自己爸妈靠不住吧，一个月之后，费琦然小朋友从高冷宝宝变成了一个格外爱笑的宝宝，对谁都是天使模样……用王垚的话来说，简直不像是“欠费”夫妇的产物。

费聿利：什么不像？如此优秀的基因延续看不出来吗？

艾茜：……咳咳！是两份优秀基因的结合。

有些夫妇看起来像是丁克人士，没想到成了响应二胎政策的积极分子。

没错，说的就是艾茜和费聿利他们。

实事求是地说，关于二胎这件事，艾茜和费聿利两人都没有太大兴趣。虽然之前两人都想要闺女，但是有了儿子，还是接受了命运的安排。只是没想到，命运又给了他们一个转折……不，是礼物。

费琦贝是意外，也是惊喜。

讲起来有些为难，不过还是交代一下，小公主是艾茜和费聿利在一次国际公益援助活动的时候有的，那次活动他们带了很多物资过去，唯独漏带了一样计生用品……

妹妹费琦贝出生在阳光热烈饱满的八月，同哥哥就相差两岁半。

对一般人而言事业家庭难两全，艾茜和费聿利两人却丝毫没有受到影响，该工作工作，该游戏游戏！

要说事业没有影响是不可能——在小公主费琦贝出生之后，费聿利和艾茜联手创立的公益在线平台取得了阶段性发展，不仅得到了社会肯定，还取得了公益资本的青睐。

这样说，好像更令人生气了。

事实上，所有看似轻松如意的事情背后都是赶超常人的付出和坚持。

艾茜在家庭和事业上，心态格外轻松和强大，顾女士不得不佩服自己的媳妇，甚至由衷地感到骄傲。同样，明白了当年丈夫对艾茜的盛赞。一般女孩在事业和家庭能做好一样就很棒了，但是能兼顾还能平衡的，少之又少。

当然，在这个过程中，她的儿子也配合极好，比她的丈夫要做得更好得多。不仅是好丈夫，也是好爸爸。

真的吗？

费聿利和艾茜看似是一对不靠谱爸妈，在育儿这件事上却有着一致的心得，其中最大的心得就是——不惯着。原是两个都有着高贵气质长相的宝宝，硬是养成了最接地气的宝宝。

相反，王默默小朋友在气质上逆袭了。不论长相，单纯从气质来看，王默没有一点王垚的憨直，也没有周媛媛的中二感，用费聿利的话来说：“看来你们儿子也很嫌弃你们，一点也不想像你们俩。”

王垚：敢情他儿子像他不好，不像他反而好？！

不比王垚，周媛媛对自己儿子不像自己和王垚这件事感到一点点的欣喜，虽然她也不知道自己儿子自然而然流露出的清贵气质从哪儿来的，不过王垚说自己祖上出过一位文人驸马爷，大概是隔隔隔隔隔隔代遗传到了他和她儿子这里来了。

这样说，她家王默默是不是也有当驸马爷的潜力?

周媛媛重新在四人的老群里提起娃娃亲这个话题，费聿利就感到很无语，都什么年代了，还搞联姻这一套?

“如果以后你们家贝贝不喜欢公公婆婆，我们可以提早去世。”周媛媛直接丢出王炸条件。

还可以这样？！

客厅沙发上，艾茜一手搂着自家闺女，一手拿着报表数据，看着手机里弹出的群消息，腾出一只手从茶几上拿起手机，回复了一个流汗表情。

与此同时，刚刚在餐间泡好牛奶折回来的费聿利也看到了群消息，随手拿起手机，回复语音：“如果是这样，麻烦把遗嘱立好——”

完毕，将手机递给艾茜，熟练地从艾茜手里抱过闺女，开始给闺女喂奶……

艾茜手机再次响了，是潇潇阿姨发来的小视频，哥哥费琦然遛着大狗的动态小视频。

这个周末，费琦然待在外婆家。

虽然艾茜和费聿利本性上都有点“重女轻男”，但也不会真的有了闺女忘了儿子。事实是费绮然一直很喜欢去外婆家玩，外婆家有他喜欢的玩具，多到像宝库一样。除了危城舅舅后来买的新玩具，还有危宇航哥哥以前的玩具。当然，他更喜欢外婆家的大花园，以及大花园里的小城堡，城堡里住着一条名为“奥利奥”的拉布拉多犬。

艾茜打开微信视频，看完内容嘴角忍不住一翘，然后正给闺女喂奶的费聿利也拿过手机，扫了两眼视频说：“衣服是你买的?”

“不是，是妈。”

艾茜说的妈是顾女士，对潇潇阿姨和危叔叔，她还是习惯叔叔阿姨这样的称呼，但不影响费琦然叫他们外婆外公。

视频里费琦然穿的是一套儿童版的警察服，十分有模有样还戴了一个可爱警帽。同时，奥利奥也配套地穿了警犬的衣服，人还没有狗高的费琦然牵着奥利奥神气地巡逻别墅小区，看起来着实可爱，像是Q版漫画里的卡通警察。

虽然长辈家人都疼爱两小只，但唯有奶奶对两个孩子的宠爱到了无一不满的地步。

费琦然在两周岁时因为一档动画片有了职业的概念，每次家人问他今天在做什么，他都说在破案……

然后大家都用怀疑的眼光看向欠费夫妇——你们俩今天又犯啥事了？

艾茜和费聿利表示很冤枉！

王默默和费小贝一南一北，虽然每个月或间隔几月，小贝和哥哥也都会回一趟A市，不过如果想要从小培养感情方便以后两家结亲，这样的相处还是万万不够的。

年底，周媛媛和王垚带儿子来北京玩，在蹭了N顿饭后，夫妻两人突然心血来潮地询问起了北京的房价。

“要不，我们也努努力，在北京买套房？”周媛媛看向王垚。

买房好歹是一件大事，何况是在北京买房，王老板对妻子的商量有些不满，丢过去一个眼神，缓缓开口：“不用努力，我们也可以买房。”

“那么，我们买哪儿呢？”

“我觉得费二和艾艾这个小区就不错……”

“对噢，白天我上电梯里看到一个房产经理带人来看房，说这栋楼有房主想要抛售。”

这对夫妻，相互演戏的本领是越来越强了。

什么过来玩？压根儿就是过来看房，白天房产经理接待的人就是他们俩。

对于王垚和周媛媛想要在同幢楼买套房这件事，只能说不怕贼偷就怕贼惦记，但是有什么办法呢？当然是……欢迎啊。

毕竟，吃亏的永远不会是他们家。

四

周媛媛想从良了。

别误会，她所谓的从良不是常人理解的那种意思，而是她想从耽美领域转到言情频道。

不知道为什么，自从结婚生了王默默后，周媛媛写耽美的热情就急剧下降，尤其看着王垚抱着自家儿子美滋滋的臭屁模样，逐渐失去了下笔的冲动。

都说灵感来自生活，而幸福到连任何吐槽欲望都没有的婚姻生活已经让她静地接受了现实，就像接受自己英年早婚的人生设定。

现在的她不就是一个快乐的已婚少女吗？

不能写耽美小说，不是还有甜甜的言情小说朝她招手吗？当周媛媛突生想写言情小说的想法，第一个浮现大脑的题材就是以自己和王垚为原型创作一本大众最为喜闻乐见的豪门小说。

故事情节如下——

一个来自小城市的作者大大在毕业前夕为了寻找灵感报课总裁班学习，千里姻缘一线牵，原本只是打发时间的行为，命运偏偏要特别眷顾这位单纯的小姑娘，当闪耀的光打在她身上，她便成了女主角。女主角在班上结识过来进修的富家公子哥，虽然班上精英聚集，但是身为女主自然有着难以形容的魅力和难以忽视的才华，短短几天相处，男主角就对与众不同的她上心了，千方百计地在女主角面前求关注……

周媛媛把想法说给王垚听的时候，王垚眨了眨自己充满着迷惑的双眼皮，问周媛媛：“这个故事怎么有点熟悉？”

“熟悉，你当然熟悉了！”

王垚一番恍然，嘴角上翘，随即别有深意地瞧了瞧周媛媛，甩出一句话：“老婆，你很不要脸喔。”

周媛媛：……好像，是挺不要脸的。

“还有你是不是忘记我们怎么好上了？在总裁班，我哪有在你面前千方百计求关注？”如果他有过想求关注的想法，对象明明是……昔日黑历史王垚自然不会再提。

周媛媛还给王垚一个白眼：“小说全靠编，就看会不会编，你懂不懂那种宿命的相爱！”

王垚先是摇头，然后点头，故作伤感地叹了一口气，“算了，不说了……都是命……”

周媛媛：“……”

玩笑归玩笑，自家老婆有心要写他们两人自己的故事，王垚心底里还是格外美滋滋的。就拿自己和费二比吧，费二现在是成熟又帅气逼人，没错。

但又如何，请问费二是男主角吗？不是了吧。

王垚打算睁一只眼闭一只眼，周媛媛却不服气了，想了想总裁班时候的往事，哼哼有理地说：“当时不是你天天要请客吃饭？”

“别看我，别否认！”

“好像没错……”王垚被问住了。

王垚记性不错，能记住小时候的事，自然也能记住在总裁班的事，在总裁班上课那会儿，他、媛媛、艾茜和费二的确常常凑在一起小聚，每次请客的人基本也是他。媛媛这话没毛病，这四个人除了他，还有谁会请客？

“不不不”王垚想了想，必须告诉自家老婆一件事，“虽然当时请客的人是我，但那个千方百计的人不是我啊。”

啊？什么？这下轮到周媛媛迷惑了：“那是谁？”

还能有谁？每次安排四人凑在一起吃饭的人不是他，是费聿利！

没想到在总裁班的时候费聿利就这般居心叵测了，可是他表现出来却是处处同艾艾作对。

周媛媛突然感到一点上头，大脑和心口同时被击中了，完全是灵感上头的感觉，其中多余的兴奋源于一种幸福，因为自己粉的CP有着这样的小秘密。

没错，周媛媛是艾茜和费聿利这对的CP粉，所以才这般激动，

“老婆，你这是什么表情？”王垚也被自家老婆的表情搞迷惑了。

这是什么表情？她这是姨母笑啊！

周媛媛决定了，不再写自己和王垚的故事，写自己的故事的确就像王垚说的，有些不要脸，而且现在也不流行甜甜的故事了，读者都更喜欢像艾艾和费二那样过程甜虐甜虐，结局又百分圆满的。

主要是在艾艾和费二的故事里，男主角是如今最为流行的小狼狗，不，费二不是小狼狗，是大狼狗！

之后，周媛媛和王垚就决定在艾茜和费聿利同一小区买房，一方面为自家儿子圈住未来媳妇，另一方面，也想近距离观察创作素材。

嘿嘿！

然而，计划如此美好，故事写起来却不太容易。原因说出来有点难以置信，不是素材不够，而是素材太多。

最困难是，艾艾和费二这两人人设也太难塑造了！

有时候是男强女弱，有时候是女强男弱，有时候是男强女强……有没有男弱女也弱的时候？有的，比如在给费小贝换尿布这件事上，俩人都不咋的。

可是，真实的婚姻生活不就是这样，有时候是相互体贴相互照顾，有时却是相互制衡的权利关系。但是不管哪种模式，都让人羡慕不已。作为CP粉和创作者，每次看到艾茜和费聿利秀一秀夫妻默契，她都觉得幸福。这种幸福同自己和王垚的幸福不一样，她和王垚的幸福，她是感受在心里，而艾艾和费二的幸福，她是看在眼里。

“算了，已知的故事没意思，还是写点未知吧。”

最终，周媛媛两次计划下笔都因为不可抗力因素放弃了，移开怀里的笔记本，她躺在床上忧伤地叹了一口气……难道她的创作生涯就此终结了？

突然，一个想法浮入脑海。

王默默和费小贝两小只的故事不是刚刚开始吗?

嘿嘿，比如可以先青梅竹马，再虐恋情深，最终再……这个故事可以有啊!

“老公，快过来，我这次真的有了!”周媛媛对着卧室里面的王垚喊道。

“有了?”王垚握着牙刷冲出来，激动地问，“什么真的有了?”

“嗯，有了!”周媛媛更是兴奋不已。

“我又有新的故事，新的素材了。”

王垚：“……”

“如果男主不是我，就不用跟我商量了。”

“要商量的要商量的，因为这一次你比男主还大——男主他爹!”

“……”

“开心吗?”

开心什么?开心男主之位他还没有当上就传位给了儿子，还是开心他要变成老头子?

不要不开心嘛!她不是陪他一起变成老婆婆?

噢，那倒是啊。不过就算真的老了，周媛媛肯定是那种废话特别多的老太太，每天碎碎念，不过老年生活应该不会太乏味了。王垚搂住自家老婆，好好地说话:“好了，既然新故事想好了，今天就陪我早点睡，小说明天再写。”

“好吧……”好像所有有关陪伴的语言都显得特别温暖动人。我陪你入睡，你陪我变老……就像当初王垚问费聿利，艾茜对你说过最动听的话是什么?费聿利好像这样说——

“费聿利，你要给我一个家，我也可以给你一个家。”

嗯，没错呢。

那天费聿利站在阳台上，夜空那抹清亮的月色缓缓地照在他的脸上，他脸色的神情期盼又带着满足，嘴角全是温柔，仿佛他已经住在了未来。

现在，他们也终于等到了未来。